指上读红楼之情僧黛玉

周慧群 著

南方日报出版社
NANFANG DAILY PRESS
中国·广州

图书在版编目（CIP）数据

指上读红楼之情僧黛玉 / 周慧群著. -- 广州 : 南方日报出版社, 2019.4
ISBN 978-7-5491-1989-9

Ⅰ. ①指… Ⅱ. ①周… Ⅲ. ①《红楼梦》人物－人物研究 Ⅳ. ①I207.411

中国版本图书馆 CIP 数据核字(2019)第 056061 号

ZHISHANG DU HONGLOU ZHI QINGSENG DAIYU
指上读红楼之情僧黛玉

作　　者：周慧群
出版发行：南方日报出版社
地　　址：广州市广州大道中 289 号
出 版 人：周山丹
责任编辑：刘志一　陈　静
封面设计：邓晓童
责任校对：王　燕
责任技编：王　兰
经　　销：全国新华书店
印　　刷：佛山市迎高彩印有限公司
开　　本：889mm×1194mm　1/32
印　　张：12
字　　数：264 千字
版　　次：2019 年 4 月第 1 版
印　　次：2019 年 4 月第 1 次印刷
定　　价：48.00 元

引　言

《指上读红楼之情僧黛玉》是以曹雪芹所著八十回《脂砚斋重评石头记》为依据，通过对其文体结构和字、词、句，以及诗词的分析，全面揭开《红楼梦》隐蔽真故事的作品。

《红楼梦》自问世以来，便有奇书之称，一直有着不同的解读，因而形成了中国文学史上一种特殊的红学现象。本书认为《红楼梦》之奇，并不在其神话般的故事来历，而在于作者曹雪芹先生所采用的奇特的表达方式。是这种扑朔迷离的表现手法，使《红楼梦》成为一部难解之奇书。

《红楼梦》不仅使用通俗易懂的语言讲述了一个表面连贯但似乎又未完结的故事，而同时又用大量谜语般的隐语，隐蔽讲述着一个看似断断续续，其实却很完整的故事。作者自己将这种表现手法称之为“有隐有见秘法”，清代戚蓼生先生谓之：“一喉两歌之绝技。”其中更出人意料的是，作者并没有按表面故事的时序，依次直线推进隐蔽故事的发展，而是打破时空界限，不受时间、空间、因果、逻辑关系的制约，仅仅通过作者的大脑意识，便能将隐蔽真故事以碎片的形态，在时空中自由地不着痕迹地循环往复地进行拼接和断开以完成整体故事的隐蔽叙述。

为了使《红楼梦》隐蔽故事更清晰地浮出水面，本书严格遵循了《红楼梦》隐蔽真事的实际时间顺序进行解读，以人们所习惯的顺时序形态，来呈现隐蔽故事的庐山真面目，因此所涉及的人物、事件顺序看似独立跳跃，与原著《红楼梦》章回的前后顺序相去甚远，但其实正是系统化地、严谨有序地还原了《红楼梦》隐蔽故事实际的时间顺序。《指上读红楼之情僧黛玉》所涉及的是从林黛玉被买入曹家到曹雪芹诞生这一时间段曹家的秘辛往事。

本书认为批书人脂砚斋就是作者曹雪芹，曹雪芹、脂砚斋不过是同一个人的不同笔名。《红楼梦》的正文和批文是不可分割的两个组成部分，正文加批文的文体结构也是作者独创的表现形式。本书的解读基于此论点。

目　录

CONTENS

一棵绛珠草 / 1
神瑛侍者现实版 / 7
绛珠初见 / 14
从龄官解开年龄之谜 / 19
好防佳节元宵后 / 25
龄官蝶变元春 / 32
居住大观园的元春 / 42
一番风雨路三千 / 49
游于离恨天外的探春 / 55
唇枪舌剑海棠诗 / 62
警幻之湘云 / 74
逝水流云史湘云 / 84
薛宝琴折返扬州城 / 92
奇书秘法之分身法 / 102
奇书秘法之合身法 / 108
生肖隐蔽的年龄 / 117
虎兔相逢的生肖玄机 / 123
北静王与废太子胤礽 / 129
《好了歌》的极度悲观 / 138
贾敬自杀真相 / 145
走下灵位的宝玉 / 153
秦可卿其人 / 159

药方与怀孕之谜 / 164
蒋玉菡的社会关系 / 170
秦可卿的夭亡之道 / 177
宁国府豪华丧仪真相 / 181
秦可卿诈死逃禅 / 188
惜春杜绝宁国府 / 195
芦雪庵庵主贾惜春 / 203
倾听《桃花行》的哀音 / 211
菊花诗会即曹寅追思会 / 218
芦雪庵争联的是非 / 233
大不幸中有大幸的悬疑 / 250
曹家的南柯一梦 / 259
流亡中的茗玉 / 267
还魂的秦可卿 / 273
水月智能 / 281
外书房之谜 / 289
合身人宝玉之黛玉 / 294
黛玉改变曹颙性倾向 / 303
夜宴上的异兆悲音 / 310
家运拐点曹颙死曹頫来 / 318
樯木的玄机 / 325
曹家的人口隐秘 / 332
贾蓉的伪父母 / 338
到头谁似一盆兰 / 347
稻香村的伪装 / 358
揭开曹雪芹年龄之谜 / 370

一棵绛珠草

《红楼梦》开卷第一回，作者自述："因曾历过一番梦幻之后，故将真事隐去，而撰此《石头记》一书。"作者的这段自述，首先奠定了一个基调，即该书所讲述的故事，是一件用梦幻隐蔽起来的真事。这个原则说明，书中的梦幻非同一般，并不虚无，也非幻象，更不是神话，而仅仅是作者隐蔽叙述真事的一种手法。因此，书中林黛玉前世的绛珠草身份，也不是神话，而是她真实的人生经历。

按佛门说法，出家前可视为前世。原型人物黛玉有出家为僧的经历，这一经历将在后面加以论述。所以，林黛玉出家前的人生经历可视为前世。那么林黛玉作为前世绛珠草时，是怎样的人生经历导致了她出家为僧的命运呢？

在第一回，那僧说：此事说来好笑，竟是千古未闻的罕事。只因西方灵河岸上三生石畔有一棵绛珠草，因为得到赤瑕宫神瑛侍者的甘露灌溉便得久延岁月，后来又受天地精华，复得雨露滋养，遂得脱却草胎木质，得换人形，仅修成个女体，终日游于离恨天外，饥则食蜜青果为膳，渴则饮灌愁海水为汤。只因尚未酬报灌溉之德，故其五内便郁结着一段缠绵不尽之意。恰近日这神瑛侍者凡心偶炽，乘此昌明太平朝世，意欲下凡造历幻缘，那绛珠仙子便要陪他去下世为人以报答他的灌溉之恩。

那僧所说的这个绛珠草的故事，其实就是林黛玉出家前经历的概述。一棵将枯萎的绛珠草，寓意了林黛玉无人养育难以生存，低微如草芥的处境。是因为神瑛侍者对她进行灌溉养育，她才得以久延岁月而存活下来。神瑛侍者与绛珠草之间的灌溉与被灌溉的养育关系，所隐蔽的就是神瑛侍者与绛珠草之间的养父女关系。

“后来又受天地精华，复得雨露滋养”的“后来”，表示一种转折。它暗示，绛珠草在神瑛侍者对她进行浇灌存活下来之后，再得到天地精华、雨露滋养，不能混同于神瑛侍者的灌溉养育，而是绛珠草在遇到神瑛侍者之后，所遭遇的新的人生经历。她所得到的“雨露”当然也不能等同于自然界滋养植物的阳光雨露，滋养绛珠草的雨露所寓意的是男人的雨露。“得换人形，仅修成个女体”所隐蔽讲述的是，绛珠草在得到男人的雨露滋养后，从一个女孩变成了一个女人。这个蜕变不仅改变了她的身体，同时，还改变了她原本低微如草芥的社会地位，成为一块让人爱不释手的美玉。

这个使绛珠草蜕变成玉的男人，又为绛珠草带来了怎样不同于草芥的生活局面呢？“终日游于离恨天外”揭示，这个男人虽然使绛珠草低微的社会地位得到大幅提升，变成了昂贵的珍宝美玉，但他并没有带绛珠草进门安坐，而是一直让她在外漂游而不得入天门，他给绛珠草所带来的情感是离恨。“离恨”当然不是因离别带来的思念之情，而是因离别所造成的怨恨。什么离别能造成怨恨呢？当然就是被抛弃。这个人以男人的雨露滋养过绛珠草后，又不负责任地将她抛弃在离恨天外，任其漂游而不得其所。对此处境，绛珠草心怀不满，继而怨恨。

绛珠草在遭受被抛弃的痛苦的同时，又为不能酬报神瑛侍者的灌溉之德而郁结着一段缠绵不尽之意。绛珠草为什么要将这两种性质不同的恩怨情感纠结在一起，使自己的痛苦加倍呢？因为恩怨不清的情感纠结所暗示的正是这两个事件之间的因果关系。所谓的灌溉之德所隐蔽的是收养之恩，神瑛侍者为了提高绛珠草的身份地位，以便她能顺利进天门成正果，才收养她为义女，给予她小姐身份。如果绛珠草能顺利进入天门，而不是“终日游于离恨天外”，她便可以给神瑛侍者带来荣耀，而不会辜负神瑛侍者对她的栽培，绛珠草自己也就不会为“尚未酬报灌溉之德”而愧疚。因为她只能“终日游于离恨天外”，而不得进门为神瑛侍者谋求富贵，所以她不仅要承受被男人抛弃的痛苦，同时还要为“尚未酬报灌溉之德”而郁闷纠结。

就在绛珠草被一个男人抛弃，同时又为辜负了神瑛侍者的期望而感到愧疚郁闷之时，恰逢神瑛侍者凡心偶炽，意欲下凡造历幻缘，于是，绛珠草就要陪他去下世为人以报答他的养育之恩。那么这又是怎样的报答性的陪伴呢？

因为不是神话，也就没有神话意义上的下凡。神瑛侍者的凡心偶炽，意欲下凡造历幻缘，所隐蔽的就是他偶然一时的性冲动，意欲与绛珠草行凡尘幻境中的男女事，而绛珠草为报神瑛侍者的养育之恩，以化解自己对他的愧疚之感，也同样愿意配合他，成为他的性伴侣。绛珠草陪伴神瑛侍者下凡，所隐蔽的就是因神瑛侍者凡心偶炽，与绛珠草所发生的出轨偷情事件。而他们偷食禁果，不仅违背常伦，属于养父女之间的乱伦，更要命的是神瑛侍者还犯了监守自盗，妄动宫廷之物神瑛美玉的大罪。所以，神瑛侍者与绛珠草的爱情属于违背常伦，又带来了巨大祸患的孽情。

一次凡心偶炽的偷情，为什么要到警幻仙子案前挂号？批书人在此批注，“又出一警幻，皆大关键处”，暗示在神瑛侍者与绛珠草的偷情事件中，警幻是必须要出面的关键人物。她出来做什么呢？出来表明态度。于是警幻出场，第一句话便说：“灌溉之情未偿，趁此倒可了结的。”就是警幻对此偷情事件的态度。神瑛侍者为什么要将自己的偷情事报告给警幻，而听取她的态度？因为警幻仙子在此所演绎的，是神瑛侍者的正妻。警幻仙子的态度说明，神瑛侍者与绛珠草之间的性伴侣关系得到了妻子警幻的首肯。既然神瑛侍者的妻子并不是他们的爱情障碍，那么谁又是这其中的障碍，并使得他们的爱情浸透了血泪呢？

批书人批注，绛“点红字”，赤瑕“点红字玉字二”，神瑛“单点玉字二”。批书人的这一番“点”论暗示，“绛”就是“赤”。而“瑕”和“神瑛”都点“玉”字暗示，赤瑕宫所收藏的是一块红玉，或者说，住的是一个叫红玉的人，而绛珠和黛玉之名所分别诠释的就是“红”“玉”二字。因此，赤瑕宫的红玉就是由绛珠草蝶变而成的林黛玉。而“神瑛侍者”之名说明，神瑛侍者仅仅是赤瑕宫的一名侍卫。一个“宫”字又揭示，此红玉有主，属于宫廷之物。神瑛侍者仅仅作为宫中的一名侍卫，又如何能够监守自盗，轻举妄动呢？然而，神瑛侍者因凡心偶炽，而轻举妄动了宫廷之物绛珠草林黛玉，结果为自己招来杀身之祸。所以，他们的爱情障碍不是来自神瑛侍者之妻警幻仙子，而是来自赤瑕宫红玉的主人，就是以男人的雨露滋养了绛珠草，并使得她脱却草胎木质，成为宫廷之美玉的男人。

当正文交代绛珠草“终日游于离恨天外，饥则食蜜青果为膳，渴则饮灌愁海水为汤”时，批书人批注：“饮食之名奇甚，出身履历更奇甚，写黛玉来历自与别个不同。”不但明确交代了绛珠草就是林黛玉，还说明，“终日游于离恨天外”所交代的就是林黛玉前世的履历和身份。这是进一步提示，黛玉与别个所不同的不平常的身份，就是她曾得到天庭的宠幸后，又被抛弃在天庭之门外的人生经历。绛珠草虽然脱却草胎木质，修成一个女体，并没有成为天庭之人物，而仅仅成了天庭的一件玩物，就是她赤瑕宫神瑛美玉的身份。

“蜜青果”寓意禁果。“饥则食蜜青果为膳，渴则饮灌愁海水为汤”叙述，绛珠草在遭受被抛弃、无名分的痛苦之时，便饮鸩止渴，与神瑛侍者偷食了爱情禁果。“蜜青果”虽然甜蜜但青涩难咽，只能给她带来更多的哀愁，也就导致了“渴则饮灌愁海水为汤”的恶性循环。

对此爱情命运，批书人又总结性批注：

“以顽石草木为偶，实历尽风月波澜，尝遍情缘滋味，至无可如何，始结此木石因果，以泄胸中悒郁。点题处，清雅。”（见《红楼梦》第一回）

“点题处”揭示，这个批注可以等同于正文的叙述，实际就是绛珠草与神瑛侍者爱情故事的总结。一个“泄”字便流露了天机，绛珠草是拿与神瑛侍者的爱情关系来泄被抛弃的悒郁，以出轨来报复那个以雨露滋养她后又抛弃她的男人。所以，批书人批评绛珠草的做法属于“恩怨不清”。而他们的这段孽情，在“历尽风月波澜，尝遍情缘滋味，至无可如何”，却结出了一个“木石因果”。

那么，此“木石因果”所隐蔽的又是什么结果呢？“木”在前指起因，“石”在后是结果。木石因果不是指神瑛侍者与绛珠草因灌溉而产生的父女因果关系，而隐蔽的是绛珠草与石头的母子因果关系。也就是说，此石头果实是绛珠草与神瑛侍者的爱情结晶，他当然是绛珠草以泄胸中悒郁的最美事物。神瑛侍者给绛珠草的甘露之惠，能使她的生命久延岁月，而绛珠草便还他一个儿子以延续他的香火，这个回报当然可以偿还得过他对她的养育之恩。对神瑛侍者与绛珠草由灌溉所引发出来的债务性爱情关系，批书人大发感叹：“恩情山海债，唯有泪堪还。”

第一回，那僧以绛珠草神话般的形象概述了林黛玉在前世的经历，那么，前世林黛玉的现实版又在哪里呢？请看：神瑛侍者现实版。

神瑛侍者现实版

梦幻中的神瑛侍者与绛珠草是灌溉与被灌溉的养育关系，而现实中的林如海是林黛玉的父亲，也就是养育绛珠草林黛玉的人。林如海当然就是现实版的，养育绛珠草的神瑛侍者。

如果林黛玉是巡盐御史林如海的亲生女儿，那她就是正宗的五品官家小姐，她的出身又怎能低微如绛珠草？淮扬是天下最富庶的地区，巡盐御史更是官场上求之不得的肥差，林黛玉作为皇帝跟前的红人巡盐御史林如海的掌上明珠，不说登门求亲的要踏破门槛，即便母亲早逝，她也绝不可能有寄人篱下之忧。由此也可推测，林如海与绛珠草林黛玉，不可能属于普通父女关系，而一定另有隐情。这个隐情就是他们之间由灌溉与被灌溉所产生的养父女关系之上又发生了父女乱伦的情侣关系。

那僧为什么说绛珠草的故事“说来好笑，竟是千古未闻的罕事”呢？早在石头第一次口吐人言时，批书人就已经有批文：“竟有人问：‘口生于何处？’其无心肝，可笑可恨之极”于此类问题进行了批驳，“罕事”当然不是指神话中的人“以顽石草木为偶”

的奇异，而是暗示神瑛侍者与绛珠草在灌溉与被灌溉关系之上所发生的爱情，属于养父女之间乱伦的稀罕事。

如果林如海就是现实版的神瑛侍者，那么，林如海与林黛玉之间就不仅仅是父女关系，而是在养父女关系之上，又发生了历尽风月波澜，尝遍情缘滋味，恩怨不清的情侣关系。请看第三回：

那女学生黛玉，身体方愈，原不忍弃父而往，无奈他外祖母致意务去，且兼如海说："汝父年将半百，再无续室之意，且汝多病，年又极小，上无亲母教养，下无姊妹兄弟扶持，今依傍外祖母及舅氏姊妹去，正好减我顾盼之忧，何反云不往？"黛玉听了，方洒泪拜别。【甲戌侧批：实写黛玉。】

黛玉因无人照料，所以其外祖母才"致意务去"，怎么谈得上"弃父而往"，"弃"又从何说起？然而林如海对林黛玉的劝说之词"年将半百，再无续室之意"比"弃父"更让人费解。难道林如海"再无续室之意"是黛玉离开家，离开老父的理由？如果黛玉年幼，林如海又不再续室，正常情况下，做女儿的就更不应该离开。难道五品的巡盐御史不续室便无人照顾女儿，况且之前已有林如海"虽有几房姬妾"之说，可见林如海续不续室与林黛玉是否有人照顾无关。更何况，黛玉因无亲母照顾而离开自己的亲爹，离开巡盐御史的书香钟鼎之家，去投奔一个仅有主事之衔，刚升了员外郎，品级低于父亲的舅舅家寄人篱下，显然不合情理。

那么，林黛玉"原不忍弃父而往"与"汝父年将半百，再无续室之意"这两句话究竟有何玄机呢？它所流露的隐情是：林黛玉原本不肯离开林如海，但林如海暗示黛玉，自己不打算娶她，执意劝她离开，所以林黛玉才不得不无奈登舟而去。“实写黛玉”更强调了林如海所说的“汝父年将半百，再无续室之意”所写的重点并不是林如海的婚姻状况，而是林黛玉所面临的嫁娶处境。“再”字更透露出林如海不是没有续室，而是不想再度续室，也就是说，林如海并不是没有续室夫人照顾林黛玉，而是不打算让林黛玉成为自己的续室。林如海执意让林黛玉离开的意图，就是要阻止他们之间在父女关系之上再发生有危害的暧昧关系。

作者说他的故事是大有考证的真事，那么这个与绛珠草林黛玉发生不伦之恋情的神瑛侍者林如海又是真事中的谁呢？他就是作者曹雪芹的生父曹寅。“神瑛侍者”的身份首先影射了曹寅任康熙皇帝侍卫的履历，林如海任淮扬地区巡盐御史，也是影射曹寅与李煦从康熙四十二年（1703 年）开始，轮流兼任扬州巡盐御史之职，管理两淮盐政的史实。而林家业经五世的功名，所影射的就是曹家从创业至败绩，历经曹振彦、曹玺、曹寅、曹颙和曹頫等五届为官的富贵家史。

第二回写贾雨村游至淮扬地面时，打听到“林如海之祖，曾袭过列侯，今到如海，业经五世。起初时，只封袭三世。因当今隆恩盛德，远迈前代，额外加恩。至如海之父，又袭了一代”。“起初时，只封袭三世”影射前三届曹振彦、曹玺、曹寅的官职是靠自己实力争取，属于正常封袭。而后两届曹颙和曹頫的官职就属于额外加恩，所以说“当今隆恩盛德远迈前代”。“至如海之父，又袭了一代”指曹家家史的源头，第一代创业人曹振彦之后，曹玺又袭了一代。而林如海是自己通过科举考试获得官职，而非承袭父亲的功名，与曹寅凭自己的实力获得织造官职的真实履历相对应。因为曹玺死后康熙皇帝并未立即让曹寅接替他父亲的织造之职，而是过了五年，曹寅通过自己的努力，才重新获得此职位。林家这一段业经五世的富贵功名所影射的就是真实的曹家为官百年的家史。所以说，林家即曹家，林如海是以曹寅为原型塑造的艺术人物，反映的就是曹寅的人生经历。

书中只用“今只有嫡妻贾氏，生得一女，乳名黛玉，年方五岁”交代了林如海与林黛玉的父女关系，却在他们的人物介绍文中，插进了一大篇充满激愤的批文。请看批文：

【甲戌眉批：可笑近时小说中，无故极力称扬浪子淫女，临收结时，还必致感动朝廷，使君父同入其情欲之界，明遂其意，何无人心之至！不知彼作者有何好处，有何谢！报到朝廷高庙之上，直将半生淫朽秽资睿德，又苦拉君父作一干证护身符，强媒硬保，得遂其淫欲哉！】（见《红楼梦》第二回）

“近时小说”指的就是作者自己的作品《红楼梦》，不然曹雪芹绝不会无端攻击他人的作品。那么，在林如海、林黛玉的首度登场之时，批书人为什么要以大段批文的形式，插入一篇如此激烈的批语呢？这是曹雪芹“自执金矛又执戈，自相戕戮自张罗”之秘法的具体表现。他以正文和批文的不同文体，从不同角度对所发生的历史事件做阐述，所进行的自我批判，就是自己与自己拆招。

曾袭过列侯的第一代是林如海之祖，林如海当然就是林家的第三代人，即“曾袭过列侯”的祖父曹振彦之孙曹寅。在曹寅之后，曹颙、曹頫又是如何获得皇帝远迈前代的额外加恩，才得到了官职呢？是因为曹寅早逝，康熙皇帝才额外加恩，破格提拔曹寅之子曹颙来接替曹寅的织造之职，以此保住他曹家的功名家业。不幸的是，曹颙任职不到三年便去世。康熙皇帝再次为保曹寅家口不散，又将曹寅十五岁的侄儿曹頫过继给曹寅之遗孀李氏，更是额外加恩，直接让他接替了曹颙的织造之职。康熙皇帝对曹家的隆恩盛德自不待言。可曹寅为什么会突然去世，而导致后继无人呢？这是因为曹寅与被太子宠幸过的女人黛玉偷情并秘密生下儿子曹雪芹。事情败露后，曹寅被太子胤礽所逼自尽，而死于非命。

曹雪芹对父亲曹寅与母亲黛玉所发生的偷情乱伦之事，始终持强烈的否定态度。所以他以批书人身份在正文里面交代林如海、林黛玉来历的同时，又加批注对正文所表述的内容进行无情的自我批判。在批文中称林如海和林黛玉为“浪子淫女”，谴责正文中对林如海的上场介绍之文是“无故极力称扬浪子淫女”。批评作者将“使君父同入其情欲之界，明遂其意”的性质，粉饰为林家所获得的远迈前代的隆恩盛德的行为，是何等无人心之至！并用“彼作者”自嘲，讥讽自己如此称扬浪子林如海、淫女林黛玉，为其粉饰是不是被收买了，得了什么好处和谢礼！

“直将半生淫朽秽资睿德”，其“睿德”即皇帝的恩德。曹寅文武兼备，比康熙皇帝小四岁，少年时即入宫，是康熙皇帝的御前侍卫。康熙二十九年（1690 年），曹寅三十二岁，康熙皇帝任命他为苏州织造，后转江宁织造。虽然官阶只有五品，但苏州、江宁、淮扬地区是当时最富庶的地方，是美差。后又任命他为两淮巡盐御史，都是肥差。其间，康熙皇帝命他负责刊刻《全唐诗》和康熙皇帝自己感兴趣的其他文化工作，六次南巡，四次命他接驾，说明康熙皇帝对曹寅非常信任。康熙四十五年（1706 年），皇帝又亲自为曹寅亲生女儿福金赐婚，让她嫁给了镶红旗王子纳尔苏，纳尔苏后袭爵为平郡王，使曹寅之女福金成为王妃。由于康熙皇帝对曹寅的恩宠，让曹家的富贵达到了从未有过的高度，曹寅任织造时期是曹家荣华富贵的鼎盛期。这里的“睿德”指康熙皇帝对曹寅的恩宠。而年过五十的曹寅不保晚节，与自己的养女、太子胤礽宠幸过的黛玉发生不伦之恋，闯下大祸。因此批书人谴责他是以半生淫、朽、秽，来报答康熙皇帝的睿德。

第五回有“漫言不肖皆荣出，造衅开端实在宁”“箕裘颓堕皆从敬，家事消亡首罪”诗句。意在说明荣国府的曹頫、宝钗夫妻两人都是曹家的不肖子，但宁国府的贾敬即曹寅才是惹是生非、“造衅开端”的人。曹家的家业虽然毁于曹頫，但家事消亡的败局首先要罪责宁国府的贾敬即曹寅。曹雪芹为什么要用如此愤慨之言来对待首度登场的林如海、林黛玉呢？因为林如海与贾敬一样，所影射的都是曹寅，作者对他与贾敬有一样的愤怒。贾敬的“箕裘颓堕”指的就是林如海与林黛玉的不伦奸情。作者感叹，人生不如意者十有八九，能与人言无二三，作者父母的不伦之恋就是作者最不愿与人言的不如意事。但他的书所要反映的是事实真相，他既不能明言直述，又决不会弄虚作假扭曲事实，所以他采用的是巧妙的隐蔽叙述手法。

因为第一回和第二回都属于楔子，无论是在第一回出现的绛珠草，还是第二回所出现的林黛玉，都仅仅是黛玉其人的人物概述，并非正文，完整的故事叙述是从第三回才正式开始，那么正文中，黛玉的第一个真故事又在哪里呢？请看：绛珠初见。

绛珠初见

第二回是这样介绍林黛玉来历的："今只有嫡妻贾氏，生得一女，乳名黛玉，年方五岁。"如果这里所交代的是林黛玉的履历，那么五岁前的时间哪里去了，为什么今生得的林黛玉直接就是五岁？如果是事件时间，那又是什么事件的时间呢？侧批"绛珠初见"就是为这个疑惑做的注释。"绛珠初见"说明，"年方五岁"既是林黛玉最初出现在曹家的事件时间，又是林黛玉履历的起点。林黛玉五岁之前的履历无法考证，是因为她五岁时才被买入曹家学戏。这个考证不是指我们今天无法考证黛玉其人的原型是哪位，而是说，作者写书时就已经无法考证到林黛玉五岁被买入曹家之前究竟出自何门、何姓氏。这才是绛珠五岁初见的实质。隐蔽的就是林黛玉五岁时如草芥般低微，无人养育的孤儿出身。

既然说林黛玉的履历是从年方五岁时才开始有记载，那为什么在第三回，她与贾家人相见时，自己又说出一个三岁时的故事呢？她说：

“那一年我三岁时，听得说【甲戌侧批：文字细如牛毛。】来了一个癞头和尚，说要化我去出家，我父母固是不从。”

“文字细如牛毛”提示“听得说”三字是关键，暗示了这个三岁时的故事仅仅是听来的，并不属于林黛玉的记忆，所以不能确实。那么林黛玉听谁说了这个三岁时的际遇呢？这个人当然就是甄士隐，因为甄士隐在第一回，亲自正面演绎的就是林黛玉所听说的这个遇见。

第一回，士隐抱着女儿在街前看那过会的热闹，只见从那边来了一僧一道，那僧癞头跣脚，看见士隐抱着英莲，便大哭起来，又向士隐道：“施主，你把这有命无运，累及爹娘之物，抱在怀内作甚？”士隐听了，知是疯话，也不去睬他。那僧还说：“舍我罢，舍我罢！”之后，那僧乃指着他大笑，口内念了“惯养娇生笑你痴，菱花空对雪澌澌。好防佳节元宵后，便是烟消火灭时”四句预警性言辞。

就在这第一回，那僧先向那道和甄士隐讲述了神瑛侍者和绛珠草养父女之间的爱情故事。之后却指着甄士隐和甄英莲大笑，并有四句言词对他们的前途命运作为预言性警告。那么，那僧讲述的是神瑛侍者和绛珠草的爱情，为什么预言警告的却是甄士隐和甄英莲的前途命运呢？或者说，第一回的主题人物究竟是神瑛侍者和绛珠草，还是甄士隐和甄英莲呢？因为甄家也是曹家，甄士隐为当地望族，所影射的就是曹家鼎盛之时的男主人曹寅，而甄英莲就是他的养女绛珠草林黛玉，所以，那僧前后所讲述的实际上是同一组人物所发生的同一个主题故事，甄士隐和甄英莲就是神瑛侍者林如海和绛珠草林黛玉。

甄士隐的家坐落在姑苏阊门，直接点出了苏州织造府的方位，它说明，甄家所影射的是织造曹家，而曹家只有曹寅曾任苏州织造，所以，甄士隐就是曾任苏州织造的曹寅。因为甄士隐所影射的是曹寅，林如海所影射的也是曹寅，甄士隐、林如海以及神瑛侍者所影射的都是同一个人曹寅，所以，甄家就是林家，林如海的女儿是绛珠草林黛玉，甄士隐的女儿甄英莲也是绛珠草林黛玉。

第五回预言甄英莲命运的薄籍中有："只见画着一株桂花，下面有一池沼，其中水涸泥干，莲枯藕败。后面书云：根并荷花一茎香。"这是明确交代，荷花是象征甄英莲的花，甄英莲的"莲"字也印证了这一点。我们当然知道，莲花、荷花、芙蓉就是同一种花的不同叫法。可为什么在第六十三回，又以黛玉所抽出的芙蓉花笺，来指明林黛玉的芙蓉身份，并且大家都笑着说"这个好极，除了他，别人不配作芙蓉"。书中以这同一种花来寓意甄英莲和林黛玉，就是要暗示读者，甄英莲和林黛玉的关系就如同荷花与芙蓉花的关系一样，原本就是同一个人的不同名称，甄英莲是莲，林黛玉也是莲，作者是以同一种植物"莲"作为林黛玉与"分身"人物之间的连接纽带，来暗示甄英莲与林黛玉实际是同一个人。

三岁时的故事，自然只能从父母这里听到。所以，林黛玉三岁时的遭遇就是听父亲甄士隐，即曹寅说的。甄英莲所遇癞僧的经历看似不是梦，是现实场景，但侧批"万境都如梦境看"却暗示，这个现实场景反而不真实，只可当作梦境来看。在"那僧则癞头跣脚，那道则跛足蓬头"之旁又批注："此则是幻象。"同样说明，这里所出现的癞僧也不是实体，而只是一个幻象，但这个幻象不是指神话中神仙的幻象，而是指甄士隐自己头脑中所产生的幻境。因此，甄英莲三岁时与癞僧的这个相遇并不是真事，而仅仅是甄士隐的幻想。这个没有标明的幻境与书中明确交代的梦境有所不同，虚实性反而要掉个头。或者说，这是甄士隐对林黛玉所说的一个谎言，为她虚构了一个出家为僧的宿命，目的是劝林黛玉出家逃禅以避太子追杀之灾。

癞僧所看见的，被甄士隐抱在怀中的甄英莲就是林黛玉口述的三岁时的自己，这说明甄英莲、林黛玉三岁时的经历都属于子虚乌有的谎言。本来就是甄士隐的一个虚无幻觉，林黛玉的父亲却如何还能碰巧与甄英莲的父亲产生同一个幻觉呢？所以，这个幻觉再次有力地证明了甄士隐和甄英莲与林如海和林黛玉不仅属于同一组人物的性质，而且她们的履历不是从三岁，而是从年方五岁才正式开始。这个结论的重要性，在于甄英莲五岁时被拐卖并不是从甄家被拐出，而是隐蔽叙述甄英莲是在五岁时被拐卖进了甄家，即曹家。五岁被拐是甄英莲即黛玉在书中的第一个真故事，是作者为林黛玉所记录的最初的人生档案，也就是“绛珠初见”的实质。

那么是谁拐了甄英莲？第四回门子笑道：

“不瞒老爷说，不但这凶犯的方向我知道，一并这拐卖之人【甲戌侧批：斯何人也。】我也知道，死鬼买主也深知道。”

“门子”即看门的人，又寓意门儿清，即知情人。门子虽然还未来得及说出拐子的名姓，却明确交代自己知道拐子是谁。批书人一改门子口语化的叙述，以“斯何人也”设问暗透，拐子并非寻常泛泛市井之流，而属于有身份的人。之后结案时又有：“其祸皆因拐子某人而起，拐之人原系某乡某姓人氏。”再次提示，拐子是有名有姓有来历有根基的人，并且其中暗藏“祸起”二字以暗示，他就是“好防佳节元宵后，便是烟消火灭时”祸患的起始人霍启。霍启当然就是带甄英莲去看灯的甄士隐，也就是来自北京的曹姓人氏曹寅，是曹寅拐带了林黛玉，也就是作者的父亲拐带了他的母亲，拐子之称当然不过是作者对父亲的戏谑调侃。

被拐人甄英莲同样也是这个拐子身份的见证人。虽然她不敢直呼拐子的姓名，但她有说：“他是被拐子打怕了的，万不敢说，只说拐子系他亲爹，因无钱偿债，故卖他。”因此，我们只要知道甄英莲叫谁作亲爹，我们就知道谁是真正的拐子。而甄英莲当然是叫甄士隐作亲爹，所以，甄士隐就是拐走英莲的拐子。那么拐子将甄英莲拐带到了哪里呢？门子又说：

“这一种拐子单管偷拐五六岁的儿女，养在一个僻静之处，到十一二岁时，度其容貌，带至他乡转卖。”

曹振彦原是京城里中央直属机关的官员，至曹玺被康熙皇帝派往金陵等地任职后，曹寅一家就反认“他乡”金陵是故乡。因此，拐子曹寅把甄英莲拐进苏州织造府后，又将其带到了江宁织造所在地，即书中所说的“他乡”金陵南京。

那么，英莲，即林黛玉从五岁至十一二岁，再至十二三岁的这七八年被养在了哪个僻静之处，又有何经历？请看：从龄官解开年龄之谜。

从龄官解开年龄之谜

第三回写林黛玉进荣国府时，其言行举止，无法与“年方五岁”相呼应。王熙凤虽有“妹妹几岁了”之问，可无人就此作答。林黛玉说，“这位哥哥比我大一岁，小名就唤宝玉”，但宝玉的年龄同样也是一个谜，我们仍然无法以宝玉的年龄来推测林黛玉究竟是多少岁。既然作者在此无意交代林黛玉的年龄，又为什么要反复提及林黛玉的年龄问题呢？这就是作者猜谜般的表达方式，反复提及的意图是要引起读者对林黛玉年龄问题的关注，从而揭开林黛玉的年龄之谜。

由于《红楼梦》是一部折射曹家家史的小说，全书所跨的故事时间不是短短几年而是长达九十年，书中虽有两次直接提及了林黛玉“年方五岁”和“我长了今年十五岁”的年龄，但我们仍然不能由此得知，林黛玉的这些故事分别发生在她的哪个年龄段，以及黛玉究竟是哪一年生人。年龄出了问题，当然要向“龄官”找答案，龄官果然名副其实，这个人物身上还真隐蔽着林黛玉年龄的谜底。

第三十回，宝玉眼中的龄官是这样，“只见这女孩子眉蹙春山，眼颦秋水，面薄腰纤，袅袅婷婷，大有林黛玉之态”。这个描述与宝玉眼中的林黛玉毫无二致。第三回，宝玉见到林黛玉时说：“我送妹妹一个妙字，莫若‘颦颦’二字极妙。”又对探春说：“况这林妹妹眉尖若蹙。”“眉蹙春山”与“眉尖若蹙”当然是同一个意思，“眼颦秋水”又照应了“颦颦”二字，可见“眉蹙春山”就是奔着“眉尖若蹙”而去，“眼颦秋水”显然也是故意让“颦颦”二字重现，如此相似的描述，当然是为了突出龄官和林黛玉之间的共性。“大有林黛玉之态”更直接将龄官与林黛玉联系起来，龄官不仅与林黛玉长得相像，根本就是林黛玉的另一个分身。

那么龄官与林黛玉为什么会如此相像，难道她们是失散的双胞胎？可书中与林黛玉长得相像的并不只有龄官，还有晴雯和尤三姐，她们的容貌与林黛玉同样也毫无二致。第二十六回有“原来这林黛玉秉绝代姿容，具希世俊美”，其后还有一首诗，第一句就是“颦儿才貌世应希”，都很直接地说出了林黛玉的相貌属于稀世之美，具有独特罕见的特性，而没有普遍性，可为什么在贾家这个有限的范围之内却又有许多与林黛玉长得很相像的人呢？小说当然不会无缘无故出现长得一模一样的人，这是作者“分身法”的表达方式，所隐蔽的正是她们属于同一个人的人物性质。容貌相像是林黛玉“分身”人物的标识，书中与林黛玉长得相像的人，除非男性所影射的是黛玉的儿子外，无一例外都是林黛玉的“分身”，就是林黛玉本人，龄官是，晴雯和尤三姐也是，她们所演绎的是不同时期、不同事件中的林黛玉。

在第二十二回，林黛玉对宝玉说：“安静看戏罢，还没唱《山门》，你倒《妆疯》了。”之旁有一批文：

【庚辰双行夹批：趣极！今古利口莫过于优伶。此一诙谐，优伶亦不得如此急速得趣，可谓才人百技也。一段醋意可知。】

“才人”：宫廷女官的一种，兼作妃嫔；“优伶”：演员。

这段批文显然是针对林黛玉带醋意的嘲讽之言而来，评价的就是由林黛玉的职业所产生出来的语言特性，故意流露了林黛玉既为才人，又是优伶出身的隐蔽身份。“今古利口莫过于优伶”即：谁也比不过优伶出身的林黛玉的伶牙俐齿，明确揭示了林黛玉的演员职业。“优伶亦不得如此急速得趣，可谓才人百技也”又揭示，不是普通优伶都有这样的激辩之才，只有从优伶中选拔出来的才人林黛玉才能如此多才多艺，林黛玉从优伶到才人的人生旅程，也是林黛玉与优伶龄官的人物对接，是从林黛玉的角度来印证，唱小旦的龄官就是优伶林黛玉。第二十二回中的龄官所演绎的，就是绛珠草林黛玉从年方五岁被拐卖到曹家后，在曹家学戏做优伶至十一岁，将要做才人的旅程。

龄官与林黛玉是同一个人，龄官的年龄当然也就是林黛玉的年龄，龄官与他人的年龄关系也就是林黛玉与他人的年龄关系。请看第二十二回：

至晚散时，贾母深爱那作小旦的与一个作小丑的，因命人带进来，细看时益发可怜见。【庚辰双行夹批：是贾母眼中之见、心内之想。】因问年纪，那小旦才十一岁，小丑才九岁，大家叹息一回。

"那小旦才十一岁"的肯定语气揭示，此时的龄官林黛玉是十一岁，那么此时指的又是哪一年呢？贾家此次举行的演出活动是为薛宝钗"将笄之年"过生日，活动的名目首先就暗示了这里要叙述的是关于年龄的内容。王熙凤说："听见薛大妹妹今年十五岁，虽不是整生日，也算得将笄之年。""听见"二字暗示，薛宝钗十五岁的年龄仅是听说，并不能十分肯定。而"那小旦才十一岁"却给予了肯定的年龄定位，它暗示，这个故事所讲述的虽然是年龄，但主题并不是过生日的薛宝钗的年龄，而是龄官林黛玉十一岁的年龄定位，以及她与他人年龄的比较关系。因为这天是为薛宝钗"将笄之年"过生日，所以，龄官十一岁所比较的是宝钗的年龄。

古代女子十五岁把头发梳拢来，挽一个髻，插上"笄"的首饰，叫"笄礼"，加笄后表示她已成年，所以女子到了十五岁，叫"笄年"。此回似乎是为宝钗十五岁过生日，但王熙凤又说可以算是宝钗的"将笄之年"。"可以算"暗示还不完全是，"将笄之年"同样说明并不是"笄年"，因此，这里并不是所谓的宝钗的半整数十五岁生日，准确地说应该是将到笄年，但未到笄年的十四岁生日。第一组重要人物的年龄关系产生了，龄官林黛玉十一岁时，宝钗是十四岁，林黛玉比薛宝钗小三岁。那么，林黛玉十一岁，薛宝钗十四岁的这一年是哪一年？又为什么要特别记载她们这一年的年龄呢？因为这是林黛玉五岁被买进曹家之后，人生历程上的第二个转折点，是作者需要为林黛玉标记上的重要的年龄点位。

凤姐道，“二十一是薛妹妹的生日”，那么，“二十一”所标记的真是薛宝钗的生日吗？当然不是，如果没有月份标记，仅凭日期根本算不上生辰纪念日。本来就没有人知道林黛玉和薛宝钗具体的生辰时间，当她们一个五岁，一个八岁被买入曹家学戏时，自己也不知道自己生于几月几日，不交代月份就是暗示，二十一日并不是薛宝钗的生辰纪念日。

那么，“二十一日”所隐蔽记叙的是什么日子，又是哪个月的二十一日呢？根据上下文可以推测，这是贾家在正月里所举行的一次演出活动。“忽然人报，娘娘差人送出一个灯谜儿”和第二十二回的标题“制灯迷贾政悲谶语”，都说明这些活动是发生在正月里。因此，这个日子指的是与皇宫有关联的正月二十一。是哪一年的正月二十一，又是曹家家史上需要记载的一个怎样的重要日子呢？它就是“好防佳节元宵后”所指的康熙四十六年（1707年）的元宵节后，即正月二十二日康熙第六次南巡启程的前一日，是曹家为即将迎驾的重要演出所进行彩排的日子。这日，龄官唱完，又被贾母另外唤进内室，表现了龄官，即林黛玉在众女孩中格外惹人怜爱，有脱颖而出的潜力，同时反映了林黛玉被太子宠幸前，十一岁还未由草蜕变成玉时，戏子“可怜见”的生活处境。

史料所记康熙第六次南巡的时间说明，康熙四十六年时，龄官，即林黛玉是十一岁，由此便可推算出林黛玉是生于康熙三十五年，即公元1696年，属鼠。薛宝钗比林黛玉大三岁，由此推算，薛宝钗生于康熙三十二年，即公元1693年，属鸡。关于林黛玉属鼠、薛宝钗属鸡的这个年龄特征，书中还有充分的证据可以证明这个推论的可信性。（关于属相的内容，在有关章节还一一有详述。）所以，通过龄官这个人物，我们可以揭开林黛玉生于公元1696年，生肖属鼠的年龄之谜，并以此推论为坐标，从而进一步推算出，林黛玉在各个人生经历事件中的年龄时间。

龄官在何时来到了曹家呢？是在康熙第六次南巡的前六年，即康熙四十年，龄官，即甄英莲五岁时被拐卖到曹家，就是“贾蔷已从姑苏采买了十二个女孩子”中的一个，曹家将其养在一个僻静之处梨香院，“梨香院”又寓意梨园行。正如门子所说：“这一种拐子单管偷拐五六岁的儿女，养在一个僻静之处，到十一二岁时，度其容貌，带至他乡转卖。”龄官林黛玉在梨香院学戏，经过了六年的专业训练时间，也就是“通灵宝玉”林黛玉所经历的第一次锻炼，至康熙四十六年，龄官长至十一岁，参加曹家为康熙第六次南巡驻跸曹家所举行的演出，并在演出中脱颖而出，随行的太子胤礽对她青睐有加，于是，曹家当晚便将龄官敬献给了太子胤礽，就是门子所说的“度其容貌，带至他乡转卖”。

往下请看：好防佳节元宵后。

好防佳节元宵后

第一回，那僧以“好防佳节元宵后，便是烟消火灭时”对甄士隐和甄英莲的命运做了预见性警告之后，甄英莲就在元宵节看灯时丢失了。接着葫芦庙炸供起火，殃及甄家，直至烟消火灭。那么，这是哪一年的元宵节，这个元宵节与丢失甄英莲事件有什么因果关系，为什么要强调这个佳节元宵后？

第一回所发生的故事都极具象征性，这场由葫芦庙烧起的大火也同样只有象征意义，并非真正失火。“火”也不代表“祸”，作者也未曾在此标记“火”可以与“祸”谐音。“好防佳节元宵后，便是烟消火灭时”所警告的也不是起火，而是要提防火灭。一场火灾并不见得能摧毁一个家族的根基，而“烟消火灭”却是灭门的后果。那么十里街上的这场大火，所隐蔽叙述的究竟是怎样的家庭变故，又发生在哪一个元宵节之后呢？因为甄士隐所影射的是曹寅，我们首先便可以确定，这里所说的是曹寅的家庭变故，所隐蔽叙述的就是曹寅家的烟消火灭。

第一回，“当日地陷东南，这东南一隅有处曰姑苏【甲戌侧批：是金陵。】”暗示，正文虽然交代的是姑苏，但批文“是金陵”却注明，也包括江宁织造所在地金陵南京。“这阊门外有个十里【甲戌侧批：开口先云势利，是伏甄、封二姓之事。】街”又讲明，阊门虽然是苏州的地名，但十里街寓意的却是甄、封二姓之间的势利事，并非地名。“街内有个仁清【甲戌侧批：又言人情，总为士隐火后伏笔。】巷”同样说明，这里讲的不是巷子而是人情，而且是火后的人情，说明人情巷是大火之后的产物。“巷内有个古庙，因地方窄狭，【甲戌侧批：世路宽平者甚少。亦凿。】人皆呼作葫芦【甲戌侧批：糊涂也，故假语从此具焉。】庙。”进一步注明，葫芦庙是火后人情之上才产生的，一座世路坎坷的糊涂庙。庙旁住着一家乡宦叫甄士隐，就是曹寅。这里以隐蔽的手法交代了大火的真实地点是金陵，人物是曹寅，而十里街和葫芦庙都是大火之后的产物。下面这一段文字同样是以隐蔽的象征性手法交代事件的发展过程。

“不想这日三月十五，葫芦庙中炸供，那些和尚不加小心，致使油锅火逸，便烧着窗纸。此方人家多用竹篱木壁者，【蒙侧批：交竹滑溜婉转。】大抵也因劫数，于是接二连三，牵五挂四，将一条街烧得如火焰山一般。【甲戌眉批：写出南直召祸之实病。】彼时虽有军民来救，那火已成了势，如何救得下？”（见《红楼梦》第一回）

作者当然不会无缘无故标记一个没有含义的普通日子，凡书中特别标记的年月日，都是真实事件的时间记载，“三月十五”也不例外，它所记载的是康熙在康熙四十六年正月二十二日元宵节后启程，进行第六次南巡，到达金陵曹家的日子。

交竹：织机部件。在此以织造家的生产设备，点出甄家织造官的身份，同时双关暗合具有竹子秉性的林黛玉。“婉转”：形容人的言辞委婉含蓄，声音动听。“交竹滑溜婉转”是以拟人手法寓意，秉性风流婉转的黛玉与助长织造家火势的关系。“大抵也因劫数”影射神瑛侍者与绛珠草下凡所要经历的劫数，也就是甄士隐和甄英莲“好防佳节元宵后，便是烟消火灭时”的命运劫数。“接二连三，牵五挂四”指最后曹家家败时所牵涉的其他因数。“南直”：南直隶的省称，指南京。“写出南直召祸之实病”直接指出了曹寅在南京任江宁织造时，好面子，好大喜功而招祸的弊端，同时指明大火不是发生在苏州织造，而是发生在康熙第六次南巡、曹寅任江宁织造时的南京。

“这阊门外有个十里【甲戌侧批：开口先云势利，是伏甄、封二姓之事。】街”又说明，“十里街”就住着甄、封二姓两家人，表明该书说的是甄、封两家人的事。因为书中只有甄士隐的岳丈名唤封肃，这封姓人家自然就是指甄士隐即曹寅的岳丈家。那么，岳丈影射的是曹寅之妻李氏的父亲李月桂吗？当然不是。难道作者无端要用一个势利小人的形象来攻击李月桂？这当然是不可能的，因为曹寅以养女林黛玉为妻，林黛玉的父亲当然就是曹寅的岳丈，所以，甄士隐即曹寅的岳丈封肃影射的还是曹寅自己，“甄、封二姓之事”其实还是说的曹寅一家之事。总共才说了一家人的故事，如何又会牵涉出两条街呢？所以，第一回楔子中，住着甄、封二姓的势利街所指的就是正文中，住着都姓贾的宁荣街，被“烧得如火焰山一般”的势利街也就是正文中的宁荣街。第十三回，秦可卿托梦时说：

“眼见不日又有一件非常喜事，真是烈火烹油、鲜花着锦之盛。要知道，也不过是瞬息的繁华，一时的欢乐，万不可忘了那‘盛筵必散’的俗语。”

“烈火烹油”所寓意的当然就是“烧得如火焰山一般”的这场大火，而“烈火烹油、鲜花着锦之盛”比喻的是红火兴旺，所以，无论是“烈火烹油”还是“烧得如火焰山一般”的大火都不是指失火，而是指兴旺，但甄士隐和甄英莲的这一场红火兴旺也不过是瞬息的繁华，一时的欢乐，烧尽家财以后，转眼就将烟消火灭。

这场大火究竟是如何烧起来的呢？是“三月十五”日，康熙南巡驻跸曹家这天开始烧起，也就是秦可卿所说的不日又有的这件如烈火烹油般的非常喜事。

“非常喜事”指的当然就是“省亲事”，但第十六回又有回前批“借省亲事写南巡，出脱心中多少忆惜感今”说明，第十八回“荣国府归省庆元宵”不过是为写南巡事所借来的躯壳，所以，势利街上的这场大火所隐蔽的其实是康熙第六次南巡事件。第十六回，作者是这样描述贾家得到省亲消息的过程的：

忽有门吏忙忙进来，至席前报说：“有六宫都太监夏老爷来降旨。”唬得贾赦贾政等一干人不知是何消息，忙止了戏文，撤去酒席，摆了香案，启中门跪接。早见六宫都太监夏守忠乘马而至，前后左右又有许多内监跟从。那夏守忠也不曾负诏捧敕，至檐前下马，满面笑容，走至厅上，面南而立，口内说："特旨：立刻宣贾政入朝，在临敬殿陛见。"

"启中门跪接"暗示，此事件不是发生在西角门所寓意的曹頫的荣国府，也不是东角门所寓意的曹颙的宁国府，"中门"象征的是曹家曹寅的主人地位，它暗示，此事件发生在"中门"所象征的曹寅在世时的时间。"也不曾负诏捧敕"揭示，贾元春晋封凤藻宫尚书，加封贤德妃之事并没有正式的书面材料做证明，所谓口谕也同样未曾提及元春晋封之事。赖大禀道："小的们只在临敬门外伺候，里头的信息一概不能得知。后来还是夏太监出来道喜，说咱们家大小姐晋封为凤藻宫尚书，加封贤德妃。后来老爷出来亦如此吩咐小的。"这说明，贾元春晋封的全部消息都来自"只在临敬门外伺候，里头的信息一概不能得知"的管家赖大所得到的小道消息。"老爷出来亦如此吩咐小的"同样没有直接交代贾家是否真得到了贾元春晋封的正式消息，因此，贾元春晋封之事并没有确凿证据，也就谈不上贵妃省亲之事。那么"六宫都太监夏守忠"所带来的是何"泼天喜事"呢？就是借省亲事所写的康熙皇帝南巡，命曹寅接驾，驻跸曹家的"泼天"的天子之事。

第十八回，"至十五日五鼓，自贾母等有爵者，俱各按品服大妆"。所对应的就是第一回，"不想这日三月十五，葫芦庙中炸供"的十五的日期，所隐蔽记述的是康熙第六次南巡，在康熙四十六年正月二十二日，即元宵节之后由北京启程，至三月十五日到达江宁织造府的时间。康熙皇帝驻跸曹家，给曹家带来空前红火的盛况，同时也是曹家烟消火灭的开端，三月十五离正月十五元宵节已经有整整两个月，如何还可以说佳节元宵后呢？这是因为，“好防佳节元宵后，便是烟消火灭时”所表述的是康熙第六次南巡事件给曹家带来的家庭变故，而事件是从元宵节后，正月二十二日南巡启程开始。那么，甄英莲被丢失与这个元宵节后又有什么因果关系呢？

第四回，门子说：“这一种拐子单管偷拐五六岁的儿女，养在一个僻静之处，到十一二岁时，度其容貌，带至他乡转卖。”说明，甄英莲被卖了不止一次，而是两次，一次在五岁时，另一次就是十一二岁时。因为绛珠初见在五岁，五岁之前的履历已经见不着，所以，书中所讲述的甄英莲被丢失的过程，指的不是她五岁第一次被拐卖到曹家的故事，而是已经到了甄家以后，再从甄家被丢失的第二次被拐卖事件。作者是这样描述甄英莲被丢失的过程的：

真是闲处光阴易过，倏忽又是元宵佳节矣。士隐命家人霍启【甲戌侧批：妙！祸起也。此因事而命名。】抱了英莲去看社火花灯，半夜中，霍启因要小解，便将英莲放在一家门槛上坐着。待他小解完了来抱时，那有英莲的踪影？急得霍启直寻了半夜，至天明不见，那霍启也就不敢回来见主人，便逃往他乡去了。那士隐夫妇，见女儿一夜不归，便知有些不妥，再使几人去寻找，回来皆云连音响皆无。(见《红楼梦》第一回)

“真是闲处光阴易过，倏忽又是元宵佳节矣”就颇有玩味，这句话表述的是一个过去的时段，这指的是哪一段“闲处光阴”，作者又是为谁感叹这段容易度过的光阴呢？因为这里叙述的是甄英莲将被丢失的故事，甄英莲就是第一当事人，作者所感叹的当然是甄英莲的命运，所以，这段易过的“闲处光阴”不是指甄士隐，而是指甄英莲的光阴。那么，这是甄英莲哪一段易过的“闲处光阴”呢？不特别交代从何时开始，就是要从最初的时间开始计算，绛珠初见在五岁，这段闲处光阴指的就是甄英莲五岁被拐卖到甄家学戏开始，至十一岁这段没有是非的闲处光阴。因此，作者这里叙述的并不是甄英莲五岁时被拐卖的故事，而是五岁被拐卖后，又度过了一段闲处的光阴，至十一岁再次被转卖的事件过程。

“半夜中，霍启因要小解”说明甄英莲至半夜时还未被丢失，同时又说明，霍启带甄英莲看花灯看到半夜不归，士隐夫妇并未着急，直到一夜不归，才感到有些不妥。那么这是哪一年看花灯可以看到半夜不归，还属于合情合理的正常情况，一夜不归也并不让人很着急，只是稍微感到有些不妥？第十八回，就有这样的交代：“贾赦等督率匠人扎花灯烟火之类，至十四日，俱已停妥。这一夜，上下通不曾睡。”甄英莲被丢失的这个看灯的晚上，所影射的就是第十八回，贾家为迎驾“上下通不曾睡”的这一夜。

揭开豪华富丽的面纱，原来甄士隐和甄英莲的悲剧是从康熙南巡驻跸曹家这一夜开始的。那么，在这一夜，甄家即曹家是怎样把英莲给丢失了，或者说，这是属于哪种性质的丢失？请看：龄官蝶变元春。

龄官蝶变元春

龄官作为林黛玉传记中的年龄坐标，标记了林黛玉在康熙四十六年康熙第六次南巡时是十一岁。那么，作者为什么选择十一岁作为她的年龄窗口？在南巡事件中，林黛玉又有什么必须要标记年龄的人生经历呢？请看第十八回：

一个个歌欺裂石之音，舞有天魔之态。虽是妆演的形容，却作尽悲欢情状。【庚辰双行夹批：二句毕矣。】刚演完了，一太监执一金盘糕点之属进来，问："谁是龄官？"贾蔷便知是赐龄官之物，喜的忙接了，【庚辰双行夹批：何喜之有？伏下后面许多文字只用一"喜"字。】命龄官叩头。太监又道："贵妃有谕，说：'龄官极好，再作两出戏，不拘那两出就是了。'"

这段文字的关键，首先在于要读出太监传话点戏的情节是发生在整场演出之后，而不是演出中间。"一个个"说明，这两句话是对这场演出的所有演员的总体评价，表明接驾演出已经结束。

“二句毕矣”也提示，这两句话已经将这场演出总结得全面彻底，再无话可说了，因此，这个总结必然是发生在整场演出之后。

不说哪出戏刚演完，或者哪位演员刚演完，而是笼统的“刚演完了”同样也说明，这台演出已经完毕。而“完了”当然包括前台主宾打赏的程序也完毕，演员们完成演出任务后，都已经退回后台卸妆。因此，“太监执一金盘糕点之属进来”说明，这个太监来到演员卸妆的后台，替他的主子额外打赏传话，属于他主子个人的私下行为，而不属于主宾前台正面打赏的范畴。

这个太监是在为谁私自打赏传话呢？“借省亲写南巡”已经说明，这里是为康熙皇帝南巡所举行的接驾演出，主宾康熙皇帝的打赏，自然是在前台正面完成，而不需要私下来后台进行。因此，额外打赏龄官的人不是今夜的主宾康熙皇帝。虽然太监号称“贵妃有谕”，但曹家也根本没有一位贵妃，所以，此人既不是康熙皇帝，也不是不存在的贵妃。可以猜测，这里所隐蔽的正是随行的太子胤礽，有康熙皇帝在，太子不可能喧宾夺主正面行赏，所以他才会采用私下传话的方式。

“龄官极好，再作两出戏”又属于什么性质的点戏呢？因为此传话情节发生在整场演出结束之后，就不属于中场随点随演的性质。所以，太监传话，要求龄官再作两出戏，其实是要求龄官单独为他主子个人另外加场，演出地点自然就随之发生了变化，不再是这个接驾演出的大舞台。那么这个加演要改在哪里进行呢？可想而知，当然就是在点戏的人太子下榻的寝宫，这是什么性质的点戏也就不言而喻了。所以，当贾蔷喜得忙接了所赏赐的糕点时，批书人反问“何喜之有？”表达了批书人对点戏性质的强烈不满。

“何喜之有？伏下后面许多文字只用一‘喜’字”提示，龄官获赏再作两出戏的背后大有文章，所埋伏的就是与“喜”字有关联的婚嫁遭遇，也就是作者为龄官林黛玉，由女孩蝶变女人时，必须标记上她十一岁年龄的重要的人生转折。

在康熙南巡曹家接驾期间，黛玉以其非凡的容貌和才艺脱颖而出，得到太子胤礽的垂青，半夜演出完毕，龄官应邀再作两出戏，于是被送进一个院中专门为太子加演，即第一回阐述的“士隐夫妇，见女儿一夜不归，便知有些不妥”，才知道甄英莲，即十一岁的龄官林黛玉的童贞，已经被丢失在太子的寝宫，成了被太子宠幸的女人。

书中又是怎样表述龄官被送进太子寝宫，为其做加演服务时所发生的蝶变呢？作者使用的是“分身”接力表述手法。龄官受邀再作两出戏，那肯定不容推辞，加演是必须的。但接下来的加演故事却不再由龄官演绎，而是由林黛玉的另一个“分身”来接力完成，这个人就是元春。请看第十八回：

那版舆抬进大门、入仪门往东去，到一所院落门前，有执拂太监跪请下舆更衣。于是抬舆入门，太监等散去，只有昭容、彩嫔等引领元春下舆。只见院内各色花灯烱灼，【庚辰侧批：元春月中。】皆系纱绫扎成，精致非常。上面有一匾灯，写着“体仁沐德”四字。

这段进门下舆过程的玄妙在于，这不是一顶版舆的进门下舆，而是隐蔽叙述了两顶版舆的进门下舆。大门外，一对对龙旌凤翣的仪仗已经暗示，贾家这里接驾的并不是贵妃或者皇后级别的人，而是皇帝本人，那版舆中坐着的当然就是经过长途旅行，来到曹家下榻的康熙皇帝本人了。可康熙皇帝是什么时候从那版舆中下舆的呢？当“执拂太监跪请下舆更衣”时，康熙皇帝当然就下舆更衣了，这个礼仪肯定半分也不会错，只不过，“借省亲写南巡”的表述法揭示，康熙皇帝的南巡事已经被隐蔽写在省亲事中。在为康熙皇帝所举行的这个接驾活动中，我们却始终都见不到康熙皇帝，康熙皇帝成了此中的隐身人，他进门下舆的过程自然也悉数被作者隐去。所以，至“有执拂太监跪请下舆更衣”，康熙皇帝下舆更衣的过程已告完毕。紧接下来的“于是抬舆入门”已经不再是“那版舆”故事的延续，而是另一顶版舆进门下舆的故事开始，所体现的就是作者一喉两歌之绝技。而这版舆的进门下舆所隐蔽讲述的正是贾元春奇异的诞生过程。

“昭容、彩嫔”虽然与妃嫔的称谓相似，容易让人产生妃嫔的联想，但却不是妃嫔称谓，不过是两个普通宫女的名字。即便元春是妃，也没有将其他妃嫔带回家为她做引路服务的道理。

“于是抬舆入门，太监等散去，只有昭容、彩嫔等引领元春下舆”说明，元春并没有显赫的妃嫔身份，抬舆的太监将她抬进门后，便已经完成了他们抬舆的工作而自行散去，没有如“那版舆”所享受的，对她行跪请下舆之礼，仅仅只剩下两个普通宫女为她带路而已。所以，那版舆跟这版舆是前后不同的两顶版舆，其中下来的人更有天壤之别。“有执拂太监跪请下舆更衣”的那版舆，下来的是康熙皇帝。而不等人下来，太监就自行散去的这版舆中下来的，就是在接驾活动中前来做加演服务的龄官，即元春。

当元春从版舆中下来后，吸引她的就是院中的花灯，“只见院内各色花灯烱灼，皆系纱绫扎成，精致非常”，完全表现了一个对花灯充满好奇，猛看花灯的小女孩心态，对应了第一回，甄英莲那夜为看花灯遭丢失的事态发展。她不但看到院内各色花灯皆系纱绫扎成，其中还有一匾灯，写着“体仁沐德”四字，这就是看花灯的小女孩元春的所见所闻。在接驾活动中，作为第一个进入视线的匾额，“体仁沐德”四字出现在此又有何深意呢？第二回，贾雨村对冷子兴说：

“不用远说，只金陵城内，钦差金陵省体仁院总裁【甲戌侧批：此衔无考，亦因寓怀而设，置而勿论。】甄家，【甲戌眉批：又一真正之家，特与假家遥对，故写假则知真。】你可知么？”

体仁院总裁的头衔虽然无考，属作者虚拟，但体仁院指甄家却很明确，“又一真正之家”更进一步提示，甄家不是虚构，是现实中真正的人家，当然就是曹家。“特与假家遥对，故写假则知真”更明确注释，写贾家就是写甄家，所以贾家也是曹家。而在“体仁沐德”院中看灯的元春，当然就是在体仁院甄家看灯时被丢失的甄英莲。

第二回，冷子兴对贾元春进行人物交代时说，“第二胎生了一位小姐，生在大年初一，这就奇了”。每个日子其实都是一样的，都会有人出生，生在大年初一自然没什么可奇，元春究竟又有着怎样的奇异出生呢？“元春月中”就是答案。冷子兴说“只因现今大小姐是正月初一日所生，故名元春，余者方从了‘春’字”说明，这个“春”与其他人并没有实质关系，不过相从而已。可生在元月的人也不少，并无可奇，书中为什么要反复强调元春这个生日与她名字的来历呢？因为元春出生的这个元月不同一般，是曹家家史上的一个里程碑，它不仅给曹家带来无上荣光，也导致了曹家从此走上烟消火灭的不归路，这就是康熙第六次南巡驻跸曹家的康熙四十六年的元月，而批文“元春月中”暗示，这个元月属于元春，就是元春的诞生之月，它的奇异性在于，元春出世时就已经是一个亭亭玉立的观看花灯的少女。这版舆从入门下舆，至更衣毕复出，再上舆进园，所隐蔽叙述的就是龄官蝶变元春的过程，由唱戏的女孩龄官摇身变出了一个贾家的大小姐贾元春，也就是元春名字的来历。

英莲即黛玉究竟是怎样一种丢失，请细谙元春这段绮丽诡异的内心独白：

元春入室，更衣毕复出，上舆进园。只见园中香烟缭绕，花彩缤纷，处处灯光相映，时时细乐声喧，说不尽这太平景象，富贵风流。此时自己回想当初在大荒山中，青埂峰下，那等凄凉寂寞；若不亏癞僧、跛道二人携来到此，又安能得见这般世面。本欲作一篇《灯月赋》、《省亲颂》，以志今日之事，但又恐入了别书的俗套。【庚辰双行夹批：自“此时”以下皆石头之语，真是千奇百怪之文。】（见《红楼梦》第十八回）

这一番入门、入室、更衣毕复出，上舆进园的描述是为了表现元春的生活细节吗？当然不是，作者大费周章地描述这段忽进忽出再进的过程，所隐蔽概述的就是元春从女孩到女人，之后又因此躲进大观园避难的人生周折。“更衣毕复出”所隐蔽的是元春失去童贞，蝶变为女人。所以，元春入室前与更衣毕复出后的心境大不一样，并有一大段内心独白来反映她的心理变化。

当元春更衣毕复出，上舆进园时，就不再像入室前，仅关注花灯由纱绫扎成的细节问题，而是看到了花彩缤纷、灯光相映、细乐声喧的大场面。之前为什么不觉得这场面烘托了太平景象富贵风流呢？因为之前，元春仅仅是一名前来做加演服务，顺便看花灯的奴仆，这精神层面的景象属于主人家，与己无关。但入室更衣后，自己摇身成了贾家人所奢望的未来的贵妃，上下追捧的主子小姐，犹如涅槃的凤凰，成了这太平景象、富贵风流的一分子，所以，在这刚刚得到被太子宠幸的荣耀，完成由女孩蝶变为女人的此时此刻，她不由得浮想联翩，感慨万千。

“此时自己回想当初在大荒山中，青埂峰下，那等凄凉寂寞；若不亏癞僧、跛道二人携来到此，又安能得见这般世面。”元春的这个内心独白揭示，元春之前的生活环境凄凉寂寞，是因为癞僧、跛道携来到此，她才得见这般接驾的大世面。因此，元春不仅不是贵妃，也不可能是贾家的主子小姐，这两种身份也许有寂寞，但绝不是凄凉。元春下舆入室前，她就是可怜见的戏子，入室后得到男人的雨露滋养，“更衣毕复出”才摇身成为贾家的主子小姐。所以，元春此时此刻想做的并不是与贾家人叙离别情，或者游园，而是想写一篇《灯月赋》《省亲颂》，以志今日刚刚才发生的，从女孩到女人脱胎换骨的蝶变，对应的就是第一回那僧所说的“复得雨露滋养，遂得脱却草胎木质，得换人形，仅修成个女体”的人生经历。

因为没有神话，癞僧、跛道不是神仙，而跛道就是甄士隐，即晚年患脚疾的曹寅。所以，元春并不是由八抬大轿从皇宫抬到这里，而是由跛道携来到此。“携来到此”的重叠使用，暗示这里隐含了“来”与“到”两个行动步骤，首先，五岁时被曹寅拐带，即携来曹家，此时又受曹寅指派到此参加接驾活动。

其中最诡异的是批文“自‘此时’以下皆石头之语”，这里分明是元春在发感慨，属于元春的内心独白，批书人却如何又批注都是石头之语呢？连批书人自己也感叹“真是千奇百怪之文”。这段怪诞的神来之笔，其实是揭示，元春就是石头，即通灵宝玉黛玉。

我们当然知道，第一回，女娲氏炼石补天之时，炼成顽石三万六千五百零一块。娲皇氏只用了三万六千五百块，单单剩了一块未用，即“不堪入选”参与补天工作的石头，所影射的是作者曹雪芹，这里为什么却又说石头是元春呢？请看第三回批文：

【宝玉衔来，是补天之余，落地已久，得地气收藏，因人而现。其性质内阳外阴，其形体光白温润，天生有眼可穿，故名曰宝玉，将欲得者尽宝爱此玉之意也。】

虽然有一块石头不堪入选参与补天工作，但女娲所炼的补天之石并不止一块，“因人而现”也暗示，通灵宝玉是随不同的人而显现，“其性质内阳外阴”更暗示了其中包含了不同性别的人。可见，通灵宝玉寓意的不止一个人，其中不但包括了作者曹雪芹，还包含了曹寅之养女黛玉。所以，元春不仅是前来为太子做加演服务的龄官，也是为看花灯而一夜不归的甄英莲，更是由草蜕变为玉的通灵宝玉林黛玉。

而元春在这里猛看花灯的院落也就是有凤来仪。第十七回，“试才题对额”是作者用题对额的方式考试自己的叙述才能，属于为该书画龙点睛之笔，所讲述的已经是往事。第十七回宝玉道“这是第一处行幸之处，必须颂圣方可”揭示，这个院子就是当年那版舆的第一处行幸之处，即体仁沐德。那么，在这画龙点睛的标题之时，雪芹宝玉对体仁沐德所发生的故事将怎样下笔呢？宝玉道：

“莫若‘有凤来仪’四字。”【庚辰双行夹批：果然，妙在双关暗合。】众人都哄然叫妙。贾政点头道：“畜生，畜生，可谓‘管窥蠡测’矣。”

对雪芹宝玉所题为什么众人都哄然叫妙，贾政也暗透出忍俊不禁的暧昧？“有凤来仪”双关暗合的究竟是什么让人产生联想的暧昧事件？首先当然是颂圣，“有凤来仪”即有凤来朝，有凤凰来翩翩起舞，歌颂的当然就是皇权，而不是凤凰的高贵，所隐蔽叙述的就是元春来为太子翩然起舞的情色故事；“哄然叫妙”更是形象生动地表现了众人对皇室绯闻心照不宣的嘲笑。

对龄官和元春这两个分身所接力演绎的这段人生经历，林黛玉自己又有何话呢？请看第十八回，林黛玉对此事的总结性发言：

世外仙园匾额

林黛玉

名园筑何处，仙境别红尘。借得山川秀，添来景物新。

香融金谷酒，花媚玉堂人。何幸邀恩宠，宫车过往频？

“金谷”：金谷园是西晋大官僚地主石崇的别墅，曾多次举行盛极一时的豪华酒宴，李白《春夜宴从弟桃李园序》中有“如诗不成，罚依金谷酒数”之说。“花”：比喻花样年华的美貌女子，指林黛玉自己。“媚”：逢迎、献媚。“玉堂人”：玉堂上的人，即曹家“萱瑞堂”的座上客，指南巡时来到曹家的康熙皇帝以及随行的太子胤礽等。

名园筑何处？就筑在告别了红尘的佛门清修之地。这暗示大观园叙述的是一个佛门僧人的故事。大观园凭借大自然本来秀美的山川，讲述着林黛玉自己的故事。

“香融金谷酒”：以金谷酒宴之典来比喻曹家在南巡接驾时盛极豪华的场面。“花媚玉堂人”：如花般美貌的女子林黛玉，逢迎献媚于玉堂上的那个康熙皇帝以及随行的太子胤礽。“何幸邀恩宠，宫车过往频?”，就是“元春入室，更衣毕复出，上舆进园”。事件的点题，是她对此事所感到的困惑，她不知道自己做了什么，竟招惹了太子的宠幸。“宫车过往频”暗示，黛玉即元春不是皇宫中的人，而是皇宫的车马频繁过往于她的住所。

如果元春没有住在皇宫，那么，元春住在哪里？请看：居住大观园的元春。

居住大观园的元春

想必没有人不熟悉大观园，可你知道，大观园中是谁的屋子最豪华富丽吗？不是宝玉的怡红院，更不是林黛玉的潇湘馆，而是探春的秋爽斋。没有比较就没有鉴别，让我们先来看看林黛玉那“小小两三间房舍，一明两暗，里面都是合着地步打就的床几椅案”是什么档次的小巧法。第四十回，大家跟随贾母先来到林黛玉的潇湘馆：

林黛玉亲自用小茶盘捧了一盖碗茶来奉与贾母。王夫人道：“我们不吃茶，姑娘不用倒了。”林黛玉听说，便命丫头把自己窗下常坐的一张椅子挪到下首，请王夫人坐了。

大家到林黛玉家里做客，王夫人自己不吃茶便了，为什么替大家说都不吃，而林黛玉也借坡下驴就真的不为大家倒茶了，也不请大家就座，只单请王夫人坐下呢？因为林黛玉根本没有接待这么多人坐下吃茶的能力，既没有供客人坐的椅子，更没有安放多余椅子的空间，只有合着地步打就的供林黛玉一个人使用的床、几、椅、案而已。林黛玉就是将自己常坐的椅子让给了王夫人，可想而知，其余人除非坐到林黛玉的床上，恐怕都只能跟林黛玉一样站着了。所以，贾母起身笑道，“这屋里窄，再往别处逛去”，直接道出了林黛玉不请客人坐，不请喝茶的原因。也许你会说，小姐的绣房都是这般小巧，那么，探春的秋爽斋又是怎样的一种绣房呢？

“凤姐听说，便回身同了探春、李纨、鸳鸯、琥珀带着端饭的人等，抄着近路到了秋爽斋，就在晓翠堂上调开桌案”说明，大队人马轻松开进秋爽斋，并能放开手脚，各司其职地大摆筵席，何况供人喝茶了。再看：

只见贾母等来了，各自随便坐下。先着丫鬟端过两盘茶来，大家吃毕。凤姐手里拿着西洋布手巾，裹着一把乌木三镶银箸，战敠人位，按席摆下。（见《红楼梦》第四十回）

林黛玉是用小茶盘单单捧了一盖碗茶来与贾母，而探春是“先着丫鬟端过两盘茶来”，可见大家在林黛玉那里不是不想坐，不想喝茶，而是没得坐，没得喝。来到秋爽斋，大家都累死了渴死了，也不用讲究客套，不等探春开口，也顾不上礼节等贾母先坐，赶紧“各自随便坐下”，探春也顾不上贾母是否怪责她错了秩序，连忙先着丫鬟端过两盘茶来让大家都先喝上再说，然后才“战敠人位，按席摆下”，行讲究之礼节。这当然不是林黛玉天生小气与探春豪情大方的问题，而是两处硬件的比较，可见房屋档次的悬殊不是一星半点。

秋爽斋的陈设与怡红院相比也毫不逊色，应该说是有过之而无不及。通部书前后所涉及的怡红院的高档摆设不过是鸳鸯瓶、紫玛瑙碟、西洋酒令、自行船等，我们再来看探春卧室的陈设又当如何？请看第四十回：

探春素喜阔朗，这三间屋子并不曾隔断。当地放着一张花梨大理石大案，案上磊着各种名人法帖，并数十方宝砚，各色笔筒，笔海内插的笔如树林一般。那一边设着斗大的一个汝窑花囊，插着满满的一囊水晶球儿的白菊。西墙上当中挂着一大幅米襄阳《烟雨图》，左右挂着一副对联，乃是颜鲁公墨迹，其词云：

烟霞闲骨格，泉石野生涯。

案上设着大鼎。左边紫檀架上放着一个大观窑的大盘，盘内盛着数十个娇黄玲珑大佛手。右边洋漆架上悬着一个白玉比目磬，旁边挂着小锤。那板儿略熟了些，便要摘那锤子要击，丫鬟们忙拦住他。他又要佛手吃，探春拣了一个与他说："顽罢，吃不得的。"东边便设着卧榻，拔步床上悬着葱绿双绣卉草虫的纱帐。

难道探春素喜阔朗就拆了墙壁，将几间房并作一间？事实并非如此，虽然三间屋子不曾隔断改成了一间超大型卧室，可秋爽斋还另有一个能调开桌案大摆筵席的晓翠堂，可见厅堂是厅堂，卧室是卧室，功能齐全得很，秋爽斋房屋的高规格并不是"探春素喜阔朗"便可左右的。

先不说大书案上所垒着的价值不菲的"各种名人法帖，并数十方宝砚”，单说这“当地放着一张花梨大理石大案”就是能与现今沈阳故宫所收藏的“花梨大理石屏风”相媲美的价值连城的物品，怡红院也找不出什么东西可以与其相提并论。

宋元明清以来，视汝瓷若珍宝，堪与商彝周鼎比贵，具“纵有家财万贯，不如汝瓷一片”之说，而探春的卧室里就能堂而皇之地摆上“斗大的一个汝窑花囊”。西墙上挂着一大幅与苏轼、黄庭坚、蔡襄齐名的北宋画家米襄阳的代表作《烟雨图》，左右挂着的对联是大书法家颜真卿的墨迹。还别说，案上设着大鼎，紫檀架上放着的大观窑的大盘，洋漆架上悬着的白玉比目磬，哪样又不是罕见的昂贵物品，更有东边设着的卧榻拔步床，以及床上悬着的双面绣纱帐。

放眼望去，贾家又有谁的卧室堪与探春的比富丽豪华呢？虽然秦可卿的卧室有富室之称，但那仅仅是宝玉迷蒙醉眼中所呈现的虚幻景象，哪有作者直接描述的秋爽斋来得更精确真实呢？那么探春究竟为何方神圣，她的卧室为什么能集合如此多超出贾家富贵水平的昂贵物品，成为贾家最豪华富丽的房间？“拔步床”就是谜底，这段陈设描述的最后一笔，落在东边所设的“拔步床”就是探春身份的点睛。

拔步床出于明代晚期，是体型最大的一种床，结构复杂，从外形看就像一个小屋，是体现士大夫阶层奢侈生活的经典之作，足见探春已不是养在深闺人未识的闺中处子，而已经是过着奢靡性生活的女人。东边设着拔步床就隐含了东床快婿之意，那么，探春的这东床快婿是谁呢？请看第六十三回，探春所抽花签的注释：

注云："得此签者，必得贵婿，大家恭贺一杯，共同饮一杯。"众人笑道："我说是什么呢。这签原是闺阁中取戏的，除了这两三根有这话的，并无杂话，这有何妨。我们家已有了个王妃，难道你也是不成。大喜，大喜。"

"贵婿"指的自然是身份地位高于贾家的人，众人说"我们家已有了个王妃，难道你也是不成"，不仅挑明探春的贵婿不是皇帝就是王爷，而且贾家所涉及的王妃人选，包括探春在内也仅仅只有两个人，一位当然就是当下众人所猜测的，还不能确定的未来的王妃人选探春，而另一位就是贾家人口中的这位已经确立了位分的王妃。那么，贾家已确定的这位王妃指的是元春吗？答案却是否定的。因为王妃不是皇妃，没有进位贵妃的可能，贾家人口口声声称元春为贵妃说明，元春不是众人所说的这位已确立了身份的王妃，因此，贾家人所说的这位王妃指的不是元春，而是曹寅的亲生女儿福金。她由康熙皇帝指婚嫁给镶红旗平郡王之子纳尔苏为嫡福晋，之后，纳尔苏承袭平郡王爵位，福金成为郡王妃，就是众人所说的这个已有的王妃。

"那夏守忠也不曾负诏捧敕"暗示，元春封妃并没有任何正式的书面材料作为凭证，所有的信息都来自道听途说，仅仅属于贾家人的预测性质，因此，元春不是这位已经确定的王妃，她跟探春一样，属于贾家人所预测的，不确定的另外一位未来的王妃。因为元春所得到的宠幸不是来自一般普通的王爷，而是将来要继承皇位的太子，太子登基后，自然会产生各个级别的妃位，这就是贾家人期望元春将来成为贵妃的缘由。所以，探春其实就是不确定的贾家人所期望的王妃、贵妃的候选人贾元春。

贾家人对探春的这个王妃期望当然不是空穴来风，而是因为她已经实实在在得到了太子的宠幸，东边所设的拔步床就是明证，说明秋爽斋就是探春即元春接待太子的极尽奢华的卧室，即太子在南巡期间驻跸曹家的寝宫。第六次南巡，康熙在江南一带盘桓数月，返京时，太子胤礽并没有带走已被他宠幸的贾元春，仍旧将她留在曹家。所以，贾元春并没有随往北京紫禁城，而是住进了大观园。请看第二十七回：

满园里绣带飘飖，花枝招展。【甲戌侧批：数句大观园景倍胜省亲一回，在一园人俱得闲闲寻乐上看，彼时只有元春一人闲耳。】

“大观园中之人都早起来了”首先交代了居住在大观园中的人员情况，“数句大观园景倍胜省亲一回”又暗暗将大观园与省亲中的元春联系起来，然后推出“在一园人俱得闲闲寻乐上看，彼时只有元春一人闲耳”，揭示大观园是为元春所建，元春就是住在大观园中的人。只是今天，独她没有与大观园里的其他人同步早早出来，而独自在家闲着。元春既然没有住在皇宫，而就住在大观园，那么，她住在大观园的哪一处呢？再请看关于元春命运的这幅画图：

遂又往后看时，只见画着一张弓，弓上挂着香橼。

第五回，有十四幅预言女子命运的画图，我们能在通部书中找到这些画图中的实体。那么元春命运画图中的实体在哪里呢？就在探春的卧室中。因为，“佛手”是香橼的变种，故又称香橼，而探春卧室的大观窑的大盘内就盛着数十个娇黄玲珑的大佛手。那么，预言贾元春命运的实物，为什么会出现在贾探春的卧室呢？因为元春就是住在秋爽斋的探春，元春的香橼就是探春的佛手。

在南巡事件中，龄官因其非凡的容貌和才艺脱颖而出，得到太子胤礽的宠幸，而蝶变为贾家最红的主子小姐元春，住进了贾家接待太子的最奢华的秋爽斋。南巡结束，康熙一行返京，元春的命运又怎样呢？

香橼即佛手，就是元春与探春之间的人物对接，南巡结束后，元春故事的接力棒已经交到探春手中，探春就成了讲述林黛玉下段故事的接力人。请看：一番风雨路三千。

一番风雨路三千

康熙四十六年，康熙皇帝进行第六次南巡，在江南一带盘桓数月，离开时，太子并没有带走被他宠幸的黛玉。康熙四十七年太子被废，黛玉在曹寅的照抚下，她曹家小姐的地位依然稳固。康熙四十七年十一月十七日，康熙帝表示有复立胤礽为皇太子之意。康熙四十八年三月十一日，因复立太子诏告天下。为此，曹寅筹划主动送黛玉上京，企图重邀太子恩宠。请看曹寅在康熙四十八年二月八日给康熙皇帝奏折中的节选：

臣愚以为皇上左右侍卫，朝夕出入，住家恐其稍远，拟于东华门外置房移居臣婿，并置庄田奴仆，为永远之计。臣有一子，今年即令上京当差，送女同往，则臣男女之事毕矣。

曹寅奏折里所说的子是曹颙，女就是养女黛玉。康熙四十八年，属猪的曹颙是十四岁，属鼠的黛玉是十三岁。奏折中说“即刻送”表明此时他们还未启程，可猜测，曹寅事先给皇帝写奏折通报曹颙、黛玉上京，有试探皇帝之意。“即刻”说明他一切准备就绪，并不代表已经启程，他们启程的时间很有可能是等康熙皇帝正式昭告天下复立太子以后，即三月十一日之后，也就是清明节前后的时间。这一点可以与探春命运簿册中的“清明啼泣江边望，千里东风一梦遥”相对应。

探春在第二十二回“制灯谜贾政悲谶语”中，以风筝作灯谜，自述自己如断线风筝般，命运漂浮不定，揭示了探春以远行为特征的人物命运。可是，探春这个人物从出场至退场，似乎从未有过单独出门的故事情节。那么，探春命运簿册中这幅画的实体在哪里，她远行的故事又在哪里呢？请看第五回，关于探春命运的册页：

后面又画着两人放风筝，一片大海，一只大船，船中有一女子掩面泣涕之状。也有四句写云：才自精明志自高，生于末世运偏消。清明啼泣江边望，千里东风一梦遥。

正如元春册子中的香橼实体，却以佛手的形态出现在探春的卧室一样，探春画页上的内容也没有在探春的故事中再现，却成了林黛玉经历的写照。林黛玉在第三回，洒泪拜别林如海，登舟而去。第十二回，“谁知这年冬底，林如海的书信寄来，却为身染重疾，写书特来接林黛玉回去”，林黛玉又登舟往扬州去了。林黛玉往返于扬州与都城之间的长途旅行，都是登舟而去，走的是水路，尤其是“黛玉听了，方洒泪拜别”登舟而去，就是“一只大船，船中有一女子掩面泣涕之状”的再现。林黛玉从扬州坐船走京杭大运河赴京，以华里计算正是三千里水路，也就是探春的“一帆风雨路三千”的对照。第三回，林如海说“已择了出月初二日小女入都”暗示，林黛玉的入都日期经过了慎重的选择，“出月初二”对应的是三月十一日，因复立太子诏告天下之后的四月初二，与“清明啼泣江边望”是遥相呼应之笔，都是影射曹寅所安排小女上京的时间是在清明时节。这说明，探春的命运就是曹寅之女黛玉的经历，探春和元春一样与林黛玉都是属于同一个人的性质。

既然说探春即林黛玉走的是京杭大运河，为什么画面上所出现的又是“一片大海”呢？因为这“一片大海”并非指大自然中的海洋，而是隐蔽了林如海这个人物的名字。第二回，林如海首度出场时，书中交代：“这林如海姓林名海，表字如海。”之旁有一侧批：“盖云‘学海文林’也。总是暗写黛玉。”这暗示，林黛玉不是随父亲林如海姓林，而恰恰相反，林如海的名字是因林黛玉而有，所诠释的是林黛玉的人物命运。双木成林寓意，绛珠草林黛玉是能生出大火的草木，就是林海。而“如海”更直接道出，曹寅就如林黛玉的海洋。书中的“灌愁海水”“海鬼”“潢海”“岛云蒸大海”所涉及的“海”字都不是指自然界的海洋，而是寓意林如海的“海”字。我们已经知道，林如海所影射的是曹寅，所以，“一片大海”所隐蔽的就是林如海曹寅。神瑛侍者曹寅对绛珠草黛玉的培养灌溉如同黛玉生命的海洋，承载了绛珠草的这只木船带她进行生命的远航。然而，曹寅给黛玉带来的命运却是在木船上流泪，就是神瑛侍者与绛珠草之间“恩情山海债，唯有泪堪还”的命运写照。

我们再来看这幅画的另一半“两人放风筝”的实体原型在哪里，又隐蔽叙述了一个怎样的真故事。关于风筝的活动，全书仅有一次，就在第七十回，由此可以推测，“两人放风筝”的实体原型一定就隐蔽在第七十回的放风筝活动中。

放风筝的活动是从一个大蝴蝶风筝掉落在潇湘馆的竹梢上开始，宝玉笑道：“我认得这风筝。这是大老爷那院里娇红姑娘放的。”宝玉为什么能认得这是娇红姑娘所放的风筝呢？宝玉的话暗示，宝玉就是与娇红姑娘一起放风筝的人。那么，宝玉又为什么可以与大老爷院里的姑娘一起放风筝呢？书中的姑娘通常就是指小姐，娇红姑娘与林姑娘的称谓一样指的是小姐。事实上，“红”字在书中的隐意也非同一般，所对应的都是红楼梦的“红”，以及带红字的各种称谓所寓意的都是赤瑕宫的绛珠草黛玉，娇红姑娘的名字暗示，她也是林黛玉。而书中的大爷、大老爷所影射的都是曹寅长子曹颙，“大老爷那院里娇红姑娘放的”首先就体现了放风筝活动所寓意的北上入都事件中，两位同行的人，即曹寅之子女曹颙和黛玉。而这个掉落在潇湘馆竹梢上的风筝所寓意的就是林黛玉这只风筝，最后将降落在潇湘馆的事件结局，与全书回环表现艺术手法是同一种笔风。所以，这个情节首先就隐蔽了宝玉与娇红姑娘两个人一起放风筝的画面内容。

林黛玉放的是一个美人风筝，宝玉放的也是一个美人风筝，两个同类型的风筝也同样暗示了“两人放风筝”的画面实体就是宝玉和黛玉。我们来看放风筝活动的主体部分：

宝玉道：“可惜不知落在那里去了。若落在有人烟处，被小孩子得了还好，若落在荒郊野外无人烟处，我替他寂寞。想起来把我这个放去，教他两个作伴儿罢。”于是也用剪子剪断，照先放去。

同样都是美人风筝，宝玉对自己所放的美人风筝稍不满意就要将它“一顿脚跺个稀烂”，可为什么对林黛玉所放飞的美人风筝却关怀备至，忧心忡忡呢？因为这个放风筝并非就事论事说游戏活动，而具有深刻的寓意，是以放风筝来隐蔽叙述曹寅在康熙四十八年清明时节，安排曹颙和黛玉一起北上入都，企图重获太子恩宠的历史事件。林黛玉所放飞的美人风筝象征的是如断线风筝般前途未卜的自己，宝玉所放去的美人风筝所象征的是被曹寅派去陪伴林黛玉的，黛玉的亲姐姐宝钗，虽然都是美人风筝，所指代的却是两个不同的人，所以，两只美人风筝在宝玉这里所得到的是截然不同的两种待遇。孩子得到风筝也就是风筝得到了孩子，“被小孩子得了还好”所预言的就是林黛玉此行的结果是得到了孩子雪芹。

那么，探春与这个画面有何连接关系，能说明探春也是这放风筝的二人之一呢？请往下读：

探春正要剪自己的凤凰，见天上也有一个凤凰，因道：“这也不知是谁家的。”众人皆笑说：“且别剪你的，看他倒象要来绞的样儿。”说着，只见那凤凰渐逼近来，遂与这凤凰绞在一处。众人方要往下收线，那一家也要收线，正不开交，又见一个门扇大的玲珑喜字带响鞭，在半天如钟鸣一般，也逼近来。众人笑道：“这一个也来绞了。且别收，让他三个绞在一处倒有趣呢。”说着，那喜字果然与这两个凤凰绞在一处。三下齐收乱顿，谁知线都断了，那三个风筝飘飘摇摇都去了。众人拍手哄然一笑，说：“倒有趣，可不知那喜字是谁家的，忒促狭了些。”

探春所放的是一只凤凰风筝，却又有另一只凤凰风筝来搅局，两只凤凰风筝与两只美人风筝的对应关系，所影射的就是探春即黛玉与宝玉两个人放风筝的对接。探春所放飞的凤凰风筝指的是探春自己，象征的就是贾家的凤凰贾元春。另一只来搅局的凤凰所象征的是属鸡的假凤凰宝钗，也就是宝玉放去陪伴林黛玉的另一只美人风筝。而也要来搅局的“一个门扇大的玲珑喜字带响鞭”的风筝所象征的是与黛玉同行的曹寅长子，后来成为曹家大老爷的曹颙，也就是“大老爷那院里娇红姑娘”中的大老爷。“那三个风筝飘飘摇摇都去了”揭示，此次北上入都远行，不仅有曹颙黛玉兄妹俩，还有作为黛玉随从丫鬟的黛玉的亲姐姐宝钗。一个带响鞭的喜字就是曹寅奏折中说的“臣有一子，今年即令上京当差，送女同往，则臣男女之事毕矣”的注解。男之事，曹寅已经对皇帝说明白了，是要送他上京当差；那么，“送女同往”所为何事呢？当然指的是女儿婚姻的终身大事。所以，一个带响鞭的喜字更直接点出，此番远行就是为曹寅之小女探春出嫁贵婿太子胤礽。

事情进行得怎样，出嫁成功了吗？当然没有成功，“忒促狭了些”给这次远行做了定评，此番兴师动众地出嫁最后成了一场闹剧。放风筝活动所寓意的就是探春即黛玉，为曹家谋富贵，而一番风雨路三千北上入都，试图重邀太子恩宠未果之远行事件。往下请看：游于离恨天外的探春。

游于离恨天外的探春

探春演绎的时段，是绛珠草得换人形修成女体后，终日游于离恨天外，饥则食蜜青果为膳，渴则饮灌愁海水为汤时所发生的故事，就是为探寻太子春意，北上入都而游于离恨天外不得入天门的现实版。“蜜青果”寓意禁果，“灌愁海水”对应探春命运画页中的那“一片海”，所寓意的就是林如海即曹寅所带来的愁。

曹寅在世期间，曹家的当家女主人是曹寅之妻李氏，即书中的贾母。曹寅去世以后，曹寅之子曹颙接替曹寅江宁织造之职，曹颙之妻马氏，即书中的李纨接替了李氏的当家女主人位置。不到三年，曹颙又突然病逝，康熙皇帝做主将曹寅弟弟曹宣的第四子，还未娶妻的十五岁的曹頫过继到李氏名下为嗣子，李氏又重掌当家大权。之后，曹頫娶宝钗为妻，结成“金玉良缘”，从此李氏大权旁落。在江南织造府内，黛玉从未有过以小姐身份当家主事的经历。那么，以小姐身份出任当家主事之职的探春演绎的又是黛玉的哪一段当家主事的经历呢？因为大观园是林黛玉历次居住地的集合，探春当家主事时的职权范围仅局限于大观园，暗示探春不是在江南织造府当家主事，而是影射她与曹颙一起北上入都后，居住于北京东华门外时，以待字闺中的小姐身份打点家务的人生经历。第五十五回书中说，时届孟春，探春同李纨相住间隔，二人近日同事，不比往年，王夫人还请了宝钗来帮忙照应。可为什么有探春与李纨同事不比往年，以及宝钗一起帮忙管理家务之说呢？请看第二回：

名唤贾珠，十四岁进学，不到二十岁就娶了妻生了子，【甲戌侧批：此即贾兰也。至兰第五代。】一病死了。

“进学”：科举制度中，考入府、州、县学，做生员。

贾珠所影射的是曹寅之子曹颙，“十四岁进学”所对应的是曹寅在康熙四十八年二月八日给康熙皇帝奏折中所提及的“臣有一子，今年即令上京当差，送女同往，则臣男女之事毕矣”之事，康熙四十八年，属猪的曹颙正是十四岁。曹寅送其入宫做侍从，之后，他娶马氏为妻，因此马氏同样有居住在北京东华门外的经历。而马氏就是书中的李纨，所以，探春、李纨二人同事，不比往年，指的就是她们一起居住在北京东华门外的这一年，共同管理家务，与往年有所不同的生活状态。而黛玉的亲姐姐宝钗，此时是作为黛玉的丫鬟随从一起在京，而不能与探春、李纨二位主子之间的同事相提并论。实际上，此次受命料理家务，薛宝钗所充当的就是管家之职。在此期间，书中又发生了什么重要的故事呢？请看第五十六回：

只见林之孝家的进来说："江南甄府里家眷昨日到京，今日进宫朝贺。此刻先遣人来送礼请安。"

在探春主持家政期间，贾家所发生的最重要的事件就是："江南甄府里家眷昨日到京，今日进宫朝贺。""进宫"二字点明，此故事所发生的地点是在有皇宫的北京而非古都南京。我们当然知道，"江南甄府"指的就是甄士隐，即曹寅的府上。那么，甄府是哪些家眷到了北京呢?

四人也都笑回道："正是，今年是奉旨进京的。"贾母问道："家眷都来了?"四人回说："老太太和哥儿、两位小姐并别位太太都没来，就只太太带了三姑娘来了。"

我们已经知道，书中的甄家、林家、贾家其实是一家，都是曹寅的家，甄家与贾家一模一样的人员关系同样说明了甄家就是贾家。甄家的三姑娘所对应的当然就是贾家的三姑娘探春，"江南甄府里家眷昨日到京，今日进宫朝贺"所隐蔽讲述的就是探春"一番风雨路三千"到达北京，进宫朝贺的史实。那么，宫里有什么事，需要单单给甄家的三姑娘下旨，命她千里迢迢来北京进宫朝贺呢?"奉旨""朝贺"所影射的就是康熙皇帝复立太子胤礽之历史事件。曹寅得知康熙有复立太子之意，便在康熙四十八年二月八日向康熙皇帝请奏，送男女上京，皇帝批准，他们就属于奉旨进京。不言而喻，三姑娘从江南千里迢迢上北京进宫朝贺胤礽再次被立为太子，当然是为出嫁太子而来。事情的结果又如何呢?

贾母道："有人家没有?"四人道"尚没有"就是交代。千里迢迢来朝贺，结果还是没有人家，所暗示的就是三姑娘探春"一番风雨路三千"的远行谋嫁并不顺利，没有成功。已经来到北京的探春不能顺利出嫁，又将如何，只好暂住下来，继续等待机会。请看第三十七回：

探春笑道："我就是'秋爽居士'罢。"宝玉道："居士，主人到底不恰，且又累赘。这里梧桐芭蕉尽有，或指梧桐芭蕉起个倒好。"探春笑道："有了，我最喜芭蕉，就称'蕉下客'罢。"众人都道别致有趣。

传说凤凰的性格是非晨露不饮，非嫩竹不食，非千年梧桐不栖。由"有凤来仪"匾额所改的"潇湘馆"中有的是竹子，竹子寓意了林黛玉被太子宠幸的凤凰身份，秋爽斋有的是梧桐，它同样暗示，探春就是林黛玉，就是那位被太子所宠幸的凤凰。宝玉为什么不同意探春以秋爽斋主人自居，却又要体现她栖息梧桐的凤凰身份呢?"蕉下客"就是答案。探春来到北京谋嫁太子却进不了太子门，只能在离恨天外漂游，因此，宝玉说她作为北京秋爽斋的居士、主人并不恰当，只能以栖息梧桐的凤凰身份，或以旅居北京雨打芭蕉的离愁别绪为题较好。于是，探春便为自己题"蕉下客"以隐蔽叙述她旅居京城东华门，游于离恨天外的人生经历。再请看第三十七回，探春在秋爽斋给怡红院的曹寅宝玉所写的邀请函：

宝玉听说，便展开花笺看时，上面写道：

娣探谨奉二兄文几：前夕新霁，月色如洗，因惜清景难逢，讵忍就卧，时漏已三转，犹徘徊于桐槛之下，未防风露所欺，致获采薪之患。昨蒙亲劳抚嘱，复又数遣侍儿问切，兼以鲜荔并真卿墨迹见赐，何痌瘝惠爱之深哉！今因伏几凭床处默之时，因思及历来古人中处名攻利敌之场，犹置一些山滴水之区，远招近揖，投辖攀辕，务结二三同志盘桓于其中，或竖词坛，或开吟社，虽一时之偶兴，遂成千古之佳谈。娣虽不才，窃同叨栖处于泉石之间，而兼慕薛林之技。风庭月榭，惜未宴集诗人；帘杏溪桃，或可醉飞吟盏。孰谓莲社之雄才，独许须眉；直以东山之雅会，让余脂粉。若蒙棹雪而来，娣则扫花以待。此谨奉。

“娣”：古代同一丈夫的姐妹，幼为娣，长为姒。探春对曹寅宝玉自称“娣探”所揭示的是自己已婚的小妾身份。

“桐槛”：“桐”即梧桐，秋爽斋的梧桐是大观园中独一无二的树木，所寓意的就是探春这只凤凰的栖息之地。“槛”即囚牢。“桐槛”即凤凰的囚牢。“犹徘徊于桐槛之下”暗示，探春是受到禁锢的凤凰。元春说“当日既送我到那不得见人的去处”，龄官说“关在这牢坑里”，与此处探春所说的“桐槛”，用词上虽有雅俗之别，但表达的都是囚牢的意思，龄官、元春、探春，即被太子宠幸过的黛玉是一个既入不了太子门，同时还要受到凤凰身份禁锢的人。

“兼以鲜荔并真卿墨迹见赐”揭示，曹寅宝玉对探春的关怀不是一般的客套，而是有高价值的物质往来，足见曹寅宝玉与探春的兄妹关系非比寻常。

“名攻利敌之场”揭示，探春的秋爽斋并非世外桃源，而是追名逐利之地，暗示探春在秋爽斋并非闲居，而是有追名逐利之任务在身。

“务结二三同志盘桓于其中”说明，秋爽斋是曹寅宝玉可以盘桓居住的地方。探春希望自己能学习古人，虽身处秋爽斋这样的追名逐利之地，也要置一小块风雅之区，竖词坛，开吟社，因此她向曹寅宝玉发出邀请，邀请他前来秋爽斋居住盘桓。

“棹”泛指船桨。“棹雪而来”即坐船，划雪而来。

为什么宝玉从怡红院到秋爽斋需要坐船划雪而来呢？因为大观园是作者虚构的故事环境，涵盖了林黛玉历次的居住之地，它只存在于作者的思想意识，而没有疆界。探春的秋爽斋所影射的是曹寅在北京东华门外所购置的房屋，曹寅宝玉从怡红院到秋爽斋，隐蔽叙述的是，曹寅在曹颙和黛玉北上入都的同年冬底也赶赴北京述职，走的也是京杭大运河三千里水路，所以，曹寅宝玉从怡红院至秋爽斋需要“棹雪而来”，并还要在秋爽斋盘桓数月。

“扫花”自然是林黛玉的专利，“娣则扫花以待”再次对应了探春与林黛玉同为一人的关系。

“娣虽不才，窃同叨栖处于泉石之间”的“叨栖”再次说明秋爽斋只是探春的短暂栖息之所，揭示了探春旅居京城秋爽斋的性质。

探春终日游于离恨天外，得不到太子的收纳，精神上备感空虚寂寞，于是向曹寅宝玉发出邀请，寻求慰藉，曹寅宝玉应邀前往，就是绛珠草“因尚未酬报灌溉之德，故其五内便郁结着一段缠绵不尽之意”时，“饥则食蜜青果为膳，渴则饮灌愁海水为汤”

的具体表现。之后，他们之间就发生了“历尽风月波澜，尝遍情缘滋味，至无可如何，始结此木石因果”的“红楼梦”偷情事件。请看：唇枪舌剑海棠诗。

唇枪舌剑海棠诗

曹雪芹在他的文学旅程中，首先是一位诗人，《红楼梦》问世之前，他以诗人的身份已经享有很高的文学地位，作者也多次在书中以批书人身份披露，该书“亦有传诗之意”。那么曹雪芹的诗文究竟有什么特色，高明之处又表现在哪里？我们先来看作者在书中关于自己诗词特点的示范说明。请看第二回：

诗云：【甲戌双行夹批：只此一诗便妙极！此等才情，自是雪芹平生所长，余自谓评书非关评诗也。】一局输赢料不真，香销茶尽尚逡巡。欲知目下兴衰兆，须问旁观冷眼人。

全诗即书读到这里已经有了一局输赢，但料想读者对他所讲的故事还不很清楚，了解得还并不真切，虽然故事中的美人已香消玉殒，说书人的茶也已喝完，但读者仍然徘徊不前，意犹未尽。如果你还想继续了解目下的兴衰故事，便要问旁边的冷子兴。

这段诗文的玄机并不在诗本身，而在于批书人的批文。如果批书人不提示："只此一诗便妙极！"我想没有谁会特别关注这首诗究竟妙在哪里。"自是雪芹平生所长"又更明确揭示了这首诗就是作者最擅长的诗作特色。"余自谓评书非关评诗也"又说明，作者并非真的说这是他写得最好的一首诗，但这首诗作的特点就是"雪芹平生所长"，即作者的诗作特色。那么，这首诗究竟是怎样表现了雪芹的平生所长呢？

该诗出现在第一回完毕、第二回的开始之处，头两句"一局输赢料不真，香销茶尽尚逡巡"，所委婉表达的深层次的含义是，第一回书是全书的缩影，在第一回完毕时，作者已经将自己的故事概述一遍了，已经有了一局棋。后两句"欲知目下兴衰兆，须问旁观冷眼人"，隐蔽的是：如果你意犹未尽，还想进一步知道曹家在曹寅以后的兴衰故事，就须看现在曹家的当家人冷子兴，即曹頫怎样说他家的兴衰故事。这就是该诗所表达的深层次的隐蔽内容。

同时，该诗出现在全书开头的两回之间，所发挥的还有它的说明文功能。作者是以诗文的含蓄特点，隐蔽性阐明，不但第一回是一个楔子，第二回其实还是一个楔子，都不是正文，都仅仅是概述。这说明，对第一、二回所隐蔽概述的曹家前后两个不同阶段的故事内容，具有极强的提示性。批书人通过对这首诗的高度评价，揭示出雪芹平生所擅长的就是写叙事诗，他诗作的妙处并不在于表现抽象的诗情画意，而在它超强的隐蔽的叙事性，而这首诗就是作者叙事诗的示范说明。隐蔽叙述当然是《红楼梦》最大的艺术特色，他的真事不仅隐蔽在缥缈的梦幻中，也隐蔽在含蓄抽象的诗文中。在他的诗情画意里，演绎的却是尖锐复杂的矛盾冲突，展现的是无比生动的现实生活。

这首回前诗仅仅是作者这种叙事诗的一个示范表演，一个开场戏。第三十七回的回前批“此回才放笔写诗、写词、作札”说明，海棠诗社才是作者真正发挥这种诗才的开始。

海棠诗社由探春发起，社长名头却被李纨抢夺去，其中究竟有何隐情？请看第三十七回：

李纨道：“方才我来时，看见他们抬进两盆白海棠来，倒是好花。你们何不就咏起他来？”【庚辰双行夹批：真正好题。妙在未起诗社先得了题目。】迎春道：“都还未赏，先倒作诗。”宝钗道：“不过是白海棠，又何必定要见了才作。”

赏花有何难？白海棠就在怡红院，或命人将其抬过来，或一起去怡红院写诗都不是难事，迎春为什么要发牢骚，否定这个吟咏白海棠的风雅提议？宝钗为什么又要对白海棠的观赏价值表示见不见都无所谓的轻蔑？书中所出现的山石花草绝非就事论事，而都另有寓意。那么白海棠寓意的又是什么呢？白海棠在书中所寓意的是黛玉腹中的胎儿，就是还未出世的小雪芹。迎春和宝钗对白海棠的否定态度，所针对的当然不是花草，而是黛玉腹中的胎儿。

批书人为什么也强调“妙在未起诗社先得了题目”，难道此时不是起社的正在进行时吗，为什么说未起？书中的诗社并非真是曹家的写作团队，而是作者讲故事的平台，在诗社写诗的当然只有作者自己，所以，诗社其实就是曹雪芹个人的诗社，当然应该是先有雪芹，之后才有雪芹的诗社，才有他的作品《红楼梦》。然而，第一社的诗题“咏白海棠”所讲述的却是白海棠雪芹的出生，也就是海棠社主的来历，所以，“未起诗社先得了题目”指的是雪芹还未出生，却已经先有了咏叹自己出生的题目，就是迎春表达的“都还未赏，先倒作诗”的内涵。而宝钗说，不过一个孩子而已，见不见都无所谓，表达的是宝钗对黛玉腹中胎儿的轻蔑。

那么，探春为腹中胎儿所起的诗社，为什么却心甘情愿地被李纨抢夺了社长头衔呢？因为，探春即被太子宠幸过的黛玉，不管太子娶不娶她，她都属于太子的人，永远都要受到这个身份的禁锢，不能再嫁人。而白海棠雪芹是黛玉与曹寅偷情所产生的没有公开身份的私生子，是他们背叛太子私通的奸证，因此，雪芹的存在是曹家不能泄露的最高机密，也是书中为什么不能明言，却要以通灵宝玉、白海棠来寓意雪芹身份的原因。几经家庭变故，这个还没见天日的私生子雪芹，才以曹颙遗腹子的身份问世，所以，雪芹的生母虽然是探春，但李纨即曹颙之妻马氏作为雪芹名义上的母亲，当然有资格号称雪芹诗社的名誉社长，探春自然不敢与她相争。

林黛玉海棠诗中所交代的孕育雪芹的事件经过，请看第三十七回：

半卷湘帘半掩门，【庚辰双行夹批：且不说花，且说看花的人，起得突然别致。】碾冰为土玉为盆。偷来梨蕊三分白，借得梅花一缕魂。

月窟仙人缝缟袂，秋闺怨女拭啼痕。【庚辰双行夹批：虚敲旁比，真逸才也。且不脱落自己。】娇羞默默同谁诉，倦倚西风夜已昏。

“起得突然别致”提示，“半卷湘帘半掩门”的起笔非同一般，另有它意，“且说看花的人”就是别致的玄机所在。如果说，这个看花的人指林黛玉，那只不过就事论事而已，没有突然别致可言，况且林黛玉看白海棠花也用不着“半卷湘帘半掩门”这般偷偷地看。起笔的突然性在于，没有任何情绪铺垫，起笔就直接进入了偷情事件的核心部位。林黛玉自己没有把门关严实，是虚掩着的，于是，这个看花的人便就着虚掩的门直接进到门内看花来了。他所看的当然不是白海棠，而是林黛玉这朵女人花。而林黛玉起笔所先写的这个看花人，就是受到探春邀请，棹雪而来的曹寅宝玉。

曹寅别号雪樵，碾冰寓意曹寅。“玉”即林黛玉自己。“梨”指梨香院的主人曹寅。“蕊”指植物生殖器官。“梅花”象征皇室的太子。

“半卷湘帘半掩门，碾冰为土玉为盆。偷来梨蕊三分白，借得梅花一缕魂。”

那天林黛玉午睡，门帘半卷，门也虚掩着。这个看女人花的人，趁着虚掩着的门进来以后，把自己当作土，把林黛玉当作花盆，就此孕育了白海棠雪芹。因为林黛玉是太子宠幸过的女人，她与曹寅偷情所怀的雪芹，是假借了太子梅花的名义，其实是偷来的梨蕊。

“月窟”：传说为月的归宿，即水月。“月窟仙人”指林黛玉，林黛玉就是书中的水月。

“秋”：六首海棠诗，每一首都涉及了“秋”字，揭示的是林黛玉在七月秋季怀上雪芹的时间，它与后文揭示雪芹的出生时间为四月二十六日有着严密的逻辑关系。这里所说的“秋”也是第一回“所叹者三春也，却用三秋作关键”中所指的三秋中的第一“秋”，即黛玉怀孕的那个秋天，是真事中重要的时间点位。

“且不脱落自己”更明确指出，“月窟仙人”和“秋闺怨女”都是指林黛玉自己。在与曹寅的爱情关系中，林黛玉的定位是“怨女”，绛珠草与神瑛侍者的恩怨不清，探春的“莫向东风怨别离”表达的都是一个“怨”字，林黛玉的怨并不是为曹寅不给自己名分而怨，她怨的是曹寅不该将她送给太子，致使她终身只能待字闺中，而无法让她的儿子雪芹名正言顺地出生，造成了她母子二人一生的悲剧。

“月窟仙人缝缟袂，秋闺怨女拭啼痕。娇羞默默同谁诉，倦倚西风夜已昏。”

林黛玉在怀孕的秋天，一边为曹寅缝着白色的衣服，一边擦拭泪痕，埋怨曹寅让自己在怀孕时成了闺中怨女，连腹中的胎儿都不能名正言顺地出生。这种害羞的事能向谁倾诉呢？在不知不觉中秋夜已深。

林黛玉将这一段与曹寅所发生的幽情同谁说了呢？她告诉了曹寅之嫡妻李氏。“倦倚”暗示，之后林黛玉所依靠的是曹寅之妻李氏。

林黛玉交代了事件的经过，于是薛宝钗说：

珍重芳姿昼掩门，【蒙双行夹批：宝钗诗全是自写身份，讽刺时事。只以品行为先，才技为末。】自携手瓮灌苔盆。胭脂洗出秋阶影，冰雪招来露砌魂。【庚辰双行夹批：看他清洁自厉，终不肯作一轻浮语。】

淡极始知花更艳，【庚辰双行夹批：好极！高情巨眼能几人哉！正“乌鸣山更幽”也。】愁多焉得玉无痕。【庚辰双行夹批：看他讽刺林宝二人着手。】欲偿白帝凭清洁，【庚辰双行夹批：看他收到自己身上来，是何等身份。】不语婷婷日又昏。（见《红楼梦》第三十七回）

“讽刺时事”：时事即近期发生的事，这里暗指林黛玉和曹寅宝玉所发生的偷情事件，薛宝钗以“昼掩门”来讽刺林黛玉近期发生的“半掩门”偷情事件。

“阶影”：台阶上的影子。由于曹寅只收养了黛玉而没有收养薛宝钗，此时的薛宝钗还是一个站在台阶上的丫鬟。“冰雪”对应“碾冰”，指的都是曹寅。

“珍重芳姿昼掩门，自携手瓮灌苔盆。胭脂洗出秋阶影，冰雪招来露砌魂。”

薛宝钗拿自己白天关门与林黛玉半掩门相比，以标榜自己比林黛玉端庄稳重，但实际上，她关着门是在“自携手瓮灌苔盆”即洗澡，薛宝钗以自己关门洗澡来与林黛玉半掩门午睡相比较而谴责林黛玉轻浮。她说自己洗去胭脂，形单影只地站在秋天的台阶上，虽然被“冰雪”即曹寅宝玉所吸引，但也只是在精神上让露水垒砌了爱情的灵魂，而没有实质性的勾引行动。

批文“看他清洁自厉，终不肯作一轻浮语”也说明，薛宝钗所表达的是自己比林黛玉稳重。

“讽刺时事”和“看他讽刺林宝二人着手”揭示，此事件的当事人是林黛玉和宝玉。林黛玉和曹寅宝玉偷情而怀上了雪芹，正发愁不知如何躲过此劫，薛宝钗不但不加宽慰，反而对他们进行恶意讽刺。“玉”在此寓意白海棠雪芹。

虽然薛宝钗舌子低下打人攻击林黛玉，但批书人同样对她进行了反讽。娇杏是贾雨村心中的巨眼英雄，风尘知己，“高情巨眼能几人哉!”是批书人对宝钗的反驳嘲讽，即能有几人能像你娇杏这般有眼光，选取贾雨村做自己的配偶?“鸟鸣山更幽”是古人以声写静的经典之作，此处借来讥讽属鸡的薛宝钗在此所唱的高调。

“白帝”：书中用来影射太子胤礽。“看他收到自己身上来，是何等身份”提示，薛宝钗总是在自抬身价。

“淡极始知花更艳，愁多焉得玉无痕。欲偿白帝凭清洁，不语婷婷日又昏。”

薛宝钗教训林黛玉不要过于热情多情，要像自己一样做冷美人，说什么冷淡的态度会使花显得更艳丽，并讥讽他们：你们两个发愁，难道肚子里的胎儿就会不露痕迹地消失？诗的最后两句同样流露了薛宝钗的无奈，比起林黛玉的红杏出墙，自己想凭洁身自爱来获得太子宠幸，却也同样默默无闻地白白浪费了时光。

薛宝钗的诗带有强烈的攻击性，可林黛玉也不是省油的灯，她当然会反击，探春的人物形象表现的正是林黛玉反抗犀利的一面，请看探春又是如何针对薛宝钗的讥讽进行自卫反击的：

咏白海棠（限门盆魂痕昏）

斜阳寒草带重门，苔翠盈铺雨后盆。玉是精神难比洁，雪为肌骨易消魂。芳心一点娇无力，倩影三更月有痕。莫谓缟仙能羽化，多情伴我咏黄昏。

“寒草”：贾探春自诩出身寒微如草，就是自报绛珠草家门。“重门”：曹魏第三代皇帝曹芳的王宫，也是他被司马氏废除后降为齐王而被禁的幽宫。这里影射与太子胤礽有关系的带禁锢性的房屋。

“斜阳寒草带重门，苔翠盈铺雨后盆。玉是精神难比洁，雪为肌骨易消魂。”

我是夕阳下被幽禁的一棵寒微小草，身份虽然低微，但生命却正年轻旺盛，就像雨后长满盆中的苍翠苔草，生机勃勃。虽说一个女人要做到冰清玉洁，但精神领域的感情事，谁又能说得清楚。何况我天生具有令人销魂的白皙美丽，怎奈我何？

薛宝钗说“欲偿白帝凭清洁”，探春便以“玉是精神难比洁”进行反驳。“玉”指探春即林黛玉。

“芳心一点”指探春知道曹家让她讨好太子的用心，但她自认为能力有限。“倩”：古代男子的美称。“倩影”不是指探春，而是指在半夜三更，来与探春相会的男子身影。“月”指黛玉。

“缟仙”：苏轼《后赤壁赋》中有与化着仙鹤的缟仙相遇的故事情节，这里借来指代曹寅。书中总是以缟仙指代曹寅。

“芳心一点娇无力，倩影三更月有痕。莫谓缟仙能羽化，多情伴我咏黄昏。”

曹家的用心我不是不知道，但我有心无力，控制不了局面。我身上已留下了夜里幽会的痕迹。不要说曹寅想修道羽化成仙，他陪伴我时是那么多情，一直吟咏到黄昏。

曹寅宝玉见林黛玉薛宝钗二人针锋相对，争吵不休，于是说：

秋容浅淡映重门，七节攒成雪满盆。出浴太真冰作影，捧心西子玉为魂。

晓风不散愁千点，【庚辰双行夹批：这句直是自己一生心事。】宿雨还添泪一痕。【庚辰双行夹批：妙在终不忘黛玉。】独倚画栏如有意，清砧怨笛送黄昏。”

“秋容”：指林黛玉在秋天的容貌。“七节”：七月里牛郎织女相会的节日。“雪”：指雪芹。

“秋容浅淡映重门，七节攒成雪满盆。”

曹寅宝玉这里也说“重门”是表示对探春幽禁之说的认同。薛宝钗以自己“淡极始知花更艳”来谴责林黛玉的激情勾引，而曹寅宝玉指出，林黛玉并没有如薛宝钗所说的那样勾引他，而是“秋容浅淡”，即淡然面对禁锢她的重门，主动承担了自己追随到北京，赶赴鹊桥之会所发生怀孕事件的责任。

“太真”指薛宝钗，书中总是以杨贵妃比喻薛宝钗。“西子”比喻林黛玉。

“出浴太真冰作影，捧心西子玉为魂。”

薛宝钗洗过澡出来，把自己当作贵妃出浴的冷美人，但曹寅宝玉只把她的白皙当作一个冰雪影子，这是曹寅宝玉对薛宝钗颇带醋意的“胭脂洗出秋阶影，冰雪招来露砌魂”的回应，明确表示自己喜欢有热情有灵魂的林黛玉，而对故作矜持的宝钗不感兴趣，暗示薛宝钗并不是没有勾引曹寅宝玉，而是曹寅宝玉不喜欢她。

“晓风”出自陆游前妻唐琬的诗“晓风干，泪痕残”，“泪”指还泪的绛珠草林黛玉。

“晓风不散愁千点，【庚辰双行夹批：这句直是自己一生心事。】宿雨还添泪一痕。【庚辰双行夹批：妙在终不忘黛玉。】”

“这句直是自己一生心事”揭示“晓风不散愁千点”指的是曹寅宝玉对嫡妻李氏的感情是曹寅宝玉一生的心事。“妙在终不忘黛玉”又说明，虽然曹寅宝玉深爱嫡妻，但终不能忘记他的爱情里又新添了与林黛玉的感情。

“清砧”：捶衣石的美称。对应西施浣纱之典故，影射林黛玉。“怨笛”：怨女吹奏的笛子，指林黛玉吹奏的笛子。

“独倚画栏如有意，清砧怨笛送黄昏。”

曹寅宝玉将最后两句诗，归结到了嫡妻李氏和情人林黛玉二人身上，他希望自己死后，孤独的史湘云如果有意愿，便可以与林黛玉做伴，听着林黛玉吹奏的怨笛度过黄昏。

海棠诗社所隐蔽讲述的是黛玉发现自己怀孕后，将之报告给曹寅和姐姐宝钗，受到宝钗的责备，并与她发生争论，曹寅意识到此事非同小可，便迫不及待地要与妻子李氏商量。请看：警幻之湘云。

警幻之湘云

“恰近日这神瑛侍者凡心偶炽”，绛珠草林黛玉又“半卷湘帘半掩门”，他二人便机缘巧合地发生了“以顽石草木为偶，实历尽风月波澜，尝遍情缘滋味，至无可如何，始结此木石因果，以泄胸中悒郁”之“红楼梦”偷情事件，此“果”就是他们的爱情果实白海棠曹雪芹。作为神瑛美玉的侍者曹寅竟然监守自盗，轻举妄动宫廷之物神瑛美玉，而且留下了一个活生生的奸证雪芹，可怎么办呢？神瑛侍者曹寅无计可施，便请出了警幻仙子。请看第一回：

恰近日这神瑛侍者凡心偶炽，【甲戌侧批：总悔轻举妄动之意。】乘此昌明太平朝世，意欲下凡造历幻缘，已在警幻【甲戌侧批：又出一警幻，皆大关键处。】仙子案前挂了号。

警幻是专管下凡事务的神仙吗？神瑛侍者凡心偶炽，意欲下凡造历幻缘，为什么要到警幻仙子案前挂号呢？当然没有什么神仙，“又出一警幻”暗示，除两位爱情主角外，事件所涉及的另一位人物就是让绛珠草复得雨露滋养，遂得脱却草胎木质，得换人形，仅修成个女体的赤瑕宫神瑛美玉的主人太子胤礽。绛珠草和神瑛侍者的爱情悲剧就是因为绛珠草名花有主，是神瑛侍者不可轻举妄动的宫廷之物。那么，神瑛侍者自己又是什么样的婚姻状态？难道他是单身无牵挂之人吗？当然不是。警幻就是一个与绛珠草的正牌男人太子胤礽相对应的神瑛侍者的正牌女人，曹寅宝玉所“空劳牵挂”的正妻李氏。“又出一警幻，皆大关键处”暗示，至此，这段风流公案的四位当事人才全部出齐。

“已在警幻仙子案前挂了号”说明，神瑛侍者以顽石草木为偶，纳绛珠草为妾早已经通报了正房妻子警幻。警幻不是他们的爱情障碍，阻碍来自绛珠草神瑛美玉的身份，因此他们的配偶关系才没有名分，需要隐蔽进行。但出人意料的是，绛珠草竟为已经五十多岁的神瑛侍者曹寅怀上了身孕，结出了“木石因果”，保密工作的难度突然加大，变得棘手而难以进行。于是，神瑛侍者曹寅慌了神，才迫不及待地要请出正妻警幻拿主意。所以，警幻此时出场的大关键处，并不为绛珠草与神瑛侍者所产生的情人关系，而是为绛珠草所面临怀孕的新情况而来。于是有：

警幻亦曾问及灌溉之情未偿，趁此倒可了结的。那绛珠仙子道：“他是甘露之惠，我并无此水可还。他既下世为人，我也去下世为人，但把我一生所有的眼泪还他，也偿还得过他了。”（见《红楼梦》第一回）

虽然堕胎便可了无痕迹，没有风险，但警幻以曹寅正室夫人的身份向绛珠草表示，如果你还未偿还神瑛侍者对你的灌溉之情，你为他生下这个孩子，便可还了此恩情债。所以才有绛珠草与警幻的对答，才有绛珠草不对神瑛侍者而对警幻表示“但把我一生所有的眼泪还他”之决心。

那么，楔子所概述的这段故事在正文中又是如何演绎的呢？请看第三十七回：

次日一早，便又往贾母处来催逼人接去。直到午后，史湘云才来，宝玉方放了心，见面时就把始末原由告诉他，又要与他诗看。

在叙述怀孕事件的海棠诗会上，黛玉遭到姐姐宝钗的斥责，姐妹二人争吵不休，曹寅宝玉又请出史湘云，而史湘云就是绛珠草结出木石因果之后，神瑛侍者所请出的对他下凡之事全程牵挂的正妻警幻。“见面时就把始末原由告诉他”暗示，宝玉告诉史湘云的当然就是绛珠草怀孕的始末缘由，不然，难道还真为未赏先咏的口角之争说始末缘由？

我们来看史湘云如何作答：

只见那两首诗写道：

其一

神仙昨日降都门，【庚辰双行夹批：落想便新奇，不落彼四套。】种得蓝田玉一盆。【庚辰双行夹批：好！“盆”字押得更稳，不落彼四套。】

自是霜娥偏爱冷，【庚辰双行夹批：又不脱自己将来形景。】非关倩女亦离魂。

秋阴捧出何方雪，【庚辰双行夹批：拍案叫绝！压倒群芳在此一句。】雨渍添来隔宿痕。

却喜诗人吟不倦，岂令寂寞度朝昏。【庚辰双行夹批：真好！】

因为作者雪芹出生仅一年多，他的父亲曹寅便去世了，在作者的心目中，曹寅就是一个作古的神仙，所以他在书中给了曹寅一个“神仙”的身份，书中有“神仙”之称的男性人物基本上都是影射曹寅。史湘云诗中的神仙当然也不例外指的是曹寅。

史湘云的这第一句“神仙昨日降都门”批书人为什么给予“落想便新奇，不落彼四套”之评？批文其实是在提示，这一句与其他人的不同之处，就是语意双关的“昨日”之说。其他四首都写于昨日，唯有史湘云的海棠诗写于今日，这是“昨日”的表层语义。其深层寓意是，昨日宝玉应探春之邀，来到秋爽斋，指的是康熙四十八年，曹寅送子女入都之后，自己又于同年冬底，也棹雪而来都城北京之史实。而昨日在秋爽斋写诗的都是曹家客居北京东华门外的成员，只有史湘云即李氏与他们不同，是待在金陵曹家大本营的人。所以，她与其他写海棠诗的人之间有一个“昨日”与今日的时差，“神仙昨日降都门”指明，昨日来到秋爽斋的曹寅宝玉，就是来到了首都北京的东华门。

前面四首，每一首都使用了“盆”字，批书人为什么又单单极力称赞史湘云所用的这个“盆”字“押得更稳”呢？传说，蓝田玉是由神仙所赐碎石，种在田里所长出来的玉石。而史湘云笔下的神仙却是将玉播种在盆里，一个“盆”字稳稳当当地说明了，虽然都是由神仙所种，但此盆中玉非彼田中玉，这个“盆”是林黛玉笔下“半卷湘帘半掩门，碾冰为土玉为盆”的“盆”，所寓意的是林黛玉的身体，“玉”就是神仙种在林黛玉身上的种。

“神仙昨日降都门，种得蓝田玉一盆。”

这是史湘云以自己正妻的身份向林黛玉所表明的态度，开口就承认了林黛玉所怀的白海棠雪芹是神仙曹寅宝玉所播的种子。

林黛玉的海棠诗中有“月窟仙人缝缟袂”之句，月窟仙人自然指的是月中嫦娥，又有夹批“且不脱落自己”，说明林黛玉是自比嫦娥。而史湘云诗中的“霜娥”当然也是指嫦娥，并同样也有夹批“又不脱自己将来形景”说明，史湘云诗中的“霜娥”同样也是自比嫦娥。那么，湘云为什么要沿用林黛玉自比嫦娥的思路，而且批书人为什么也有意做同样的批注呢？因为林黛玉和史湘云都自比嫦娥，所暗示的正是她们共有一个丈夫的妻妾关系，曹寅去世后，妻子史湘云和小妾林黛玉都将如离开丈夫的嫦娥般孤独寂寞。

无论史湘云还是嫦娥，都不会因为喜欢清冷才待在月宫，因此，“自是霜娥偏爱冷”所指的并非爱冷清，而是爱“冷”所寓意的“碾冰”，即曹寅。

“倩女”，即美丽的少女。“离魂”：《牡丹亭还魂记》中的一个剧情，女主角为所爱的人魂魄离身。

“自是霜娥偏爱冷，非关倩女亦离魂。”

湘云自称是孤独寂寞的嫦娥，却偏偏爱恋给自己带来孤独寂寞的丈夫曹寅，自己虽然已不是美丽的少女，但也会为追随曹寅而魂魄离身。

“拍案叫绝！压倒群芳在此一句”提示，此次海棠诗会夺冠的是史湘云，而夺冠就在此一句，那么“秋阴捧出何方雪”妙在何处呢？“雪”所寓意的当然是白海棠。但白海棠如果没有寓意，仅指普通花卉，便无所谓“何方”之说。正因为白海棠所寓意的是林黛玉腹中的胎儿雪芹，“雪”字便双关暗合了“碾冰”、雪樵、雪芹。林黛玉的身份是被太子所宠幸的女人，正常情况下，她所怀的孩子当然就应该是太子的，而“何方雪”正是对太子的这个血脉来源表示了强烈质疑。白海棠虽然与白帝即太子同姓，但他是由“碾冰”和“玉盆”所捧出的“雪”，因此，“秋阴捧出何方雪”是此海棠诗会中所道出的最大机密。作为曹寅正室夫人史湘云开口为白海棠雪芹的血统定性，承认他属于曹家子孙的血统，此句当然属于一语定乾坤，压倒群芳之妙笔。

“雨渍”与绛珠草“又复得雨露滋养”对应，指的同样是男人的雨露、雨渍。“隔宿”对应“昨日”，“痕”对应薛宝钗诗中的“愁多焉得玉无痕”，指林黛玉与曹寅宝玉所留下的爱情痕迹雪芹。

“秋阴捧出何方雪，雨渍添来隔宿痕。”

林黛玉在秋天所孕育的是何方的血脉呢？是昨日来到都门的

神仙曹寅宝玉所留下的隔夜的痕迹。

“却喜诗人吟不倦，岂令寂寞度朝昏。”

最后两句是湘云对曹寅宝玉“独倚画栏如有意，清砧怨笛送黄昏”的回答，她告诉曹寅宝玉自己不会像他说的那么无聊地对待余生，她会以写诗来度过寂寞的时光。

全诗对“白海棠事件”没有苛责，对所孕育的雪芹更给予了充分肯定，承认雪芹为曹寅的血脉。林黛玉雪芹母子得到曹寅正妻史湘云的认可，具有非常意义。曹寅死后，黛玉与雪芹的生存就完全依赖于李氏的庇护。

史湘云一方面要为曹寅宝玉的老来子拿主意，力主留下曹寅这个唯一的血亲儿子，另外也要排解昨日钗黛姐妹为此怀孕事件所引起的纷争，所以，独她一人要写两首诗，这第二首诗就是专门为她二人所做的调解。请看湘云的第二首诗：

其二

蘅芷阶通萝薜门，也宜墙角也宜盆。【庚辰双行夹批：更好！】

花因喜洁难寻偶，人为悲秋易断魂。

玉烛滴干风里泪，晶帘隔破月中痕。

幽情欲向嫦娥诉，无奈虚廊夜色昏。【庚辰双行夹批：二首真可压卷。诗是好诗，文是奇奇怪怪之文，总令人想不到忽有二首来压卷。】

众人看一句，惊讶一句，看到了，赞到了，都说：“这个不枉作了海棠诗，真该要起海棠社了。”

“蘅芷”：香草名，点“蘅芷清芬”，即蘅芜苑。因为蘅芜苑的秘密是里面真正的主人不是薛宝钗，而是绛珠草林黛玉，“蘅芷”指代林黛玉。“萝薜”：泛指攀缘的蔓生植物，寓意依附林黛玉生活的丫鬟薛宝钗。“阶”对应薛宝钗的海棠诗“胭脂洗出秋阶影”。这个“更好”当然不是说这首诗写得比那首好，而是指这个“也宜墙角也宜盆”的“萝薜”宝钗比“蘅芷”香草林黛玉更好。

“蘅芷阶通萝薜门，也宜墙角也宜盆。”

“蘅芷”香草黛玉的阶基通向的是“萝薜”宝钗的门，寓意林黛玉以后反要投靠薛宝钗，与第一回“莲，主也；杏，仆也。今莲反无运，而杏则两全，可知世人原在运数，不在眼下之高低也”。所预言的英莲与娇杏命运颠倒的主仆关系相对应。而“萝薜”宝钗比“蘅芷”黛玉更好，她既能站在阶基上做丫鬟，也能登堂入室当主子。

“花”寓意薛宝钗，林黛玉是草，薛宝钗就是花，草与花的寓意体现了她俩对称的比较关系。

“花因喜洁难寻偶，人为悲秋易断魂。”

之前，钗黛二人为白海棠事件发生争吵，史湘云于是安慰她们说：薛宝钗是因为洁身自爱而难以找到配偶，而林黛玉是因为悲秋才容易堕入情网。

“晶帘”：纳兰性德的菩萨蛮“晶帘一片伤心白”，表达的是诗人对妻子的追思。这里比喻曹寅对妻子湘云的情感。“玉”指林黛玉。

“玉烛滴干风里泪，晶帘隔破月中痕。”

林黛玉为曹寅滴干了眼里的泪，而曹寅对妻子史湘云的感情也阻隔了曹寅对林黛玉所需要表达的情意。这一句从史湘云角度说出，表现了史湘云能换位思考体谅他人的宽容大度，同时“玉烛滴干风里泪”是对林黛玉“但把我一生所有的眼泪还他”的回应。

“幽情”即林黛玉与曹寅宝玉的私情。“嫦娥”指史湘云。“幽情欲向嫦娥诉”也是回应林黛玉的“娇羞默默同谁诉”。

“幽情欲向嫦娥诉，无奈虚廊夜色昏。”

林黛玉把自己与曹寅宝玉的幽情告诉了史湘云，曹寅死后，史湘云也只能无奈地面对人去楼空的黄昏夜色。

如果曹寅宝玉不是对林黛玉，而是对薛宝钗动心，便没有任何来自朝廷的麻烦，直接收纳为妾便可。薛宝钗自己也做了努力，无奈曹寅就是对她不感兴趣，为此薛宝钗感到愤愤，所以这首诗史湘云首先是对薛宝钗进行抚慰，表示同情，同时也对林黛玉多情的行为表示理解。但最后，对此事件所造成的失去丈夫的悲剧结局，还是情不自禁地表达了自己的痛苦和无奈。

“诗是好诗，文是奇奇怪怪之文”揭示，海棠诗会有隐蔽，所运用的就是作者“有隐有见”之秘法。“这个不枉作了海棠诗，真该要起海棠社了”更明确指出，至此时，海棠社还并没有建立，因为海棠社主白海棠雪芹还没有出生，还仅仅是黛玉腹中的一个胎儿。往下请看：逝水流云史湘云。

逝水流云史湘云

史湘云的性格虽然明朗直率，清澈见底，但这个人物却有神龙见首不见尾之神秘。第二十回，且说宝玉正和宝钗顽笑，忽见人说："史大姑娘来了。"史湘云就突然大说大笑正面登场了。她究竟为何方神圣，为什么来，从哪里来，说书人没有任何正面交代，就像一个不速之客从天而降。奇怪的是，对于她的贸然而至，为什么剧中人却见怪不怪习以为常，好像她就一直在这儿一样呢？请看第二十回：

且说宝玉正和宝钗顽笑，忽见人说："史大姑娘来了。"【庚辰双行夹批：妙极！凡宝玉、宝钗正闲相遇时，非黛玉来，即湘云来，是恐泄漏文章之精华也。若不如此，则宝玉久坐忘情，必被宝卿见弃，杜绝后文成其夫妇时无可谈旧之情，有何趣味哉？】宝玉听了，抬身就走。宝钗笑道："等着，【庚辰眉批："等着"二字大有神情。看官闭目熟思，方知趣味。非批书人漫拟也。己卯冬夜。】咱们两个一齐走，瞧瞧他去。"说着，下了炕，同宝玉一齐

来至贾母这边。只见史湘云大笑大说的，见他两个来，忙问好厮见。【庚辰双行夹批：写湘云又一笔法，特犯不犯。】

史湘云就这样冷不丁地突然正面登场了，那么，史湘云究竟干什么来了？“忽见人说：‘史大姑娘来了。’”的情景描述暗示，此景并不是常规禀报性质，而是客观呈现出突然有人向宝玉、宝钗通风报信的情景。“宝玉听了，抬身就走”也不是表现宝玉急于要见湘云的心情，而是猝不及防的一种本能反应。“下了炕，同宝玉一齐来至贾母这边”说明，宝玉、宝钗与贾母、史湘云的距离就是从这边炕到外间房的距离。这暗示，史湘云并不是从外而来到贾家的外客，而是从贾家的一个地方，突然就来到了宝玉与宝钗顽笑的房间外面。宝玉为什么要惊慌呢？因为他俩刚才是在炕上顽笑，“抬身就走”暗示，宝玉需要先抬起原本俯下的身子，然后才能走。不言而喻，史湘云所打断的就是他们的恋爱情事。宝玉是“合身人”，是五个人的集合，这一点在后面章节将有专门阐述，而此处的宝玉是曹寅妻子李氏的过继子曹頫。

作者以大段批文注解，更直截了当地指出，史湘云此来的意义，就是为了杜绝后文宝玉宝钗成夫妇时无可谈旧之情而来。何为夫妻的谈旧之情呢？当然是婚前的恋爱过程，说白了，就是怕他二人还未谈就直接进入了夫妇关系。所以，湘云和黛玉每每突然而至打断宝玉宝钗谈情，并非巧合，而是故意来查岗，来阻拦他们的好事。

“写湘云又一笔法，特犯不犯”指的究竟是什么与众不同的笔法，又与谁特犯而又不犯呢？因为湘云所影射的是曹寅之妻李氏，也就是年轻的贾母，所以，湘云这个年轻的形象其实是跨越了时空，跨越时空就是作者对这个人物所采用的与众不同的笔法。湘云事先不通报突然撞入，与林黛玉每每突然来破坏宝玉宝钗好事，性质完全不同。林黛玉是为争风吃醋，而史湘云即贾母，是为保护过继儿子免遭宝钗勾引。她与林黛玉的行为一致，都是搞破坏，但目的不同，所以特犯不犯。

“非批书人漫拟也”提示，“等着”二字大有玄机。在极短的距离，宝钗非要宝玉等她一起走，体现的就是被撞破情事后，她与宝玉完全不同的心态。宝玉只想与宝钗偷偷摸摸，害怕湘云看见，所以抬身就走，即迅速与宝钗分开。宝钗却故意要暴露他们之间的恋爱关系，以造成生米熟饭的局面，所以叫他“等着”。

“瞧瞧他去”也暗示，宝钗的身份本无定要去见湘云的情理，是她自己主动要去，才有等着一起走的情况发生。所以，湘云并非贾家的外客，而就是长驻此地的贾母，即警示风月情事的警幻。

第二回，冷子兴说：

“自荣公死后，长子贾代善袭了官，娶的也是金陵世勋史侯家的小姐【甲戌侧批：因湘云，故及之。】为妻。”

我们当然知道，代善娶的是金陵世勋史侯家的小姐贾母，但这句话其实是在交代金陵世勋史侯家的小姐就是湘云呢。贾母作为金陵世勋史侯家的小姐，当然会有自己的闺名，你可曾想到，她的闺名就叫“湘云”？不然，冷子兴在交代贾家家谱时，难道还是因为别家湘云的缘故，才交代了自家贾母的来历身份？所以

"因湘云，故及之"其实是说，冷子兴的家谱讲述，本来没有涉及妻室成员，因为贾代善所娶的是湘云，所以冷子兴才额外交代了贾代善妻子的来历，就是暗示，史湘云与贾母是同一个人。第十九回，袭人说：

"自我从小儿来了，跟着老太太，先服侍了史大姑娘几年，【庚辰双行夹批：百忙中又补出湘云来，真是七穿八达，得空便入。】如今又服侍了你几年。"

跟着老太太，服侍的却是史大姑娘，这似乎又是一个谬误，但书中出现的所谓谬误所暗示的正是隐蔽的逻辑关系，跟着老太太服侍的当然就是老太太，老太太原本就是史家的小姐，当然也就是史家的姑娘，"百忙中又补出湘云来"正说明，此时所补叙的老太太就是史大姑娘湘云。

第二十二回的标题"制灯谜贾政悲谶语"点明，该回所制灯谜属于谶语性质，其实不仅第二十二回，书中所有的灯谜都属于谶语性质，所揭示的都是各灯谜制作者自己的命运。史大姑娘湘云就是史老太君贾母，这两个人物所影射的都是曹寅续弦之妻李氏，李氏比属狗的曹寅大两岁，属相为猴。请看第二十二回：

贾母道："这个自然。"说着便念道：猴子身轻站树梢。【庚辰双行夹批：所谓"树倒猢狲散"是也。】打一果名。

贾政已知是荔枝。【庚辰双行夹批：的是贾母之谜。】

“的是贾母之谜”直接道出，此谜属于贾母的命运之谜，它揭示，贾母的命运是猴子与树的关系，树在，贾母身轻自在，树倒，贾母就要树倒猢狲散地离开树枝。而荔枝是不能离开树枝的水果，一旦离开便很快变色、变味，难以保鲜，古时又有“离支”之名。那么，这个让贾母赖以生存的树所象征的又是什么呢？常言道：父为天，母为地，夫为树，妻为藤。曹寅是曹寅儿女们的天，就是他妻子的树，曹寅的死是曹家儿女们的天塌，同时也是曹寅之妻的树倒。为什么不将贾母比作藤而比作站在树梢上的猴子呢？因为贾母即李氏属猴，这个灯谜正是标记了贾母，即李氏属相为猴的准确年龄。再请看第五十回：

湘云笑道：“我编了一支《点绛唇》，恰是俗物，你们猜猜。”说着便念道：“溪壑分离，红尘游戏，真何趣？名利犹虚，后事终难继。”众人不解，想了半日，也有猜是和尚的，也有猜是道士的，也有猜是偶戏人的。宝玉笑了半日，道：“都不是，我猜着了，一定是耍的猴儿。”湘云笑道：“正是这个了。”众人道：“前头都好，末后一句怎么解？”湘云道：“那一个耍的猴子不是剁了尾巴去的？”

溪流又怎能离开沟壑呢？“溪壑分离，红尘游戏，真何趣？”同猴子与树、荔枝与树的关系一样，都是表达李氏不能离开丈夫曹寅的生存法则。湘云认为，与丈夫曹寅分开，就如同溪壑分离，即便还活着，但她的人生已经变成了一场游戏，失去了价值。“名利犹虚，后事终难继”是说，李氏没有生育，没有自己的儿女，对李氏来说，为曹寅维护曹家的家业虽然图的已经是虚名，但终究还是难以为继，即李氏为保住曹寅家业，过继曹頫做自己的继子，结果曹頫并不能如李氏所愿当好接班人，终将曹寅家业败尽。“那一个耍的猴子不是剁了尾巴去的?”是自嘲自己为断了后路而被耍弄的猴子。贾母、湘云都以猴为谶语灯谜的元素当然不是巧合，而是揭示，她们所拥有的是同一个人的命运。

第三十八回，当贾母回忆小时候，天天到一个叫“枕霞阁”的水亭上去玩的情景时，批书人在此有批文：

【庚辰双行夹批：看他忽用贾母数语，闲闲又补出此书之前似已有一部《十二钗》的一般，令人遥忆不能一见，余则将欲补出枕霞阁中十二钗来，岂不又添一部新书?】

批文揭示，贾母年轻时同样有一部《十二钗》的故事，并且批书人有补出枕霞阁十二钗的意愿，之后又有关于“枕霞阁”之文：

只见史湘云走来，将第四第五《对菊》《供菊》一连两个都勾了，也赘上一个“湘”字。探春道：“你也该起个号。”湘云笑道：“我们家里如今虽有几处轩馆，我又不住着，借了来也没趣。”宝钗笑道：“方才老太太说，你们家也有这个水亭叫枕霞阁，难道不是你的。如今虽没了，你到底是旧主人。”众人都道有理。

湘云说“我们家里如今虽有几处轩馆”，但“我又不住着，借了来也没趣”说明，现在的这些轩馆湘云都没住着。那么，湘云没住在自家的轩馆，她又住在哪里呢？她住在贾家呀，因为湘云就是贾母，此时她已经出嫁很久，当然没住在娘家现在的轩馆，所以，才有“枕霞旧友”的诞生。枕霞阁的旧主人当然是贾母，可“枕霞旧友”的别号为什么最后却落在了湘云头上呢？因为湘云与贾母原本就是同一个人，贾母所讲述的枕霞阁的故事就是“枕霞旧友”别号的来历，“枕霞旧友”当然就是批书人所补出的枕霞阁十二钗之新文，而批书人雪芹只能通过贾母的回忆，来了解年轻的贾母，而不能一见。如此说来，史湘云与贾母当然就不是同一个时空中的人。

最后，我们来看第五回，金陵十二钗正册中史湘云的命运簿籍：

后面又画几缕飞云，一湾逝水。其词曰：

富贵又何为？襁褓之间父母违。展眼吊斜晖，湘江水逝楚云飞。

“湘江水逝楚云飞”内含湘云的名字，充分说明此页属于史湘云，所预言的是湘云的命运。“逝水”：一去不返的流水，寓意流逝的光阴。“几缕飞云，一湾逝水”就是史湘云的人物点睛，她是飞过的云，流逝的水，是存在于过去时空中的人，就是过去的年轻的贾母。那么史湘云，即贾母又有着怎样的命运呢？

“何”：疑问词。“为”：作为。如果我们将“富贵又何为？”翻译成“富贵又怎样？”，那么其中的“为”字便没有着落，因此，

“何为”不能简单理解成“怎样”，还应该加上“为”的意思，即“有何作为?”。一字疏漏，意思大相径庭，所以，“富贵又何为?”应理解为：富贵又有何作为？这个问句当然是针对湘云，是问湘云富贵又有何作为。

“襁褓之间父母违”显然不能算“作为”，而只能说是一种不幸的命运。所以，“襁褓之间父母违”说的并不是湘云，那么，说的是谁的不幸呢?

通部书共有两个开头，全书开篇第一句话，“话说女娲炼石补天之时”暗示，故事是从天塌开始，而石上书的第一句话是“当日地陷东南”，这两个开头分别说的是天塌地陷之时，所寓意的就是父死母亡。那么，是谁父死母亡呢？没有特别指明谁，说的就是作者自己。作者认为自己最大的不幸就是父母早亡。“襁褓之间父母违”也没有指明谁，同样也就是指作者自己。可雪芹的不幸为什么会出现在湘云的命运簿籍中呢？因为雪芹的父亲是湘云的丈夫，湘云作为曹寅的正室夫人，面对曹寅的遗孤，她有何作为，就是湘云命运的主题。

“展眼”：睁大眼睛。“吊”：凭吊。她睁大眼睛看着夕阳凭吊着过去的美好时光。“展眼吊斜晖”与“枕霞阁”遥遥相对，即枕着霞晖睡觉的屋子，寓意湘云所遥望的是自己的晚年。湘云睁大眼睛看着自己步入晚年，她一边抚育雪芹，一边凭吊着逝去的时光。所以说，贾母是湘云的晚年，湘云就是贾母流逝的青春。

往下请看：薛宝琴折返扬州城。

薛宝琴折返扬州城

第五回，警幻追来，对缠绵后的宝玉、可卿告道：“快休前进，作速回头要紧！”这个情节与第十二回，贾母警告黛玉，要作速回扬州是对应之笔。曹寅在康熙四十八年二月八日向康熙皇帝奏请送子女上京，同年十一月又向康熙皇帝奏请自己去北京，康熙四十九年三月十一日，有李煦奏报曹寅已回到扬州并生病，十三日有曹寅亲自奏报，自己已回到扬州并生病。这几份奏折可以印证，曹寅在康熙四十八年冬底去过北京，并在北京盘桓数月后，于次年三月回到扬州并称病之历史事件。“作速回头要紧！”披露了曹家诸人往返于北京扬州事件的冰山一角。为什么要作速回，曹寅是真生病还是另有隐情呢？请看第十二回：

谁知这年冬底，林如海的书信寄来，却为身染重疾，写书特来接林黛玉回去。【蒙侧批：须要林黛玉长住，偏要暂离。】贾母听了，未免又加忧闷，只得忙忙的打点黛玉起身。宝玉大不自在，争奈父女之情，也不好拦劝。于是贾母定要贾琏送他去，仍叫带回来。一应土仪盘缠，不消烦说，自然要妥贴。作速择了日期，贾琏与林黛玉辞别了贾母等，带领仆从，登舟往扬州去了。

“身染重疾”就是曹寅从北京回家后对外宣称的生病状态，并以此生病为借口，召回了在北京的林黛玉。“须要林黛玉长住，偏要暂离”暗示，此事件的实质不是林如海病重，而是关于林黛玉长住的问题。林黛玉失身曹寅，已不能再图嫁太子，也不能嫁他人，当然只能长住曹家了。“宝玉大不自在，争奈父女之情，也不好拦劝”同样说明，林如海没有生病，这是借宝玉不便拦劝的心理，揭示曹家为林黛玉离开北京所找的借口，是他人不能拦劝的理由。不然，宝玉不能自私到想要拦劝病重中的父女相见，这当然不是要表现宝玉自私，而是暗示，林如海并没有生病，“病重”不过是曹家召回林黛玉的借口。“登舟往扬州去了”对应第三回，林如海为黛玉择日入都，黛玉方洒泪拜别林如海“登舟而去”，去的是首都北京，一年后又从北京登舟而回扬州的一次往返之行，走的都是“一番风雨路三千”的京杭大运河水路。不好拦劝的宝玉是与林黛玉一同北上入都，并在北京一起生活了约一年时间的曹頫宝玉。隐蔽叙述的就是曹寅在北京与黛玉发生“红楼梦”偷情事件后，患上了严重心病，他将自己在北京给太子戴绿帽子的事告诉了妻子李氏，李氏便警告：“作速回头要紧！”

第十四回的回前批“昭儿回，并非林文、琏文，是黛玉正文”暗示，这里说的并不是林如海去世，以及贾琏护送林黛玉之事，而是单说林黛玉从北京返回扬州之史实，否定此次旅行是因林如海的死和由贾琏护送二事，暗示，林黛玉此次从北京回扬州既不是因为林如海病重去世，也不是由贾琏护送。

第三回林黛玉登舟而去，与第十二回林黛玉登舟往扬州去了，叙述的就是林黛玉北京之行往返两次的启程。林黛玉到达扬州，回到林如海身边后是怎样的情景，按理当然不应该省略。那么，这段故事在哪里呢？作者运用的仍然是“分身法”的接力叙述方式，金陵本就是该书故事的主场地，林黛玉回到扬州后的故事当然不会省略，但已经改由林黛玉的“分身”薛宝琴来接力完成。

我们先来看薛宝琴与林黛玉的关系，请看第五十七回：

紫鹃笑道：“年里我听见老太太说，要定下琴姑娘呢。不然那么疼他？”宝玉笑道：“人人只说我傻，你比我更傻。不过是句顽话，他已经许给梅翰林家了。果然定下了他，我还是这个形景了？”

通部《红楼梦》写的都是宝玉与林黛玉的爱情，宝玉一心要娶林黛玉而不得，因此才有了《红楼梦》的爱情悲剧。可宝玉究竟是爱黛玉还是薛宝琴呢，如果宝玉不能娶林黛玉，是否他认为娶薛宝琴也行？或者说宝玉的爱情悲剧在于他既不能娶林黛玉，又不能娶薛宝琴？答案当然是否定的。因为薛宝琴与林黛玉是同一个人，“果然定下了他，我还是这个形景了？”所表白的正是林黛玉“已经许给梅翰林家了”，宝玉不能再娶林黛玉的原因。虽然宝玉是个“合身人”，但无论其中的曹寅宝玉、曹颙宝玉，还是曹頫宝玉都是因这同一个原因而不能公开娶林黛玉，也就是该书贯穿始终的宝黛爱情悲剧的内涵。那么梅翰林家是谁家呢？

“翰林”：清代有翰林院设置，主管编修国史，记载皇帝言行的起居注，进讲经史的官员，统称为翰林，又泛指文士。

康熙皇帝崇尚文化，热忱翰林院工作，“梅”在书中象征皇权、皇室，梅翰林所影射的就是康熙皇帝，而梅翰林之子所影射的是太子胤礽。从第七十八回，宝玉叙述所得礼物的顺序也说明，梅翰林在赏赐宝玉的诸人当中地位最高，与众不同，同样暗示了梅翰林不同一般的高等级的人物身份。既已许皇家，谁敢改嫁？可梅家根本无意娶，薛家如何又自行宣称已许呢？所谓薛宝琴已经许配给梅家，所指的就是太子胤礽在南巡期间宠幸黛玉事件，被宠幸后不能再嫁他人。虽然已许给了梅家，可梅家娶不娶还要两说。可见宝琴上京为发嫁，完全是剃头挑子一头热，梅家没有任何迎娶态度，贾薛两家都讳莫如深不敢追究，反而需要贾母出面承诺，养活宝琴。

宝琴上京为发嫁与甄家三姑娘上京进宫朝贺，又突然离京回江南任上都是从不同角度表述林黛玉北上入都，谋嫁太子未果，无功折返扬州之史实。三姑娘探春演绎的是林黛玉在北京的待嫁阶段，薛宝琴演绎的就是林黛玉折返扬州后的故事。

第四十九回描写包括薛宝琴在内，有一大帮人来到贾家，书中是这么说的：

原来邢夫人之兄嫂带了女儿岫烟进京来投邢夫人的，可巧凤姐之兄王仁也正进京，两亲家一处打帮来了。走至半路泊船时，正遇见李纨之寡婶带着两个女儿——大名李纹，次名李绮——也上京。大家叙起来又是亲戚，因此三家一路同行。后有薛蟠之从弟薛蝌，因当年父亲在京时已将胞妹薛宝琴许配都中梅翰林之子为婚，正欲进京发嫁，闻得王仁进京，他也带了妹子随后赶来。所以今日会齐了来访投各人亲戚。

贾家为什么会突然开进一个旅行团？开进贾家的这个旅行团，并非从四面八方汇集而成，而是曹家居住在北京东华门外的曹颙和黛玉，以及曹颙之妻马氏和作为贴身丫鬟随黛玉在京的黛玉的亲姐姐宝钗。因为警幻警告“作速回头要紧!”，所以，这以薛宝琴为中心的旅行团，在王仁的带领下，从北京东华门外的曹府出发，一齐开进了金陵贾家。

作为贾、史、王、薛四家族之一的王家大少爷王仁，进京之后为什么不回自己的王家，却也投到贾府来？抛开接待规格的厚薄不论，贾家为什么仅对另八个人做安排，却偏偏没有人接待旅行团团长王仁？因为贾家影射的是曹家，王家所影射的也是曹家，王仁也可以说是曹仁，但决不能理解为“忘仁”。其一，“仁”是一种秉性，无所谓记得或忘记；其二，在作者没有亲自标记“王”可以与谐音字“忘”相通时，读者不能自行将其视为同一字义来理解；其三，全书只有第十四回和第四十九回共两次提到王熙凤的这个胞兄王仁，而这两次都没有任何贬损王仁不讲仁义之处，尤其是第四十九回，可以说王仁就是这个旅行团的连接纽带，具有超强的凝聚力，属于正面人物。巧姐判词中，“爱银钱忘骨肉的狠舅奸兄”说的也不是王仁，而另有所指。“王仁”这个名字没有贬义，因此，我们应该从正面直接理解“仁”字的字义。“仁”不仅指一种道德，它还有排序的意义，“仁”为长，指长子。所以，王仁这个人物所影射的是有仁爱之心的曹寅长子曹颙。王仁带领大家来到贾家，其实就是护送黛玉回南京，他回到金陵自己的家，当然不需要谁来接待安排。王仁这个名字在书中仅有两次出场，第一次是在第十四回“又有胞兄王仁连家眷回南”，第二次就是这第四十九回，两次所叙述的都是他的旅行，说明王仁的人物作用就是演绎曹颙往返于北京、南京的旅行事件。

因为北京是首都，南京是古都，北京、南京又共有一个“京”字，其中的差别在于南北，所以“都”和“京”既可以指北京，又可以指南京。作者利用这两地名称的共性，既记载了事件所涉及的地名，又达到了不让人一眼看穿的隐蔽叙述的目的。曹家的大本营当然是在织造府的所在地金陵，来到贾家的旅行团是从北京东华门出发而回到了江南曹家，所指的就是第十四回所提到的“又有胞兄王仁连家眷回南”之史实。

只有薛蝌是听闻王仁进京后，才随后赶来的人，所以，只有他的行程与其他人不同，他不是这同一批次南下入都的人。薛蝌与贾琏一样所影射的是曹頫，因此，回前批“昭儿回，并非林文、琏文，是黛玉正文”否定了贾琏护送林黛玉之事，同时也否定了薛蝌护送薛宝琴。此一行九人的旅行团，除薛蝌外，其实是运用“分身法”，由四个原型人物乘以二，而变成了八个人。（关于其他人物的隐蔽关系在相应的章节有详述。）

薛宝琴此来贾家所讲述的就是林黛玉接到父亲病重的家信，从北京返回扬州，到达曹家后的情况。不然，薛宝琴进京是为发嫁，为什么梅家不负责安排行程，出面接待，却要跟随王仁进京？既然是追赶王仁而来，又为什么不去王家，却投到没有任何亲戚关系的贾家来？贾母平白无故，真的是因为宝琴长得漂亮就要大包大揽养活梅家未过门的媳妇？难道薛家、梅家、王家都养不起薛宝琴，还需要贾家人来越俎代庖？因为薛家与王家、贾家一样，所影射的都是曹家，薛宝琴即林黛玉，她北上入都待嫁梅家是为曹家谋求富贵，攀附皇权，因神瑛侍者曹寅凡心偶炽，发生了“红楼梦”偷情事件，使得“三春事业付东风”，才折返江南曹家。此时曹家的女当家人贾母当然要将这飘在半空中的风筝、已嫁不出去的薛宝琴接住，养活，这就是甄家娘子、林家娘子，即曹寅之贤妻李氏的“情性贤淑，深明礼义”之举。

对此嫁不了的尴尬命运，薛宝琴自己又是如何说？请看第五十二回，宝琴的自述：

昨夜朱楼梦，今宵水国吟。
岛云蒸大海，岚气接丛林。
月本无今古，情缘有浅深。
汉南春历历，焉得不关心。

“朱”：红。“朱楼梦”当然就是“红楼梦”。“水国”：指曹家所在的江南水乡。

“昨夜朱楼梦，今宵水国吟。”

昨天还在北京做“红楼梦”，今天，已经回到江南水乡吟诗。“岛云”：唐代诗僧，后又还俗。这里指宝琴即林黛玉的僧人身份。“蒸”：古代，父亲死后，儿子娶庶母，叫作“蒸”。“大海”指林如海。“丛林”：僧人聚居之处，指寺院。

“岛云蒸大海，岚气接丛林。”

借还俗的僧人岛云来影射有僧人身份的林黛玉与曹颙、曹频的俗家情侣关系，林黛玉与曹寅有情侣关系，就是曹寅之子曹颙、曹频的庶母，曹颙、曹频又与林黛玉发生情侣关系就是娶庶母“蒸”曹寅，他们这种与庶母发生淫乱关系就像山林间的雾气一样波及了佛门寺院的清修之地。

“月”指林黛玉。

“月本无今古，情缘有浅深。”

林黛玉本身没有前后之分，但与太子、曹寅、曹颙、曹频的情缘有浅深不同的程度。

“汉南”指湖北。“春”影射男欢女爱的春事，指王昭君出塞和亲之故事。王昭君生于湖北秭归，奉命出塞和亲，先后嫁给匈奴王父子两代人。

“汉南春历历，焉得不关心。”

宝琴将自己比作出塞和亲的王昭君，她与王昭君一样遭到同侍曹寅父子两代人的命运，所以宝琴说王昭君的情事历历在目，怎么能够不关心。

再请看第七十回，宝琴在《西江月》中的自述：

汉苑零星有限，隋堤点缀无穷。
三春事业付东风，明月梅花一梦。
几处落红庭院，谁家香雪帘栊？
江南江北一般同，偏是离人恨重！

宝琴这首咏柳絮的词《西江月》讲的仍然是林黛玉从南京至北京“一番风雨路三千”的往返之行，“汉苑零星有限”与“汉南春历历”相对应，影射的是王昭君出塞和亲之行程：

“汉苑零星有限，隋堤点缀无穷。”

宝琴对此行沿途的风光多有赞美之意，认为她此行所观赏到的运河两岸的景象胜过了王昭君所经过的风景。

“三春”指林黛玉在曹家为小姐，即元春、探春、惜春所演绎的三个阶段的故事。“东风”指曹寅。“明月”指林黛玉。“梅花”指太子。

“三春事业付东风，明月梅花一梦。”

曹寅为博太子恩宠，将林黛玉的戏子身份提高为曹家小姐，将其送往北京去完成嫁给太子谋求富贵的事业，但却因为自己的凡心偶炽，致使所运筹的机谋尽付东流，曹家希图宝琴嫁给梅翰林之子的富贵事业成为泡影，演变成了一个偷情的红楼梦。“明月梅花一梦”高度概括了整件事的起因与结局。

“落红”指落花，又指处子之血，象征女子的贞操。“香雪”指梅花，影射太子。“帘栊”即窗子，寓意牢笼。

“几处落红庭院，谁家香雪帘栊?”

影射林黛玉已在几处人家的庭院丢了自己的贞操，那么，这是谁家的梅花帘栊锁住了她?

“江南”指曹家。“江北”指皇家。“离人恨重”暗示宝琴就是居住离恨天的绛珠草林黛玉。

“江南江北一般同，偏是离人恨重!”

薛宝琴认为曹家、皇家都一样，带给她的都是伤害，表达了心中的怨恨。

薛宝琴的这两首诗词所表达的都是对曹家将她派往北京博宠而不成功，又折返扬州事件的看法和愤慨。

奇书秘法之分身法

堪称奇书的《红楼梦》究竟奇在何处呢？奇在他独步古今的表现手法。请看第一回：

【甲戌眉批：事则实事，然亦叙得有间架、有曲折、有顺逆、有映带、有隐有见、有正有闰，以致草蛇灰线、空谷传声、一击两鸣、明修栈道、暗渡陈仓、云龙雾雨、两山对峙、烘云托月、背面敷粉、千皴万染诸奇书中之秘法，亦不复少。】

这段批文所概述的就是作者奇特而隐蔽的表现手法。“事则实事”首先明确指出，该作品非虚构小说，讲的是真事，但叙述手法却曲折迂回有隐蔽，批书人以十个成语对这些表现手法进行了含蓄而抽象的描述，以提示该书表现手法的奇特，又将这些手法称之为“秘法”以强调其隐蔽性。但我们仍旧不能真正明了这些秘法的具体表现，所以，十个成语不过是作者给出的谜面，谜底还要到正文中寻找，以读到各秘法的完整阐述为妥。

我们先来了解“分身法”。第十九回，宝玉对林黛玉说：

“你们扬州衙门里有一件大故事，你可知道？”黛玉见他说的郑重，且又正言厉色，只当是真事，因问：“什么事？”宝玉见问，便忍着笑顺口诌道：【庚辰侧批：又哄我看书人。】“扬州有一座黛山，山上有个林子洞。”黛玉笑道：“这就扯谎，自来也没听见这山。”【庚辰侧批：山名洞名，颦儿已知之矣。】

“又哄我看书人”是对宝玉顺口诌道的否定，暗示宝玉所说的扬州衙门里的故事并非胡诌，而是真事。而“扬州衙门”所指的当然就是淮扬巡盐御史林如海所供职的衙门。“山名洞名，颦儿已知之矣”也暗示，黛山、林子洞也不是扯谎，同样有本而来，所影射的就是林黛玉的名字，所交代的是故事发生的地点和人物。那么，扬州衙门里究竟发生了一个什么样的大故事呢？听宝玉继续讲：

“一时小耗回报：‘各处察访打听已毕，惟有山下庙里果米最多。’【蒙双行夹批：庙里原来最多，妙妙！】老耗问：‘米有几样？果有几品？’小耗道：‘米豆成仓，不可胜记。果品有五种：一红枣，二栗子，三落花生，四菱角，五香芋。’”

为什么果米最多的却是庙里？因为这不是普通的庙，而是第一回，三月十五为接驾皇帝炸供，引起通天大火的葫芦庙，这个庙当然是红火兴旺的富贵中心。在这个富贵中心的庙里又发生了什么事呢？民间有将红枣、花生、桂圆、栗子抛撒在婚床上来寓意早生贵子的习俗，红枣、栗子、落花生在此隐蔽叙述的当然是这个庙中所发生的生子事件，庙里生孩子，肯定名不正言不顺，所以宝玉这里讲的其实是一件机密事。为什么单少了桂圆呢？因为这个秘密出生的孩子就是作者雪芹自己，他认为自己的出生给父母带来了灾祸，是一个不该出生的人，不能算贵子，所以，他有意没列出寓意富贵的桂圆。而菱角、香芋所指代的是秘密生子的母亲林黛玉。请继续往下读：

“因又拔令箭问：‘谁去偷香芋？’只见一个极小极弱的小耗【庚辰侧批：玉兄，玉兄，唐突颦儿了！】应道：‘我愿去偷香芋。’老耗和众耗见他这样，恐不谙练，且怯懦无力，都不准他去。小耗道：‘我虽年小身弱，却是法术无边，口齿伶俐，机谋深远。【庚辰双行夹批：凡三句暗为黛玉作评，讽得妙！】此去管比他们偷的还巧呢。’”

“唐突颦儿了！”“凡三句暗为黛玉作评”是反复明确交代，这个愿去偷香芋的小耗就是林黛玉。将林黛玉比作耗子有力地证明了，黛玉在康熙四十六年康熙第六次南巡时是十一岁，属于康熙三十五年，即公元 1696 年，鼠年生人。

“我虽年小身弱，却是法术无边”对应第一回为石头施法术的那僧，暗示用法术将石头化变为通灵宝玉的那僧，就是林子洞里的小耗子林黛玉。小耗子法术无边，既能变香芋，也能变成美貌的小姐香玉，还能变成庙里的那僧。

“盐课林老爷”指的当然就是扬州衙门里的巡盐御史林如海，而他的小姐当然就是林黛玉了。批书人在此有批注：“奇文怪文。”如果这仅仅是宝玉与林黛玉开的一个小玩笑，便谈不上奇文怪文。不仅如此，更有批书人的双行夹批：“前有‘试才题对额’，故紧接此一篇无稽乱话，前无则可，此无则不可，盖前系宝玉之懒为者，此系宝玉不得不为者。”这段批注揭示，此一篇无稽乱话是与“试才题对额”对等的，比“试才题对额”更必不可少的讲述写作手法的文章。前者试的是作者题对额的才华，是给每篇故事标题目，作用是画龙点睛。而此篇奇文怪文所讲述的就是作者独特的写作手法“分身法”，如果我们读不出该作品中的“分身法”，那我们就不可能读懂该作品，所以是雪芹宝玉不可省略，不得不为的重要文章。请看第十九回：

小耗道：“我不学他们直偷。【庚辰侧批：不直偷，可畏可怕。】我只摇身一变，也变成个香芋，滚在香芋堆里，使人看不出，听不见，却暗暗的用分身法搬运，【庚辰侧批：可怕可畏。】渐渐的就搬运尽了。”

“却暗暗的用分身法搬运”直接标出了这种表述手法的名称为“分身法”，“暗暗”也讲明了“分身法”的隐蔽性。当然，包括“分身法”在内的奇书之诸秘法都极具隐蔽性，都是作者隐蔽叙述的表现方式。

我们知道，小耗子是属鼠的林黛玉，香芋，即香玉，也是林黛玉，而小耗子摇身一变，也变成个香芋，然后开始暗暗搬运香芋，这说的就是由林黛玉变成林黛玉自己，然后暗暗搬运林黛玉，小耗子化变成许多林黛玉来搬运林黛玉就是“分身法”的表述原理，而小耗子所暗暗搬运的当然就是林黛玉的故事。

香芋即林黛玉的众“分身”之一，小耗子将自己化变成一个个香芋，滚在香芋堆里，使人看不出，听不见，来暗暗搬运香芋，就是作者将林黛玉的完整故事分散开来，用不同的名称和身份，化变成一个个“分身”，暗暗讲述自己的一个个故事。如此林黛玉的故事就在读者不知不觉中，已渐渐地讲述完毕了。这就是“分身法”隐蔽叙述的目的。

“分身法”是以多个不同名称、不同身份的艺术形象来演绎同一个剧中人物的故事。如同《西游记》里的孙悟空，他有七十二般变化，可以化变为不同身份的七十二般人物，而“分身法”与孙悟空的变化所不同的是，孙悟空的伪装所针对的是剧中人，观众永远都知道变幻以后的孙悟空。而《红楼梦》正相反，它的隐蔽是针对读者，无论“分身”人物以何面目出现，剧中人相互都能一目了然，全然不知“分身法”为何物，但读者却须细细分辨“分身”与“分身”之间的所属关系，才能真正读懂“分身”人物身上所发生的故事。“分身”人物之间并没有根本区别，就是不同名称、不同身份的同一个人。

该书明明是为黛玉立传，林黛玉才应该是书中的头号主角，为什么林黛玉的戏份却不如宝玉多，大家都觉得宝玉是该书的头号主角呢？原因就是“分身法”的隐蔽性，林黛玉的故事已被分散在“分身”人物身上了，林黛玉在书中是拥有“分身”最多的人，“分身法”在林黛玉身上也表现得最充分，她是“分身”叙述法的代表人物，所以，作者对“分身法”的讲解是以属鼠的林黛玉为典范。

林黛玉就像飘扬在潇湘馆上空的一面大旗，麾下集合着众多林黛玉的“分身”，为林黛玉倾情上演她人生经历的各个不同时期的真实故事。林黛玉凄婉悲惨的一生并不需要全程独自上演，而是由她的“分身”们分段接力来完成她全部故事的演绎，她是在与她的“分身”们一起来完成她全部人生故事的拼图。

如果我们相信奇书秘法中确实使用了“分身法”，那我们就更有理由相信，奇书秘法中“合身法”的存在。请看：奇书秘法之合身法。

奇书秘法之合身法

虽然“合身法”比“分身法”更难理解，但“两山对峙”所提示的就是作者的对称艺术，有分必有合。而“合身法”的代表是男主角宝玉，宝玉就是一个神奇的“合身人”。可以说，书中的男主角宝玉根本不是一个人，而是一个集体。作者以女主角林黛玉和男主角宝玉分别为“分身法”和“合身法”的代表人物，所形成的也是“两山对峙”中的对称格局。第十九回，作者以林子洞的故事为背景，对“分身法”进行了详尽的示范解说。那么，“合身法”的示范讲解又在哪里呢？在第五十六回。

“合身法”的说明文是从江南甄家遣人来请安时，说起甄家也有一个与贾家一模一样的宝玉开始。因为贾家的宝玉听说江南甄家也这般神奇地有一个同样的宝玉，便起了疑惑，睡去后竟做了一个访问甄家宝玉的梦。梦幻中，贾家的宝玉来到一座与大观园一样的园子。在园子里，他见到了一群与鸳鸯、袭人、平儿无异的丫鬟。接着又来到一所与怡红院无异的院内，上了台阶，进入屋内，同样看见了与怡红院并无二致的情形。请看第五十六回：

只见榻上少年说道："我听见老太太说，长安都中也有个宝玉，和我一样的性情，我只不信。我才作了一个梦，竟梦中到了都中一个花园子里头，遇见几个姐姐，都叫我臭小厮，不理我。好容易找到他房里头，偏他睡觉，空有皮囊，真性不知那去了。"宝玉听说，忙说道："我因找宝玉来到这里。原来你就是宝玉?"榻上的忙下来拉住："原来你就是宝玉？这可不是梦里了。"宝玉道："这如何是梦？真而又真了。"一语未了，只见人来说："老爷叫宝玉。"唬得二人皆慌了。一个宝玉就走，一个宝玉便忙叫："宝玉快回来，快回来!"

至此，你还能分辨得出这两个宝玉谁是谁吗？如果没有旁证资料供我们进行再分析，作为读者，我们完全分辨不出他们谁是甄，谁是贾，这就是"合身法"的神奇之处。这个情节所演示的正是"合身人"可以随时一分为二，又可以随时合二为一的隐蔽功能。但园子里的丫鬟们却能一眼认出这个贾家的宝玉"原来不是咱家的宝玉"，并骂他："你是那里远方来的臭小厮。"丫鬟的话说明，丫鬟们不但知道这个贾家的宝玉不是自家的宝玉，还知道他是从远方而来的人。之后，袭人又说，宝玉是梦中看见了镜中的自己，并没有另外一个宝玉。因此，这种功能所蒙蔽的是读者，只有读者才分辨不出究竟有没有另一个宝玉，而剧中人却一目了然，这就是"合身法"的真机。不管"分身法"和"合身法"的表象如何玄幻，它仅仅是一种神奇隐蔽的逻辑关系严谨的表现手法，而不是玄幻神话。

"你是那里远方来的臭小厮"所暗示的，是曹颙死曹頫来的历史背景。被丫鬟们称为咱家的宝玉指的是有同性恋倾向的曹颙宝玉，只有他才有嫌男人恶臭的同性恋癖好。远方来的臭小厮当然就是指从北京过继而来金陵曹家的曹頫宝玉。曹頫来到金陵时，曹颙已经故去，正如袭人所说，曹頫宝玉是在梦中见到了镜子中的自己而非曹颙。

关于“合身法”的原理，李纨更是一语道破天机。请看第五十六回：

贾母笑道：“也不成了我们家的了！你这哥儿叫什么名字?”四人道：“因老太太当作宝贝一样，他又生的白，老太太便叫作宝玉。”贾母便向李纨等道：“偏也叫作个宝玉。”李纨忙欠身笑道：“从古至今，同时隔代重名的很多。”

“重名”就是“合身法”的天机。“分身法”的原理不过是同一个人所拥有的不同别名，而“合身法”的原理就是多个人物所共有同一个名称。

“同时隔代”即同一个时代但不同辈分，“同时隔代”说明，甄宝玉和贾宝玉是同一个时代但不同辈分的人。如果说，甄宝玉与贾宝玉是不同辈分的两个人，却如何还有很多呢？李纨的话暗示，重名的不仅是甄宝玉和贾宝玉两个人，还有更多同时隔代名叫宝玉的人。那么，书中究竟有多少人叫宝玉呢？

绛珠草脱却草胎木质，成为赤瑕宫神瑛美玉林黛玉，也就是将欲得者尽宝爱此玉之宝玉之意，因此，林黛玉也是“宝玉”的重名者之一，即黛玉宝玉。第十八回，元春有一段内心独白：“此时自己回想当初在大荒山中，青埂峰下，那等凄凉寂寞；若不亏癞僧、跛道二人携来到此，又安能得见这般世面。”这段独白不但揭示元春来自大荒山，青埂峰，即通灵宝玉的出生地，还有批文“自‘此时’以下皆石头之语，真是千奇百怪之文”，更明确指出，独白的元春就是大荒山中，青埂峰下的那块石头，即“通灵宝玉”。而我们之前已经证明了元春是林黛玉，所以，林黛玉就是“通灵宝玉”之黛玉宝玉。

毫无疑问，“通灵宝玉”也是宝玉的重名者，“通灵宝玉”是由一僧一道带到凡间来投胎的，他当然不可能是个物件而是已经投胎的人。那么，“通灵宝玉”与宝玉又是什么关系呢？请看第三回关于通灵宝玉和宝玉的两段批文：

【宝玉通灵可爱，天生有眼堪穿。万年幸一遇仙缘，从此春光美满。随时喜怒哀乐，远却离合悲欢。地久天长香影连，可意方舒心眼。】

“宝玉通灵可爱”不仅蕴含了“通灵宝玉”的全称，同时说明，通灵是对宝玉秉性的一种描述，所以，“通灵宝玉”就是“宝玉”，“随时喜怒哀乐”又进一步说明，“通灵宝玉”不是一件道具而是能随时喜怒哀乐的人。再看第二段批文：

【宝玉衔来，是补天之余，落地已久，得地气收藏，因人而现，其性质内阳外阴，其形体光白温润，天生有眼可穿，故名曰宝玉，将欲得者尽宝爱此玉之意也。】

“宝玉衔来”自然指“通灵宝玉”的来历，他是由宝玉衔来人世的人，因此，宝玉与“通灵宝玉”之间又有了父母与子女的关系，所以，“通灵宝玉”不仅是宝玉，他与宝玉之间还有父母与子女的隔代关系。“因人而现”又说明，他与宝玉一样具有“合身人”的功能，“通灵宝玉”这个名称所指代的同样不是一个人，而是因作者所需指代的某人而有选择地现身。“其性质内阳外阴”又暗示，所指代的不仅不止一个，还包含了不同性别的男人和女人。因为，“通灵宝玉”是由宝玉衔来的人，所以，“通灵宝玉”所指的是同时隔代中的子女辈。那么，谁又是这同时隔代中的父辈呢？请看第二回：

【甲戌侧批：甄家之宝玉乃上半部不写者，故此处极力表明，以遥照贾家之宝玉，凡写贾家之宝玉，则正为真宝玉传影。蒙侧批：灵玉却只一块，而宝玉有两个，情性如一，亦如六耳、悟空之意耶？】

此处表明的是怎样一个甄家之宝玉呢？其实此处所表明的无非还是贾家宝玉之秉性，“以遥照贾家之宝玉”已经很说明问题，甄家之宝玉就是贾家之宝玉，因为甄家所影射的是曹家，贾家所影射的同样是曹家。两个宝玉“情性如一，亦如六耳、悟空之意耶?”，揭示“分身法”就如《西游记》中所出现的难以分辨的两个悟空，其实是同一个人。既然都是“分身法”的表象，就无所谓一个或是两个，却为什么又有“灵玉却只一块，而宝玉有两个”的数学问题呢？因为灵玉指的是“通灵宝玉”，而“通灵宝玉”是由宝玉衔来人世的，因此“通灵宝玉”仅指同时隔代中的子女辈，而另一个宝玉所代表的就是这同时隔代中为父辈的人，他是不包含在“通灵宝玉”之中的，所以，两个宝玉之间有一个宝玉是“通灵宝玉”的父亲，而不是“通灵宝玉”，所以，在数量上，宝玉比“通灵宝玉”要多出一个人，而这个多出来的人就是“通灵宝玉”的父亲甄宝玉曹寅。

作者在书中使用了谐音法，但谐音法的运用是必须由作者自己标记出该字与某字谐音，我们才可以按所谐音的某字来理解，而不是说，因为作者使用了谐音法，读者便可以自行将书中的某字任意与其他什么字谐音，如此便没有任何文字规范可言，故事内容也将被读者猜测得面目全非。

所以，“甄”并不是“真”，甄家的宝玉也不能等同于甄宝玉，而只有甄士隐的“甄”才是真，因为第一回有批注：“姓甄。【甲戌眉批：真。后之甄宝玉亦借此音，后不注。】”这说明，甄士隐的名字使用了谐音法，应该按真事隐去来理解，“甄宝玉亦借此音”同样是标注，甄宝玉与甄士隐一样应按真宝玉来理解。为什么只有甄士隐和甄宝玉的“甄”要按谐音字“真”来理解呢？因为，甄士隐与甄宝玉是同一个人，所影射的都是曹寅，曹寅才是将曹家百年富贵基业推向鼎盛的宝贵人才，他才是曹家的真宝玉。

第十八回，太监出来，只点了四出戏，在第三出《仙缘》之旁有批文：“庚辰双行夹批：《邯郸梦》中伏甄宝玉送玉。”毫无疑问，甄宝玉所送的当然是“通灵宝玉”，而“通灵宝玉”是由一僧一道携带下凡投胎的人，甄宝玉当然就是将“通灵宝玉”送往凡间的父亲。因此，作者曹雪芹是那块女娲石化变的“通灵宝玉”，他的父亲就是送玉的甄宝玉，即甄士隐曹寅。这个情节同样佐证了，甄宝玉是同时隔代中的父辈宝玉。

“贾不假，白玉为堂金作马。”也同样明确交代了贾也不是假，贾家的宝玉也不能等同于贾宝玉，而只有贾雨村的“贾”才可以与假字谐音，因为第一回贾雨村出场时有明确批注：“姓贾名化，【甲戌侧批：假话。妙!】表字时飞，【甲戌侧批：实非。妙!】别号雨村。”贾雨村所影射的是曹寅弟弟的儿子，从北京过继到金陵曹家来的曹頫。因为曹寅的遗孀李氏，即书中的贾母以为曹頫过继到曹家后，能够为曹寅家顶门立户保住家业，所以视他为珍宝。不料，他却是曹家百年富贵基业的掘墓人，无才无德的曹頫，将曹寅的家产败尽，自己也锒铛入狱，贾雨村即曹頫宝玉实际就是曹家的假宝玉。作者是将真宝玉比喻曹寅，假宝玉比喻曹頫，其余宝玉各有其特性，不以真假论之。

第十四回，有一个只有一次出场的人物叫石光珠，他是缮国公诰命之孙，而缮国公的名号就暗示了，他是贾母的丈夫国公爷贾代善之“分身”，因此，缮国公之孙石光珠当然也就是贾代善之孙，即李纨的丈夫贾珠，而有充分的证据可以证明，李纨的丈夫贾珠所影射的是曹寅之长子曹颙，所以，石光珠也是曹颙。而“石光珠”的名字倒过来就是珠光石，试想，书中除了珠光宝石“通灵宝玉”，哪里还会有其他的石头呢？所以，石光珠曹颙也是“通灵宝玉”之一。

第五回，“［红楼梦引子］开辟鸿蒙，谁为情种？”之旁有批文：“非作者为谁？余又曰：‘亦非作者，乃石头耳。’”

“情种”指作者在爱情上的多情吗？非也。因为该书说的并不是作者的爱情故事，而是作者父母的爱情，因此，“情种”在这里指的不是多情人，而是多情人所播下的种子，寓意多情人所孕育的儿女。“非作者为谁?”及“亦非作者，乃石头耳”又进一步提示，也不完全是作者，还包括了“通灵宝玉”诸人。所以，这段批文说明，作者曹雪芹既是多情人林黛玉和曹寅宝玉的种子，也是石头“通灵宝玉”。以上就是曹寅以及他的四位无才补天的儿女，曹颙、曹頫、黛玉、雪芹与“合身人”宝玉的连接关系。

为什么说“合身人”宝玉所代表的就一定是曹寅和他的四位儿女呢？因为天将塌，女娲才需要炼石补天。何为天？父为天，父死如天塌，而需要修补父亲这片天的当然就是他的儿女。因此，女娲所炼成的三万六千五百零一块补天的“顽石”所影射的，就是经过“分身法”演变后，曹寅的四位儿女。而单单剩下未用的那一块所影射的是作者自己，因为曹颙、曹頫曾先后接替织造之职，黛玉被曹家献给太子胤礽同样也是为曹家谋求富贵，因此，这三位儿女都曾被曹家选出做过补天工作。而作者雪芹在曹寅、曹颙去世时还不到五岁，所以四位儿女中只有他未曾获选参与补天，但无论获选与否，该书所出现的顽石都是指女娲石所象征的曹寅的儿女。

因为宝玉是集合了五个不同身份具有独立人格的“合身人”，所以，他时而如“婴儿恋母，雏鸟寻巢”，指雪芹宝玉；时而又是“愚顽怕读文章”的懵懂顽童曹頫宝玉；时而“直似一个守礼代嫁的女儿”，指黛玉宝玉；时而又是“一位年轻的公子”，指曹颙宝玉；时而又说“我就如那野坟圈子里长的几十年的一棵老杨树”，即曹寅宝玉。而这五个不同年龄、不同性别的人在宝玉这个名称下可以随时不着痕迹地进行身份转换，这就是作者独步古今的“合身法”。

因为“合身法”是奇书秘法中最难理解的一种表现手法，即使你对“合身人”的性质已有所了解，但对于宝玉的每次出场，仍需要火眼金睛细心辨别，才能判断出他的真实身份，继而读懂他所演绎的故事。为方便起见，我在提到宝玉这个人物时，会尽量标出此宝玉的所属关系。

往下请看：生肖隐蔽的年龄。

生肖隐蔽的年龄

书中的八个国公之家与生肖属相，应该属于毫不相干的两种事物，第十四回却将这风马牛不相及的两个概念强行撮合在一起，冒出一段莫名其妙之怪文。其中意趣何在呢？第十四回的标题是“林如海捐馆扬州城”，因此，该回的主题并不像我们表面看到的那样是秦氏的丧仪，而是在隐蔽讲述林如海的丧仪，以及林如海死于扬州城事件。而这篇生涩古怪的国公之家与生肖属相之说所隐蔽叙述的，就是林如海即曹寅的年龄以及给予他的盖棺定论。

十二生肖标记的是年份和年龄，家庭当然没有属相年龄之说，作者不厌其烦地以十个生肖之名，将五个国公家的祖孙关系一一罗列拆解出来，就是批书人常说的“虚陪”，其意是为了隐蔽叙述这五个之外的没被罗列出来的荣宁两府和缮国公之家的祖孙关系。此文之后，更有一篇怪异批文对其进行注解，其中尤为突出的是：

石即豕，亥字寓焉。其祖曰守业，即守夜也，犬字寓焉。此所谓十二支寓焉。

在这个盛大的丧仪上，八家中唯一没有来的是缮国公家的石光珠，因“缮国公诰命亡故，其孙石光珠守孝不曾来得”。同时，作者也没有如其他五家那样正面交代缮国公的姓氏及其孙石光珠现袭何职。那么，“缮国公”究竟姓什么，是否也姓石？虽然缮国公的孙叫石光珠，但缮国公却并不姓石，而姓贾。

因为国公不仅是作者虚拟的称号，而且它在书中还有世袭罔替的功能，所指代的是曹家已经仙逝的历届男主人。第二回，冷子兴演说荣国府时交代“自荣公死后，长子贾代善袭了官，娶的也是金陵世勋史侯家的小姐为妻”说明，贾母的丈夫贾代善的名字中就有一个“善”字，再考虑到避名讳的关系，他死后，想必就可以称之为缮国公。如果说缮国公指的是贾母的丈夫贾代善，而贾代善的孙子当然是贾珠，所以，不仅有缮国公对应贾代善，还有石光珠对应贾珠，这当然就是作者有意制造的双关暗合。所以缮国公不姓石姓贾，而石光珠当然也不姓石姓贾，“石光珠”的名字倒过来念，就是珠光石，所隐蔽的就是光白温润的“通灵宝玉”。

既然石光珠不姓石，“石”与十二生肖的关系就不是石家与十二生肖的关系，而是石光珠个人与生肖的关系，因此，“石即豕，亥字寓焉”就可以理解为，石光珠与“亥”的关系就是他生肖属猪的年龄关系。由于书中的老大所影射的都是曹寅长子曹颙，所以，贾家的长孙、李纨的丈夫贾珠，所影射的也是曹寅的长子曹颙，而这个生肖属猪的石光珠所揭示的就是比属鼠的林黛玉大一岁的宝玉哥哥曹颙。

既然第十四回所隐蔽叙述的是曹寅的丧仪，石光珠即曹颙作为曹寅的长子为什么“不曾来得”呢？因为宁国府所举行的就是缮国公的丧仪，而宁国府的大爷贾珍所影射的当然也是曹颙，也就是石光珠，石光珠即贾珍要在家中为缮国公即曹寅守孝，而“不曾来得”，这就是别人都来了，而唯独石光珠没有来的玄机。石光珠即贾珍原本就是守孝之人，当然可以原地不动，只需在家等着别人来。

这里要说的分明是曹寅与曹颙的父子关系，却为什么又都以祖孙关系登场呢？第二回的标题“冷子兴演说荣国府”就是答案。冷子兴所叙说的并非只有荣国府，更有宁国府的家庭关系，回目标题却落下了宁国府，仅题“冷子兴演说荣国府”暗示，冷子兴的演说仅仅针对荣国府，而不包括宁国府。所以，宁国府的家庭成员关系严谨正式，而荣国府的人物关系是由冷子兴演说而成，已添加了他个人的戏说成分，所以在辈分上有所错位。但这个错位也并非空穴来风，仍然是源自曹寅与黛玉的父女和情侣双层关系，以及由这个双层关系所衍生出来的种种戏说关系。所以，贾代善即曹寅与贾珠即曹颙明明是父子却变成了祖孙关系，也算是作者的幽默。

五家国公已瓜分了十二生肖中的十个生肖，石光珠又独分得生肖猪，至此十二生肖中的十一个生肖名称都已经有主，唯一剩下的只有狗。而六个国公中唯一没有与生肖名称直接产生关系的是缮国公，以排除法推测，缮国公与十二生肖的关系当然就是他与狗的关系。关于狗的寓意，批书人是这样说：

“其祖曰守业，即守夜也，犬字寓焉。”

"其祖曰"说明此话出自某人之祖，也就是说，关于狗守夜就是守业之说并非泛指，而是专门对其属狗的孙所说的话。那么，谁有资格说这个关于守业的话呢？当然是创业人。曹家的创业人是曹振彦，也就是书中所说的第一代，他属狗的孙子，当然就是将曹家的富贵基业推向鼎盛的属狗的曹寅，也就是贾家的第三代男主人贾敬。第六十三回，贾敬突然死亡时，书中有："素知贾敬导气之术总属虚诞，更至参星礼斗，守庚申，服灵砂，妄作虚为，过于劳神费力，反因此伤了性命的。"其中"守庚申"所对应的就是"守夜"。贾敬即曹寅为什么要守庚申？因为他与黛玉偷情，冒犯了太子虎威，闯下杀身之祸，企图瞒过，但最终事情败露，即守庚申不成功，葬送了自己的性命，是导致曹家后来败落的根由，也就是没有守住家业。所以，"其祖曰守业，即守夜也，犬字寓焉"，既揭示了缮国公曹寅属狗，又是对将曹家的富贵基业推向鼎盛的曹寅最终因不保晚节而没有守住家业的盖棺定论。

要证明曹寅的生肖属狗并不难，因为曹寅属于朝廷正五品官员，清史资料已有明确记载，曹寅就是1658年的狗年生人，因此，曹寅的年龄不但无须繁复证明，还能以此佐证，作者的确在用生肖来寓意书中人物的年龄，并且还能以曹寅可靠准确的年龄为时间坐标，进一步测算出其他人物的准确年龄。

石光珠即珠光石，即象征曹寅四位儿女的"通灵宝玉"之一的，就是比林黛玉大一岁的属猪的曹颙宝玉。为了确证曹颙是1695年猪年生人，请看第二回：

名唤贾珠，十四岁进学，不到二十岁就娶了妻生了子，一病死了。

贾珠的这个简历说明，贾珠即曹颙死于十九岁。再看第二回：

今如海年已四十，只有一个三岁之子，偏又于去岁死了。

既是三岁，又说于去年死了，那么这个孩子究竟活到了三岁，还是两岁就死了呢？这个看似的谬误所隐蔽表述的其实是，当林如海四十岁时，他有一个三岁之子，而“偏又于去岁死了”所根据的是贾雨村“那日，偶又游至淮扬地面”的时间，贾雨村即曹頫，来到淮扬地面曹寅家时是曹颙去世的第二年，即康熙五十四年，因此，“去岁”指的是康熙五十三年。因为林如海即曹寅，属于1658年狗年生人，当他四十岁时，他的长子曹颙是三岁，由此便可推算出，曹颙属于公元1695年猪年生人，至康熙五十三年，即公元1714年去世刚好是十九岁。

第十九回“林子洞小耗子偷香芋”的故事已经充分证明了林黛玉属鼠，唱小旦的龄官，即林黛玉的故事又说明，康熙四十六年康熙皇帝第六次南巡来到曹家时，龄官林黛玉是十一岁，所以，林黛玉是1696年的鼠年生人。

曹寅续弦李氏，即书中的贾母和史湘云生肖属猴，从贾母关于嫁入贾家的时间自叙，又可以推算出她比曹寅大两岁，是1656年猴年生人。

曹頫在康熙五十四年来到江宁，过继给曹寅之妻贾母李氏为继子时是十五岁，因此，他是1700年龙年生人。

书中有充分的证据可以证明，林黛玉的亲姐姐薛宝钗比林黛玉大三岁，是1693年鸡年生人。

废太子胤礽是1674年虎年生人。

以上是书中所涉及的原型人物的年龄与书中艺术人物生肖属相的关系简述，意在说明作者确实运用了生肖属相来表述原型人物的精确年龄，至少将他们的年龄精确到了年份之上，实属“大有考证”的内容。但由于论证比较繁复，不适于在此集中阐述，因此将这部分内容分散在各个人物章节中，以便论证更充分，结论更可靠。

曹雪芹的出生是曹家最大的机密，也是该书所隐蔽的最大秘密，那么曹雪芹的年龄，以及他的生肖属相又是什么呢？请看：虎兔相逢的生肖玄机。

虎兔相逢的生肖玄机

贾元春的判词颇值得玩味，尤其是最后一句“虎兔相逢大梦归”很有争议。我们先来完整地读一读这首诗。请看第五回，金陵十二钗正册：

二十年来辨是非，榴花开处照宫闱。三春争及初春景，【甲夹批：显极。】虎兔相逢大梦归。

这首诗的显著特点是每句都押在了一个时间点位上，即“二十年来”“榴花开”时、“三春”“大梦归”时，这是元春命运中的四个什么时间呢？因为元春是林黛玉，所以，我们须将林黛玉与她的“分身”们的故事结合起来，才能读出这四个时间的玄机。首先，“二十年来辨是非”指的是哪个二十年，请看第二回：

堪堪又是一载的光阴，谁知女学生之母贾氏夫人一疾而终。

“堪堪又是一载的光阴”指的是贾雨村谋进盐政林如海家任西宾之职刚刚一年的时间，贾氏夫人便一疾而终。可贾夫人去世的时间为什么要以贾雨村进林家的时间为坐标，难道堂堂贾夫人的去世与来林家做家教的贾雨村有什么因果关系？答案是肯定的。贾夫人去世正是因为贾雨村。贾雨村所影射的是在康熙五十四年过继到曹家的曹頫，当贾雨村来到林家，刚刚一年的时间，贾夫人即林黛玉因为与曹頫、宝钗发生三角爱情关系遭到羞辱而悬梁自尽。此间有一批文：

【甲戌眉批：上半回已终，写“仙逝”正为黛玉也。】

“上半回已终”，指的是谁已终？尤其这个“已”字属于标准的完成式，这里才刚第二回，怎么就已经“终”了？起点又在哪里？这个“已终”当然不能指一个没有正面出场，毫无故事的人物，本来无，何来终？因为贾夫人并非等闲，就是主题人物林黛玉。贾夫人闺名贾敏的“敏”字与贾家小姐敏探春的“敏”字是对应之笔，而贾即曹，林也是曹，贾夫人暗示的就是曹家的小姐嫁给自己曹家的林黛玉。批书人对此也专门做了注释，“写‘仙逝’正为黛玉也”说明，写贾夫人“仙逝”其实就是写黛玉死期。所以，贾夫人，即林黛玉“一疾而终”的时间，正是曹頫来到金陵曹家刚刚一年的时候。曹頫是康熙五十四年春上来到曹寅家，“堪堪又是一载的光阴”指的是康熙五十五年，即公元 1716 年春夏之交的时间。

林黛玉是公元 1696 年鼠年生人，1696 年至 1716 年刚好是二十年，所以，该诗出现的第一个时间窗口“二十年来”，指的是元春即林黛玉仅仅活了二十年的时间。“二十年来辨是非”说的是贾元春在二十年短暂的生命旅程中，所经历的难以分辨是非的人生遭遇。

究竟有什么样的人生遭遇，使她如此难以分辨是非呢？答案就在第二句：“榴花开处照宫闱。”“榴花”即石榴花，榴花色泽艳丽火红，籽粒多而丰满，常被诗人比喻为火，又寓意多子多孙。这里以榴花比喻元春，一方面暗示，她就是林木可以生火的绛珠草，即红火的赤瑕宫神瑛美玉，更重要的还诠释了贾元春多子的属性，所隐蔽的就是元春奇异的产子事件。如果元春属于正常产子，那是天大的喜事，应该大张旗鼓，就不需要作者这么煞费苦心，用尽曲笔来暗示。那么，“榴花开处照宫闱”所隐蔽的究竟是怎样让元春难以分辨是非的产子事件呢？请看第三十一回：

翠缕道：“他们那边有棵石榴，接连四五枝，真是楼子上起楼子，这也难为他长。”史湘云道：“花草也是同人一样，气脉充足，长的就好。”翠缕把脸一扭，说道：“我不信这话。若说同人一样，我怎么不见头上又长出一个头来的人？”湘云听了由不得一笑，说道：“我说你不用说话，你偏好说。这叫人怎么好答言？天地间都赋阴阳二气所生，或正或邪，或奇或怪，千变万化，都是阴阳顺逆。多少一生出来，人罕见的就奇，究竟理还是一样。”

“楼子花”即像楼房一样重叠着花上结花的花，而这种花上结花的怪异现象就发生在象征贾元春的石榴树上，所寓意的就是贾元春奇异的“楼子上起楼子”的生育事件。“楼子花”当然不是翠缕所说的头上又长出一个头来的人，而是寓意，元春即黛玉作为曹寅的女儿，却为曹寅生了一个儿子，为自己生出了一个弟弟，就是养父女之间乱伦所导致的奇异的生育事件。

“花草也是同人一样，气脉充足，长的就好”再次说明，“楼子上起楼子”寓意的是人，而不是花。曹寅的气脉充足，生育能力强，养女林黛玉为他生出儿子，结出楼子花也不是什么奇异的事，不过是人们少见多怪罢了。正如湘云所说，从生殖角度来看，生出楼子人并没什么奇异，但是，“或正或邪”，“阴阳顺逆”就暗示了此中所牵涉的是难以分辨的正邪、顺逆的是非问题。被太子宠幸过的女人黛玉与养父曹寅偷情，给太子戴绿帽子，为曹寅带来杀身之祸，当然是大逆，是邪，但是，她却为本来无亲子的曹寅生下唯一的血亲儿子雪芹，真正延续了曹寅的香火，实属难能可贵，所以，元春自己都难以分辨自己的行为究竟是对还是错。

“照”：对着。“宫闱”：帝王的后宫，后妃的住所。

“榴花开处照宫闱”说明，这朵盛开的石榴花，并没有长在皇宫，而仅仅是对着宫闱的地方。翠缕和湘云在贾家大观园中，看到楼子花的情景同样暗示，这棵楼子上起楼子的石榴也没有长在皇宫。元春的儿子为什么没有生在宫闱，而仅仅是“照宫闱”呢？因为元春生育儿子雪芹时，她的身份仍然是被太子宠幸的却没有被娶进宫的太子的女人。这就是“榴花开处照宫闱”所揭示的第二个时间窗口，即元春人生中难以分辨是非的生育经历。

元春已经是太子的女人，却又对着皇宫，结出父女乱伦的楼子花，她的命运自然急转直下，因此，就有了第三个时间窗口的叹息：“三春争及初春景。”

因为三个春天不可能与初春形成比较关系，所以，这个“三春”应该是能与初春形成比较关系的，春天里的第三个月。《游子吟》中“谁言寸草心，报得三春晖”的“三春晖”指的就是暮春的阳光，它相对初春更温暖，比喻的是如三春光辉般的母爱。因此这里的“三春”同样也是指春天中的第三个月，寓意母爱的温暖光辉，而不是三年。

因为太子胤礽在康熙四十六年元宵节后，随康熙皇帝来到曹寅的家，并宠幸了黛玉，曹寅为提高黛玉的身份收她为义女，使她一跃成为曹家的小姐，作者便以此事件的时间点位，为获得小姐身份犹如获得新生的黛玉取名“元春”，“春”字在此所寓意的就是黛玉作为曹家小姐的人生经历。探春、惜春是从元春而来，她们所演绎的正是黛玉作为曹家小姐的第二和第三个阶段，而这个“三春”所寓意的是惜春所代表的第三阶段。

谁都知道惜春讲述的是一个出家的故事，可惜春为什么要出家呢？第三回有回前批说：“我为你持戒，我为你吃斋；我为你百行百计不舒怀，我为你泪眼愁眉难解。”说的就是林黛玉为“通灵宝玉”雪芹所付出的出家代价。因为黛玉对着宫闱生下雪芹，给自己带来杀身之祸，被迫诈死逃禅，躲过死劫，惜春演绎的就是这个为儿子不惜付出一切代价出家为僧的林黛玉。但是，惜春的“三春”晖又哪里比得上刚刚得到太子恩宠时初春的显赫光景呢？所以，“三春争及初春景”所感叹的是黛玉生子之后，作为曹家小姐的第三个阶段远远比不上初春的显赫。

最后一句，“虎兔相逢大梦归”当然最有玩味，也是最有争议的一句。那么，虎兔相逢究竟是谁与谁的相逢呢?

我们已经知道，作者运用了生肖属相来揭示原型人物的真实年龄，而书中所出现的“虎”毫无例外，所影射的都是康熙皇帝的废太子，1674 年虎年出生的胤礽。第五回宝玉与可卿遭遇“荆榛遍地，狼虎同群”险境中的“虎”，所影射的就是废太子胤礽给曹寅宝玉造成的威胁。《姽婳词》中，遭“犬羊之恶”“两战不胜”的虎豹恒王所影射的也是遭两度废立的废太子胤礽。“犬”影射属狗的曹寅。《芙蓉诔》中的“白帝”即白虎所影射的同样是废太子胤礽（请参看《曹家的南柯一梦》)。作者的确在运用胤礽的属相“虎”来指代胤礽这个原型人物，因此，“虎兔相逢大梦归”中的“虎”所影射的就是废太子胤礽。而与胤礽相逢的“兔”指的就是公元 1711 年出生属兔的曹雪芹，即属虎的废太子胤礽与属兔的雪芹宝玉的相逢。

第一回标题“甄士隐梦幻识通灵”和第六十七回的批文“青埂峰时缘了证情，仍不出士隐梦”揭示，该书最大的梦当然是甄士隐的梦，所以“大梦归”指的不是元春的梦，而是甄士隐的大梦，即曹寅的归去。

那么，虎兔相逢究竟属于什么性质的相逢，又为什么能导致大梦归？请看：北静王与废太子胤礽。

北静王与废太子胤礽

我们已经知道“虎兔相逢大梦归”中的“虎”所影射的是1674年虎年出生的废太子胤礽，“兔”指属兔的雪芹宝玉，“大梦”属于甄士隐，即曹寅的梦，那么，太子与雪芹的相逢为什么能导致曹寅归去，这又属于什么性质的相逢呢？第十四回的标题“林如海捐馆扬州城，贾宝玉路谒北静王”就暗藏着一个答案，这个标题所涉及的看似是不相干的两件事，但内含因果，只须将句子倒过来理解：因为“贾宝玉路谒北静王”，所以“林如海捐馆扬州城”，这副对子其实就是“虎兔相逢大梦归”的扩充。我们先来证明北静王与废太子胤礽的关系。请看第十三回，薛蟠说：

这还是当年先父带来，原系义忠亲王老千岁要的，因他坏了事，【蒙侧批：“坏了事”等字毒极，写尽势利场中故套。】就不曾拿去。

因为废太子胤礽去世后，雍正皇帝追认他为和硕理亲王，亲王加千岁很符合废太子胤礽的特殊身份，而“坏了事”更直接体现了他被废除太子身份的史实，因此我们可以初步认定，薛蟠所提到的“义忠亲王老千岁”所影射的就是康熙皇帝的废太子胤礽。

而第三十三回所出现的“忠顺亲王”与“义忠亲王”仅有一字之别，用相近的名称暗示“分身”人物之间的连接关系是作者规律性表现手法，不然，为什么通部书中“义忠亲王老千岁”和“忠顺亲王府”不仅只有一字之差，而且也都只有一次出场，难道他们的出现都是孤立的偶然事件，或是作者才思乏力，非要重名?因为通部书都属于作者的周密布局，不存在主题内容之外的孤立故事，所有一次性出场的人物都源于“分身法”的表现形式，都是为了达到隐蔽目的，而相似之名就是作者为“分身法”的内在连接关系所留下的草蛇灰线。因此我们完全可以推测，“忠顺亲王府”就是“义忠亲王府”即废太子胤礽的王府，况且同时代的亲王也是屈指可数，绝非泛泛。第三十三回，忠顺亲王府的长史官，打上门来，寻宝玉晦气的情节同样也可看出此中端倪。请看：

那长史官冷笑道：“现有据证，何必还赖？必定当着老大人说了出来，公子岂不吃亏？既云不知此人，那红汗巾子怎么到了公子腰里?”

茜香国进贡的红汗巾分明是北静王送给琪官，琪官又转赠宝玉的贴身物品，忠顺亲王府的长史官为什么不仅认得，并且还可以作为“据证”提出来呢？如果长史官属于听闻花边新闻得知此事，别人家的东西，他也无权将其作为“据证”提出。同时，既然琪官是忠顺亲王府豢养的宠儿，作为王爷的北静王，如何竟不懂得避嫌疑，而将如此贴身香艳之物赠予别人家豢养的宠儿呢？合理的解释是：茜香国的红汗巾根本就是忠顺亲王府的物品，所以忠顺亲王府的长史官不仅认得，还能以此为“据证”追究其出轨之罪。或者说，忠顺亲王府的长史官根本就是为追究红汗巾转赠之事而来。这个结论暗示，将红汗巾赠予琪官的北静王，就是忠顺亲王，即废太子胤礽。再请看第十六回：

宝玉又将北静王所赠鹡鸰香串珍重取出来，转赠黛玉。黛玉说：“什么臭男人拿过的！我不要他。”遂掷而不取。

林黛玉所说的“臭男人”指的就是北静王。世上又有什么东西没有经过男人的手呢，林黛玉当然不是不要男人拿过的物品，而是不要“臭男人”北静王拿过的东西。通常，女人不会无端称一个男人为臭男人，林黛玉将北静王称为臭男人，就已经暗示了林黛玉与北静王之间非同一般的关系。太子胤礽染指黛玉之后却又将其弃之门外，当他发现黛玉与曹寅私情后，又不依不饶地对他们展开无情追杀，所以林黛玉要骂他是“臭男人”，并将他的鹡鸰香串掷于地下以表示对他的强烈厌恶。

第二十八回的回目标题“蒋玉菡情赠茜香罗，薛宝钗羞笼红麝串”和批文“茜香罗、红麝串写于一回，盖琪官虽系优人，后回与袭人供奉玉兄宝卿得同终始者，非泛泛之文也”。这里“茜香罗、红麝串写于一回”的用意实属牵强，很难让人看出其中的关联，所以其真正的用意正是为了让两个事件的同一主角北静王浮出水面。因为唱小旦的琪官蒋玉菡也是林黛玉的“分身”，“非泛泛之文也”暗示，茜香罗和红麝串两个物件所涉及的都是北静王的馈赠，这并不是巧合，而是揭示，北静王就是与林黛玉关系非同一般的废太子胤礽。

我们已经知道，第十四回出现的关于生肖之文，所隐蔽的是原型人物曹寅和曹颙的年龄，但这一飞来神笔却是由“那时官客送殡”的人员名单所引出，如此说来，那时送殡的官客，当然不止已经在明处与生肖扯上关系的八大国公家庭，更有比他们官阶更高的北静王。那么，在送殡的官客中，官阶最高的北静王与生肖属相又是什么关系呢？我们当然不会忘记，第十四回的标题“贾宝玉路谒北静王”，而生肖之文正是出现在这个回目标题之下的文章，所以，奇妙的生肖之文不仅寓意了曹寅和曹颙的年龄，它还有更深层次的隐蔽，就是“贾宝玉路谒北静王”所隐蔽的“虎兔相逢”事件中，北静王生肖属虎的性质。

确定了北静王所影射的是原型人物废太子胤礽，我们再来细谙，“贾宝玉路谒北静王”所隐蔽的虎兔相逢事件。请看第十四回：

原来这四王，当日惟北静王功高，及今子孙犹袭王爵。

“当日惟北静王功高”是一个过去式，揭示了当日北静王在诸王中的高级别，暗示的就是北静王曾经的太子地位。现在太子身份被废，地位当然远不比当日，但是，他的子孙并没有被剥夺继承权，仍然袭王爵。“犹袭王爵”恰恰说明他的子孙有不能按部就班承袭王爵之虞。因为胤礽是被康熙皇帝削去爵位的废太子，后来是雍正皇帝追封废太子胤礽为和硕理亲王，他的儿子弘皙才得以承袭郡王爵位。“现今北静王水溶年未弱冠”并不是指老北静王胤礽，而是影射胤礽之子弘皙。“不以王位自居”是因为弘皙年未弱冠时还没有袭郡王之爵。

因为“贾宝玉”有别于“宝玉”，“贾宝玉”不是合身人，仅仅指“假语村”，即曹頫。“贾宝玉路谒北静王”指的是曹頫宝玉路谒北静王弘皙，而不能直接理解为“虎兔相逢”。请看第十四回：

水溶十分谦逊，因问贾政道：“那一位是衔玉而诞者？【庚辰眉批：忙中闲笔，点缀玉兄，方不是正文中之正人。作者良苦。壬午春。畸笏。】几次要见一见，都为杂冗所阻，想今日是来的，何不请来一会？”

之前有回前批：“路谒北静王，是宝玉正文。”而当水溶问及“那一位是衔玉而诞者？”时，又有批文批注，此为“忙中闲笔，点缀玉兄，方不是正文中之正人”，并有“作者良苦”之感叹。那么，两段批文是否有自相矛盾之嫌，究竟谁才是此正文中之正人呢？此“忙中闲笔，点缀玉兄”又有作者怎样的良苦用心需要读者用心理解呢？因为“虎兔相逢大梦归”是以生肖属相来指代人，运用的是象征手法，那么表述太子胤礽与雪芹宝玉的“相逢”同样也极具象征性，并不是说北京的胤礽真见过住在江南织造府内才一岁多的雪芹，而是说，太子胤礽听到黛玉在江南产下曹寅之子的传闻，发虎威逼死曹寅的“虎兔相逢大梦归”事件。而作者假借太子胤礽之子和曹頫两个非当事人的名义来演绎这个象征性的“相逢”就是作者的良苦用心。

“衔玉而诞者”可以指曹颙，也可以指曹頫，但唯独不可以指雪芹，因为，“衔玉而诞者”暗示的是诸通灵宝玉与父母的养育关系。雪芹在此构思中，所扮演的角色是单一的子女，即被他人从口中衔来的“通灵宝玉”。当水溶问“那一位是衔玉而诞者?”时，批书人要批注，这不过是作者忙中偷闲的点缀，暗示此语并不重要，仅仅是一个点缀，因为水溶真正关注的并不是衔玉而诞的玉兄曹頫，而是被他人从口中所衔来的“通灵宝玉”本人，所以“通灵宝玉”雪芹才是此“路谒”之正文中之正人。

“几次要见一见，都为杂冗所阻，想今日是来的”的语气暗示，并非是水溶杂冗繁忙所阻，而是说，水溶自己几次要求见他家的奇物“通灵宝玉”，都被贾家以各种驳杂理由推托，“想今日是来的”就是不再给贾家推托的理由，今天非见不可。请继续往下读：

那宝玉素日就曾听得父兄亲友人等说闲话时，赞水溶是个贤王，【蒙侧批：宝玉见北静王，是为后文伏线。】且生得才貌双全，风流潇洒，每不以官俗国体所缚。每思相会，只是父亲拘束严密，无由得会，今日反来叫他，自是喜欢。一面走，一面早瞥见那水溶坐在轿内，好个仪表人才。不知近看时又是怎样，且听下回分解。

“闲话”就有隐意，“父兄亲友人等”说明，关于说闲话的人的身份交代非常严谨正式，赞水溶当然也应该属于正式称赞，却为什么又要冠以“闲话”二字呢？因为这里所说的就是北静王的闲话、绯闻。北静王在贾家的特性便是与绯闻相关联的才貌和风流，他不以官俗国体所缚，纡尊降贵与贾家的戏子发生配偶关系，并被戴了绿帽子，所以，贾家人要闲话他是一个贤王。“宝玉见北静王，是为后文伏线。”当然不是指宝玉以后可以去他家玩，而是暗示，“虎兔相逢”事件将造成大梦归的严重后果。

雪芹宝玉的父亲不是指“衔玉而诞者”曹頫宝玉，而是指雪芹宝玉的生父曹寅，曹寅当然不会让太子见“通灵宝玉”雪芹，关于雪芹的存在，他必须对北静王严密封锁消息，即“拘束严密，无由得会”，“今日反来叫他”暗示，今日之事一反常态，属于非同一般的相逢。

“且听下回分解”在书中也从来不是套话，而是提示此事件的奥秘要在下回揭开。请看第十五回：

【甲戌：宝玉谒北静王辞对神色，方露出本来面目，迥非在闺阁中之形景。】

“谒”：拜见、告发、检举。“谒”在此不仅影射了“相逢”，更双关暗合告发、检举之意。

此回“宝玉谒北静王”与第十四回的回目标题“贾宝玉路谒北静王”有区别，“贾宝玉路谒”指的是曹頫宝玉的路谒，此“宝玉谒北静王”指雪芹宝玉与北静王的相见。

“方露出本来面目”就是此相见的玄机。贾家所制造的“通灵宝玉”谎言已经被戳穿，“闺阁中之形景”指妇孺口中，关于雪芹由口中衔来的无稽之谈，而雪芹宝玉在北静王面前所暴露的本来面目，便是被剥去了“通灵宝玉”伪装的普通小孩。因此，当水溶见到雪芹宝玉后，便笑道：

“名不虚传，果然如‘宝’似‘玉’。”【靖本眉批：伤心笔。】因问：“衔的那宝贝在那里?”宝玉见问，连忙从衣内取了递与过去。水溶细细的看了，又念了那上头的字，因问：“果灵验否?”贾政忙道：“虽如此说，只是未曾试过。”水溶一面极口称奇道异，一面理好彩绦，亲自与宝玉带上。

“名不虚传”影射北静王胤礽在北京所听到的，曹寅晚来得子的传言。“果然如‘宝’似‘玉’。”即雪芹宝玉的长相果然既像曹寅宝玉，又像林黛玉，他的相貌就是曹寅与黛玉无可辩驳的奸证。“伤心笔”进一步说明，雪芹宝玉长得“如‘宝’似‘玉’”不是好事，而是“大梦归”的祸根，所以是伤心笔。由嘴中衔出“通灵宝玉”的谎言当然是为了躲避太子虎威，玉上字“除邪祟、疗冤疾、知祸福”当然也是针对太子对曹家的威慑所言。

第二十五回，“通灵宝玉除邪，全部百回只此一见，何得再言?”说明，通灵宝玉除过一次邪，那么这一次除的是何邪祟呢?“那和尚接了过来，擎在掌上，长叹一声道：‘青埂峰一别，展眼已过十三载矣！’”此句揭示，这是“通灵宝玉”雪芹十三岁时，也就是雍正二年（1724 年），废太子胤礽去世的这一年，废太子胤礽去世就是“通灵宝玉”所除的邪祟。北静王问玉上字“果验否”，是对贾家制造这个谎言的讥笑，而“政老对以未曾试过”便是以黑对黑，幽北静王一默。

“一面理好彩绦，亲自与宝玉带上”暗示“虎兔相逢”事件没有伤及雪芹性命，但造成了甄士隐即曹寅大梦归去的悲惨结局。请看：《好了歌》的极度悲观。

《好了歌》的极度悲观

提到《好了歌》，首先要说的当然是《好了歌》作者跛足道人，特别是他的来历，以及他在书中的作用。请看第一回：

只见从那边来了一僧一道，那僧则癞头跣脚，那道则跛足蓬头，【甲戌侧批：此则是幻像。】疯疯癫癫，挥霍谈笑而至。

这是跛足道人的首次登场，“只见从那边来了一僧一道”其实已经交代清楚，跛足道人就是一道，但“此则是幻像”更细化地交代了跛足道人和一道的区别，跛道是一道的幻象，而不是实体人。因为“通灵宝玉”是由一僧一道带入凡间投胎，一僧一道当然就是“通灵宝玉”的父母，一道即“通灵宝玉”的父亲曹寅，而跛足道人就是曹寅的幻象。事实上，跛足道人每次现身所演绎的都是曹寅的幻影，例如：第十二回，跛足道人超度贾瑞；第二十五回，与癞僧一起为宝玉解冤孽；第六十六回，点化柳湘莲，讲述的都是曹寅去世以后所发生的故事，是人们脑海中所出现的曹寅的幻象。曹寅晚年有脚疾，好拄杖，跛足道人所揭示的正是曹寅人生最后阶段，跛足拄杖的形象，书中拄杖的宝玉也是曹寅宝玉晚年患有足疾的生活写照。

我们已经知道，甄士隐、一道、跛道都指曹寅，那么出自跛足道人的《好了歌》又是在什么背景下形成的呢？请看第一回：

偏值近年水旱不收，鼠盗蜂起，无非抢田夺地，鼠窃狗偷，民不安生，因此官兵剿捕，难以安身。士隐只得将田庄都折变了，便携了妻子与两个丫鬟投他岳丈家去。

“鼠窃狗偷，民不安生，因此官兵剿捕，难以安身。”这其中有来自不同方向的两个不安生。那究竟是鼠窃狗偷使人不安生，还是官兵剿捕使得大家不安身呢？答案正是如此，因为小耗子林黛玉与守业狗曹寅偷情使得曹家人不安生，官兵对鼠狗的剿捕，更使得大家难以安身。于是，曹寅“便携了妻子与两个丫鬟投他岳丈家去”，寓意曹寅从北京回到了金陵自己的地盘上。这里的岳丈指的是黛玉的父亲，也就是曹寅自己；两个丫鬟指的就是黛玉和宝钗姊妹俩。“士隐勉强支持了一二年，越觉穷了下去”，指曹寅在康熙四十九年，从北京回到扬州，至康熙五十一年去世，也就是他生命的最后这两年。“再兼上年惊唬”指因“红楼梦”事件败露所受到的惊吓。就在甄士隐急忿怨痛，已有积伤，暮年之人，贫病交攻，竟渐渐地露出那下世光景来的背景之下，甄士隐见到了跛足道人。请看第一回：

可巧这日，拄了拐杖挣挫到街前散散心时，忽见那边来了一个跛足道人，疯癫落脱，麻屣鹑衣，口内念着几句言词。道是：

世人都晓神仙好，惟有功名忘不了！

古今将相在何方？荒冢一堆草没了。

世人都晓神仙好，只有金银忘不了！

终朝只恨聚无多，及到多时眼闭了。

世人都晓神仙好，只有姣妻忘不了！

君生日日说恩情，君死又随人去了！

世人都晓神仙好，只有儿孙忘不了。

痴心父母古来多，孝顺儿孙谁见了？【蒙双行夹批：要写情要写幻境，偏先写出一篇奇人奇境来。】

士隐听了，便迎上来道：“你满口说些什么？只听见些‘好’‘了’‘好’‘了’。那道人笑道：“你若果听见‘好’‘了’二字，还算你明白。可知世上万般，好便是了，了便是好。若不了，便不好，若要好，须是了。我这歌儿，便名《好了歌》。”士隐本是有宿慧的，一闻此言，心中早已彻悟。因笑道：“且住！待我将你这《好了歌》解注出来何如?”

首先，跛足道人为什么要拿世人与神仙做比较，世人是什么人，神仙又指什么人。世人当然是指活在世上的人，世人与神仙的这个比较关系就已经说明，这个神仙寓意的是世下已死的人。“渐渐的露出那下世的光景来”，同样导引了世上和世下，即活着与去世的概念。虽然神仙也可指修道之人，但当他们修成正果时，往往是要先死方可羽化成仙，如果活着，便要在神仙之前冠以活字，俗称活神仙。活神仙同样说明，神仙都是指已经去世的人。从《好了歌》选择性的比较关系也可看出，这个神仙不是指长生不老的人，因为长生不老是人们的愿望而非选择，即便你不要功名、钱财、娇妻、儿孙，你也做不到长生不老，这个并不由人选择。因此，《好了歌》中的神仙指的是去世的人，是对死的一种委婉表达，所以《好了歌》对做世人还是做神仙的问题纠结，其实就是生与死的选择难题，就是曹寅自杀前，在生与死的选择中所进行的思想斗争。

“世人都晓神仙好，惟有功名忘不了!”所提出的就是选择生还是死的问题，活着的人觉得死了好，但又舍不得功名利禄。

“古今将相在何方？荒冢一堆草没了。”就是曹寅对自己追求功名利禄的回答，并非所有追求功名的人都不能流芳百世，都将变为一堆荒冢，而是曹寅自己为了追求功名，不惜耗费自家的钱财和美女，一味讨好皇家，结果一不小心，反给自己招来了身败名裂的杀身之祸，成为被绛珠草淹没的一堆荒冢。因为曹寅死时灵柩不被允许回归祖籍，所以属于荒冢。

“世人都晓神仙好，只有金银忘不了!”曹寅为家族谋求富贵，富甲一方。

“终朝只恨聚无多，及到多时眼闭了。”当曹寅将曹家的功名富贵推向鼎盛时，却是富贵到头，大祸来临之时。

“世人都晓神仙好，只有姣妻忘不了！君生日日说恩情，君死又随人去了!”当然不是说所有的人死后，妻子都会改嫁随人，曹寅正妻李氏，即书中的甄家娘子、林家娘子、贾母就没有改嫁，所以，甄家娘子、林如海之妻都有贤妻之名，但她们只是曹寅的贤妻而不是娇妻，娇妻所指的是绛珠草林黛玉，曹寅为爱恋黛玉招来杀身之祸，结果曹寅死后，黛玉又真心爱上曹颙，即“君死又随人去了!”。

书中的“儿孙”都不是泛指儿子和孙子，而是寓意雪芹与曹寅的儿和孙的双层关系，名义上曹雪芹是曹颙之子、曹寅之孙，实际上雪芹就是曹寅的嫡亲儿子，如果以母亲黛玉的身份相论，雪芹也可以算曹寅的外孙。跛足道人所说的忘不了的儿孙就是指与自己有儿孙双层关系的雪芹。作者借跛足道人之口，说出自己无才补天的悲叹，是挽救不了曹家危亡的不孝儿孙。

《好了歌》所涉及的四个问题都出自曹寅个人，“好”便是“了”更直接披露了曹寅自杀前对人生感到极度悲观失望的思想，他的答案是做神仙比做世人好，委婉表达的就是死比活好。那么，跛足道人为什么要劝甄士隐自杀，而不是开导他活下去呢?“要写情要写幻境，偏先写出一篇奇人奇境来”就是回答，这仅仅是一个幻境，跛足道人就是甄士隐自己的幻象，这个幻境正是曹寅临终前的情感表达。跛足道人的《好了歌》与甄士隐的《好了歌》解注是曹寅临终前自己与自己的一次交谈，是他对人生最后的反思，是对他远离故土北京来到金陵他乡，却是为皇室卖命，为皇室作嫁衣裳，最后却死于皇室之手的悲剧人生的认识。《好了歌》解注将《好了歌》所反映的思想加以解注，阐明其悲观思想来自曹寅自己悲剧性的经历，而并不存在普遍性，决非劝说大家都去做神仙。

“太虚幻境”指曹寅与林黛玉发生“红楼梦”的所在，“青埂峰”是石头的出生地，“太虚幻境青埂峰一并结住”说明，“反认他乡是故乡。甚荒唐，到头来都是为他人作嫁衣裳！”所总结的是曹寅以及他的儿女们，即曹寅家族的悲剧命运。《好了歌》解注所涉及的不单单是曹寅个人，还包含了全书所讲述的史实，是借甄士隐之口，说出了全书所涉及的所有重要人物的结局。

曹家人离开故土北京，远离家乡来到金陵担任织造，到头来只不过是替皇帝家卖命，为他人作嫁衣裳。批书人在此又批注“妥极是极”，正是提示这个“为他人作嫁衣裳”不仅是比喻白替他人做事，更双关暗合了织造官的职能。曹家几代人远离家乡来到他乡金陵为皇家尽忠效力，不过就是为皇帝家做衣裳，最后还落得没有好下场，这是多么的荒唐。

又有夹批：“谁不解得世事如此，有龙象力者方能放得下。”这里提示，谁都能看出世间原本就是如此不公平，但真正能放下，也需要力量和勇气，暗示此中的跛足道人和甄士隐就是具有龙象力而选择自己放弃生命的人。请往下读：

那疯跛道人听了，拍掌笑道：“解得切，解得切！”士隐便笑一声“走罢！”【甲戌侧批：如闻如见。甲戌眉批：“走罢”二字真悬崖撒手，若个能行？蒙侧批：一转念间登彼岸。】将道人肩上褡裢抢了过来背着，竟不回家，同了疯道人飘飘而去。

“彼岸”：佛家以有生有死的境界为“此岸”，超脱生死，涅槃的境界为“彼岸”。

悬崖撒手非同悬崖勒马，人在悬崖又如何能撒手呢！“悬崖撒手”就是放弃求生，它说明，甄士隐最后主动放弃了求生，就是自杀而亡。“一转念间登彼岸”更是明确交代甄士隐的自杀成功，转念间便完成了从生到死的旅程，到达超脱生死的彼岸。

“将道人肩上褡裢抢了过来背着，竟不回家，同了疯道人飘飘而去”寓意甄士隐与跛足道人最后灵肉合一，飘然仙逝。

往下请看：贾敬自杀真相。

贾敬自杀真相

甄士隐经过一番思想斗争后，同跛足道人飘飘而去，表现了曹寅最后灵肉合一，转念间登彼岸，飘然仙逝的意境。这个情节属于第一回楔子中的概述，那么在正文，作者又是怎样完整讲述曹寅的自杀事件的呢？我们先来论证贾敬与曹寅的关系。请看第二回：

宁公死后，贾代化袭了官，【甲戌侧批：第二代。】也养了两个儿子。长名贾敷，至八九岁上便死了，只剩了次子贾敬袭了官，【甲戌侧批：第三代。】如今一味好道，只爱烧丹炼汞，【甲戌侧批：亦是大族末世常有之事。叹叹！】余者一概不在心上。幸而早年留下一子，名唤贾珍，【甲戌侧批：第四代。】因他父亲一心想作神仙，把官倒让他袭了。他父亲又不肯回原籍来，只在都中城外和道士们胡羼。

因为，该书所写的是作者父亲曹寅的家庭变故，不牵涉横向旁支，重点在自家纵向血脉上的家庭成员，所以，贾家第一代的宁国公所对应的是曹雪芹曾祖，曹家在清朝为官百年的奠基人曹振彦；第二代袭了官的贾代化对应的是曹雪芹之祖，曹振彦之子曹玺；而第三代袭了官的贾敬就是曹玺之子，曹雪芹之父曹寅。

试想，除皇帝可以说自己不想做皇帝了，禅让给自己的儿子外，谁还有资格说自己不想做官了，把官让给自己的儿子来做？即便贾敬可以辞官不做，他也没有权利说让他的儿子贾珍来接替他的官职，官职也不是可以世袭罔替的爵位。因此，让贾珍承袭贾敬官职的人，不是贾敬自己，而是康熙皇帝，是康熙皇帝令贾珍即曹顒接替了曹寅的织造之职，而破格接替的原因正是曹寅非正常的死亡事件。所以贾敬不是一心想做神仙，而是已经做了神仙的不在世上的人。“一心想”只说明，贾敬是自己主动做神仙，即自尽而亡。作者给贾敬这个人物的时间定位与跛足道人一样，是已经亡故的曹寅。

为什么说贾敬不做官了，又不肯回原籍呢？一家子都在这里，难道他不做官了就应该一个人回原籍？因为传统观念都是要叶落归根，人死后就应该回归原籍祖坟，而贾敬演绎的是已经去世，但灵柩还没有被运回原籍葬入祖坟的曹寅，所表述的正是曹寅死后，灵柩并未立即运回原籍北京，而暂时停放在道观中的情况。“胡羼”即混杂。贾敬只在都中城外和道士们胡羼，指的就是贾敬的灵柩与道观中的道士们人鬼混杂一起的状态。

第十回，贾敬对贾珍说：

“莫过你把我从前注的《阴骘文》给我令人好好的写出来刻

了，比叫我无故受众人的头还强百倍呢。”

“写出来刻了”包含了两个步骤，先写出来，然后再刻版付印。这说明，贾敬所提到的这篇解注，不仅没有刻，也还没有写出来，仅属于口头作品。那么，贾敬为什么不自己写出来直接交给贾珍去刻印，而是要求别人写出来再刻印呢？贾敬可是乙卯科进士出身的知识分子哟。“从前”就是玄机，它强调了一个时间界限，所暗示的就是贾敬死亡之前，即贾敬生前还没来得及写出的口头作品。贾敬所提到的从前所注的口头作品就是甄士隐临终前的《好了歌》解注，这个情节是贾敬与甄士隐的对接，所以，与道士们胡羼的贾敬就是飘飘而去混道士的甄士隐。

甄士隐终于看破“好了”的玄机，悬崖撒手，随跛足道人飘飘而去做神仙。这与贾敬一心想做神仙，在城外和道士们胡羼是对曹寅自尽事件从不同角度的两种阐述。甄士隐所演绎的是活着的为是否要做神仙进行思想斗争的曹寅，叙述视角出自临终前的曹寅自己。贾敬演绎的是已经自杀身亡的曹寅，而贾敬的自杀事件是从他人的叙述视角出发，讲述的是众人对曹寅自杀事件的反映。请看第六十三回：

“老爷宾天了。”众人听了，唬了一大跳，忙都说：“好好的并无疾病，怎么就没了？”

贾敬去世的消息突然而至，使得众人都唬了一大跳，“好好的并无疾病，怎么就没了？”就是事件的真相实质，贾敬并非久病不治，而是好好的却突然死了，所暗示的就是他的自杀事件。

第十回，尤氏和贾珍都称贾敬为“太爷”，至第六十三回，贾敬为什么又变成老爷了呢？这个称呼的变化暗示，该书的叙述手法打破了时空界限，第六十三回所发生的“老爷宾天了”的事件在前，讲述曹寅去世事件是正在进行时。曹寅生前，当然是曹家的当家男主人老爷，而不是太爷，第十回所发生的贾敬过生日的故事时间在后，讲述的是曹寅去世以后，灵柩暂时停放在道观中的时期，贾珍即曹颙已经接替了织造之职，成为曹家顶门立户的当家男主人老爷，此时的贾敬当然就已经是卸任的老爷，当下的太爷。请继续读第六十三回：

又请太医看视到底系何病。大夫们见人已死，何处诊脉来，素知贾敬导气之术总属虚诞，更至参星礼斗，守庚申，服灵砂，妄作虚为，过于劳神费力，反因此伤了性命的。如今虽死，肚中坚硬似铁，面皮嘴唇烧的紫绛皱裂。便向媳妇回说：“系玄教中吞金服砂，烧胀而殁。”众道士慌的回说：“原是老爷秘法新制的丹砂吃坏事，小道们也曾劝说‘功行未到且服不得’，不承望老爷于今夜守庚申时悄悄的服了下去，便升仙了。这恐是虔心得道，已出苦海，脱去皮囊，自了去也。”

既然人已经死了，而且又不是死在京城皇宫，为什么还要“请太医看视”，又是哪来的“太医”？“太医”称呼暗示，验尸官是受朝廷指派的官员，贾敬并非自愿自杀，而是被皇室所逼自尽，太医就是朝廷派来监督曹寅自裁的人。“大夫们见人已死，何处诊脉来”的语气也说明，大夫们早已知道曹寅的死因，不必细看，大家心照不宣。“肚中坚硬似铁，面皮嘴唇烧的紫绛皱裂”暗示，贾敬死于服毒自杀。

“守庚申”：道教术语。道教说人身皆有三尸虫，能记人过失，每逢庚申日，趁人睡时将人之过恶禀奏上帝，故此日之夜应不睡以守候之，即守庚申的由来。

“守庚申”说明贾敬是有过失需要隐瞒，害怕禀奏上帝的人，寓意曹寅凡心偶炽，轻举妄动宫廷之物神瑛美玉之过失。显然，他“守庚申”的举措徒劳无功，没有奏效，他所隐瞒的“红楼梦”事件没有逃过“庚申”时刻，还是被告发了，所以只好服毒自了。“自了去也”更是明确揭示，贾敬属于自杀身亡。这是从贾家人的叙述视角所讲述的此事件，我们再来看朝廷中的人又是如何看待曹寅的自尽事件的。请往下读：

礼部见当今隆敦孝弟，不敢自专，具本请旨。原来天子极是仁孝过天的，且更隆重功臣之裔，一见此本，便诏问贾敬何职。礼部代奏：“系进士出身，祖职已荫其子贾珍。贾敬因年迈多疾，常养静于都城之外玄真观。今因疾殁于寺中，其子珍，其孙蓉，现因国丧随驾在此，故乞假归殓。”天子听了，忙下额外恩旨曰：“贾敬虽白衣无功于国，念彼祖父之功，追赐五品之职。令其子孙扶柩由北下之门进都，入彼私第殡殓。任子孙尽丧礼毕扶柩回籍外，着光禄寺按上例赐祭。朝中由王公以下准其祭吊。钦此。”此旨一下，不但贾府中人谢恩，连朝中所有大臣皆嵩呼称颂不绝。

从礼部“不敢自专，具本请旨”便可知贾敬丧事非同一般，不然，对于一个只在城外道观与道士们胡羼的卸任的五品官员的死，礼部为什么不能按惯例照章办理，为何“不敢自专”呢？“具本请旨”暗示，贾敬的死亡事件不仅受到皇帝的关注，而且礼部预先知道皇帝将亲自过问此事，于是主动将此事汇报给了皇帝。皇帝仅仅问了贾敬何职，礼部却代奏了贾敬去世前后的详细情况。那么，皇帝为何有这个耐心听，礼部又为何敢这么主动奏？因为贾敬非但不是一般的卸任官员，也不仅是康熙皇帝的近臣曹寅，他还是被太子逼迫自尽事件的当事人，他的死不仅是太子正在等待的结果，也是康熙皇帝所关注的事件，礼部当然深知内情。

“玄真观”：皇恩桥玄真观，位于北京东华门，皇恩桥即东安门内桥，俗称望恩桥，又讹传为忘恩桥。

礼部代奏：“贾敬因年迈多疾，常养静于都城之外玄真观”却如何又说“疾殁于寺中”呢？因为“玄真观”所影射的是东华门的方位，也就是曹寅在北京所购置的房产位置，曹寅送曹颙和黛玉上京，等待太子迎娶黛玉，就是居住于此，结果，曹寅自己却在此与黛玉发生了冒犯太子的“红楼梦”偷情事件。“常养静于都城之外玄真观”双关暗合了发生“红楼梦”事件的地点和“望恩桥”变成“忘恩桥”的事件性质。而“殁于寺中”交代的却是曹寅死于扬州天龙寺的史实，就是曹寅生前负责刊刻《全唐诗》的办公所在地。

尤氏之前处理贾敬后事时：“一面看视这里窄狭，不能停放，横竖也不能进城的，忙装裹好了，用软轿抬至铁槛寺来停放。”之后又有贾珍“因将恩旨备述与众亲友听了。一面先打发贾蓉家中料理停灵之事”。那么，之前贾敬的遗体为什么横竖也不能进城，之后还是停灵于城中的家中呢？因为贾敬即曹寅是因罪自裁，太子不容许他的灵柩回归原籍都城北京，所以第二回有“他父亲又不肯回原籍来，只在都中城外和道士们胡羼”之说，“横竖也不能进城的”指的是不被准许进北京城，影射曹寅灵柩不得回归原籍事件。灵柩不能回原籍入祖坟，便属于荒冢，所对应的便是《好了歌》中的“荒冢一堆草没了”。后来是因为康熙皇帝额外开恩下旨，“令其子孙扶柩由北下之门进都，入彼私第殡殓。任子孙尽丧礼毕扶柩回籍”，曹寅灵柩这才得以回归本家，所以有贾珍将恩旨备述与众亲友听一节。

为什么皇帝需要特下恩旨“朝中由王公以下准其祭吊”，连朝中所有大臣皆嵩呼称颂不绝，难道曹寅死后还不能“任子孙尽丧”，不准王公祭吊？因为曹寅不属于正常死亡，而是因罪自尽，所以不能如普通死亡那样享有受祭的待遇。是因为康熙皇帝亲自干预，才遏制了太子对曹家进一步的打击报复，给予了曹寅死后的颜面。所以朝中大臣皆受到皇帝的感动，感戴皇帝的仁厚。“王公以下准其祭吊”不是令其祭吊，说明皇帝并没有刻意抬高贾敬丧仪的规格，仅是法外容情，不让他人故意刁难而稍加保护而已。这道旨意其实是专门针对平郡王府下达的，因为曹寅的女儿福金嫁给平郡王之子为福晋，就是后来的郡王妃，曹寅去世，作为女婿的纳尔苏当然应该前往祭吊，因此才有“王公以下准其祭吊”一条，并不是说作为五品官的曹寅去世，皇帝会令其他官阶高于他的王公贵族都去祭吊。

这是皇帝在通部书中唯一的一次出场，作者以第三人称的全视觉讲述了皇帝亲自向贾家发指令的情形，也是书中唯一的一次直接表现皇帝与贾家关系的情节。这说明，皇帝与贾家的关系，其实就是皇帝与贾敬的关系，贾家只有贾敬才与皇帝有这层直接的紧密关系，而贾元春并无一事能牵动皇帝亲自出面。康熙皇帝对曹寅后事的关照所表现的正是康熙皇帝与曹寅的感情，对他死于非命的恻隐之心。贾敬的死亡事件所隐蔽讲述的就是曹寅自杀事件的真相。

曹寅自杀后，“红楼梦”事件的女当事人林黛玉，对曹寅的自杀又如何说呢？请看：走下灵位的宝玉。

走下灵位的宝玉

我们已经知道书中的贾敬所影射的是曹寅，贾敬的死亡所讲述的当然就是曹寅因凡心偶炽，发生了“红楼梦”偷情事而导致被逼自尽的人生结局。现在，我们来看“红楼梦”的另一当事人林黛玉，对曹寅的自杀又有何说法？请看第六十四回：

一日，供毕早饭，因此时天气尚长，贾珍等连日劳倦，不免在灵旁假寐。宝玉见无客至，遂欲回家看视黛玉，因先回至怡红院中。

这个故事情节显然是出自宝玉的叙述视角，所描述的就是宝玉在灵堂上的所见所闻，以及他内心的思想活动。首先他想到灵前已经上供完毕，又看到贾珍等连日劳倦已经在灵堂上打起瞌睡来，还考虑到此时并无客至，方打算抓住这个空当，回去看看黛玉。可是，一贯不闻世事的宝玉为什么突然一反常态，对此等家务事如此这般认真起来，操心程度竟超过了主祭人贾珍，难道所有的来客都需要宝玉和贾珍一起接待，他与贾珍同样一刻也不能离开灵堂？更奇怪的是，为什么此时的宝玉竟无一人跟随，灵堂上的其他人，也都各干各的，对此时的宝玉简直视若无睹呢？因为，这个宝玉不是别人，就是受祭的亡灵贾敬，即曹寅宝玉。最不能离开灵堂的当然是灵位上的亡灵，他必须在此接待所有来人的祭拜，其中也包括主祭人贾珍的祭拜，所以，当曹寅宝玉在灵位上接受了贾珍所供的早饭后，看到贾珍在灵旁打瞌睡，估计他也暂时没有祭拜活动，此时又无客人前来，因此，曹寅宝玉作为亡灵也可以不必在灵位上守候受祭，也可以偷空暂时离开一下，于是曹寅宝玉便趁着这个空隙，悄无声息地从灵位上下来看黛玉去了。

那么，灵位上的曹寅宝玉，为什么忽然想起要去看视黛玉呢？因为黛玉正在自己的房里摆香案，对他进行私祭，曹寅宝玉是受到林黛玉的祭香召唤前来看视受祭的。请看第六十四回：

“又不知想起了甚么来，自己伤感了一回，提笔写了好些，不知是诗是词。叫我传瓜果去时，又听叫紫鹃将屋内摆着的小琴桌上的陈设搬下来，将桌子挪在外间当地，又叫将那龙文鼒放在桌上，等瓜果来时听用。若说是请人呢，不犯先忙着把个炉摆出来。”

这里不说请客，却以“若说是请人”来设问，首先就否定了请人的性质，暗示所请的并不是人，而是需要用香炉焚香才可请到的神。宝玉听后心内细想：

“大约必是七月因为瓜果之节，家家都上秋祭的坟，林妹妹有感于心，所以在私室自己奠祭。”

这个看不懂林黛玉心思的宝玉当然不是曹寅，也没有什么瓜果之节，“七月”所指出的就是曹寅去世的季节，“私室自己奠祭”的正是相对于宁国府所设的大灵堂而言，暗示林黛玉此时所私祭的就是贾敬即曹寅宝玉。从雪雁的话中得知，林黛玉在祭奠中，写了诗文，当然就是林黛玉写给贾敬，即曹寅宝玉的祭文。那么，林黛玉对贾敬的亡魂都说了些什么呢？只见写道：

西施

一代倾城逐浪花，吴宫空自忆儿家。效颦莫笑东村女，头白溪边尚浣纱。

虞姬

肠断乌骓夜啸风，虞兮幽恨对重瞳。黥彭甘受他年醢，饮剑何如楚帐中。

明妃

绝艳惊人出汉宫，红颜命薄古今同。君王纵使轻颜色，予夺权何畀画工？

绿珠

瓦砾明珠一例抛，何曾石尉重娇娆。都缘顽福前生造，更有同归慰寂寥。

红拂

长揖雄谈态自殊，美人巨眼识穷途。尸居余气杨公幕，岂得羁縻女丈夫。

第一首《西施》：林黛玉说自己像西施一样被曹寅送给了太子而没有结果，白白地空守着思念家人、故土的寂寞，结果还因此夭折，不能活到白头。

第二首《虞姬》：林黛玉将曹寅比作自杀身亡的项羽，说出了自己的幽恨：你既然愿意像黥布、彭越一样受"醢刑"（古代一种酷刑)，借诘问项羽，又何必定要饮剑楚帐。埋怨曹寅不应该自尽。

第三首《明妃》：林黛玉说自己命薄如明妃，像王昭君被送去和亲一样，被曹家送给太子邀宠。即使皇帝不看重美色，他怎么能把取舍之权交给画工呢？林黛玉将曹寅比喻成左右不了事态发展的画工，埋怨曹寅不该把她白白送给太子。

第四首《绿珠》：林黛玉将自己和曹寅的妻子李氏比喻成瓦砾和明珠，而不论是瓦砾林黛玉，还是明珠李氏都一样被曹寅给抛弃了，说曹寅何曾像石尉那样看重了娇娆即林黛玉与曹寅之间的爱情，他还不如石尉能与绿珠同归而相互安慰。既是吃李氏的醋，同时埋怨曹寅独自先死。

第五首《红拂》：这里林黛玉把自己比作红拂，她林黛玉能像红拂一样识得像李靖这样的曹寅，可曹寅却不能像李靖那样，接受像红拂般的女丈夫林黛玉。

最后又有批书人同样以诗的形式对林黛玉此举进行了回后总

评。请看：

【蒙回后总评：五首新诗何所居，颦儿应自日欷歔。柔肠一段千般结，岂是寻常望雁鱼。】

从黛玉与宝钗、宝玉的交谈中可以看出，这五首诗不是写给这个被称作二爷的曹頫宝玉看的，也不是写给宝钗等人看的，或者说林黛玉也没打算让任何人看这五首诗。那么这五首诗是写给谁的呢？“五首新诗何所居”所道出的就是林黛玉对这五首新诗无所寄托的疑问。“颦儿应自日欷歔”指林黛玉只能每日自己叹息。这五首新诗凝结着林黛玉的一段柔肠。

“岂是寻常望雁鱼”揭示，五首新诗是林黛玉所写的书信，但不是寻常能够让人盼望回音的书信。在林黛玉对曹寅宝玉的感情中，始终体现的是一个怨字，这五首诗所共同表达的主题同样还是林黛玉对曹寅的闺怨。所以，《五美吟》就是林黛玉写给已故贾敬，即曹寅的祭文。

贾敬与宝玉看起来是两个特别有距离感的人，很难想象他们能合二为一，但如果你能透过那些带有个人情感的溢美或溢恶之词，你会发现宝玉这个多面体完全可以容纳贾敬的人物性格，而对于贾敬来说，你同样可以发现他其实是贾家一个有尊严、得到贾家高等待遇的被尊敬的人，与宝玉在贾家的高等地位并无二致。

回前批阐明，贾敬的灵柩进城回家，办丧事是“急脉”，但此一回偏不写这个“急脉”，而“忽插入钗玉评诗”是“急脉缓受”，所暗示的正是，评诗与贾敬灵柩进城回家的关联。因为贾敬的亡灵回来了，林黛玉才有话要对他说，所以林黛玉所写的《五美吟》就是写给贾敬亡灵而没有回音的书信，《五美吟》中的每一首诗都是林黛玉借古喻今，影射了她与曹寅和太子，以及她与曹寅和曹寅之妻李氏的三角爱情关系。每一首诗都是林黛玉对贾敬亡灵，即曹寅宝玉无所寄托的闺怨。

接下请看：秦可卿其人。

秦可卿其人

第一回、第二回是全书概述，第三回、第四回是一个个主要人物登场亮相走红毯，直至第五回，“开生面梦演红楼梦，立新场情传幻境情”方正式进入全剧核心事件的演绎。“梦演红楼梦”就是“红楼梦”事件的点题，毫无疑问，宝玉是这个核心事件的男主角。那么，谁应该在这个全剧的核心事件中充当女主角呢？第一回，当绛珠草表示要陪神瑛侍者下凡，将自己一生的眼泪还他，便勾出多少风流冤家来，陪他们去了结此案，批书人在此特批注：“盖全部之主惟二玉二人也。”这个批文提示，无论书中有多少风流冤家，他们都是陪客，通部主角只有“二玉二人”，“二玉”指的当然就是宝玉和黛玉，充当“梦演红楼梦”之重头戏的女主角人选，当然非黛玉莫属。可为什么此“红楼梦”事件的男当事人是全剧的男主角宝玉，而女当事人却不是林黛玉，而是秦可卿呢？因为，秦可卿就是黛玉。

当秦可卿出场时，首先就得到“生的袅娜纤巧”的评价，而“袅娜”通常是用来形容草的细长柔软，“袅娜”首先就界定了秦可卿草的属性，是秦可卿与绛珠草林黛玉的对接。

第七回标题："送宫花周瑞叹英莲，谈肄业秦钟结宝玉"中包含了一个带"秦"字的姓名，而且这个人就是秦可卿的弟弟，不言而喻，此中所隐蔽的便是秦可卿的姓氏了。第七回的回题诗是：

【题曰：十二花容色最新，不知谁是惜花人？相逢若问名何氏？家住江南本姓秦。】

回题诗是对回标题的诠释，"家住江南本姓秦"所诠释的当然就是秦钟、秦可卿的姓氏。而"相逢若问名何氏"所诠释的显然又是"周瑞叹英莲"，因为第七回，当周瑞家的与英莲相遇时，批书人在此也有一个"莲卿别来无恙否?"的深情问候。周瑞家的不仅与英莲相逢相问，对她的身世有一番叹息，而且其中突然就提到了秦可卿，说英莲"竟有些象咱们东府里蓉大奶奶的品格儿"。英莲平白无故为什么像秦可卿？因为，英莲是林黛玉，秦可卿也是林黛玉，她们原本就是同一个苏州女子林黛玉。虽然，当周瑞家的问英莲"你父母今在何处？今年十几岁了？本处是那里人?"时，英莲都摇头说"不记得了"，但回题诗却替英莲做了回答："家住江南本姓秦。"这也是秦可卿与英莲即林黛玉的对接。

第五回，那宝玉刚合上眼，便惚惚地睡去，犹似秦氏在前，遂悠悠荡荡，随了秦氏，至一所在。在此有一个批注："此梦文情固佳，然必用秦氏引梦，又用秦氏出梦，竟不知立意何属？惟批书人知之。"批书人在此卖了关子，可究竟有何立意呢？"必用"和"又用"也是有区别的，"引梦"自然有引起、引诱的含义，红楼梦事件就是由秦氏引起，所以必用。问题是为什么又要用她出梦，出梦又属何意呢？请看第五回：

因东边宁府中花园内梅花盛开，【甲戌侧批：元春消息动矣。】贾珍之妻尤氏乃治酒，请贾母、邢夫人、王夫人等赏花。

宝玉为什么会在秦可卿房中做梦？是因为宁府中花园内梅花盛开，他过来赏花，一时倦怠，欲睡中觉，才由秦氏带他去午睡，并将他引入梦中。可宁府的梅花盛开为什么是元春的消息？因为，梅花在书中所象征的是皇室，以及与皇室有缘的女人元春。“元春消息动矣”的注释也说明，“梅花盛开”所寓意的，是元春这朵女人花在开放求偶，而曹寅宝玉就是应邀专程来赏花的人。可见，引宝玉入梦的始作俑者是元春，而预言元春命运的四句歌词中的最后一句“虎兔相逢大梦归”又说明，甄士隐的大梦归，也就是说出梦与元春也脱不了干系。因此元春既是甄士隐，即曹寅宝玉的引梦人，又是他的出梦人，而必用秦氏引梦，又用秦氏出梦的立意就是巧妙地说明，引起“红楼梦”偷情事件的秦氏，就是造成“虎兔相逢大梦归”的元春即林黛玉。

这间接地证明了秦可卿与林黛玉是同一个人，我们再来看秦可卿即林黛玉究竟是一个怎样的人。请看第八回：

他父亲秦业【甲戌双行夹批：妙名。业者，孽也，盖云情因孽而生也。】现任营缮郎，【甲戌双行夹批：官职更妙，设云因情孽而缮此一书之意。】年近七十，夫人早亡。因当年无儿女，便向养生堂抱了一个儿子并一个女儿。谁知儿子又死了，只剩女儿，小名唤可儿，【甲戌双行夹批：出明秦氏究竟不知系出何氏，所谓寓褒贬、别善恶是也。秉刀斧之笔、具菩萨之心亦甚难矣，如此写出可儿来历亦甚苦矣。又知作者是欲天下人共来哭此情字。】长大时，生的形容袅娜，性格风流。【甲戌侧批：四字便有隐意。《春秋》字法。】因素与贾家有些瓜葛，故结了亲，许与贾蓉为妻。那秦业至五旬之上方得了秦钟。

“他父亲秦业”指的当然是秦钟的父亲，而秦钟是此中的主语，此文交代的是秦钟的来历出身。“妙名”暗示，秦业并非真名，而是表述情因孽而生，暗示秦钟是来自他父亲的孽情。

“缮”：修补、抄写。“因情孽而缮此一书之意”更明确交代，秦钟父亲的情孽就是作者写这部书的原因，也就是该书的主题。可想而知，秦业何许人，他当然就是该书的男主角曹寅宝玉。清代虽然没有“营缮郎”官职，但有“营缮司郎中”，相当于五品，作者在此用清代没有的“营缮郎”作为秦业的官职是暗示，秦业虽不是营缮司郎中，但他所任的官职相当于营缮司郎中的五品官职，所对应的就是曹寅的官阶品级。没有参照时间的“年近七十”指的是在该书所跨度的时间内，曹寅去世以后的年龄。“夫人早亡”指曹寅早亡的原配夫人。

既然“年近七十，夫人早亡”，秦业至五旬之上又是从哪里得到了秦钟呢？“因当年无儿女，便向养生堂抱了一个儿子并一个女儿”就是回答，所交代的就是秦业夫人早亡后，秦业所经历的情孽起因，也就是秦钟母亲的来历。养生堂所抱的儿子和女儿指的是曹颙和黛玉，“谁知儿子又死了”指十九岁夭折的曹颙。“如此写出可儿来历亦甚苦矣”说明，秦可卿不一定是由养生堂抱来，但这种写法所表述的仍然是秦氏究竟不知是何出身。“长大时，生的形容袅娜，性格风流”表明，秦可卿是在秦业即曹寅家中长大的女孩。“四字便有隐意”暗示，“性格风流”并非泛泛之言，而实有隐匿故事。因为此处所交代的正是秦可卿的风流性格，接下来“因素与贾家有些瓜葛”的主语当然还是指秦可卿，而“瓜葛”就是指秦可卿与贾家，即秦家的情感瓜葛，而与贾家人结亲的结果，就是那秦业至五旬之上方得了秦钟。这就是秦钟父母秦业和秦可卿的孽情故事，也就是秦钟的出生来历。此文隐蔽表述了秦可卿与秦钟名为姐弟，实为母子的双层关系。

那么，秦可卿究竟是什么人呢？秦可卿就是被曹家所收养的一个不知出自何门何姓氏的孤儿，长大后与曹家的男主人曹寅发生了父女乱伦的孽情关系，并生下曹寅唯一的血脉儿子曹雪芹的母亲林黛玉。请看：药方与怀孕之谜。

药方与怀孕之谜

秦可卿在第五回首次登场，将宝玉引入太虚幻境，并被警幻许配于他。警幻说："今夕良时，即可成姻。"宝玉便与可卿依警幻所嘱之言，未免有儿女之事。之后，至第十回，秦可卿便两个月没来月经，人犯懒，胃口不好，这显然是说，秦可卿与宝玉通奸后就怀孕了，孩子的父亲当然就是宝玉。可故事的关键部位，却突然冒出一个学问渊博的业余医生张友士，装模作样地开了一张药方后，便再也不见踪迹，而药方却被作者显赫录于正文之上。如此以药方的格式，完整呈现原版的形态，在通部书中也仅此一次，足见此药方的文学地位非同一般，大家自然都要来细细研究一番，看看其中有何玄妙。我细谙后，却有点忍俊不禁，这个莫测高深的药方原来就是被改动的"人参养荣丸"的传统药方。我们先将张友士所开的药方与"人参养荣丸"的传统药方做一个比较。请看：

益气养荣补脾和肝汤

人参二钱　白术二钱土炒　云苓三钱　熟地四钱　归身二钱酒洗　白芍二钱　川芎钱半　黄芪三钱　香附米二钱制　醋柴胡八分　怀山药二钱炒　真阿胶二钱蛤粉炒　延胡索钱半酒炒　炙甘草八分　引用建莲子七粒去心　红枣二枚

人参养荣丸传统药方

人参、白术（土炒）、茯苓、熟地黄、当归、白芍（麸炒）、炙黄芪、炙甘草、陈皮、远志（制）、肉桂、五味子（酒蒸）、鲜姜、大枣

将这两个药方的基本成分对比后，不难看出，张友士所开的"益气养荣补脾和肝汤"来自"人参养荣丸"的传统药方，不过将丸药改成汤剂而已。药方的名称也说明了这一点，一个是养荣汤，一个是养荣丸。我们当然知道，人参养荣丸在书中与林黛玉的关系，可以说就是林黛玉的御用药品哦，可张友士为什么要拿一个普通的常用药方故弄玄虚，而作者为什么偏偏还要一字不差地原版抄录呢？一句"不知秦氏服了此药病势如何，下回分解"就是玄机，这说明，张友士并不真是一个闪进闪出的过路人，他的"益气养荣补脾和肝汤"还有下文，药效究竟如何，还有待分解，但下回并不是指第十一回。请看第二十八回前批：

【庚辰：自"闻曲"回以后，回回写药方，是白描颦儿添病也。】

药方当然与生病有关，但生病与闻曲又有什么关系，为什么

要以“闻曲”事作为添病的时间坐标呢？看似风马牛不相及的两件事却有着内在的逻辑关联，批文如此提点就是暗示，林黛玉所添的病是因“闻曲”而起。但从第二十八回往前数，没有任何一回的回目标题有“闻曲”二字，那么“闻曲”回指的是哪一回呢？其实，批书人每次关于章回方面的提示，可以说都给读者玩了障眼法，如果不加变通，一味刻板地按图索骥，你永远也找不到答案。“‘闻曲’回”指的不是回目标题，而是说，其中发生了“闻曲”事件的章回，毫无疑问，第五回“开生面梦演红楼梦”当然是通部中最正式的“闻曲”事件了。宝玉在秦可卿的引领下，来到太虚幻境，警幻仙子为他安排了一场《红楼梦》十二曲的专场演唱会，宝玉闻听了红楼十二曲后，自觉蒙眬恍惚，告醉求卧，与可卿发生了柔情缱绻的云雨之事。之后，至第十回，秦可卿便得了不来月经的病，张友士就给她开了一个“益气养荣补脾和肝汤”的药方，这当然就是通部中最经典的“闻曲”回后的药方故事。“回回”指的是第十回和第二十八回这两回所写的药方故事，暗示第二十八回关于药方的情节，就是第十回张友士药方故事的后续，是对“不知秦氏服了此药病势如何，下回分解”的承接。请看第二十八回：

王夫人见了林黛玉，因问道：“大姑娘，你吃那鲍太医的药可好些？”【庚辰侧批：是新换了的口气。】林黛玉道：“也不过这么着。老太太还叫我吃王大夫的药呢。”【庚辰侧批：何如？】宝玉道：“太太不知道，林妹妹是内症，先天生的弱，所以禁不住一点风寒，不过吃两剂煎药就好了，散了风寒，还是吃丸药【甲戌侧批：引下文。】的好。”

王夫人的问，显然有前因。林黛玉什么时候不吃王大夫的药，而要改吃鲍太医的药了？而批书人的“何如?”大有幸灾乐祸看鲍太医笑话之意，这显然也是有前因。不然，批书人与鲍太医有什么过节，为什么要看他的笑话？而宝玉与鲍太医又有什么关系，他干吗要接话替鲍太医辩解并显得这般心虚呢？因为鲍太医就是业余医生张友士，也就是此间的曹寅宝玉。“是新换了的口气”也提示，这里不仅将以往的林姑娘的称呼换成了大姑娘，还将张友士换成了鲍太医，暗示林黛玉此时已经被太子宠幸过，并得到曹寅收养，成了贾家的大姑娘贾元春。为林黛玉服务的张友士，即曹寅也随之一跃成为自封的太医，这就是第十回药方故事的后续。

完整的故事应该是这样的：秦可卿即林黛玉本来是天天吃人参养荣丸，即所谓王大夫的药。因为王大夫在书中所代表的是正确的医疗方案，是检验庸医的真理，人参养荣丸的传统配方当然是真理，可以归纳在王大夫名下。秦可卿不过是怀孕了，外加受了风寒，并非疑难杂症，张友士即曹寅就在人参养荣丸的原配方上稍加增减，直接以水煎成，就是宝玉此时所说的煎药，并给它起了个新药名“益气养荣补脾和肝汤”。对于曹寅在医药方面的玩票，大家都抱着心照不宣看热闹的态度，林黛玉说服药后也不怎么样，批书人雪芹立马跳出来抢话“何如”，就是看热闹不嫌事大的顽皮心理。因为张友士卖弄聪明，乱改人参养荣丸传统药方，批书人雪芹才要笑话自己的父亲曹寅，不然，这里说鲍太医呢，关宝玉什么事，他干吗心虚地解释个不停？宝玉所说的“煎药”

就是指张友士从人参养荣丸转换过来的“益气养荣补脾和肝汤”，“丸药”指人参养荣丸。鲍太医就是张友士，即林黛玉的御用太医曹寅宝玉，第十回的标题“张太医论病细穷源”也暗示了这一点。张友士明明是学问渊博，“更兼医理极深”的兼职医生，又如何能成为专业性极强的太医？因此，“鲍太医”之称就是作者对张友士的戏谑，暗示他是自封的鲍太医，不然，地处金陵的曹家哪来的什么太医呀。

那么，第十回和第二十八回接力写药方故事，究竟要给读者一个怎样的答案呢？请看第二十八回：

宝玉笑道：“当真的呢，我这个方子比别的不同。那个药名儿也古怪，一时也说不清。只讲那头胎紫河车，【庚辰侧批：只闻名。】人形带叶参，三百六十两不足。龟大何首乌，【庚辰侧批：听也不曾听过。】千年松根茯苓胆，那为君的药，说起来唬人一跳。

宝玉首先申明，“我这个方子比别的不同”，所谓的不同之处就是，别的药方是用来治病的，而他的药方是用来讲故事的，所讲的当然就是颦儿添病的故事。“回回写药方，是白描颦儿添病也。”不说病情加重，而说“添病”，就是说在原来的基础上又添加了别的病。那么所添的是什么病呢？“头胎紫河车”“人形带叶参”药名都与怀孕相关联，暗示林黛玉的病与怀孕相关联。只有“人形何首乌”之说，如何又跑出一个“龟大何首乌”？“听也不曾听过”就已经对此物的存在进行了否定，暗示这个提法所表述的并非是何首乌的大小，而是说，新添的病与乌龟王八相关。林黛玉与曹寅偷情，太子胤礽自然是要做王八了。“千年松根茯苓胆”影射青埂峰下的孽情色胆。第十回张友士从篡改人参养荣丸的药方而成的“益气养荣补脾和肝汤”所隐蔽讲述的，是张友士与秦可卿的关系就是曹寅宝玉与林黛玉的人物关系。第二十八回，曹寅宝玉所杜撰的“暖香丸”的药方暗示，秦可卿即林黛玉，所谓的“添病”其实是怀孕添人，而且就是第五回“闻曲”后所发生的依警幻所嘱之言，未免有儿女之事的结果。

既然秦可卿得的不是病是喜，却如何还是走上夭亡之道呢?请看：蒋玉菡的社会关系。

蒋玉菡的社会关系

回前批当然是对该回主题的诠释，第二十八回的回前批“自‘闻曲’回以后，回回写药方，是白描颦儿添病也”说明，“闻曲”“药方”的故事与第二十八回的标题“蒋玉菡情赠茜香罗，薛宝钗羞笼红麝串”必然是不可分割的同一主题。可为什么从表面上完全看不出它们之间的关联呢？这是因为作者的叙述运用了“分身法”。因为蒋玉菡是林黛玉的“分身”，“蒋玉菡情赠茜香罗”即林黛玉情赠茜香罗，“情赠”其实就是林黛玉、曹寅宝玉“闻曲”和“药方”故事的主体，“闻曲”和“药方”正是“情赠”的前因后果。

要了解“蒋玉菡情赠茜香罗”的深刻意义，我们须先了解蒋玉菡其人，至少也要搞清楚，他究竟是男人还是女人。当蒋玉菡还没有正面出场时，第二十六回就先有一段批文提到玉菡的名字作为热身，请看：

前回倪二、紫英、湘莲、玉菡四样侠文皆得传真写照之笔。

由于这段批文所提到的紫英、湘莲，在书中的身份很明确，一位是冯大爷，一位是柳二爷，都是爷们。倪二虽然没有爷之称，但这个称呼和其人的粗鲁举止，也很容易让人误以为其也是男人。倪二其实不是男人，而是女人，但乍看，四人中已经有了三位铁杆男性，依惯性思维，想必蒋玉菡也是男性，更何况还有“侠文”二字做误导，四位男性侠客无疑了。有了这个先入为主的错觉，第二十八回的回前批“盖琪官虽系优人，后回与袭人供奉玉兄宝卿得同终始者，非泛泛之文也”又让人进一步误以为蒋玉菡与袭人是以夫妻关系供奉玉兄宝卿，甚至联想到，袭人判词中的“堪叹优伶有福，谁知公子无缘”中的“优伶”，指的也是琪官蒋玉菡，更误以为袭人后来嫁给了蒋玉菡。但是，除了读者自己先入为主的这些错觉外，通部书并无任何文字明确交代蒋玉菡是男性，四侠完全可以包括女侠，“得同终始者”更说明，蒋玉菡与袭人的关系不是后来相遇而建立的夫妻关系，而是自始至终就存在的，早已有交集。“堪叹优伶有福”中的“优伶”就更与蒋玉菡无关了，书中的优伶何止蒋玉菡一个。所以说，没有任何文字能切实说明蒋玉菡是一个男人。那么，是否有明确文字交代她是一个女人呢？当然。请看第二十八回：

只见薛蟠早已在那里久候，还有许多唱曲儿的小厮并唱小旦的蒋玉菡、锦香院的妓女云儿。

这是蒋玉菡第一次，也是唯一一次正面出场，这个出场交代说明，唱曲儿的小厮与唱小旦的蒋玉菡有所不同，唱曲儿的是小断，唱小旦的蒋玉菡不是。如果蒋玉菡与唱曲儿的都是男性，那应该说："还有许多唱曲儿的和唱小旦的蒋玉菡并锦香院的妓女云儿。""小厮"和"并"字说明，蒋玉菡与前者不仅有唱曲儿的与唱小旦的行当区别，还有小厮与非小厮的性别区别，而与云儿却都是女人，其中只有唱小旦的与妓女的行当区别，所以，蒋玉菡和云儿被划归在同一类。

剧中人物的命名本就是该书的一大艺术特色，内中充满玄机。不说"玉菡"二字本就属于纯女人的名字，就"玉"字而言也非同一般。早在第一回就有批文"盖全部之主惟二玉二人也"说明，该书只有二玉二人，那自然是宝玉和黛玉二人，却如何又跑出三玉四玉了？因此，玉菡的名字已经说明，这个人物不会超出二玉二人的范畴，她如果不是宝玉就一定是黛玉。而"菡"字的基本字义是荷花的别称，这就非常确切地指明了蒋玉菡就是芙蓉花黛玉。蒋玉菡还有一个小名叫"琪官"，而"琪"字，意为美玉或珍异，又有琪花瑶草，即仙境中的奇花异草之说，就更照应了林黛玉的绛珠草身份。所以，毋庸置疑，蒋玉菡当然也是林黛玉的"分身"之一。因为袭人是宝钗的"分身"，蒋玉菡与袭人的配伍并不是暗示夫妻关系，而是寓意她们的姊妹关系。

因为蒋玉菡并不是男人，是林黛玉，张友士也不是什么江湖方士，而是曹寅宝玉，因此，无论宝玉、张友士与秦可卿的"闻曲""缱绻""药方"，还是林黛玉、蒋玉菡与宝玉的"闻曲""情赠""药方"，所讲述的都是曹寅宝玉与林黛玉的爱情三部曲。请看第二十八回：

宝玉笑道："听我说来：如此滥饮，易醉而无味。我先喝一大海，【庚辰眉批：大海饮酒，西堂产九台灵芝日也，批书至此，宁不悲乎?】发一新令，有不遵者，连罚十大海，逐出席外与人斟酒。"【甲戌侧批：谁曾经过？叹叹！西堂故事。】

"西堂"所影射的当然是曹寅的西园，"西堂产九台灵芝日也"和"西堂故事"的批文揭示，这是曹寅时代，在曹家西园中所发生的真实故事。"谁曾经过？叹叹！"暗示批书人因年幼未曾亲历父亲曹寅当时意气风发、豪爽风流的翩翩风采，仅仅耳闻因此"叹叹！"遥想当年，曹寅大海饮酒的豪情，以及后来所遭遇的大不幸，不由发出"宁不悲乎?"之悲叹。

我们再来看蒋玉菡与曹寅宝玉所发生的"情赠"事件的过程：

少刻，宝玉出席解手，蒋玉菡便随了出来。二人站在廊檐下，蒋玉菡又陪不是。宝玉见他妩媚温柔，心中十分留恋，便紧紧的搭着他的手。

因为我们已经知道蒋玉菡不是男人，而就是林黛玉，所以，曹寅宝玉与蒋玉菡一同离席出来，并不是说，两个男人结伴上厕所，"随"字所表现的是，蒋玉菡是以曹寅宝玉家人的身份，陪他出来，服侍他的起居生活。这个情节与第五回秦可卿带宝玉去午睡是对应之笔。曹寅宝玉见他妩媚温柔，心中十分留恋，便紧紧地搭着他的手，就是神瑛侍者曹寅的凡心偶炽，轻举妄动。对于蒋玉菡，曹寅宝玉不用挑逗试探，便直接紧紧地搭着蒋玉菡的手，说明他们之间不是初相识，而是心仪已久。在这个恋爱关系中，曹寅宝玉显然有着绝对的主动权，完全不用考虑被拒绝的尴尬。

那么，蒋玉菡对曹寅宝玉的轻举妄动又做何反应呢？琪官当着曹寅宝玉的面，撩衣，将系小衣儿一条大红汗巾子解了下来，递与宝玉，说明蒋玉菡对曹寅宝玉的轻举妄动，给予了热诚的回应。宝玉又将自己一条松花汗巾解了下来，递与琪官，批书人在此插入批文："红绿牵巾是这样用法。一笑。"批书人的笑已经说明了问题，二人宽衣解带，互赠如此香艳贴身之物，所婉转表达的当然是二人已经进入了实质性的爱情关系，与第五回，宝玉与可卿所进行的儿女之事毫无二致，是同级别的性爱活动。曹寅宝玉与林黛玉的爱情三部曲，就是因"闻曲"动情，继而引发"缱绻""情赠"的红楼梦故事，结果导致了"药方"所隐蔽的怀孕事件。

已经居富室，诸凡遂心的秦可卿得的不是病，是喜，却为什么还是走上了夭亡之道呢？答案就在蒋玉菡的社会关系上。请再次完整地来看第二十八回的回前批文：

【庚辰：茜香罗、红麝串写于一回，盖琪官虽系优人，后回与袭人供奉玉兄宝卿得同终始者，非泛泛之文也。自"闻曲"回以后，回回写药方，是白描颦儿添病也。】

从整体上来看这段批文更可知，茜香罗与"闻曲""药方"属于同一个整体的故事内容，那么红麝串与这个主题故事又有什么关系呢？袭人与红麝串并没有任何关系，与茜香罗也没有直接的利害关系，仅仅因为琪官与袭人供奉玉兄宝卿的关系，便将茜香罗、红麝串写于一回，理由并不充分。“非泛泛之文也”又加强提示，此文非同一般，大有深意。茜香罗与红麝串的共性在于，两件物品都是北静王的馈赠，将它们写于一回所突显的是北静王这个人物在此事件中非同一般的地位，这个爱情故事除曹寅宝玉和林黛玉两个当事人外，还有第三个当事人就是北静王，暗示造成曹寅宝玉、林黛玉爱情悲剧的就是茜香罗和红麝串的原主人北静王。

当蒋玉菡撩衣，将系小衣儿一条大红汗巾子解下来，递与宝玉时，道：

“这汗巾子是茜香国女国王所贡之物，夏天系着，肌肤生香，不生汗渍。昨日北静王给我的，今日才上身。若是别人，我断不肯相赠。”

第二十八回的标题“蒋玉菡情赠茜香罗”已经很说明了问题，蒋玉菡将茜香罗赠予宝玉的行为属于爱情表达的性质，蒋玉菡将如此贴身香艳的茜香罗赠予宝玉以表亲热，就是为记今日二人初尝禁果之情事。而这个香艳礼物却是来自北静王的馈赠，可想而知，蒋玉菡与北静王又是什么样的亲密关系。因此，“蒋玉菡情赠茜香罗”所隐蔽表达的正是，蒋玉菡在与曹寅宝玉产生爱情之前，早已名花有主，她的主人就是北静王，即太子胤礽。第三十三回，忠顺亲王府的人打上门来，追查蒋玉菡的踪迹，是曹寅宝玉与北静王的女人蒋玉菡偷情，冒犯太子虎威的后果。

蒋玉菡与北静王的社会关系就是秦可卿即黛玉在与曹寅宝玉偷情怀孕后，不得不走上夭亡之道的根本原因。请看：秦可卿的夭亡之道。

秦可卿的夭亡之道

判断一个女人是否怀孕，从古至今都不是什么难事，如同老中医的口头禅："难道连一个喜脉也号不出来?"可贾珍尤氏夫妻对秦可卿所表现出来的普通妊娠反应不但异常紧张，更可疑的是，为什么放着一堆的专业医生不用，却偏要请一个业余玩票的看书郎中张友士过来断生死呢？因为张友士并不是无端冒出来的不相干的外人，而是这通奸怀孕事件的责任人曹寅。请看第十回，贾珍对尤氏说的话：

冯紫英因说起他有一个幼时从学的先生，姓张名友士，学问最渊博的，更兼医理极深，且能断人的生死。今年是上京给他儿子来捐官，现在他家住着呢。这么看来，竟是合该媳妇的病在他手里除灾亦未可知。

作者当然不会跑题，不会无端扯出一个冯紫英，又无端扯出一个张友士，更不会无端扯出张友士的儿子，这里所交代的其实就是“红楼梦”事件的男当事人，大不幸的曹寅与有幸承袭织造之职的曹頫的非亲生的父子关系。因为曹頫不是曹寅亲生，所以，冯紫英仅称呼张友士为幼时从学的先生，所表达的是，曹寅与曹頫最初还没有建立父子关系的时间，后来曹頫是以曹寅之子的身份承袭曹寅的织造之职，所以至捐官时，就有了儿子的身份，“今年是上京给他儿子来捐官”所表达的正是，捐官时他们已经建立的父子关系。

常言道，病去如抽丝，贾珍尤氏为什么希冀秦可卿的病有可能在张友士手上治好呢？“媳妇的病在他手里除灾亦未可知”暗示，秦可卿不是得病而是遭了灾，灾难来自秦可卿腹中所怀的祸胎。所以，贾珍并不是得不到好太医来判断秦可卿是喜还是病，而是需要张友士来“断人的生死”，就是让胎儿的父亲张友士来决定是保胎，还是堕胎。如果决定为秦可卿堕胎，那么一剂堕胎药下去，便可药到灾除，那么，张友士又是如何做的呢？

作者是通过改动过的人参养荣丸的药方来反映张友士跳跃的喜剧化的人物性格和身份的，因为真实的曹寅就是像张友士这样一个学问渊博，性格活泼，爱好广泛，喜欢玩票，不拘一格，卖弄聪明的人。同时更有力地说明了，张友士没有像贾珍尤氏所期望的那样，开出堕胎药，做到药到灾除，而是开出了普通的保健药，即从“人参养荣丸”所改良过来的“益气养荣补脾和肝汤”，让她慢慢调理。因此，批书人雪芹发出感叹：“父母之心，昊天罔极。”

“昊天罔极”指天空广大无边，比喻父母对子女的恩情深厚广大无边。

如果“父母之心，昊天罔极”指的是贾珍为秦可卿寻医找药，用词似乎过于凝重，更何况贾珍还不是秦可卿的父亲，秦业才是秦可卿的父亲，而且母亲的恩德也无处着落，因此，这个“父母”指的不是贾珍和尤氏。没有指明谁的父母，当然就是说话人的父母，所以，这里指的是批书人曹雪芹的父母。那么谁是雪芹的父母呢？当然就是不顾大祸临头，冒死也要保胎儿的张友士和秦可卿。所以，张友士和秦可卿就是胎儿雪芹的父母。请看：

贾蓉于是同先生到外间房里床上坐下，一个婆子端了茶来。

一个外来的男人退出病人的卧室后，当然应该坐在厅堂的椅子上开药方，如此讲究礼仪的高门大户的贾家，为什么却让张友士坐到床上去了？“床上坐下”所暗示的是，张友士不但不是外来的男人，而是与秦可卿具有情侣关系的男人。

当服侍秦可卿的婆子，称赞张友士将病症说得准时，他立马得意地笑了，在此批书人加批文提示：“说是了，不觉笑，描出神情跳跃，如见其人。”张友士本来就是当面笑的，却如何又说“如见其人”呢？“其人”当然有深意，因为批书人是跳出故事的曹雪芹，而故事中的小雪芹，此时还是秦可卿腹中的胎儿，他不可能看见张友士此时的表情，只能是后来听人转述，况且，雪芹年仅一岁，生父曹寅就不幸辞世，“如见其人”表达的正是批书人曹雪芹对生父曹寅独有的情愫。请往下读：

依小弟看来，今年一冬是不相干的。总是过了春分，就可望全愈了。

张友士话中的语气其实已经暗藏玄机，“今年一冬是不相干的”所表达的显然是病情暂时不会恶化，但过了春分，却为什么又突然可望痊愈呢？因为张友士这里说的其实是两个方面的问题，“今年一冬是不相干的”指的是因怀孕所带来的灾祸，意思是，只要将秦可卿藏好，孩子没出世，便可悄无声息，就不会暴露，暂时是不相干的，总是要过了春分，孩子才会生下来，才会有暴露的危险，同时秦可卿的妊娠反应当然也就可望痊愈了。

最后请看第十回的回题诗和回后批：

【蒙：新样幻情欲收拾，可卿从此世无缘。和肝益气浑闲事，谁知今日寻病源？】

【蒙：虽贫女得居富室，诸凡遂心，终有不能不夭亡之道。】

第五回的标题是“立新场情传幻境情”，所以，“新样幻情欲收拾”就是直接交代，此第十回所收拾整理的是第五回太虚幻境所发生的情爱事件，而处理的结果，是秦可卿从此与人世再无缘分了。“和肝益气”当然指的就是张友士所开出的“益气养荣补脾和肝汤”，“和肝益气浑闲事”所诠释的就是，当张友士即曹寅为秦可卿开药方玩票时，那正是秦可卿和张友士诸凡遂心浑闲事之美好时光，却没料到，孩子出生后，风声传到北京，太子胤礽不肯善罢，却要寻病源追究他们的罪责，导致秦可卿不能不告别人世，走上夭亡之道。

往下请看：宁国府豪华丧仪真相。

宁国府豪华丧仪真相

宁国府前后举行了两个盛大的丧仪，一是秦可卿的，一是贾敬的，如果从艺术的角度考虑，作者为什么要将两个丧事都安排在宁国府而不怕有雷同重复之嫌呢？因为该书讲述的是史实，而在曹頫的宁国府时期就是经历了两个特别的丧事，这是作者必须要记述的史实。那么，宁国府的丧事究竟有何特别，非要记述两次？请看第六十四回的回前批：

【蒙回前总批：此一回紧接贾敬灵柩进城，原当铺叙宁府丧仪之盛，然上回秦氏病故凤姐理丧已描写殆尽，若仍极力写去，不过加倍热闹而已。】

这段批文其实已经暗藏玄机，贾敬的丧仪之盛为什么却在上回秦氏的丧仪中已描写殆尽呢？这是暗示，秦氏病故的第十三回所描写的就是贾敬的丧仪，不然一个人的丧仪却如何能体现在别人的丧仪中呢？“加倍热闹”又暗示，确实有两个丧仪，但盛大热闹的属于贾敬而不是秦氏。第十四回标题“林如海捐馆扬州城”同样说明了这个问题，第十四回的主题是林如海的死、林如海的丧仪，而并不是秦可卿的丧仪，我们已经知道林如海是曹寅，也就是贾敬，所以第十四回的标题说明，第十三回和第十四回所写的盛大的丧仪就是林如海即贾敬，即曹寅的丧仪。请看第十三回：

早有大明宫掌宫内相戴权，【甲戌侧批：妙！大权也。】先备了祭礼遣人来，次后坐了大轿，打伞鸣锣，亲来上祭。贾珍心中打算定了主意，因而趁便就说要与贾蓉捐个前程的话。戴权会意，因笑道：“想是为丧礼上风光些?”【甲戌侧批：难得内相机括之快如此。】贾珍忙笑道：“老内相所见不差。”

批书人明确标记“戴权”就是“大权也”，所以“戴权”不是一个人，而是一种权力，是一种能分配官位的权力。批文“难得内相机括之快如此”是对“想是为丧礼上风光些?”的加强表达。我们已经知道，这是贾敬的丧礼，这个任命当然是为贾敬的丧礼增光，那么，这个官位究竟给谁才能为贾敬的丧礼增光呢?戴权道：

“事倒凑巧，正有个美缺。如今三百员龙禁尉短了两员，昨日襄阳侯的兄弟老三来求我，现拿了一千五百两银子，送到我家里。你知道，咱们都是老相与，不拘怎么样，看着他爷爷的分上，胡乱应了。【甲戌侧批：忙中写闲。】

平白无故皇帝的龙禁尉为什么会短了两员？如果与曹家的故事无关，作者何必要絮叨？因为短了的两员就是指曹家已经去世的曹玺和曹寅。曹玺曾经是顺治皇帝的二等侍卫，曹寅是康熙皇帝的御前侍卫，父子二人都是御前侍卫出身，因此，三百员龙禁尉所短的两员影射的就是曹玺和曹寅。所以，想要补缺的候选人所影射的也同样都是曹家人。

“侯”是作者在书中为曹寅安排的敬称，无论“襄阳侯”、保龄侯、忠靖侯等所影射的都是曹寅。因为“襄阳侯的兄弟老三”是“侯”的兄弟，而不是“侯”自己，所以，他不是曹寅，而是指曹寅的兄弟曹宣。红学界认为曹玺有二子，曹寅为长，曹宣为次，为什么这里却称襄阳侯的兄弟为老三呢？请看第二回：

宁公死后，贾代化袭了官，【甲戌侧批：第二代。】也养了两个儿子。长名贾敷，至八九岁上便死了，只剩了次子贾敬袭了官。【甲戌侧批：第三代。】

我们已经知道袭了官的贾敬所影射的是曹寅，这里交代贾代化即曹玺也养了两个儿子，可为什么称贾敬即曹寅为次子呢？因为该书写的就是家史，它所交代的曹家家谱远比官方史料所记载的更准确可靠。根据书中的交代可知，贾代化即曹玺实际上是生了三个儿子，长子贾敷没有长大成人，八九岁上便死了，贾敬即曹寅是曹玺的第二子，曹寅的弟弟曹宣就是曹玺的第三子。不过“贾代化袭了官，也养了两个儿子”指的是曹宣出生之前而已，这就是戴权为什么称曹寅的弟弟曹宣为襄阳侯的兄弟老三的缘由。

曹寅的弟弟曹宣为其捐官的这个儿子，所影射的当然就是承袭了织造之职的曹頫。而戴权“看着他爷爷的分上，胡乱应了”，指的就是曹玺与曹頫的祖孙关系。“胡乱应了”暗示，“大权”让曹頫继承织造之职是错误的决定。“忙中写闲”又暗示，关于曹頫承袭织造之职的故事不是此处的主题，只是顺带的闲笔，与贾敬丧礼上为增光而有的任命无关。请继续读第十三回：

“还剩了一个缺，谁知永兴节度使冯胖子来求，要与他孩子捐，我就没工夫应他。既是咱们的孩子【甲戌侧批：奇谈，画尽阉官口吻。】要捐，快写个履历来。”……戴权看时，上面写道：

江南江宁府江宁县监生贾蓉，年二十岁。曾祖，原任京营节度使世袭一等神威将军贾代化；祖，乙卯科进士贾敬；父，世袭三品爵威烈将军贾珍。

戴权看了，回手便递与一个贴身的小厮收了，说道：“回来送与户部堂官老赵，说我拜上他，起一张五品龙禁尉的票，再给个执照，就把那履历填上，明儿我来兑银子送去。”

“节度使”是清代不存在的古代官名，被作者借来指代曹家的织造之职。如果作者直接用“织造”那还将包括曹家以外其他任织造的官员，而“节度使”不是清代实际的官名，它仅仅指代曹家人所任的织造官名。贾代化是原任京营节度使，所寓意的就是曹家第一代织造曹玺。“永兴节度使冯胖子”又指谁呢?“冯胖子”与“襄阳侯的兄弟老三”不同，老三只是“侯”的亲戚，而冯胖子自己就是一个节度使，因此，冯胖子就是具有曹家织造官职的人，并且是现任的。曹家现任的织造当然就是贾珍即曹颙，所以冯胖子其实就是当下正在为贾蓉求官的贾珍。因为书中只有两个姓冯的，一是冯渊，一是冯紫英，这个胖子既然姓冯就说明他不是冯渊便是冯紫英，而冯渊、冯紫英所影射的正是同一个人曹颙，所以“冯胖子”名称同样说明，他就是贾珍即曹颙。因此，要为自己孩子捐官求戴权的“永兴节度使冯胖子”就是在求戴权要为贾蓉捐官的贾珍。而戴权明确交代，对冯胖子为孩子求官的事，他“没工夫应他”，暗示贾珍为贾蓉求官的事并没有成功。因为书中的贾蓉所影射的曹雪芹（请参看《到头谁是一盆兰》）在曹颙死时只有三岁，还没有到能继承织造的年纪，就是所谓的“没工夫”，之后我们也未见任何文字显示贾蓉出任任何官职。

因为“戴权”不是某人，而只是一个权力，他说“咱们的孩子”就是指权力的孩子，那么，我们只能从他把这个官位给了谁来判断，究竟谁才是这个“咱们的孩子”。对于“襄阳侯的兄弟老三”为他孩子所捐的官，戴权只是胡乱应了，并没有交代何职、几品？而这个“咱们的孩子”戴权却交代得很清楚，补授的是一个五品龙禁尉的官位，并且正式发了执照，而曹家只有两人做过皇帝的侍卫官，就是曹玺和曹寅，而这个“补授”也有玄机，它不同于补位，补位是相对于三百员龙禁尉这个集体而言，意在补充，而“补授”指的是对死者的追任，所以这个补授的五品龙禁尉官职是给已故的曹寅的。

第六十三回，皇帝对贾敬正式“追赐五品之职”，同样印证了为“丧礼上风光些”而被补授五品官位的“咱们的孩子”，指的是贾敬即曹寅。因此这个有五品级别的风光丧礼属于贾敬即曹寅。

那么曹寅本就是五品官阶，又为什么变成了追赐呢？因为曹寅是被逼自尽，当然是先被革职后自尽，但康熙皇帝最后还是维护了曹寅死后的颜面，这就是为丧礼上风光些的任命“追赐五品之职”。第十三回标题“秦可卿死封龙禁尉”，不是说因秦可卿死而封龙禁尉，而是说，第十三回所写的是秦可卿的死和封龙禁尉两件事，所封的也不是永兴节度使冯胖子即贾珍的孩子贾蓉，而是戴权所称的“咱们的孩子”贾敬即曹寅。

在贾蓉的履历上，曾祖和父亲都有官职，为什么唯独其祖父也袭了官的贾敬只有学历而没有官职呢？“乙卯科进士贾敬”的身份反映的是曹寅与曹玺不同的离职性质，曹玺属于正常去世离职，他的身份还是原任京营节度使，而曹寅属于犯错被革职去世，所以就只剩下学历而没有了职务身份，就需要从“大权”，即皇帝那里得到法外开恩的“追赐五品之职”，丧礼上才能保住这五品官职身份的颜面。请往下读第十三回：

更有两面朱红销金大字牌对竖在门外，上面大书：“防护内廷紫禁道御前侍卫龙禁尉”。对面高起着宣坛，僧道对坛榜文，榜上大书：“世袭宁国公冢孙妇、防护内廷御前侍卫龙禁尉贾门秦氏恭人之丧。”【庚辰眉批：贾珍是乱费，可卿却实如此。】

为什么有“两面朱红销金大字牌对竖在门外”？因为宁国府当下所举行的并不是贾敬即曹寅一个人的丧事，而是贾敬与秦可卿两个人的丧事。这里写得很清楚，一面是“防护内廷紫禁道御前侍卫龙禁尉”即贾敬的灵位；一面是“世袭宁国公冢孙妇、防护内廷御前侍卫龙禁尉贾门秦氏恭人之丧”，即秦可卿的灵位。这两面大字牌就是明确揭示，宁国府正在举行的是贾敬和秦可卿两个人的丧礼，这就是作者为什么要将两个豪华丧事重复地安排在宁国府的玄机，因为这原本就是真实之事。

事实上宁国府就是在不同寻常地同时举行两个人的丧事，这一点对于作者来说并不是一件光彩的事，恰好是作者想要回避的一个场面。因为贾敬即曹寅和秦可卿即黛玉这两个人是为偷情而被赐死，但他们却是作者的父母，所以，作者将同时举行的两个人的丧事拆开来，分别放在了第十三回、第十四回和第六十三回、第六十四回来演绎，以达到隐蔽叙述的目的。

那么贾敬与秦可卿为什么会在同一时间死亡？请看：秦可卿诈死逃禅。

秦可卿诈死逃禅

贾敬与秦可卿为什么会在同一时间死亡呢？这个问题其实是贯穿《红楼梦》始终的核心问题，是曹家的大秘密，也是曹家家败的起因。因为秦可卿即黛玉被太子宠幸成为太子的女人后，神瑛侍者曹寅宝玉即贾敬凡心偶炽，在“太虚幻境”与秦可卿做成“红楼梦”，并生下了他们的儿子雪芹。一年后，消息泄露，风声传到北京，太子觉得失了颜面，便向曹寅施加压力，逼其自尽。曹寅自己当然无路可退，但他决意解救黛玉。第一回那道对那僧说“你我不必同行，就此分手，各干营生去罢。三劫后，我在北邙山等你，会齐了同往太虚幻境销号”，就是表达了曹寅要让林黛玉逃生，不要她与自己一同赴死的意图。“北邙山”即历代殡葬之地。贾敬即曹寅被逼服毒自尽后，他为秦可卿制订的逃生方案又是如何实施的呢？请看第十三回：

人回：“东府蓉大奶奶没了。”凤姐闻听，吓了一身冷汗，出了一回神，只得忙忙的穿衣，往王夫人处来。彼时合家皆知，无

不纳罕，都有些疑心。【甲戌眉批：九个字写尽天香楼事，是不写之写。通回将可卿如何死故隐去，是余大发慈悲也。叹叹！】

没有正面写秦可卿去世时的情景，当“东府蓉大奶奶没了”的消息传来时，合家无不纳罕，都有些疑心，所泄露的就是让人生疑的秦可卿突然死亡事件的性质。“九个字写尽天香楼事”更明显地暗示了，天香楼所发生的并非是秦可卿的偷情事，而是让大家“无不纳罕，都有些疑心”的离奇死亡事件。“通回将可卿如何死故隐去”又揭示，秦可卿的死法已经被作者隐蔽起来，“隐”不等于没写，而是说作者已经将其写在隐蔽之处了。那么作者将秦可卿的死法究竟隐蔽在哪里呢？请继续看第十三回：

因忽又听得秦氏之丫鬟名唤瑞珠者，见秦氏死了，他也触柱而亡。【甲戌侧批：补天香楼未删之文。】此事可罕，合族中人也都称赞。贾珍遂以孙女之礼殓殡，一并停灵于会芳园中之登仙阁。

对于秦可卿在天香楼的离奇死亡，之前是“不写之写”，而此处是“补天香楼未删之文”说明，瑞珠“触柱而亡”就是秦可卿在天香楼离奇去世事件的补充。之前没写秦可卿的死法，现在补充交代是触柱而亡，瑞珠与秦可卿是“分身法”中的同一个人，是可以补充演绎秦可卿死法的替身。“登仙阁”指神仙贾敬的登仙之处，“一并停灵于会芳园中之登仙阁”暗示，瑞珠的灵柩是以贾家小姐的身份随神仙贾敬的灵柩一并停放在登仙阁的，再次揭示，宁国府在同时进行着两个人的丧礼。

“此事可罕，合族中人也都称赞”与“彼时合家皆知，无不纳罕”的语句对接又说明，无论是蓉大奶奶突然没了，还是瑞珠触柱而亡，都是令人纳罕生疑的事，暗示合家并无人亲见瑞珠触柱而亡，也就是无人亲见秦可卿是如何死的。那么，秦可卿究竟是死了还是没死呢？于是，作者又有新的人物和事件冒出来：

小丫鬟名宝珠者，因见秦氏身无所出，乃甘心愿为义女，誓任摔丧驾灵之任。贾珍喜之不尽，即时传下，从此皆呼宝珠为小姐。那宝珠按未嫁女之丧，在灵前哀哀欲绝。【甲戌侧批：非恩惠爱人，那能如是？惜哉可卿，惜哉可卿！】

当时大户人家收义女并不是一件随口说说的随便事，义女的待遇与亲生并无大区别，为秦可卿之丧，贾家为什么随口竟连收二女尊为小姐呢？因为瑞珠、宝珠都是秦可卿即林黛玉的“分身”，她们被尊为小姐的故事情节所反映的，就是曹寅收黛玉为义女，尊为小姐的史实。而作者是以瑞珠和宝珠两个“分身”人物，来分别演绎秦可卿的死亡事件中诈死和逃禅这两个部分的内容。

“那宝珠按未嫁女之丧”就是玄机。乍看这句话，似乎是说宝珠按未嫁女的身份治丧，然而，这里却不是治丧，而是“之丧”，一字之差，其意却有天壤之别。“之丧”说明，此丧属于宝珠，就是宝珠的丧礼，同时以此交代，秦可卿的丧仪是按曹家未嫁女的规格办理。

“非恩惠爱人，那能如是?”就更有玄机。显然，宝珠与秦可卿不可能属于“恩惠爱人”的关系。那么宝珠与谁能称得上“恩惠爱人”呢？只有绛珠草与神瑛侍者的爱情关系可以称之，因为绛珠草是受神瑛侍者的灌溉之恩惠后，才建立了爱情关系。第一回，“那绛珠仙子道：‘他是甘露之惠，我并无此水可还。’”就直接提到了绛珠草与神瑛侍者的这个恩惠爱人关系。因此，宝珠不是别人，就是绛珠草秦可卿。而灵位上的人是贾敬即神瑛侍者曹寅，宝珠既是秦可卿，即灵位上曹寅的未嫁女瑞珠，又是此时在贾敬灵前哀哀欲绝的贾敬的“恩惠爱人”，所暗藏的就是他们养父女之间恩惠爱人的双层关系。“惜哉可卿，惜哉可卿！”不仅表达了批书人对可卿悲惨遭遇的叹息，更是将宝珠直呼为可卿来揭示宝珠就是活着的可卿。宝珠这个人物所表现的就是可卿并未真正随曹寅一起自尽而亡，她还以未嫁女的身份，在灵前哀哀欲绝。之后，宝珠留在贾家的家庙铁槛寺出家逃禅。

请看第十三回的回前批：

此回可卿梦阿凤，盖作者大有深意存焉。可惜生不逢时，奈何奈何！然必写出自可卿之意也，则又有他意寓焉。

第十三回写秦可卿托梦王熙凤，将今后治家方略向王熙凤一一交代。这段批文说明，可卿在梦幻中所说的一番话是真实存在的，无奈批书人当日年幼，未能亲聆教诲，否则必将更准确地写出可卿之意。“则又有他意寓焉”提示，这个梦中告别的情节不仅表现了可卿的才干和见解，还暗示可卿并没有死，因为不会有什么鬼魂托梦之事，鬼魂也不可能在梦中长篇大论谈经济哲学，这篇逻辑严明、条理清楚的关于曹家今后治家的宏论，不是出自可卿的鬼魂，而是可卿出逃前的临别赠言。

再请看回前诗的总评论：

【蒙：生死穷通何处真？英明难遏是精神。微蜜久藏偏自露，幻中梦里语惊人。】

“生死穷通何处真?”中的生、死、穷、通指曹家家史上所发生的四件重大的历史事件。“生”指雪芹的秘密出生事件，因为雪芹的母亲黛玉是被太子宠幸过的女人，不能公开为曹寅生孩子，所以，对外谎称雪芹宝玉只是从口中衔来的“通灵宝玉”，因此，曹家有人从口中衔来一块玉是假，生了孩子雪芹是真。“死”指秦可卿的诈死事件，私生子事件暴露后，曹寅和黛玉面临杀身之祸，曹寅已死，黛玉也得死，就有瑞珠触柱而亡，一并停灵，同时进行两个丧仪的事件，但可卿并未真死，“触柱而亡”只是曹家制造的假象。“穷”指曹家实际上的亏空和所遭到的抄家，因此，曹家的穷是真实的。“通”指显达，曹家四次荣获接驾殊荣，看似显达，但是，曹寅一个不小心，却遭被逼自尽的下场，曹家这种为皇室效命换回来的显达其实不堪一击，是虚假的。所以，曹家的生死穷通真假难辨，家史上的孰是孰非也难分清。

“英明难遏是精神”中的“英明”指秦可卿的见解英明。“遏”，阻止。“精神”指王熙凤的意志。王熙凤后来完全不听秦可卿的劝告，与曹頫狼狈为奸霸占曹家财产，苛待族人，做得最过分的是在家业还没有彻底败落之前，她也不让曹雪芹进学堂读书，王熙凤即薛宝钗，常常发表的高见是“不如不读的好”，兴儿口中的“独他没有上过一天学堂”的这个宝玉指的就是雪芹宝玉。王熙凤除了一味敛财，中饱私囊，早把秦可卿的建议抛之脑后，至曹頫获罪之后，一败涂地，彻底破产。所以说，秦可卿的见解再英明也难遏制王熙凤的个人意志。

“微密久藏偏自露，幻中梦里语惊人”是说，秦可卿长久地周密地藏着一个秘密，此时却偏偏自己在幻中梦里披露出来。难道秦可卿微密久藏的是她英明的治家理财方略？当然不是，她在幻中梦里披露的秘密就是她的儿子雪芹，雪芹是曹家要隐瞒的最大机密，可她为什么又露出来呢？因为临行前实在不放心呀，她预感到曹家今后可能面临败落，怕王熙凤苛待雪芹，不让他上学。为子孙创造读书的环境，让子孙读书，留退路，其实就是不放心幼子雪芹能否读上书，而提出的英明举措。

反映秦可卿的思想是此梦幻的深意，而作者表示没能亲耳听到可卿的真知灼见感到很遗憾。这就是曹寅不要黛玉与自己同死，在自杀之前，给黛玉所安排的逃亡之路，为了皇家的颜面，为防太子的追杀，曹家谎报黛玉与曹寅先后自尽身亡，将两人丧事一起合办的真实事件，也就是可卿“虽贫女得居富室，诸凡遂心，终有不能不夭亡之道”的玄机。可卿并没有死，但从此不得不走上诈死的逃亡之路。第三十三回，忠顺亲王府的人打上门来，追查蒋玉菡的踪迹，也就是表示不相信秦可卿，即蒋玉菡已死，还要继续追查她的逃亡踪迹。

秦可卿临行前对王熙凤说：

临别赠你两句话，须要记着。因念道：三春去后诸芳尽，各

自须寻各自门。

既然秦可卿不是鬼魂，或者根本没有神怪之说，她自己都掌握不了自己的命运，正逃命要紧，她又如何能像算命先生似的，预测到三春去后之事。因为秦可卿不是别人而就是“三春”本人，她说的三春去后就是指自己离开曹家后，将不再得到曹家的庇护，要靠自己谋生的艰难处境。

宁府的梅花盛开是元春消息，引来曹寅宝玉的入梦、出梦，揭示了可卿与元春的关系，透过能与秦可卿梦幻般的富室相媲美的秋爽斋，同样可以揣测出可卿与探春的关联。至此，秦可卿与三春的关系已经显示了两春。因此，“三春去后诸芳尽，各自须寻各自门”既是明确揭示了秦可卿与“三春”的关系，同时将我们的视线引向了第三春。

第十五回，“凤姐又到铁槛寺中照望一番。宝珠执意不肯回家，贾珍只得派妇女相伴”。贾家的宝珠小姐没有随众人回家，留在庙里出家为僧暗示，秦可卿没有死，出家了。而她逃禅的经历就表现在惜春的故事中。“三春去后诸芳尽，各自须寻各自门”就是秦可卿与惜春的对接。请看：惜春杜绝宁国府。

惜春杜绝宁国府

秦可卿没有死，潜逃了，怎么走的呢？请看第五回惜春的判词：

堪破三春景不长，缁衣顿改昔年妆。可怜绣户侯门女，独卧青灯古佛旁。

秦可卿临行前说：“三春去后诸芳尽，各自须寻各自门。”而“堪破三春景不长，缁衣顿改昔年妆”就是惜春与秦可卿的故事对接。秦可卿是怎么走的呀？她“缁衣顿改昔年妆”跑了。

判词中的后两句，看似直白无曲隐，交代的是身份以及惜春遁入空门的结局，但其实不然，“绣户”就暗藏玄机。侯门已经说明了惜春豪门小姐的身份，为何又要叠用“绣户”呢？绣户与侯门的重叠，所隐蔽的正是惜春的双层身份。作者以“侯”作为曹寅在书中的敬称，“侯门女”所表达的是惜春作为曹寅女儿的身份，而“绣户”指女子自己独立的住所，或女子华丽的居室。住所概念对应的是第十八回，贾妃进入大观园的行宫时，作者发感叹："金门玉户神仙府，桂殿兰宫妃子家。"这副对联同样揭示了大观园是林黛玉的府邸门户，是元春即黛玉自己的家，而不是娘家。"绣户"所暗示的也是惜春自己的门户，而非父亲的侯门。书中最华丽的居室莫过于秦可卿的富室，但并不因为她是秦业的女儿便可居住贾家最豪华的富室，而是因为她是被太子宠幸的元春才"贫女得居富室"。所以，"绣户侯门女"所暗示的也是惜春为太子的女人和曹寅女儿的双层身份。

作为太子的女人、侯门的女儿，为什么竟沦落在青灯古佛旁呢?"缁衣顿改昔年妆"就是玄机。"顿改"即突然改变。这说明，惜春并不是从容剃度出家，而是有突如其来的情况迫使惜春顿时改换了昔日的装束，穿上了僧人的缁衣，所隐蔽讲述的就是秦可卿诈死潜逃事件，秦可卿没有死，她是突然脱去往日的装束，换上僧人所穿的缁衣潜逃了。

全诗：惜春即秦可卿清醒地看到，自己在曹家当小姐的日子已经不能长久，便配合曹家的安排，突然换上僧人的缁衣，独自踏上了出家流亡之路。秦可卿所演绎的是如何诈死，惜春演绎的就是怎样逃禅。

惜春的名字第一次出现是在第二回，冷子兴说：

四小姐乃宁府珍爷之胞妹，名唤惜春。

这个人物介绍，与之前的元、迎、探三位大不相同，前三位都有父母来历交代，唯有惜春没有交代她的父母是谁，而仅仅只交待了她与贾珍的兄妹关系，我们要通过贾珍的血亲关系才能推测出惜春的来历。第二回交代贾敬与贾珍的父子关系时说：

幸而早年留下一子，名唤贾珍，【甲戌侧批：第四代。】因他父亲一心想作神仙，把官倒让他袭了。

贾珍出生来历的交代文字，其实也跟惜春差不多，都是一反之前一贯制的交代格式，没有用直接的语言明确交代贾敬生养了儿子，而仅仅交代“幸而早年留下一子”。“幸而”有侥幸人为的含义，即幸而贾敬早年收留了一个孩子为养子，就是暗示，贾珍不是贾敬亲生，是贾敬早年所收留的儿子。如果贾珍不是贾敬亲生，那么，贾珍的胞妹惜春自然也不是贾敬亲生，而只是贾敬的养女了。我们已经论证了贾敬所影射的是曹寅，秦业影射的也是曹寅，贾敬与秦业当然就是同一个人曹寅，秦业从养生堂抱回一个儿子并一个女儿，当然就是贾敬从养生堂抱回一个儿子并一个女儿了，贾敬所抱回的儿子，当然就是贾珍，所以，贾珍即曹颙就是贾敬早年收留的非亲生的儿子，而抱回的女儿当然就是惜春即秦可卿了。

我们再来看惜春是怎样具体地演绎秦可卿潜逃行动的。请看第七十四回：

谁知竟在入画箱中寻出一大包金银锞子来，约共三四十个，【庚辰双行夹批：奇。为察奸情，反得贼赃。】又有一副玉带板子并一包男人的靴袜等物。入画也黄了脸。因问是那里来的，入画只得跪下哭诉真情，说："这是珍大爷赏我哥哥的。"

从第十八回贾妃赏赐"宝钗、黛玉诸姊妹等，每人新书一部，宝砚一方，新样格式金银锞二对。宝玉亦同此"的金银锞两对的份额，便可推测出从入画这里寻出"三四十个金银锞"是什么钱财概念，这可是比主子们从皇妃那里所得到的赏赐还足足多了十倍哦，从而不得不进一步思考，入画为什么会保管了这么一大笔财物，究竟是怎么来的。如果说入画的哥哥与珍大爷有什么不同寻常的关系，因而可以让他从贾珍处得到这笔巨额赏赐，那么"玉带板子"又从何而来，难道贾珍会将一个必须具备一定社会地位才可佩戴的"玉带板子"赏给一个男仆?

"玉带板子"指用玉装饰的皮革制的腰带，即披带，因为使用了玉质材料做装饰，俗称"玉带板"。入画箱中的"玉带板子"就是紫鹃房中抄出来的"披带"的另一种说法，其实是同一物件。

如果说晴雯箱子里抄出来的都是没甚关系的小孩子的东西，为什么晴雯还是被撵出了怡红院?紫鹃并不曾服侍过宝玉，为什么她的房中不但能搜出大量宝玉日常所用之物以及这条价值不菲的"披带"?而入画的箱中为什么竟然藏着比宝玉从他皇姐那里得到的赏赐还要多十倍的金银锞子，以及象征身份地位的"玉带板子"呢?

因为"大观园"就是林黛玉的住所，"抄检大观园"就是抄检林黛玉，所以在抄检中就有晴雯的愤怒、探春的抵抗、惜春的恐惧等由林黛玉各个"分身"所表现出来的各种激烈反应，而雪芹宝玉本身就是所查出的“奸证”，小孩子的东西正是小雪芹存在的物证。晴雯迁出怡红院是此奸情暴露所造成的严重后果，所对应的就是惜春被迫出走事件。从紫鹃房中抄出雪芹宝玉的日常生活用品就是查出了雪芹宝玉与林黛玉和紫鹃生活在一起的物证，问题是严重的，但奸情危机属于林黛玉而不属于紫鹃。同理，从入画房中所抄出来的男人物品所带来的奸情危机同样是属于惜春而不是入画。

“为察奸情，反得贼赃”又说明，惜春就是此次查奸情的对象，是为查惜春的奸情，却无意查出了入画的贼赃。从入画箱中抄出来的这大笔财物究竟是从哪里来的，要不要紧？有无人追究呢？当然要紧，批文已经说得很清楚，这就是贼赃，不然入画怎么会也黄了脸？但却无人追究入画的罪责。请往下继续看第七十四回：

惜春便将昨晚之事细细告诉与尤氏，又命将入画的东西一概要来与尤氏过目。尤氏道：“实是你哥哥赏他哥哥的，只不该私自传送，如今官盐竟成了私盐了。”因骂入画，“糊涂脂油蒙了心的。”

因为，作者是在运用“分身法”来进行隐蔽讲述，惜春与秦可卿即黛玉是同一个人，入画与王熙凤即宝钗也是同一个人，而入画的哥哥就是贾珍即曹顒，因此，贾珍赏入画哥哥是自己赏自己，而入画哥哥将这大笔财物交给入画保管，实际却是贾珍将东西直接交到了入画手中。那么，贾珍为什么要将这笔巨额钱财交给入画保管呢？因为抄检出来的小孩物件以及“玉带板子”所暗示的是“红楼梦”事件败露后的生死危机，曹寅临终前安排黛玉诈死潜逃，并派黛玉的亲姐姐宝钗与她同行，而“三四十个金银锞”就是贾珍交给入画保管的惜春的出逃经费，但入画没有将这笔款子向惜春汇报，自己昧下了，“为察奸情，反得贼赃”是批书人明确界定，这笔财物是入画的“贼赃”，入画的行为属于贪污性质。但尤氏说：“如今官盐竟成了私盐了。”尤氏的这个官盐与私盐的比喻首先说明，曹家上下都懂得盐政方面的行话术语，展现了曹寅任巡盐御史时，曹家人的生活风貌。同时说明，这笔钱财不是入画偷的，是贾珍交给她的，只是入画不该“糊涂脂油蒙了心的”私自昧下。对入画企图私吞这笔款子的贪污行为，进行了大事化小的处理，轻描淡写地归于一时糊涂犯错，并表示可以原谅，不会追究其罪责。那么尤氏为什么不追究入画的罪责，而要大事化小呢？请继续往下看：

“我今日正要送过去，嫂子来的恰好，快带了他去。或打，或杀，或卖，我一概不管。”入画听说，又跪下哭求，说：“再不敢了。只求姑娘看从小儿的情常，好歹生死在一处罢。”

入画的话就是玄机，难道入画自己做贼被抓面临惩罚，反要求主子小姐不管好歹和自己生死与共？因为这里真正犯死罪的不是入画而是惜春，入画的贪污行为只要曹家不追究，便可大事化小。尤氏已经开释了入画，不会再追究入画的贪污罪。真正面临“或打，或杀，或卖”危机的不是入画而是惜春自己，入画的错误，只不过是惜春潜逃事件中所衍生出来的经济问题，所以，才有入画自己犯错，却要与惜春好歹生死在一处这样看似不合情理的誓言。而其实，这是入画在向主子表忠心，她表示，只要主子不计较她的贪污问题，她愿意陪伴惜春逃亡，一起面对生死危机，这也是尤氏不追究入画贪污罪的主要原因。

谁知惜春虽然年幼，却天生成一种百折不回的廉介孤独僻性，任人怎说，他只以为丢了他的体面，咬定牙断乎不肯。

惜春不要入画并不是惜春不肯原谅入画，而是不想连累于她，因为她知道此去前途渺茫，生死未卜，“咬定牙断乎不肯”所体现的正是惜春打算独自直面惨淡人生的坚强意志。

惜春道：“状元榜眼难道就没有糊涂的不成。可知他们也有不能了悟的。”

状元榜眼本就与修行了悟无关，为什么又被扯到一起呢？因为第二回有交代：“这林如海姓林名海，表字如海，乃是前科的探花。”林如海即曹寅，这里隐蔽讲述的就是探花曹寅不能了悟而自杀的人生结局。惜春道：“我不了悟，我也舍不得入画了。”更直接说明，惜春此次舍下入画，不是入画要离开，而是惜春自己了悟，要出家逃禅。

第七十四回标题：“惑奸谗抄检大观园，矢孤介杜绝宁国府”

“孤介”：耿直方正，不随流俗。“矢孤介”：誓守清高不随世俗的品格。“矢孤介杜绝宁国府”和“百折不回的廉介孤独僻性”都是对惜春的高度赞美。此回所讲述的，并非是惜春的不懂事，不知好歹，而是惜春老成练达之操行，赞美她矢志不移，誓守耿直方正，清高不随世俗的崇高品格。回标题揭示，抄检大观园的结局就是使惜春离开了宁国府，踏上逃禅的流亡之路。

那么，惜春离开曹家后，去了哪里？请看：芦雪庵庵主贾惜春。

芦雪庵庵主贾惜春

我们知道“大观园”影射的并非曹家的西园，它是为讲述林黛玉的故事所专设的故事环境，是林黛玉人生旅程中历次居住地的集合，讲述的是林黛玉人生不同时期的故事。那么“芦雪庵”这片草庐所讲述的是林黛玉的哪一段故事，庵主又是谁？

在第十七回试才题对额中，只用“或山下得幽尼佛寺，或林中藏女道丹房”一笔扫过，芦雪庵的真面貌，所藏玄机在第四十九回才开始浮出水面。我们来看第四十九回：

原来这芦雪庵盖在傍山临水河滩之上，一带几间，茅檐土壁，槿篱竹牖，推窗便可垂钓，四面都是芦苇掩覆，一条去径逶迤穿芦度苇过去，便是藕香榭的竹桥了。

曹家真富贵到拥有一条私家河吗？当然没有。曹家的织造府只有一个西花园，第十六回修建大观园时也仅仅说从会芳园北拐角墙下引来一股活水，宝玉为之命名“沁芳溪”。一条溪而已，不能夸张成一条河，更不可能还真有一片能盖房屋的河滩，那书中为什么说芦雪庵是坐落在河滩之上呢？因为大观园并不是曹家的西花园，它是作者运用意识流的表现手法，打破时空界限所造的“太虚幻境”。虽然曹家没有私家河，但大观园里却可以有，只要作者意识里有一条河，大观园里就可以有一条河，因为，大观园本身就只存在于作者的意识中。那么，作者意识里的这条河来自哪里呢？它来自康熙五十一年（1712 年）曹寅去世以后，黛玉被迫出家流亡，寄身于一所破庙，这所破庙就坐落在西边一条河流的河滩之上，“茅檐土壁，槿篱竹牖”就是林黛玉所栖身的破庙——芦雪庵的真实写照。

作者既然为它命名“芦雪庵”，里面自然就会有尼姑，那么，芦雪庵里面究竟住了一个什么尼姑呢？第十八回交代：

正楼曰“大观楼”，东面飞楼曰“缀锦阁”，西面斜楼曰“含芳阁”；更有“蓼风轩”“藕香榭”。

这个房屋名称交代，说明“蓼风轩”“藕香榭”是并立的两所不同房屋，第二十三回又有明确交代：“探春住了秋爽斋，惜春住了蓼风轩。”可为什么至第三十七回，宝钗却说“四丫头在藕香榭，叫他‘藕榭’就完了”呢？书中这三段情节暗示，惜春先是住在蓼风轩，之后又搬到了藕香榭。

那么，惜春是在什么情况下，从蓼风轩搬到了藕香榭呢？就在杜绝宁国府之前惜春本来是住在蓼风轩，抄检大观园后，在曹家的策划安排下她杜绝宁国府，出走潜逃来到了藕香榭。

“蓼”是一种水边生长的开小红花的草，对应的是惜春绛珠草的身份。“秋爽”影射“风”，探春的“秋爽斋”所影射的就是惜春的“蓼风轩”。惜春从蓼风轩转到藕香榭，揭示林黛玉的命运已经从豪华的秋爽斋转向了“芙蓉影破归兰桨，菱藕香深写竹桥”的藕香榭。请看第三十八回：

原来这藕香榭盖在池中，四面有窗，左右有曲廊可通，亦是跨水接岸，后面又有曲折竹桥暗接。众人上了竹桥，凤姐忙上来搀着贾母，口里说：“老祖宗只管迈大步走，不相干的，这竹子桥规矩是咯吱咯喳的。”【庚辰双行夹批：如见其势，如临其上，非走过者形容不到。】

惜春的别号虽然叫“藕榭”，但她并不是住在藕香榭，因为，藕香榭只是一个水亭，不是住人的地方，惜春只是住在藕香榭的附近。“非走过者形容不到”说明，凤姐是这群人里唯一走过这竹桥的人，可为什么唯独凤姐走过这竹桥呢？因为凤姐就是随惜春住在这里的入画，惜春是对外宣称已经死去了的秦可卿，属于掩盖了面目隐藏在此深居简出的人，对外事务都由入画即凤姐出面料理，所以，唯独凤姐是在这竹桥上常来常往的人。那么，惜春和凤姐是住在这藕香榭附近的什么地方呢？请看第四十九回节选：

回头一看，恰是妙玉门前栊翠庵中有十数株红梅如胭脂一般，映着雪色，分外显得精神，好不有趣！宝玉便立住，细细的赏玩一回方走。只见蜂腰板桥上一个人打着伞走来，是李纨打发了请凤姐儿去的人。

宝玉来至芦雪庵，只见丫鬟婆子正在那里扫雪开径。

请凤姐儿去的人为什么走在蜂腰板桥上？因为“蜂腰板桥”就是连接藕香榭水亭的竹桥。“只见蜂腰板桥上一个人打着伞走来，是李纨打发了请凤姐儿去的人。”再次说明，凤姐是住在“蜂腰板桥”的那一头，是竹桥上常来常往的人，同时，宝玉远远看着便能判断走在“蜂腰板桥”上的人一定是“李纨打发了请凤姐儿去的人”也说明，“蜂腰板桥”的那一头不存在其他人居住的可能性。

那么，蜂腰板桥的那一头是哪里，又有何可以供人居住的建筑呢？那一头当然就是芦雪庵，因为宝玉从妙玉的栊翠庵门前走开后，便看见了李纨打发了去请凤姐儿的人从蜂腰板桥上走来，随即，宝玉自己就来至芦雪庵说明，宝玉是从芦雪庵傍山的方向转过来，到达了芦雪庵。而请凤姐的人是从宝玉所站位置相反的、芦雪庵临水的蜂腰板桥方向相向而来。而蜂腰板桥与宝玉所转过山脚后的中间只有“一带几间，茅檐土壁，槿篱竹牖”的房屋，就是芦雪庵，显然宝玉与从蜂腰板桥上走来请凤姐的人的目的地都是芦雪庵，这一点同样没有两可性。因此，凤姐就是住在蜂腰板桥那一头的芦雪庵里的人。当宝玉来到芦雪庵，他看见“一条去径逶迤穿芦度苇过去，便是藕香榭的竹桥了”。再次说明藕香榭的竹桥，即唯独凤姐能熟练行走的竹桥就是芦雪庵的去径，就是来芦雪庵，请凤姐的人所走过的蜂腰板桥。

我们知道藕香榭只是这竹桥连接着的一个水上凉亭，并非可以供人居住的地方，惜春显然不可能住在这凉亭里，那么，惜春究竟住在了藕香榭附近的哪里呢？请看第五十回：

说着，仍坐了竹轿，大家围随，过了藕香榭，穿入一条夹道，东西两边皆有过街门，门楼上里外皆嵌着石头匾，如今进的是西门，向外的匾上凿着“穿云”二字，向里的凿着“度月”两字。来至当中，进了向南的正门，贾母下了轿，惜春已接了出来。从里边游廊过去，便是惜春卧房，门斗上有“暖香坞”三个字。

惜春住所的名称不少，有蓼风轩、藕香榭，她的卧室“暖香坞”也是书中唯一的一间拥有名称的卧室。可是，在这段详细描述她住所的文字里，为什么又偏偏没有交代她这所房屋的名称呢？因为惜春的房屋住所正是这个人物隐秘故事的玄机所在，那么惜春究竟住在哪里？“穿云”“度月”对映芦雪庵门前“穿芦度苇”意境，“东西两边皆有过街门”同样说明这里不是在曹家的花园之内，而已经在外面的街上。藕香榭不过是惜春住所前面的水亭，她的卧室暖香坞的“坞”字说明，惜春的这个住所是在水边。这所房屋当然就是作者始终深藏不露的位于藕香榭水亭后面，傍山临水推窗便可垂钓的芦雪庵。

宝玉站在妙玉的栊翠庵门前看见了蜂腰板桥上去请凤姐的人与他相向而来，随即他就来到了芦雪庵，并“见一条去径穿芦度苇过去，便是藕香榭的竹桥了”。而贾母是过了藕香榭，进西门，看见与“穿芦度苇”相对应的“穿云”“度月”后，就来到了惜春住所向南开的正门。之后，贾母出来，没有按原路返回再走藕香榭的竹桥，而是出东门，看见了山坡上戴着栊翠庵梅花的宝琴，这个山坡当然就是宝玉曾经站过的栊翠庵门前的山坡，即芦雪庵所傍着的山。也就是说，芦雪庵是一所东傍山西临水，坐北朝南，门前有东西两条去径的房屋。

宝玉从栊翠庵顺着山脚由东往西来到了芦雪庵，他走的是芦雪庵东边的山道；请凤姐的人从蜂腰板桥上由西向东往芦雪庵而来，走的是芦雪庵西边临水通藕香榭竹桥的桥路；贾母过藕香榭进西门来到惜春的住所，离开时，又出东门往栊翠庵门前的山坡而去，说明贾母来时走的是西边桥路，离去时走的是东边的山道。那么你说惜春的住所是哪里，毫无疑问，当然就是芦雪庵了。宝琴在山坡上遥等贾母一行又暗示这是惜春住所往东的必经之路，同时也就是暗示惜春的住所就是这里唯一的建筑物芦雪庵。

“东面飞楼缀锦阁”住的是迎春，那么大观园的正楼“大观楼”住的是谁呢？居正楼的人当然非省亲别墅的主人贾元春莫属，也就是说，紧挨正楼，居住在元春偏殿的人是贾迎春，为什么比迎春更有家庭地位的探春、惜春，或者更受重视的林黛玉都散居在大观园的各处，而没有像迎春一样，与元春一同住在大观楼呢？因为元春、探春、惜春和林黛玉根本就是同一个人，而迎春住东面飞楼所暗示的正是她与元春即黛玉的从属关系，元春即探春即惜春即黛玉是主，居正楼，迎春即宝钗是从，居旁边的飞楼，所以，惜春即黛玉是主，凤姐即宝钗是从，虽然惜春和凤姐都是住在芦雪庵的人，但芦雪庵的庵主是惜春而不是凤姐。

我们再来看藕香榭所隐蔽的芦雪庵又讲述了庵主贾惜春哪一段往事？请看第二十二回：

前身色相总无成，不听菱歌听佛经。【庚辰眉批：此后破失，系再补。】莫道此生沉黑海，性中自有大光明。

从“惜春住的是藕香榭就叫她藕榭”看，藕香榭不仅代表了一个水亭的名称，还涵盖了藕香榭所在的水域以及沿岸地区，而惜春的别号“藕榭”说明，惜春就是藕香榭地区的主人，但是，藕香榭柱子上的对子“菱藕香深写竹桥”隐含的却是香菱的名字，不仅如此，香菱簿册中的画图内容所反映的也是藕香榭的实况。“只见画着一株桂花”指的就是凤姐口中所说的藕香榭那山坡下开得好的桂花，“水涸泥干，莲枯藕败”的池沼指的便是种着荷花的藕香榭所在的池沼，“留得残荷听雨声”以及“花溆的萝港之下，觉得阴森透骨，两滩上衰草残菱”都说明，此时藕香榭已是曹寅亡故，香菱“水涸泥干，莲枯藕败”之时。

“根并荷花一茎香”是“咏菱妙句”。“菱藕香深写竹桥”难道不更是咏菱妙句？那么，在惜春的这个一亩三分地上为什么咏叹的却是香菱的命运呢？因为香菱就是惜春，即黛玉。

“前身”指的是惜春出家为尼之前，在俗世的时间。“菱歌”指香菱的歌，“留得残荷听雨声”就是林黛玉所听的菱歌。

“前身色相总无成，不听菱歌听佛经。”

惜春即黛玉出家为尼之前，她与太子和曹寅的爱情关系都没有成器，她的命运便由听菱歌转向了听佛经。

“莫道此生沉黑海，性中自有大光明。”

惜春并没有从此深入佛门，她形容袅娜，性格风流的本质使她的命运还有转机，还有爱情的新气象。

藕香榭柱上挂的黑漆嵌蚌的对子“芙蓉影破归兰桨，菱藕香深写竹桥”，就是惜春隐居在芦雪庵的写照。“芙蓉”是象征林黛玉的花，指代林黛玉。“兰桨”指船，影射停泊船只的建筑暖香坞。“菱藕”象征香菱即惜春，即林黛玉。

“芙蓉影破归兰桨，菱藕香深写竹桥。”就是说，林黛玉这朵破败的芙蓉花归隐在此，藕香榭竹桥深处的芦雪庵，所倾诉的是幽深隐秘的一段寂寞悲凉。

往下请看：倾听《桃花行》的哀音。

倾听 《桃花行》的哀音

诗社一月也才会两次，惜春就是作画也不在乎这两天吧，可接到画园子图的任务后，惜春却要向诗社告假一年。李纨也郑重其事地召集大家来开会讨论批准多少假期的问题，而所有的人竟都煞有介事地为此问题纠结，并展开热烈的讨论。更蹊跷的是，海棠诗社成立以来，惜春没在诗社写过一句诗，但惜春请假以后，诗社停止了诗会活动，仅在第五十回，跑到河滩上的芦雪庵凑了一社，而且没有东家，属于AA制。直到第七十回，林黛玉写了《桃花行》，才又有“林黛玉重建桃花社”之说。那么，惜春为画园子图请假与诗社休会究竟有何利害关系？请看第四十二回：

李纨道：“我请你们大家商议，给他多少日子的假。我给了他一个月他嫌少，你们怎么说？”黛玉道：“论理一年也不多。这园子盖才盖了一年，如今要画自然得二年工夫呢。”

这里讨论的真是为惜春画园子图而请假的问题吗？当然不是。

这里说的既不是画画，也不是写诗，她们说的是惜春为避“或打，或杀，或卖”之祸而出逃的事。为什么会议主持人是李纨？因为此时是曹寅死后，李氏退居后堂，曹颙走马上任，李纨即曹颙之妻马氏升任曹家女主人之时。她们讨论所涉及的时间指的都是惜春流亡事件中所涉及的各个时间点位。

林黛玉的语气最怪异，不知她究竟是嫌一年时间太长，还是太短。因为这个请假的背景是惜春离家逃难的严峻事件，李纨说给一个月假，仅仅表达了李纨的主观愿望，希望风波很快过去。但林黛玉就是此中的闯祸人，她认为花一年时间来平息风波，或者受到一年的惩罚也是可以接受的，因此说：“论理一年也不多。”但对于太子的不依不饶，她心里当然还是愤愤不平，所以话中带刺，表达的是对被惩罚的时间太长的不满：“这园子盖才盖了一年，如今要画自然得二年工夫呢。”暗指闯祸的时间才一年，即生下雪芹才一年，避祸却要花两年。

所讨论的明明是一月或一年的问题，林黛玉为何又扯出一个两年的新概念呢？“自然得二年工夫”的肯定句式揭示惜春在外避祸的实际时间比预料的更长，不是一年，而是两年。但为什么还是决定给惜春一年的假而不是两年，又有“诗社散了一年”之说？因为惜春在芦雪庵躲藏一年后，即康熙五十二年（1713 年）的冬天，贾母即李氏来到芦雪庵看望了一次林黛玉，就是第五十回“芦雪庵争联即景诗，暖香坞雅制春灯谜”所叙述的探望之事。请看第五十回：

“你四妹妹那里暖和，我们到那里瞧瞧他的画儿，赶年可有了。”众人笑道：“那里能年下就有了？只怕明年端阳有了。”贾母道：“这还了得！他竟比盖这园子还费工夫了。”

对于惜春的这幅画稿，从头至尾所涉及的都不是画的内容，而是完成它所需要的时间。贾母是来催稿的，可为什么贾母不能准确估计交稿的时间，反而是众人都知道明年端阳能够准时完成呢？之后，我们也没见惜春如何勤奋作画，时常也只见她把画晾在一边不动笔，最后也是不了了之，未见完稿。那么，众人又怎么能够有把握预计惜春一定能够在明年端阳完稿呢？因为此次贾母来芦雪庵看画所寓意的正是贾母在惜春离家出走一年以后，即康熙五十二年的冬底，来到芦雪庵探望惜春之事。“赶年可有了”暗示贾母李氏的意思是赶在过年前后，惜春就应该结束在外流亡的生活，回到曹家。同时“赶年可有了”的不确定的语气又暗示此事并不由贾母说了算，而“众人”主要指当下曹家的女主人李纨，“那里能年下就有了？”就是李纨的说话语气，说明李纨是比贾母更掌握情况的女当家人，她知道目前还不能接惜春回曹家。“只怕明年端阳有了”的肯定句式揭示，众人所说的明年端阳其实是一个事实，指的是康熙五十四年的端阳时节，林黛玉才真正回到了曹家织造府。

第三回“金陵城起复贾雨村，荣国府收养林黛玉”所讲述的是曹頫在康熙五十四年春上来到金陵曹家后，林黛玉才彻底结束了在外藏匿的流亡生活，重又回到了曹家。从康熙五十一年秋出走至康熙五十四年夏进荣国府，林黛玉在外的流亡生活共计三年。

第五十九回春燕便向藕官道：“你们在外头这二三年积了些什

么仇恨，如今还不解开?”这里为什么有“二三年”之说?因为“二年”指的是曹颙找到林黛玉的时间，“三年”指的是林黛玉正式回到织造府的时间，“二三年”分别暗示了前后两个转折点。再请看第七十回：

都笑说：“这会子还不起来，咱们的诗社散了一年，也没有人作兴。如今正是初春时节，万物更新，正该鼓舞另立起来才好。”

说起诗社，大家议定：明日乃三月初二日，就起社，便改“海棠社”为“桃花社”，林黛玉就为社主。

“如今正是初春时节”和“三月初二日”指的是贾母离开芦雪庵的第二年，即康熙五十三年的春天，曹颙与惜春在破庙中重逢，便于“三月初二日”将其从破庙中接出，另行安排到自己在小花枝巷内购置的一所共二十余间的房屋隐居，结束了林黛玉独自在外衣食不周的流亡生活，对应林黛玉所说的“如今要画自然得二年工夫呢”，即从康熙五十一年秋至康熙五十三年春共两年。

第七十回标题“林黛玉重建桃花社”首先就暗示了桃花社与海棠社的关系，这里明确交代桃花社的社主是林黛玉，但海棠社主显然不是发起人探春，就连社长名头都没落探春头上，被李纨抢了去，我们当然知道探春就是林黛玉，可为什么她第一次建立诗社却不是社主，而此次重建却又成了社主呢?因为海棠诗所讲述的是雪芹的出生，白海棠雪芹当然就是社主，而《桃花行》所讲述的是林黛玉的逃亡之路，所以林黛玉是桃花社的社主，“便改‘海棠社’为‘桃花社’”就是交代主题的更换。

该回的回前总评："空将佛事图相报，以触飘风散艳花。一片精神传好句，题成谶语任呼嗟!"此揭示《桃花行》所讲述的事件性质是"空将佛事图相报"。这个评语不仅说明了《桃花行》的主人林黛玉的佛门僧人身份，还交代了她此行就是以出家为尼来报答太子给予她的太子的女人身份，但风蝶使得她再度散出艳花，遭遇爱情，出家守节的报答成为一场空。

"老太太说，单画了园子成个房样子了，叫连人都画上，就象'行乐'似的才好"，所体现的是一个"行"字，《桃花行》同样体现了一个"行"字，都是影射惜春离家出走的流亡事件。

李纨为什么说芦雪庵诗会不是正日子，因为"正日子"指的是惜春在曹家的日子，离开便意味着社散，但此次诗会并不意味着黛玉的流亡生活结束，而是李氏对流亡途中的黛玉的探望，所以说不是"正日子"，"再等正日又太远"暗示黛玉的流亡还远未结束。

第七十回借曹頫宝玉之口说"比不得林妹妹曾经离丧，作此哀音"，"离丧"即流亡。"林妹妹曾经离丧"就是揭示林黛玉曾经有过流亡的经历，《桃花行》所叙述的是林黛玉流亡之路上的人生悲苦，是她流亡生涯的写照。

"东风"即春风，寓意离别，象征曹寅。"三春"象征的是作为曹寅女儿的黛玉。

"清明涕送江边望，千里东风一梦遥。""游丝一断浑无力，莫向东风怨别离。""三春事业付东风，明月梅花一梦。""嫁与东风春不管""莫怨东风当自嗟"等诗句中的东风都是寓意曹寅。如果"东风"象征的是曹寅，我们又可以从"桃花帘外东风软"来推测

“桃花”象征的也是曹寅。不言而喻，林黛玉是桃花社社主，“桃花”当然同样象征林黛玉。

以上是理解《桃花行》的背景材料，《桃花行》的文字并不难懂，因为全诗都采用了拟人手法来表主语，只要理解了东风与桃花在此中的指代关系，《桃花行》的诗意便能迎刃而解。请看《桃花行》：

桃花帘外东风软，桃花帘内晨妆懒。帘外桃花帘内人，人与桃花隔不远。东风有意揭帘栊，花欲窥人帘不卷。桃花帘外开仍旧，帘中人比桃花瘦。花解怜人花也愁，隔帘消息风吹透。

风透湘帘花满庭，庭前春色倍伤情。闲苔院落门空掩，斜日栏杆人自凭。凭栏人向东风泣，茜裙偷傍桃花立。桃花桃叶乱纷纷，花绽新红叶凝碧。雾裹烟封一万株，烘楼照壁红模糊。

天机烧破鸳鸯锦，春酣欲醒移珊枕。侍女金盆进水来，香泉影蘸胭脂冷。胭脂鲜艳何相类，花之颜色人之泪；若将人泪比桃花，泪自长流花自媚。泪眼观花泪易干，泪干春尽花憔悴。

憔悴花遮憔悴人，花飞人倦易黄昏。一声杜宇春归尽，寂寞帘栊空月痕！

“帘”对应的是林黛玉的海棠诗句“半卷湘帘半掩门”，帘外的桃花指曹寅，帘内的桃花就是林黛玉自己。“茜裙”：北静王即太子送给琪官即黛玉的茜香罗裙，在此指代具有太子女人身份的黛玉。“桃叶”象征陪衬曹寅的绿叶曹颙。“天机”指曹家最大的机密，即曹寅与林黛玉生下的儿子雪芹。“月”在书中始终象征林黛玉。

因为“桃花”象征的是林黛玉，《桃花行》就是林黛玉之行。

全诗：“帘外桃花”寓意曹寅死后的魂灵，曹寅的魂灵虽然追随着林黛玉的流亡之行，但却阴阳两隔。他虽欲揭帘栊，看望林黛玉，但帘栊不会因此而卷起。亡故的曹寅对林黛玉的爱意仍旧，活着的林黛玉却人比桃花瘦。林黛玉活得寂寞悲凉，曹寅的亡魂也为她发愁，隔着阴阳两人的心意却能相通。林黛玉虽然像从前那样为他留着虚掩的门，但等到日斜栏杆仍然只有自己一人。我倚着栏杆为你流泪，谁叫我是属于太子的女人，却偷偷依傍在你的怀抱。

曹寅、曹颙对林黛玉的爱情乱纷纷，林黛玉这朵桃花又绽开了新的颜色，曹颙宝玉这片绿叶又凝成了碧玉。在曹寅和曹颙的爱情之间，林黛玉的感情变得模糊而难以分辨。曹寅与黛玉秘密生下儿子雪芹，闯下大祸，烧破了他们的鸳鸯锦，在春天酣睡似醒非醒之时，林黛玉又移情别恋爱上了曹颙。侍女宝钗也加入这个爱情中来，给爱情蘸上了一层属于薛宝钗的冷漠。女人的娇艳何其相似，都是眼泪铸就。曹寅死后，曹颙又亡故，林黛玉的爱情总是充满了眼泪，面对爱人的相继离世，林黛玉的眼泪也变得容易干枯衰竭，在春尽归去的时节，林黛玉也泪尽而亡，人去楼空。

《桃花行》全诗所叙述的是林黛玉在短暂人生旅途上的爱情悲苦，是由她灵魂深处所发出的哀音。

往下请看：菊花诗会即曹寅追思会。

菊花诗会即曹寅追思会

菊花诗会的玄机在于诗会并非开办在菊花开放的九月，而是桂花盛开的八月，诗人们是赏桂花咏菊花。宝钗说："菊花倒也合景，只是前人太多了。"为什么要在赏桂花时举行菊花诗会，这合的是什么景，又为什么有"前人太多"之嫌？曹寅生于九月，死在七月，第十一回，贾敬的寿辰在满园菊花又盛开的时节，就是贾敬即曹寅生于九月的写照，作者是以菊花寓意曹寅。贾敬的丧事办了七七四十九天，八月仍在曹寅的追悼期间，所以合景。

前人写的海棠诗也不少，为什么不妨碍开海棠社，而菊花社就有前人写太多的计较呢？这个前人不是泛指写菊花诗的古人，而是说曹寅的祭奠活动已经进行了一段时间，祭奠文章也已经写了不少，其中就包括了第六十四回林黛玉所写的《五美吟》，所以才有这次要"以菊花为宾，以人为主，竟拟出几个题目来"的命题作文方式，以区别之前的悼念之文。"如此又是咏菊，又是赋事，前人也没作过，也不能落套"就是暗示虽然写的是菊花，但各人必须以自己为主，以菊花曹寅为宾，讲出自己与曹寅之间所发生的某事件。所以，菊花诗会所吟咏的内容是曹家人与曹寅之间所发生的故事，非比古人的咏菊诗。

赏桂花咏菊花还暗示了菊花诗会与海棠诗会的一个共同特点：两会都是无赏而咏。无赏而咏寓意，无论海棠诗还是菊花诗，被吟咏的人都不在现场。海棠诗吟咏的是雪芹的诞生，大家吟咏白海棠时，白海棠所象征的雪芹还没有出生，所以不在现场；而菊花诗会就是曹寅的追思会，当大家吟咏象征曹寅的菊花时，曹寅已经过世，同样不在现场。

菊花诗是在曹寅的家庭追思会上，各家庭成员对曹寅的追悼发言，抒发的是各人对曹寅深浅不同的感情。十二首菊花诗，不仅事先拟定了每一首诗的分题目，而且还设定了诗题的排序，这说明，十二首菊花诗是由多人合作的同一篇文章，事先定出文章的框架，然后由各人完成其中的某个部分以形成整体。而这第一个诗题“忆菊”就是给这整篇大文章定调，一个“忆”字讲明，菊花已逝，余下的都是回忆。请看第三十八回：

忆菊

蘅芜君

怅望西风抱闷思，蓼红苇白断肠时。
空篱旧圃秋无迹，瘦月清霜梦有知。
念念心随归雁远，寥寥坐听晚砧痴。
谁怜我为黄花病，慰语重阳会有期。

“蓼”：蓼草，寓意林黛玉。“苇”：芦苇，寓意雪芹。“蓼红苇白”即黛玉和雪芹都长得不错，并无枯萎凋谢之状。却为什么是他们的“断肠时”呢？“西风”点出的是曹寅去世的秋季，曹寅的死让林黛玉、雪芹母子成为孤儿寡母，从此无依无靠。实际上，在曹寅去世事件中，受伤害最大的是黛玉和雪芹，所以，“忆菊”的作者虽然是薛宝钗，但此中的断肠人却不是薛宝钗自己，而是蓼草和芦苇，就是黛玉和雪芹。

“怅望西风抱闷思，蓼红苇白断肠时。”就是说薛宝钗惆怅地眼望秋风暗自思量，这是黛玉、雪芹母子伤心断肠之时。

“秋”指菊花曹寅。“瘦月”指林黛玉。“空篱旧圃秋无迹，瘦月清霜梦有知。”指曹寅原来生活过的地方，已人去楼空，没有了他的痕迹，只有林黛玉的梦幻还能够感知他的存在。

“雁”象征在南京与北京之间往来的曹寅。第六十二回黛玉所说的酒令：“落霞与孤鹜齐飞，风急江天过雁哀，却是一只折足雁，叫的人九回肠，这是鸿雁来宾。”为什么说出一个“折足雁”呢？因为曹寅晚年有腿疾，“跛足道人”就是曹寅有腿疾的写照，“折足雁”暗示“雁”象征的是有腿疾的跛足道人曹寅。

“念念心随归雁远，寥寥坐听晚砧痴。”写薛宝钗在孤独寂寞中思念着远去的曹寅。

“黄花”：菊花，寓意曹寅。“谁怜我为黄花病，慰语重阳会有期。”表现有谁会同情我也为思念曹寅而难过呢？只能用每年重阳可以见到菊花来安慰自己。

全诗表达了宝钗暗恋曹寅的心态，但她对曹寅的爱恋没有得到回应，而师出无名，因此，薛宝钗在诗中表达了没有人理会自己也为曹寅的去世而感到伤心的苦闷。

请看第二首：

访菊

怡红公子

闲趁霜晴试一游，酒杯药盏莫淹留。
霜前月下谁家种，槛外篱边何处秋。
蜡屐远来情得得，冷吟不尽兴悠悠。
黄花若解怜诗客，休负今朝挂杖头。

“趁”：利用时间、机会。“霜晴”：霜后的晴天。“淹留”：逗留、挽留。“闲趁霜晴试一游，酒杯药盏莫淹留。”是说趁着霜后的晴天，尝试一游。不要被酒杯、药盏羁绊住。

“霜前”即下霜前，指时间，指林黛玉怀孕的秋季。“槛”：泛指栏杆，或监牢。“秋”寓意在秋天得到孕育的雪芹，即诗作者自己。“霜前月下谁家种，槛外篱边何处秋。”写的是所长出的秋菊又属于谁家？因为播种雪芹的人的身份不能公开，雪芹这颗小秋菊便没有归属，没有曹寅嫡子的身份。此句表达的是，因为始终没有明确与曹寅的父子名分而造成了雪芹永久的心结。

“蜡屐”：涂蜡的木屐。“得得”：象声词。“蜡屐远来情得得，冷吟不尽兴悠悠。”即带着爱情的木屐声远远而来，兴致勃勃，悠闲自在地打断了清冷中的吟咏。

“诗客”即史湘云，即曹寅之妻李氏。“杖头”：手杖头。“挂杖头”即挂在杖头上少量的钱，寓意贫寒。

“黄花若解怜诗客，休负今朝挂杖头。”就指菊花曹寅如果懂得怜悯诗客湘云，就不要辜负了她今天遭受的贫寒。

该诗的玄妙在于它的叙述视角和他所省略的主语，从“宝玉也拿起笔来，将第二个《访菊》也勾了，也赘上一个‘绛’字”可以判断，此“访菊”的作者怡红公子是“绛洞花王”，即雪芹宝玉，所以该诗的叙述视角出自作者雪芹。该诗所省略的主语当然是“菊花”无疑，否则还有谁能是这菊花诗会上不言而喻的主人？那么菊花又如何能“游”“种”“咏”“负”呢？这是再次印证“菊花”所象征的是人，是曹寅，该诗所表达的就是作者对曹寅亡灵的访问，是雪芹在曹寅亡灵前的追思、联想。那么面对亡灵，雪芹想到了些什么？

他首先想到了父亲曹寅临终前的一个生活场景——在一个霜后的晴天，曹寅抛开了酒杯，药盏的羁绊，来到屋外，街前。这个描述其实是再现了第一回，甄士隐最后一次“拄了拐杖挣挫到街前散散心时”的情景，这是曹寅告别人世的最后一次外出。“试一游”与“莫淹留”表达了曹寅这次外出在思想和行动两方面的艰难，所要克服思想和行动上的种种羁绊，表达了雪芹对父亲曹寅最后一次出行的感伤。

“谁家种”与“何处秋”揭示雪芹的思绪从父亲曹寅的最后一次告别人世的出游情景转到了自己与曹寅不同寻常又不能公开的父子关系。

“蜡屐远来情得得，冷吟不尽兴悠悠。”对应第四十五回林黛玉正在清冷的秋雨之夜，吟咏怀念曹寅的《秋窗风雨夕》，而曹頫宝玉此时却带着大箬笠，身上披着蓑衣，脚下穿着得得声响的棠木屐，多情乘兴而来的情景。对应了《好了歌》中所说的“君死又随人去了"的结局，继而他又联想到史湘云对曹寅的从一而终，因此感叹，曹寅不应辜负自己的正妻湘云。

宝玉在《访菊》下的署名是"绛洞花王"，可为什么经迎春一并誊录后却改成了"怡红公子"呢？"绛洞花王"出自第三十八回李纨之口，暗示李纨为宝玉起的别号"绛洞花王"指的是自己名义上的儿子雪芹宝玉。而宝钗为宝玉起"富贵闲人"暗示，此"富贵闲人"指的是宝钗之夫曹頫宝玉。至此，作者还没有交代"怡红公子"的来历，那么迎春为什么自作主张为宝玉改换署名呢？因为《访菊》和《种菊》的叙述视角并非出自雪芹宝玉一人，而是分别出自雪芹宝玉和曹頫宝玉两人，因此，"怡红公子"与单指雪芹宝玉的"绛洞花王"和单指曹頫宝玉的"富贵闲人"别号有所不同，而这个别号置换情节暗示，《访菊》的作者是"绛洞花王"雪芹宝玉，而《种菊》却出自另一个人曹頫宝玉。请看第三首：

种菊

怡红公子

携锄秋圃自移来，篱畔庭前故故栽。

昨夜不期经雨活，今朝犹喜带霜开。

冷吟秋色诗千首，醉酹寒香酒一杯。

泉溉泥封勤护惜，好知井迳绝尘埃。

"自"：自己。"故故"：故意。"酹"：祭奠。"井径"：井的直径。

这首诗最难理解的是“自”字。如果“自”字指怡红公子亲自将菊花移过来栽种，那么此句不仅宾语对象不明确，而“自”字也属多余，因此，“自”不但指怡红公子自己，还指怡红公子所移栽的菊花，即这个菊花是自己携着锄头将自己移栽到了这个秋圃中来。那么怡红公子为什么要将自己从别处移来此曹寅的秋圃呢？因为此怡红公子是李氏的过继子曹頫，曹頫过继到曹寅家时，曹寅已经去世，所以说，这个过继子不是曹寅所认的儿子，而是他自己从别家移来曹寅家当儿子的。“篱畔庭前故故栽”揭示他属于人为的，故意栽培的儿子，经过一番周折后，不料竟成活了，而且活得很好。

“冷吟秋色诗千首”对应“冷吟不尽兴悠悠。”在曹頫宝玉看来，林黛玉在清冷的秋雨之夜，吟咏怀念曹寅的《秋窗风雨夕》，只不过是给已故曹寅敬一杯酒以作祭奠。“泉溉泥封勤护惜”表达的是贾母即李氏和薛宝钗对他的宠爱、保护和防范。“好知井迳绝尘埃”点出金钏即宝钗最后为他投井而亡的结局。第四首：

对菊

枕霞旧友

别圃移来贵比金，一丛浅淡一丛深。
萧疏篱畔科头坐，清冷香中抱膝吟。
数去更无君傲世，看来惟有我知音。
秋光荏苒休辜负，相对原宜惜寸阴。

“萧疏”：稀疏。“科头”：不戴冠帽，裸露头髻。

“别圃移来贵比金”所对应的就是“携锄秋圃自移来”，史湘云即李氏认为从别圃移来的过继子曹頫贵比金，象征曹寅的菊花与曹頫这棵别圃移来的菊花有浅淡深浓之别，寓意不是一个品种。在曹寅家子孙稀疏，人丁不旺的凄凉境况中，史湘云面对清冷中的菊花曹寅不披戴，裸露头髻，不顾寒冷，长时间地抱着膝头吟咏怀念曹寅的诗，是最懂得曹寅的人。全诗表达了史湘云对丈夫曹寅的一往情深。第五首：

供菊

枕霞旧友

弹琴酌酒喜堪俦，几案婷婷点缀幽。
隔座香分三径露，抛书人对一枝秋。
霜清纸帐来新梦，圃冷斜阳忆旧游。
傲世也因同气味，春风桃李未淹留。

“俦”：伴侣。“抛书人”指第一回“手倦抛书”的甄士隐即曹寅。“纸帐”：僧道及诗人隐士所用的一种用藤皮茧纸缝制的帐子，影射林黛玉所用的帐子。

无论弹琴还是喝酒，可喜自己都堪为曹寅的伴侣，供桌上也为他收拾的精致幽静。隔着供桌，供着三处来自不同路径之上的沾着不同露水的菊花，但这个“抛书人”甄士隐只对着一枝秋，即林黛玉所供的这一枝菊花。虽然林黛玉的纸帐已经又有了新人新梦，她只在夕阳西下时会偶然回忆过去与曹寅的旅游，但曹寅依然偏爱林黛玉。史湘云认为自己也和曹寅一样是清高傲世之人，春风桃李都诱惑不了她，她始终如一地为曹寅守寡。全诗表达了史湘云对曹寅真挚的爱以及对林黛玉些许的醋意。第六首：

咏菊

潇湘妃子

无赖诗魔昏晓侵，绕篱欹石自沉音。
毫端蕴秀临霜写，口齿噙香对月吟。
满纸自怜题素怨，片言谁解诉秋心。
一从陶令平章后，千古高风说到今。

“昏晓”：黄昏与拂晓。“欹”：倾斜。“一从”：自从。“陶令”：陶渊明。

不讲道理的诗歌灵感，总是在黄昏与拂晓时侵入，就是对湘云辩解自己“圃冷斜阳忆旧游”，意思是灵感总要到那个时辰才来，而不是因为自己思念曹寅的时间少。自己绕着篱笆，或是靠着石头，放低了声音默默地沉吟。笔端蕴含了文思气韵面临霜露而写，口齿含香对着月亮吟。满纸所题的都是平素因自怜所产生的对曹寅的怨言，可谁又能解得其中包含的她对曹寅的心意？自从陶渊明赞美了菊花后，它的高尚就一直说到今天。第七首：

画菊

蘅芜君

诗余戏笔不知狂，岂是丹青费较量。

聚叶泼成千点墨，攒花染出几霜痕。
淡浓神会风前影，跳脱秋生腕底香。
莫认东篱闲采掇，粘屏聊以慰重阳。

写完诗之余，又画了一幅画，在风前，即曹寅灵前，画了一幅菊花图，把它粘在画屏上，聊以作自己与他在重阳的相会，实现了自己诗里所说的“慰语重阳会有期”。

对于曹寅，薛宝钗虽然也有暗恋，但既没有名分，也没有得到曹寅的回应，所以在这个诗会上，她也不能有过于强烈的感情表达，只是一个配角，这是薛宝钗的悲哀。第八首：

问菊

潇湘妃子

欲讯秋情众莫知，喃喃负手叩东篱。
孤标傲世偕谁隐，一样花开为底迟？
圃露庭霜何寂寞，雁归蛩病可相思？
休言举世无谈者，解语何妨话片时。

“圃露庭霜”指江南曹寅的家。“蛩”：蝗虫，指母蝗虫刘姥姥即曹寅之妻李氏。

林黛玉想要问询曹寅心里的想法，结果大家都不知道，无人能告诉林黛玉。曹寅最后在想些什么，她只能在曹寅的灵前，呢喃相问：“你这样孤傲清高，不随流俗，那么你想与谁白头偕老相伴终生，以博得好名声呢？是你的妻子史湘云，还是我林黛玉？

为什么要等到这样大的年纪，才生子?”这是黛玉对曹寅的抱怨，因为史湘云不能生育，林黛玉的意思是如果他想与史湘云夫妻偕老得好名声，他就没有儿子，只有自己这个秘密情人才能与他延续香火。所以，湘云道：“‘偕谁隐’‘为底迟’，真把个菊花问的无言可对。”湘云出来搭话就是暗示“偕谁隐”“为底迟”是与湘云有关联的事，“偕谁隐”也正是湘云要质问曹寅的问题，表现了史湘云与林黛玉妻妾之间争风吃醋的状态。

“蛩病”即母蝗虫李氏称病，“雁”即曹寅，离开了林黛玉，从北京回到江南的家里。林黛玉这是在问曹寅，那年，他离开北京，从她身边回到寂寞的“圃露庭霜”，可有思念她?

“休言举世无谈者，解语何妨话片时。”是说不要说你没有知音，没有人理解你，你就花一点点的时间向大家解说一下你心里的难处又有何妨，为什么一定要自尽?全诗表现了林黛玉以及大家对曹寅自尽事件的疑惑和不解，林黛玉的问题其实也是大家的问题。第九首：

簪菊

蕉下客

瓶供篱栽日日忙，折来休认镜中妆。
长安公子因花癖，彭泽先生是酒狂。
短鬓冷沾三径露，葛巾香染九秋霜。
高情不入时人眼，拍手凭他笑路旁。

“簪菊”对应第四十回，李纨撷了菊花给贾母簪花，凤姐将一盘子菊花横三竖四的插在刘姥姥头上，逗得众人拍手大笑之事。“长安公子”指从北京过继而来金陵曹家的曹頫与折来菊花同指。“彭泽先生”影射曹寅。“瓶供篱栽日日忙”说李氏天天忙着给已故丈夫曹寅上供和栽培过继子曹頫。“折来休认镜中妆”即：千万不要被“风月宝鉴”中乔装打扮的王熙凤所迷惑。曹頫是个花痴，曹寅为酒狂。

“短鬓冷沾三径露，葛巾香染九秋霜。”是对史湘云《供菊》中的“隔座香分三径露，抛书人对一枝秋”的回应，表示曹寅的心里并非只装着黛玉一人，他的短鬓沾着三径露，接受了来自三处不同路径上的供奉。

刘姥姥即李氏从一而终为曹寅守寡，抚养雪芹，情操高尚，虽然不合时尚之人王熙凤即宝钗的眼，但任凭她在路旁嘲笑吧。

第十首：

菊影

枕霞旧友

秋光叠叠复重重，潜度偷移三径中。
窗隔疏灯描远近，篱筛破月锁玲珑。
寒芳留照魂应驻，霜印传神梦也空。
珍重暗香休踏碎，凭谁醉眼认朦胧。

“疏灯”：有装饰的灯。“破月”：所属生肖在该月份内不宜办大事的月份叫破月。“寒芳”指菊花。“留照”：留影。“霜印”：霜露的痕迹。“凭”：靠着，依靠。

秋天的时光，寓意曹寅去世的季节，重重叠叠多有反复，林黛玉从北京悄悄地回到曹家，偷着生下了雪芹。曹寅非常喜欢这个新生的孩子，从远近不同的角度反复端详他。虽然雪芹出生在不合适的破月，但依然长得玲珑乖巧。雪芹作为曹寅的血脉，就像在这里留下了曹寅的影子，他的魂魄就应该因雪芹而驻扎在这里，然而，无论雪芹长得与他有多么像，他还是没有留下来，使得湘云的梦里空空。史湘云因珍重曹寅而护惜雪芹，但她不能清醒地认识到自己应该依靠谁，她错将曹頫当依靠，致使曹家散家败业，她将失策归咎于自己的醉眼蒙胧。第十一首：

菊梦

潇湘妃子

篱畔秋酣一觉清，和云伴月不分明。
登仙非慕庄生蝶，忆旧还寻陶令盟。
睡去依依随雁断，惊回故故恼蛩鸣。
醒时幽怨同谁诉，衰草寒烟无限情。

“云”指史湘云。“月”指林黛玉。“登仙”寓意去世。“陶令盟”对应第一回，一僧一道在警幻仙子案前挂号，即曹寅托付史湘云照看“通灵宝玉”的盟约。“故故”：常常。

林黛玉说自己与曹寅的“红楼梦”一觉醒来后，才清醒地认识到曹寅与史湘云的深厚感情，曹寅不能明确自己究竟是要与史湘云在一起，还是与林黛玉在一起，在他与史湘云和林黛玉的爱情关系上态度不分明。曹寅的自尽并非是他羡慕庄周追求超然，而是不得已。“忆旧”指曹寅生前的承诺。要兑现曹寅的承诺，还要寻求曹寅与警幻即李氏的盟约。黛玉睡梦里还在依依不舍地跟随曹寅直至断了踪影，梦中惊醒后，常常气恼，怪“蛩”即李氏发出了声音。

《菊梦》是那一场“红楼大梦”的总结和咏叹。表面上林黛玉常常气恼母蝗虫李氏的聒噪，实则表现了曹寅死后，林黛玉依靠李氏，与之相依为命，在一起生活的深厚情谊。第十二首：

残菊

蕉下客

露凝霜重渐倾欹，宴赏才过小雪时。

蒂有余香金淡泊，枝无全叶翠离披。

半床落月蛩声病，万里寒云雁阵迟。

明岁秋风知再会，暂时分手莫相思。

“倾欹”：倾斜。“宴赏”即设宴犒赏。“离披”指衰残貌。

这首诗说的是曹寅宝玉在康熙四十八年（1709 年）冬，接到探春的邀请函，便棹雪而来北京的秋爽斋，奔赴探春的海棠诗会，之后在北京与探春发生了“红楼梦”偷情事件，李氏便忙称病召曹寅回，曹寅回南后称病召探春即林黛玉回，即暂时分手莫相思。

第三十七回，为十二首菊花诗排序时宝钗说：

第九便是《簪菊》；如此人事虽尽，犹有菊之可咏者，《菊影》《菊梦》二首续在第十第十一；末卷便以《残菊》总收前题之盛。这便是三秋的妙景妙事都有了。

“如此人事虽尽”说明，这篇追悼曹寅之文的主体部分至第九首“簪菊”就已经结尾了，也就是说，此文是以曹寅死后他的遗孀刘姥姥即李氏遭到王熙凤的嘲笑作为结局，《菊影》《菊梦》二首仅仅作为后续，表达了曹寅去世以后的漫长岁月里，史湘云和林黛玉对曹寅的恒久思念。而《残菊》说的是曹寅在北京与探春即黛玉发生“红楼梦”事件后，在康熙四十九年（1710 年）春，离开客居北京的探春回到江南的故事，所表达的并非是十二首诗中最末的故事时间，而是事件的开始之处。“末卷便以《残菊》总收前题之盛”暗示，作者的回环叙述法无所不在，在菊花诗的这篇独立文章中，作者同样采用的是回环叙述法，即以故事的开头作为文章的结尾。

往下请看：芦雪庵争联的是非。

芦雪庵争联的是非

康熙五十二年冬底，曹寅之妻李氏来到芦雪庵看望黛玉，并与藏身于此的黛玉宝钗姊妹进行了一次长谈，话题涉及了黛玉在曹家所经历的一系列人生变故。因为各人的立场不同，对事件的看法也不尽相同。第五十回，“芦雪庵争联即景诗”所反映的就是她们三人以及李纨即马氏、曹頫宝玉之间所展开的一场激烈争辩。下面我将逐句解读“芦雪庵争联即景诗”中以诗的语言所委婉表达的尖锐矛盾。请看第五十回：

“一夜北风紧。”

黛玉与宝钗为什么要躲藏在这“芦雪庵”？王熙凤的第一句已经直切主题——从北京传来的消息不好，“红楼梦”事件所引起的风波，一夜之间变得严峻了。

自己联道：“开门雪尚飘。入泥怜洁白。”

“雪”指雪芹。李纨即马氏认为曹寅去世对她而言并不算太糟糕的事，毕竟她的丈夫曹颙是因此才有幸接替了曹寅的织造之职，成为曹家的男主人，他们夫妻属于此中的受益人，就如冯紫英所说：“不幸之中的大幸。”于是李纨说：还算好啦，曹家还在，雪芹还活着，只可怜他出生落地就遭遇泥泞坎坷。

香菱道：“匝地惜琼瑶。有意荣枯草。”

“琼瑶”既指美玉，又比雪花，属于一语双关，既影射了雪芹的“雪”，又暗合通灵宝玉的“玉”。“枯草”即枯萎的绛珠草，林黛玉的自称。这句是黛玉对儿子雪芹所发出的由衷赞叹。香菱即黛玉说：可惜了这落地的雪花是为繁荣我这棵枯草而来，有意为我带来荣耀。

探春道：“无心饰萎苕。价高村酿熟。”

“萎”：秋开冬萎的苇花，影射曹颙在康熙五十一年曹寅去世以后的秋季走马上任，至康熙五十三年腊月十二日冬季去世的命运。“苕”：凌霄花，又名紫云英，影射的是曹颙的分身冯紫英。雪芹在“稻香村”马氏的名下长大，曹家为此给她付出了高额代价。此句对应李纨之父曾为国子监祭酒。“村”指稻香村。

因为曹雪芹假冒了曹颙遗腹子的身份，所以探春说：雪芹的出生并不是为美化装饰曹颙的人生而来，曹家为此也开出了高昂的价格，雪芹在“稻香村”的谎言里像酿熟的酒一样长大了。

至此，以上七句都是以雪芹为主语，叙述的是以雪芹为中心的出生事件。

李绮道："年稔府粱饶。葭动灰飞管。"

"年稔"：岁月。"府"：织造府。"灰飞管"：监测节气的器具。"葭动灰飞管"所寓意的是曹家又有了新的变化。

李绮即黛玉继续说：曹寅去世以后，曹家的日子过得还算可以，粮食富饶，但情况随着季节又有了新的变化。

李纹道："阳回斗转杓。寒山已失翠。"

"阳回"：阳气复回，指冬至，阴极阳生。"斗转杓"：北斗七星的变化所影射的季节变化。"寒山寺"坐落在苏州城西阊门外的枫桥镇，织造府也同样坐落在阊门，"寒山"在此寓意曹寅的家。此句叙说的是曹颙死于康熙五十三年冬底，曹頫在康熙五十四年春上来到曹家之人事变动事件。

李纹即宝钗，她接黛玉的话说：虽然是冬尽春来，但曹家的经济实力已大不比从前，就如山麓已经失去了苍翠。

岫烟道："冻浦不闻潮。易挂疏枝柳。"

"冻浦"指"冻浦鱼惊"之典故。王祥为母捕鱼做药，不顾严寒，来到河中，解开衣服，卧冰求鲤。这时，冰忽然自动裂开，一双鲤鱼跃出河面，王祥持鱼而归。薛宝钗的意思是想做王祥，却没有王祥的好运气，等不来鱼。“柳”对应柳湘莲，影射曹頫，这里指曹家此时只适宜于并不强大的曹頫。

岫烟即宝钗，她继续说：想做孝顺的人却没有好运气，曹家的条件已经变差，只挂得住有几根稀疏枝条的柳树。

湘云道：“难堆破叶蕉。麝煤融宝鼎。”

“蕉叶”即芭蕉叶，芭蕉在书中比喻林黛玉，“红楼梦”事件发生之前，曹家运势如烈日炎炎，林黛玉便如芭蕉冉冉充满生机，但时过境迁，湘云说黛玉已经破败，是堆不起的破蕉叶，藕香榭柱子上所挂的对子——“芙蓉影破归兰桨，菱藕香深写竹桥”也同样表达了归隐在这里的惜春即黛玉是被损害的。

“麝”：可以制成麝香的鹿。第三十七回探春自称“蕉下客”，黛玉又阐述“蕉叶覆鹿”，“蕉下客”就是鹿，指探春即林黛玉。所以，此处的“麝”指林黛玉。“麝煤”即麝墨，香墨。

湘云见薛宝钗说话已带火药味，便提醒黛玉说即便曹頫来了，你也像堆不起的破蕉叶，难成气候，你将如麝香制成的香墨融化在曹頫和宝钗的宝鼎里，成为他们的牺牲品。

宝琴道：“绮袖笼金貂。光夺窗前镜。”

“金貂”即貂尾，一种代表贵族身份的饰品。宝琴即黛玉，听湘云将自己说得如此不堪，遂反驳道：我也是穿过配着金貂华服的人，光彩胜过风月宝镜中的王熙凤即宝钗。

黛玉道："香粘壁上椒。斜风仍故故。"

"壁上椒"：以椒和泥涂墙壁，即椒房，泛指后妃居住的宫室。黛玉接着说：自己曾获得椒房之宠，现在依然有那种带着椒香的斜风吹过来的感觉。

宝玉道："清梦转聊聊。何处梅花笛？"

"梅花"象征皇室。曹頫宝玉受不了黛玉仍然陶醉于被太子宠幸的经历，于是反驳黛玉道：那一场清梦，已转化为今天的无聊，皇室美妙的声音今又何在？

宝钗道："谁家碧玉箫？鳌愁坤轴陷。"

"碧玉"：书中的玉字从来都非等闲，指代"通灵宝玉"诸人。

"鳌"指林黛玉。林黛玉在灯谜诗"騄駬何劳缚紫绳？驰城逐堑势狰狞。主人指示风雷动，鳌背三山独立名"中，曾以"鳌"自比。"坤轴"：古人想象中的地轴，传说女娲补天时曾经断鳌足以立四极。此句是宝钗讥讽曹家曾以林黛玉作礼物讨好皇室。

宝钗替黛玉反问宝玉道：那么你家的碧玉箫又在哪里呢？黛玉她发愁如果你家的地陷了，是否又要拿她去填。

李纨笑道："我替你们看热酒去罢。"

林黛玉、薛宝钗姊妹俩与湘云、曹頫宝玉母子俩已经形成了两个对立阵营而争执起来，李纨不想介入他们的争论，所以她宣布退出谈话，看她家所酿的酒去了。

宝钗命宝琴续联，只见湘云站起来道："龙斗阵云销。野岸回孤棹。"

因为曹頫属龙，书中的"龙"指曹頫。"回孤棹"出自《赤壁赋》中的"桂棹兮兰桨"，表述林黛玉从北京已经回来。"龙斗阵云销。野岸回孤棹"是对"谁家碧玉箫？鳌愁坤轴陷"的反驳。湘云替曹頫宝玉答薛宝钗的反问：曹頫宝玉的上阵使得战云消散了，即曹家的危机已经过去。然后又针对薛宝钗所说的"鳌愁坤轴陷"再次进行反驳：你们现在也没在北京为曹家工作，都回来了呀。

宝琴也站起道："吟鞭指灞桥。赐裘怜抚戍。"

"吟鞭"比喻行进的诗人，一边走一边吟。"灞桥"寓意要远行的人与送别的人的道别场地。"赐裘"指第四十九回贾母即李氏送了一件由野鸭子头上的毛做的金翠辉煌的斗篷给宝琴，引起大家的羡慕。"戍"：康熙四十八年，曹寅送林黛玉去北京是希望她能重获太子恩宠，为曹家赢得一份政治资本，所以宝琴将此行比喻为替曹家戍边。

宝钗帮黛玉说了那些带火药味的气话以后，又推宝琴即黛玉，要她自己说，于是宝琴也不示弱地说道：当年派我去北京时，你送裘皮大衣给我，不过是抚慰我要为你们去远征戍边。

湘云那里肯让人，且别人也不如他敏捷，都看他扬眉挺身的说道："加絮念征徭。拗垤审夷险。"

"拗"是一个动词，即"扳"。"垤"：蚂蚁做窝时堆在洞口的土。"夷"：安全。湘云见宝琴如此数落她赐裘的动机，便反过来讥讽宝琴：我是看你要去北方服徭役可怜，才为你添衣加絮，你所做的工作很微小，你不过是一只趴在蚂蚁洞口审度安全与威胁的小蚂蚁。

宝钗连声赞好，也便联道："枝柯怕动摇。皑皑轻趁步。"

"趁步"：小步、小步地走。宝钗说：就算我们是不重要的枝柯，不是曹家这棵大树的主干，可也怕大树动摇呀，我们在北京小心翼翼，如履薄冰。

黛玉忙联道："剪剪舞随腰。煮芋成新赏。"

"煮芋"典故：一位老翁用煮熟的芋头招待贫寒书生，书生觉得芋头的味道十分香甜，后来他做了宰相，将老人接来，其他官僚因此也对老人以及老人的家人礼遇有加。第十九回，宝玉讲了一个小耗子假扮香芋偷香芋的故事，揭示林黛玉属鼠，是个小耗子，同时也是以香芋比喻林黛玉，“煮芋成新赏”语意双关。林黛玉说：曾经曹家让她为太子跳舞邀宠以图厚报，现在又把她当作香甜可口的香芋直接煮了吃。

一面说，一面推宝玉，命他联。宝玉正看宝钗、宝琴、黛玉三人共战湘云，十分有趣，那里还顾得联诗，今见黛玉推他，方联道：“撒盐是旧谣。苇蓑犹泊钓。”

如果说她们是三打一的格局，就应该是湘云一个人一句，宝钗、宝琴、黛玉三人轮一句，但到目前为止，她们基本还是每人轮一句，湘云并不比别人联的多，因为这个“共战”比的并不是联句的技术水平，而是指思想内容上各持己见，因为宝琴与林黛玉是同一个人，宝钗、宝琴、黛玉三个属于同一立场，所以实际上是宝钗、黛玉姐妹俩一个阵营，而湘云和宝玉属于曹家主人阵营，但宝玉哪里会愿意站在曹家的立场攻击林黛玉呢？因此宝玉的话大部分都不具备杀伤力，属于壁上观，所以形成了宝钗、宝琴、黛玉三人围攻湘云的局面。只有在林黛玉表示依然沉醉在“香粘壁上椒”的往事中时，宝玉才会醋性大发，说出“清梦转聊聊。何处梅花笛？”的尖刻之语。至此宝玉却像个和事佬说：从前曹家要林黛玉去讨好太子，就像“撒盐空中差可拟”，是属于过去的可笑事，不用再说了，而现在在芦雪庵毕竟还可以穿着蓑衣安全泊钓。

湘云笑道："你快下去，你不中用，倒耽搁了我。"一面只听宝琴联道："林斧不闻樵。伏象千峰凸。"

"斧柯烂尽"的典故：有民王质伐木至石室中，见童子四人弹琴而歌，质因留，倚柯听之，童子以一物如枣核与质，质含之便不复饥，俄顷，童子曰其归，承声而去，斧柯濯然烂尽，既归，质去家已数十年，亲情凋落，无复向时比矣。

各人联各人的，宝玉又如何能耽搁湘云呢？湘云的话再次说明，湘云与宝玉属于同一个阵营，而宝玉在和稀泥，他的话没有战斗力，所以，湘云要推他下去，不要他说话。而宝琴却抓住宝玉不纠结往事的说法，便要与他说现在。

黛玉认为现在自己被搁置在芦雪庵为尼，也等于是被曹家遗忘了，就像林中伐木的斧头却听不见砍樵的声音，不久自己将如"斧柯烂尽"的故事一样，物是人非，而别人却如伏象山一样气象万千，指薛宝钗将像伏象山一样异峰凸起。

湘云忙联道："盘蛇一径遥。花缘经冷结。"

"盘蛇"即蟠龙，影射曹頫。"花"即薛宝钗。湘云回答宝琴说：薛宝钗也只有薛蟠即曹頫这一条路可走，并且她也是经历了严寒的人，会懂得分寸。

宝钗与众人又忙赞好。探春又联道："色岂畏霜凋。深院惊寒雀。”

“雀”指薛宝钗。书中凡说鸟雀绝大多数都是影射薛宝钗。而且这里已指明是深院的鸟，那么谁是深院的鸟呢？就是鸳鸯。第四十六回的回前诗：“裹脚与缠头，欲觅终身伴。顾影自为怜，静住深深院。”这首诗就是鸳鸯的写照，鸳鸯是静住深院的鸳鸯鸟，而鸳鸯即薛宝钗。探春对湘云说：色心起了，哪里会怕严寒，而且已经惊动了这只深院的鸟雀。

湘云正渴了，忙忙的吃茶，已被岫烟道：“空山泣老鸦。阶墀随上下。”

“老鸦”：猫头鹰，小时其母哺之，既长，乃啄食其母，传说为不孝之鸟，这里影射宝钗的忘恩负义。“空山”：薛宝钗是山中高士晶莹雪，山指薛宝钗的居住之地，空山即空房，暗示薛宝钗不堪忍受守空房的生活。海棠诗中，薛宝钗的“胭脂洗出秋阶影”，是她备受男主人冷落的丫鬟身份的写照，“阶墀随上下”仍然是表达她在阶基上随主子上下的丫鬟身份。

因为探春对湘云说的是宝钗，所以宝钗必然要出来答话，于是，岫烟即宝钗对探春说：我的身份不能与你相比，虽然是跟随主子在台阶上来回的丫鬟，却同样要跟你一起哭守空房，所以无论你指责我“伏象千峰凸”，还是“色岂畏霜凋”，我也只能随波逐流，没有选择。

湘云忙丢了茶杯，忙联道："池水任浮漂。照耀临清晓。"

"池水"：第十八回宝玉所写的《蘅芷清芬》里有一句"谁谓池塘曲，谢家幽梦长"，表达谁说池塘曲就一定是谢家的幽梦？大观园的池塘曲是曹家的"红楼梦"，因此，"池水"指的是曹家。因为岫烟提到了身份、环境的问题，作为曹家的主人湘云，当然责无旁贷要出来说话，所以她忙丢了茶杯说：曹家的这个池塘任你们漂浮，对你们的关照也是从早就开始的。

黛玉联道："缤纷入永宵。诚忘三尺冷。"

"诚忘"指忘德。庄子说："故德有所长而形有所忘，人不忘其所忘而忘其所不忘，此谓诚忘。""三尺冷"即冰冻三尺，非一日之寒。湘云说的是薛宝钗，但林黛玉在这个问题上却与湘云站到了一边，对曹寅、曹颙所主持的曹家并没有怨言，所以她对湘云的"照耀临清晓"补充说道：有的人忘记恩德只有积怨，积怨使她冷酷无情。

湘云忙笑联道："瑞释九重焦。僵卧谁相问。"

"九重"：相传元代义王避乱，建"九重院"卜居，即占卜自己该怎么处世。湘云说"九重焦"是指宝钗的处世问题，即宝钗对自己奴仆身份的焦虑。"瑞"即贾瑞的名字，指曹颙。贾瑞追求凤姐的故事就是演绎曹颙将宝钗收了房，第一次改变了薛宝钗单纯的丫鬟身份。“僵卧”典出“袁安卧雪”。湘云的意思是自己不如袁安，无人来关心已经僵卧的自己。

湘云笑道：贾瑞即曹颙可以解决薛宝钗奴仆身份的焦虑，可是又有谁来过问我的孤苦状态呢?

宝琴也忙笑联道：“狂游客喜招。天机断缟带。”

“狂游客”：林黛玉把自己的流亡生活当成狂游，自称狂游客。“天机”：曹家的秘密都是由曹寅与林黛玉偷情生子所产生，林黛玉觉得对湘云有愧，因为自己使湘云失去曹寅，而僵卧无人问。“缟带”：书中多次提到缟仙、缟衣以及缟带，都是与李氏的丈夫曹寅相关联的文字，这里同样是指李氏与曹寅的连接纽带。宝琴即黛玉忙说：我这个狂游客喜欢招待你，是曹家的秘密切断了你与曹寅的联系。

湘云又忙道：“海市失鲛绡。”

“鲛绡”：传说中鱼尾人身的鲛人，所生产的鲛绡，入水不湿，他们哭泣的时候，眼泪会化为珍珠，比喻林黛玉擦眼泪的手绢。湘云说曹寅去世同样使你失去了依靠。

林黛玉不容他出，接着便道：“寂寞对台榭。”

“台榭”即藕香榭。林黛玉说对着藕香榭的是寂寞。

湘云忙联道：“清贫怀箪瓢。”

“箪瓢”：箪是古时盛饭的圆形竹器，用箪盛饭，用瓢饮水，指安贫乐道的贤士。湘云说：清贫的时候要学习安贫乐道的贤士。

宝琴也不容情，也忙道：“烹茶冰渐沸。”

“烹茶”：薛宝钗喜欢烹茶，属于薛宝钗的标签化活动。第十七回，贾政在蘅芜苑说：“此轩中煮茶操琴，亦不必再焚香矣。”所暗示的就是薛宝钗的烹茶习惯。第八回题诗“古鼎新烹凤髓香，那堪翠斝贮琼浆”，同样是将薛宝钗比喻为凤髓茶，将林黛玉比作酒。宝琴见湘云如此从严要求她，所以也不留情地攻击宝钗说：宝钗这块冰要渐渐地沸腾了。

湘云见这般，自为得趣，又是笑，又忙联道：“煮酒叶难烧。”

“煮酒”：薛宝钗是茶，林黛玉就是酒。湘云为什么自为得趣？因为宝琴的话，显然是在吃宝钗的醋，她当然觉得很好玩了，于是进一步逗她说：就是煮酒，你这个芭蕉叶也烧不起来了。

黛玉也笑道：“没帚山僧扫。”

“山僧”：僧人修行，每天要扫地，林黛玉不是真正的出家僧人，曹家要她以僧人身份躲避风头，她不能真正安心修行，所以觉得无聊。林黛玉知道湘云在逗她，继续诉苦：我在这里修行无所事事。

宝琴也笑道："埋琴稚子挑。"

"稚子"：雪芹是林黛玉的稚子，林黛玉去世时，雪芹不到五岁。所以宝琴说埋葬自己的重担要自己的幼子来承担。

湘云笑的弯了腰，忙念了一句，众人问："到底说的什么？"湘云喊道："石楼闲睡鹤。"

"石楼"：石头指雪芹，石楼就是雪芹的楼，寓意林黛玉死后，雪芹是跟湘云一起生活，湘云抚养了雪芹。"睡鹤"：人们把仙鹤比喻吉祥有德之鸟，书中将之比喻曹寅和李氏夫妻二人。林黛玉提到了以后的雪芹，湘云也接着她的话说：未来湘云就在雪芹的屋子里睡觉以打发时光。

黛玉笑的握着胸口，高声嚷道："锦罽暖亲猫。"

"锦罽"：丝织品和毛织品。"亲猫"：指代雪芹。黛玉称赞湘云：你对他很好，你给他温暖，保护他如同你的亲宝宝。

宝琴也忙笑道："月窟翻银浪。"

李白有诗："渴饮月窟水，饥餐天上雪。"说的就是水月，即传说中月的归宿，泛指边远之地。书中也总是把林黛玉比作"月"，"一个是水中月，一个是镜中花"，一方面指林黛玉可看不可得，同时也暗示，林黛玉是已经掉落的水中月。这里林黛玉是将自己现在的住处芦雪庵比作月窟。七十句的联诗至此已经是第六十一句，渐渐接近收尾了。这是一场谈话，一场以林黛玉与湘云即李氏为主的谈话，话已说得差不多，她们不再争论，所以，林黛玉将话题转到眼前的景象上：这一场大雪使自己的住所芦雪庵翻起了银浪。

湘云忙联道："霞城隐赤标。"

湘云的别号是"枕霞旧友"，"霞城"指湘云的城，即湘云的家。"赤瑕宫"指红色有瑕疵的玉的宫室，有瑕疵的红玉指林黛玉，"赤标"对应赤瑕宫，即林黛玉的标志。那么林黛玉的标志是什么呢？林黛玉在曹家家史上，最重要的身份标志就是雪芹之生母，因此，儿子雪芹就是林黛玉的标志，但这是一个不能公开的秘密，而湘云就是这个秘密的真诚守护人，这里也是她向林黛玉所表达的让林黛玉放心的诚意。

湘云也不再攻击林黛玉，把话题收到了自己的身上说：以后，我就将你的儿子雪芹，好好保护在我的城堡中。

黛玉忙笑道："沁梅香可嚼。"

“沁”：从内部渗透出来的水。“梅”：指皇室，指从皇室走出来的林黛玉。“沁梅”：寓意从皇室走出来的林黛玉所生的儿子雪芹。黛玉听李氏如此说，心里很高兴，于是说这个孩子你带着，慢慢你会觉得他的好。

宝钗笑称好，也忙联道：“淋竹醉堪调。”

“淋”：畅快。“淋竹”即畅快了的林黛玉。宝钗见林黛玉心情好了，也就放心了，说：黛玉虽然说了一些醉话、气话，但还是可调教的，现在好了，没事了。

宝琴也忙道：“或湿鸳鸯带。”

“湿鸳鸯带”：“湿鞋”的雅称，寓意出轨。黛玉连忙说：那还没有好啦，我还没完呢，或许我还会再次出轨恋爱。

湘云忙联道：“时凝翡翠翘。”

“时凝”：时时凝视。“翡翠”：“翡”是红玉，“翠”是绿玉，“翡翠”是综合玉，指雪芹。“翘”：举起。“时凝翡翠翘”：时时举起玉来看。湘云听林黛玉如此说，又急了，连忙劝说：你要为儿子着想，不要乱来呀。

黛玉又忙道：“无风仍脉脉。”

黛玉说：无风也有脉脉含情的秋波送过来，即无风也起浪。

宝琴又忙笑联道："不雨亦潇潇。"

还是以黛玉的口气说：不下雨内心也同样有如风雨急骤的情感。

湘云伏着已笑软了。李纨听了，接过来便联了一句道："欲志今朝乐。"

湘云看黛玉把爱情已说得这么直白，也就无话可说，只觉得好笑，李纨是例行公事地说一句收场话：要记载今天的相聚。

李绮收了一句道："凭诗祝舜尧。"

"凭"：凭吊。"祝"：在庙宇里向鬼神求福祷告。"舜尧"：影射曹颙与曹寅，将曹寅比喻为传位给舜帝，还将两个女儿嫁给他做妻子的尧，而将曹颙比喻为舜。书中多次提及尧舜，又有尧街舜巷等都是寓意曹寅与曹颙是曹家的尧舜。

李绮即黛玉，替李纨接着把话说完了：是用凭吊的诗歌祝祷已经去世的曹寅和曹颙。往下请看：大不幸中有大幸的悬疑。

大不幸中有大幸的悬疑

冯紫英身上最大的悬疑，是我们始终都不知道他究竟有着怎样的“大不幸之中又大幸”的经历。要解开这个悬案，我们必须先确定这个人物所隐蔽的来历身份。第十回，贾珍对尤氏说：

我正进来要告诉你：方才冯紫英来看我，他见我有些抑郁之色，问我是怎么了。我才告诉他说，媳妇忽然身子有好大的不爽快，因为不得个好太医，断不透是喜是病，又不知有妨碍无妨碍，所以我这两日心里着实着急。冯紫英因说起他有一个幼时从学的先生，姓张名友士，学问最渊博的，更兼医理极深，且能断人的生死。今年是上京给他儿子来捐官，现在他家住着呢。

没有情由，没有身份交代，冯紫英的名字突然就在贾珍的话语中出现了。更有意思的是，当我们还不知道冯紫英什么来头何许人物时，他却又引荐了一个与他一样不知何方神圣的张友士。那么，冯紫英和张友士的突然闪进有何用意，他们二人之间究竟又有何隐蔽关系呢？其实，他二人联袂登场，本身就暗示了他二人之间关系的玄机。

在关于秦可卿的章节里，我已经列举了许多张友士与曹寅对接的草蛇灰线。这个从小就与张友士有师生关系的冯紫英又是谁呢？曹寅不曾当过幼师，这个从小与他有师生关系的冯紫英当然就是曹寅自己家里的小孩。既是家中小孩，又不称父子而称师生，他当然就是贾敬早年收留的养子贾珍，不然，贾珍为什么好意思与一个外面的男人闲聊秦可卿两个月没来月经的问题呢？这是因为冯紫英与贾珍根本就是同一个人——曹頫。

因为是收养，从留下至收养这中间还有过程，冯紫英便将这个中间时段的关系称为师生而不是父子，以暗示非亲生的父子关系。我们已经知道，张友士此番来给秦可卿看病，其实就是为秦可卿腹中的胎儿断生死，来决定秦可卿是否继续怀孕或是堕胎。张友士显然没有为秦可卿开堕胎药，而是让秦可卿生下了这个为自己带来杀身之祸的孩子雪芹，结果张友士即曹寅惹祸上身。在他自尽身亡之后，才有曹頫承袭织造官职之后话。因此张友士此来，客观上就是达到了为曹頫捐官的目的。又因为曹頫是以曹寅之子的名义承袭织造之职，所以，此时他们之间的关系就由师生转换到了父子，不然，如何会凭空跳出一个冯紫英，又引出一个张友士，再冒出一个张友士的儿子呢？三个人物的联袂登场所隐蔽交代的，正是张友士与冯紫英从师生至父子的非亲生关系，同时说明张友士、冯紫英所影射的分别就是曹寅及其养子曹頫。

“今年是上京给他儿子来捐官，现在他家住着呢”。从前后两个“他”的连用句式可看出，此中的主语没有变化，“他”指的是同一个人张友士，说明张友士上京是住在了自己的家中，而非客居冯紫英的家。

之后贾珍还说“况且冯紫英又即刻回家亲自去求他，务必叫他来瞧瞧”，说明冯紫英与张友士是同住在一个家庭里，而这种说话语气又暗透，冯紫英并非这个家的家长，冯紫英名字前未冠以官职，也说明他此时只是神武将军的公子身份，还没有自己的府邸。因此，张友士是作为主人住在自己的家，而冯紫英则属于随父亲而居。

第二十八回，只见焙茗说道：“冯大爷家请。”宝玉听了，知道是昨日的话，要过出门的衣裳，一径到了冯紫英家门口，有人报与了冯紫英，迎接进去。宝玉笑道：

“听我说来：如此滥饮，易醉而无味。我先喝一大海，【庚辰眉批：大海饮酒，西堂产九台灵芝日也，批书至此，宁不悲乎？壬午重阳日。】发一新令，有不遵者，连罚十大海，逐出席外与人斟酒。”【甲戌侧批：谁曾经过？叹叹！西堂故事。】

不是冯大爷请，而是“冯大爷家请”暗示，此次请客的并不是冯公子冯紫英，而是冯家的主人冯唐，也就不是第二十六回冯紫英所许诺的宴请。“一径到了冯紫英家门口”又明确交代，他们所来到的是冯紫英的家，然而此时所讲述的却是“西堂产九台灵芝日也”所发生的故事，我们当然知道“西堂”所影射的是曹寅的西园，即织造府内曹家人所居住的西花园。所以，冯唐所影射的就是西堂的主人曹寅，冯唐之子冯紫英当然就是曹家的大公子曹颙。

在冯紫英的家，冯紫英为什么没有以主人的姿态发话安席，却让宝玉在这里喧宾夺主，发号施令呢？“西堂故事”再次提示，当下所呈现的是发生在西园的曹寅的一段往事，就是曹寅“大海饮酒，西堂产九台灵芝日也”，这段批文其实已经明确提示，此处以大海饮酒的宝玉就是西堂的主人曹寅宝玉，也就是冯紫英之父冯唐。批书人因年幼未曾亲历过此曹寅的风采气度，仅仅耳闻，因此有“谁曾经过？”之叹。

确立了冯紫英所影射的原型人物是曹颙，下面我将以此为基础破解“大不幸之中又大幸”的悬疑。请看第二十六回：

正说着，小厮来回：“冯大爷来了。”宝玉便知是神武将军冯唐之子冯紫英来了。薛蟠等一齐都叫：“快请。”说犹未了，只见冯紫英一路说笑，【庚辰侧批：如见如闻。】已进来了。【甲戌侧批：一派英气如在纸上，特为金闺润色也。】

从第十回贾珍对冯紫英直呼其名可知，在贾珍的心里，冯紫英就是冯紫英，但在宝玉的眼中，冯紫英是神武将军冯唐之子，可见冯紫英与贾珍的亲密关系远胜宝玉。可为什么这个纨绔子弟的聚会竟然没有贾珍，之后，冯紫英做东摆酒谈“大不幸之中又大幸”的重大事件仍然没有贾珍呢？因为此时的冯紫英就是即将但还未接任织造，还未正式成为曹家男主人，还未开启宁国府时代的贾珍。

这里才是冯紫英这个人物在书中的第一次正面登场，即使我们根本不熟悉冯唐，不知道他与贾家有何关系，但冯紫英依然要以神武将军冯唐之子的身份亮相。之前他与张友士联袂暗出，和这里顶着冯唐之子的身份正面登场颇有异曲同工之妙。他的明暗两次首出暗示，冯紫英的故事与另一个亦师亦父的人密不可分，息息相关。

书批“如见如闻”“一派英气如在纸上”都是提示冯紫英当时与众不同的意气风发的精神面貌。常言道，物以类聚，人以群分，从上下文可知，冯紫英平时与这群花天酒地，无所事事的纨绔子弟并无二致，在这群整天吃酒听唱的纨绔子弟中间，冯紫英为什么突然呈现出鹤立鸡群的新气象呢？“特为金闺润色也”就是答案。“金闺”指金马门，即汉代学士待诏处，亦代指朝廷。“特为金闺润色也”暗示，冯紫英此时已经成为金马门中的待诏，即随时可能接到皇帝诏令的人，所以他表现得比以往忙碌，不肯再陪这些人消磨时间。那么，是什么原因让冯紫英突然获得了被提拔的机遇呢？当然就是他刚刚所经历的“大不幸之中又大幸”的突发事件。请听冯紫英说：

这个脸上，是前日打围，在铁网山被兔虎捎一翅膀。”【庚辰侧批：如何着想？新奇字样。】

批文“如何着想？新奇字样”提示，关于脸上青伤的解释，冯紫英没有按常理说话，而是使用了不同平常的新奇字样。那么什么字样是新奇的呢？当然是别人没用过的，属于冯紫英独创的词语，其中最新奇突出的当属“兔虎”一词，不知何为长着翅膀的“兔虎”？而“铁网山”也有些令人生畏，也不知是否真有此山？继而发现，这些新奇的词语其实都有点似曾相识，原来“铁网山”在书中并不止出现这一次，请看第十三回：

可巧薛蟠来吊问，因见贾珍寻好板，便说道：“我们木店里有一副板，叫做什么樯木，出在潢海铁网山上，【甲戌侧批：所谓迷津易堕，尘网难逃也。】作了棺材，万年不坏。”

原来薛蟠也知道“铁网山”，并且指出了具体方位，就坐落在潢海。问题是“潢海”又在哪里呢？“潢海”不是黄海，“铁网山”也不是老铁山，“网”字个性太鲜明，不容忽略，都有点似是而非，不能确切。现实中也没有“樯木”这种木，也找不到“潢海铁网山”，更没有“兔虎”之说。既然这些事物都不存在于现实，那当然就是薛蟠和冯紫英的奇思妙想，可奇思妙想的答案在哪里呢？不着急，批书人及时出来指点迷津了，关于潢海铁网山的故事，批书人给予的解释是：“所谓迷津易堕，尘网难逃也。”潢海所影射的显然是太虚幻境中的迷津，“铁网”即尘网，“山”当然就是出产“樯木”等“通灵宝玉”诸人的大荒山（关于“樯木”另有专章详述），铁网恢恢，疏而不漏，曹寅宝玉堕入迷津触犯铁网，便遭到了被夺去性命的大不幸。

“兔虎”虽然稀奇不知为何物，但兔和虎不稀奇，也不是第一次出现，元春判词中的最后一句“虎兔相逢大梦归”已经指明，甄士隐的大梦归去是虎与兔相逢所造成的，暗示书中的虎、兔不是寻常物，是可以要了甄士隐性命的人，就是属虎的太子胤礽和属兔的雪芹。当太子知道奸证雪芹的存在后，便发虎威逼死了曹寅。而冯紫英以奇思妙想将兔和虎合并为一个新奇字样的“兔虎”，并将其描述为长着翅膀的异兽，所表达的是冯紫英对此事件的看法。从冯紫英的角度看，他认为雪芹跟胤礽具有同等的凶恶，是雪芹与胤礽联合要了神武将军冯唐的命，顺带还捎了自己一翅膀，所幸伤势不重，真是“大不幸之中又大幸”。于是宝玉代读者问了事件所发生的时间：

宝玉道：“几时的话？”紫英道：“三月二十八日去的，前儿也就回来了。”宝玉道：“怪道前儿初三四儿，我在沈世兄家赴席不见你呢。”

冯紫英已经说了“是前日打围”，宝玉为什么还要问几时的话呢？因为“前日”是一个可变化的，需要根据说话的时间做参照，才能得出确定答案的说法。虽然冯紫英说了“前日打围”，但他又说了“前儿也就回来了”，所以宝玉要问，你这是几时的话？“三月二十八日去的”所交代的才是此历史事件的确定时间，那么，这是哪一年的三月二十八呢？

曹寅得知康熙帝有复立胤礽为皇太子之意后，在康熙四十八年二月八日给康熙皇帝奏折说：“臣有一子，今年即令上京当差，送女同往，则臣男女之事毕矣。”康熙四十八年三月初十日正式复立太子，三月十一日，因复立太子诏告天下之后，曹寅方安排曹颙、黛玉启程北上。“三月二十八日去的”是冯紫英所说的启程时间。清明时节和三月二十八日就是曹颙和黛玉两位当事人所分别交代的上京时间。

因此，“三月二十八日去的，前儿也就回来了”只揭示了此历史事件启程的时间，而不能说明回到江宁的时间，因为，“前儿”必须参照今儿，那么今儿是什么日子呢？薛蟠说“只因明儿五月初三日是我的生日”说明，今儿应该是五月初二，可是宝玉又说：“怪道前儿初三四儿，我在沈世兄家赴席不见你呢。”既然前儿已经是初三四，那么今儿起码已经到了初五六才对，可见这里的前儿、今儿、明儿都是不定数，都可变化，并不指明任何一个确切的日子，暗示冯紫英并没有交代回来的时间，今日也是不定数，可指任何一日。宝玉继续代读者问事件所涉及的人物：

“单你去了，还是老世伯也去了？”紫英道：“可不是家父去，我没法儿，去罢了。难道我闲疯了，咱们几个人吃酒听唱的不乐，寻那个苦恼去？这一次，大不幸之中又大幸。”【甲戌侧批：似又伏一大事样，英侠人累累如是，令人猜摹。】

康熙四十八年，首先是曹颙和黛玉在清明时节一同上京，同年冬天，曹寅自己又赴京述职，所以，宝玉有此一问，意在讲明“打围”事件的主要人物。冯紫英的回答揭示，神武将军冯唐才是主要当事人，是因为冯唐要去，冯紫英奉父命也才要去。并且，他们此去不是奉诏，说明打围属于苦恼事，而且是自找的苦恼。其实“打围”在此属于双关暗合，看似说狩猎，其实说的是吃花酒，打茶围。冯唐、冯紫英父子在“打围”中所遭的大不幸当然就是受到了“兔虎”的攻击，而冯紫英仅负轻伤，可想而知，遭受“大不幸”的当然就是神武将军冯唐。冯唐要受到多大的伤害方可称之为大不幸呢？当然就是送了命。

然而，“似又伏一大事样”又提示，“大不幸之中又大幸”并不是指冯紫英大难不死，仅受轻伤，而是另有值得读者琢磨的大事件发生。于是，宝玉又代读者追问：

宝玉道：“你到底把这个‘不幸之幸’说完了再走。”冯紫英笑道：“今儿说的也不尽兴。我为这个，还要特治一东，请你们去细谈一谈；二则还有所恳之处。”说着执手就走。薛蟠道：“越发说的人热刺刺的丢不下。多早晚才请我们，告诉了。也免的人犹疑。”冯紫英道：“多则十日，少则八天。”一面说，一面出门上马去了。

不幸之事已经讲清楚了，就是冯唐受到了“兔虎”的攻击，遭到了大不幸，还没说清楚的当然就是冯紫英从中所获得的大幸运。“今儿说的也不尽兴”更说明了大幸运属于冯紫英，不然，还有特意置酒办席将不幸之事说尽兴的人吗？那么，冯紫英在父亲冯唐所遭到“兔虎”攻击的大不幸中，究竟又得了怎样的大幸？冯紫英此时还无十分把握，还须等待“多则十日，少则八天”才可见分晓。

上面我已经说清楚了，第二十八回，“冯大爷家请”不是冯大爷请，那么，冯紫英究竟是在何时正式宴请了在座呢？请看：曹家的南柯一梦。

曹家的南柯一梦

由于第十四回作者对生肖属相做了重点提示，而书中也有大量的故事情节可以印证，作者确实借用了原型人物的生肖属性来表现原型人物与书中艺术人物之间的对接，所以，我们有理由相信书中的“虎”所影射的就是现实中属虎的废太子胤礽。通过生肖“虎”的对接，我们又可以进一步推论，“白帝”在书中同样也是影射胤礽。

“白帝”一词在书中共出现两次，两次都出现在《芙蓉女儿诔》中，即“致祭于白帝宫中抚司秋艳芙蓉女儿”和“况乃金天属节，白帝司时”。显然，此“白帝”指的是秋天司时之神，即五方上帝之一的西郊白帝，五行属金，所代表的神兽就是白虎，由此可见“白帝”所影射的也是一个“虎”字。那么，在晴雯的“芙蓉女儿”身份之上，为什么又要冠以“白帝宫中抚司秋艳”身份呢？因为晴雯是林黛玉，而林黛玉的第一身份就是被太子胤礽所宠幸的女人，所以，芙蓉女儿不过是白帝宫中一艳，即“白帝”众多女人的其中一个，然而这个身份却依然要排在芙蓉女儿身份之上。

理解了白帝所影射的是废太子胤礽，我们便可找到“打平安醮”所隐蔽的真相。

第二十八回，袭人又道：

“昨儿贵妃打发夏太监出来，送了一百二十两银子，叫在清虚观初一到初三打三天平安醮，唱戏献供，叫珍大爷领着众位爷们跪香拜佛呢。还有端午儿的节礼也赏了。

作者以“贵妃”“夏太监”等字眼为“打平安醮”开篇，所暗示的其实是此活动与皇室的关联。又以“端午儿的节礼也赏了”来点明，此初一到初三是五月的初一到初三。实际上是将打平安醮的神秘背景已经缩小到了“皇宫”加“五月初一至初三”的范围。太子胤礽的生日就是五月初三，可想而知，“打平安醮”的活动必定与太子胤礽息息相关。请看第二十九回：

贾珍一时来回：“神前拈了戏，头一本《白蛇记》。”贾母问：“《白蛇记》是什么故事?”贾珍道：“是汉高祖斩蛇方起首的故事。

什么戏都见过，便是没见过，听名字也能猜出一二的贾老太太，怎么会不知道《白蛇记》所讲述的是“汉高祖斩蛇方起首的故事”呢？作者特设此一问，正是提醒读者，白帝子化变的白蛇，被赤帝子即汉高祖刘邦斩杀的故事与打平安醮的关系，暗示头一本《白蛇记》的故事所影射的，就是“白帝”太子胤礽被废的历史事件，而此事件就是“打平安醮”的事件背景。

首先，活动的发起人是贵妃，但元春自己却没有到场，只能算是活动的委托人。曹家并没有一位真正的贵妃，此番的贵妃之称也是出自袭人之口，并非官方，也非作者。用作者的话说，属于妇孺口角，作不得数。既然没有贵妃，却为什么又一定要以贵妃的名义来举行这个打醮活动呢？因为，贵妃所隐蔽的正是曹家与废太子的关系。以贵妃的名义为废太子打平安醮，所表现的正是在废太子事件中，元春对胤礽爱恨交加的复杂情感。

“痴情女”在书中本就是林黛玉的标签，而这个情重愈斟情的痴情女，指的当然就是“打平安醮”的主人贾元春即林黛玉。这个“斟情”当然不是指黛玉与宝玉在这一回中的一会儿恼了，一会儿好了的矫情，而是揭示“打平安醮”所承载的重大情感事件，表达的是元春对太子被废事件的态度，太子被废虽然解除了林黛玉面临逃亡的生死危机，但她并非一味拍手称快。林黛玉是一个有情意的人，虽然她对曹寅的情意深厚，但太子胤礽毕竟是她明公正道的男人，她同样顾念太子胤礽的安危。因此，她对废太子事件的情感态度是复杂而纠结的，她愈重感情就愈斟酌这之间情分的轻重，作者以“痴情女情重愈斟情”作为该回标题就是揭示元春对太子被废事件复杂的情感态度。

荣国府的贵妃要打平安醮，为什么不让荣国府的自家人为她出面组织，却要委托一个远房亲戚、宁国府的贾珍来主持？贾元春与贾珍之间究竟又是怎样一种人物关系呢？

如果我们不用“分身法”的概念来理解该书，贾元春和贾珍分别就是宁国府和荣国府两个不同家庭中的第四代曾孙和曾孙女。如果定要算他们之间的血亲关系，那只好在一母所生的宁国公和荣国公的亲兄弟关系之上，往上再追索一代，至宁国公与荣国公的父母，即贾元春和贾珍的高祖，也就是说，贾元春和贾珍之间的血亲关系仅仅是共高祖的第五代远亲。那么荣国府的贾元春要打平安醮却为什么要由一位即将出五服的远房亲戚、宁国府的贾珍来主持呢？自家的贾政、贾赦、贾琏，再不济还有弟弟宝玉，难道都不能主持这个“打醮”活动？因为作者使用的是不同一般的“分身”表述法，宁国府与荣国府并不是两个建筑群体的两家人，而是同一个建筑群体的同一家人的两个不同时期。所以，贾元春和贾珍的关系并不是如冷子兴所演说的将出五服的远亲，而是同一个屋檐下的同一家人，就是曹寅所正式收养的一双儿女，即曹頫与黛玉，他们是正式的亲兄妹关系。

贾珍演绎的是在曹頫短暂人生旅程中，接任织造之职，成为曹家掌门人的最风光时段，是活着的曹頫。元春不选择荣国府的人来做这件打醮工作，是因为“打平安醮”的故事所反映的正是太子胤礽第二次被废的历史事件，是曹寅去世以后，由曹頫接任织造并成为曹家掌门人的宁国府时期，也是宁国府所象征的曹頫时代的起始点。

参加“打平安醮”的人员关系，是该故事情节所隐蔽叙述的重要内容之一。请看第二十九回标题“享福人福深还祷福，痴情女情重愈斟情”，我们已经知道，此中的“痴情女”指的是“打平安醮”的委托人元春即黛玉，那么，这个福深还祷福的“享福人”又是谁，享的是什么福？我们只要知道是谁在祷福，便可知谁是此中的“享福人”。请看第二十九回：

贾珍又向贾蓉道：“你站着作什么？还不骑了马跑到家里，告诉你娘母子去！老太太同姑娘们都来了，叫他们快来伺候。”

由此可见，贾母的到来出乎贾珍的意料，致使他对贾母的接待工作有点措手不及。贾母出席，他必须安排女眷作陪，因此，贾珍、贾蓉的妻子婆媳二人是临时由贾蓉回家去喊来的。而借贾珍和贾蓉二人的妻子和冯将军家人的到来，贾母与凤姐分别说出了同样的话，即“来逛逛”，道出了贾母此来是看热闹，而不是打醮，可见“祷福”的人不是贾母，享福的人也不是贾母。而打醮的主持人是贾珍，因此“祷福”的人也是贾珍，所以享福的人也是贾珍。那么贾珍所享的又是什么福呢？请继续看神前拈戏一节：

“……第二本是《满床笏》。”贾母笑道：“这倒是第二本上？也罢了。神佛要这样，也只得罢了。”又问第三本，贾珍道：“第三本是《南柯梦》。”贾母听了便不言语。

贾珍所享的就是“大不幸中又大幸”的福，就是神佛所点的第二出戏《满床笏》的福气。

“笏”即古代大臣上朝拿着的手板。“满床笏”表示手板多，即家里做官的多。曹家已有做官的人，康熙皇帝皇恩浩荡，又让贾珍即曹颙破格袭官，曹家又添了一顶新官帽，构成了《满床笏》的荣耀，而曹颙的官运完全是因为父亲曹寅的不幸。由于曹寅与黛玉偷情冒犯太子，惹下杀身大祸，康熙五十一年七月贾敬即曹寅被太子胤礽逼死，贾敬之女惜春即可卿也诈死逃禅在外流亡，曹家处于崩溃的边缘，十月却传来太子胤礽被废的消息，无人再来追究曹家冒犯太子的罪责。康熙皇帝顾念曹寅，反而让曹寅之子曹颙继续接任曹寅的织造之职。这就是《白蛇记》之后第二本却是《满床笏》所揭示的打平安醮的主题。

贾珍即曹颙享受的是父亲曹寅大不幸所带来的大幸，是因祸得福，所以打平安醮的两位主角，一个是“痴情女情重愈斟情”的元春即黛玉，一个就是“享福人福深还祷福”的贾珍即曹颙。第二十九回所揭示的两个主题内容：一方面是元春对待太子被废事件她“痴情女情重愈斟情”的感情状态，一方面就是太子被废事件给曹颙所带来的官运，即“享福人福深还祷福”。贾珍打醮当然不是为太子胤礽祈祷平安，而是他“享福人福深还祷福”，庆贺“不幸中有大幸”，为自己走马上任所举行的就职庆典，也就是冯紫英所许诺的，还要特治一东。

贾珍统领宁国府向来有章法，为什么此次组织工作却显得手忙脚乱呢？因为贾珍打醮所隐蔽的是曹颙刚刚接任织造，成为曹家开门立户男主人，开启宁国府时代，一切工作还未就绪，不免有所混乱。更何况，他原本许诺还要特治一东，所请的是男人们，并未请女客，是王熙凤不请自来看热闹，惹得贾母也一起看热闹来了。请看第二十九回：

刚要说话，只见贾珍、贾蓉的妻子婆媳两个来了，彼此见过，贾母方说：“你们又来做什么，我不过没事来逛逛。”一句话没说了，只见人报：“冯将军家有人来了。”原来冯紫英家听见贾府在庙里打醮，连忙预备了猪羊香烛茶银之类的东西送礼。

贾母的话说明，贾母并非正式嘉宾，属于不请自来，而贾珍、贾蓉的妻子婆媳两个是奉贾珍之命前来接待贾母。此中的玄妙是当贾珍、贾蓉的妻子来到时为什么没有通报，直接就进来彼此见过了，而有人通报“冯将军家有人来了”，却不见冯将军家的人进来？因为，冯紫英即贾珍，贾珍就是十天八天后，接任了织造之职的冯紫英，冯紫英便从将军之子一跃成了将军，因此贾珍和贾蓉的妻子就是冯将军家的人，“冯将军家有人来了”所通报的也就是贾珍和贾蓉妻子的到来。不然，冯将军家凭什么预备打醮主家所应该预备的“猪羊香烛茶银之类”等物品，究竟是谁家在打醮？冯家预备的这些物品同样是暗示，冯家即贾家，此时的冯将军就是贾珍。贾珍举行这么重大的活动，冯紫英为什么不亲自露面，却销声匿迹了呢？因为冯紫英所演绎的是织造家的公子曹頫，接任织造之后的故事就不再由冯唐之子冯紫英这个人物来演绎，而是由宁国府的掌门人贾珍来接力完成，所以，冯紫英这个人物至此完成交接便全身而退了。

此次贾珍打醮“又不是什么正经斋事”，为什么“凡一应远亲近友，世家相与都来送礼”呢？因为此打醮活动实际所影射的，是曹頫的就职庆典。贾母为什么乘兴而来，却败兴而归？因为，曹寅被逼死后，康熙皇帝开恩，让曹頫继承曹寅的织造之职，曹家又重获生机，她当然高兴，所以乘兴而去给贾珍道贺。李氏没有生育，曹頫不是李氏的儿子，由于曹寅去世，她已经不再是曹家的当家女主人，曹頫给予她的仅仅是曹寅遗孀的尊重。当她看到贾珍因曹寅之祸得福，远亲近友往来送礼庆贺的热络场面时，她不由想起了国公爷即曹寅，不禁泪流满面，黯然神伤。“也罢了。神佛要这样，也只得罢了”表现了贾母对“神佛”的这个安排所感到的深深无奈。“神佛”原本是有具体名称的，神是神，佛是佛，作者原本也是精于此道，为什么在此却笼统称呼“神佛”呢？因为这个“神佛”不是普通意义上的神和佛，而是神通广大，掌控着曹家命运的康熙皇帝。贾母一连两声的“罢了”表达的，是她对康熙皇帝为曹家所安排的这个命运的叹息和无奈。

《白蛇记》之后能够《满床笏》有什么不好？贾母为什么对此顺序有强烈的感情表达？为什么只有贾母对这个顺序反应强烈，而不包括贾珍？因为贾母即李氏的丈夫曹寅被太子胤礽逼死在七月，同年十月太子却被废除了太子身份，仅仅只有三个月的时差，曹寅却为此付出了生命的代价。康熙皇帝旋即可以不再追究曹家的罪责，让曹颙接替曹寅，让曹家继续“满床笏”，而这个《白蛇记》之后的《满床笏》却已经浸透了曹寅的鲜血。贾母清醒地认识到，这一切不过都是神佛即康熙皇帝的安排，康熙皇帝从全局考虑需要如此，曹家有什么能力抗拒这种命运呢？曹家只能接受，贾母“也只得罢了”。所以为此戏文的顺序安排深深感到无奈的是贾母，而不是贾珍。

曹颙是康熙皇帝眼中能文能武的青年才俊，如今又得到康熙皇帝的隆恩接任织造之职，所以远亲近友都来送礼庆贺，庆贺曹家重获生机，庆贺曹家从危机中解脱出来。但曹颙给曹家带来的生机只维持了两年多，曹颙便因病早逝，因此，第三本戏《南柯梦》预示，曹颙的官运不过是曹家的南柯一梦。

往下请看：流亡中的茗玉。

流亡中的茗玉

康熙五十一年，曹寅和黛玉的“红楼梦”事件败露，曹寅被逼自尽，十六岁的黛玉诈死出逃。康熙五十三年，曹頫在曹寅遗孀李氏的提醒下，着手为流亡中的黛玉解困。

第三十九回，刘姥姥说：

去年冬天，接连下了几天雪，地下压了三四尺深。我那日起的早，还没出房门，只听外头柴草响。我爬着窗户眼儿一瞧，却不是我们村庄上的人，也并不是客人，所以说来奇怪，原来是一个十七八岁的极标致的一个小姑娘，梳着溜油光的头，穿着大红袄儿，白绫裙子。

刘姥姥所说的这个小故事，首先交代的是时间，这个接连下了几天雪的去年冬天是哪一年呢？是曹寅去世后的第二年，即康熙五十二年的冬天。这场大雪就是第四十九回“琉璃世界白雪红梅，脂粉香娃割腥啖膻”和第五十回“芦雪庵争联即景诗，暖香坞雅制春灯谜”中所描述的那一场大雪。因为刘姥姥和贾母所影射的是同一个人李氏，刘姥姥所说的去年冬天看见茗玉，所指的就是贾母在康熙五十二年冬天，来到芦雪庵，看望惜春的故事。

黛玉是康熙三十五年生人，生肖属鼠。康熙五十年林黛玉十五岁秘密生下属兔的雪芹，康熙五十一年，生子事件败露，曹寅自杀，黛玉诈死逃亡，此时黛玉是十六岁。康熙五十二年的冬天，刘姥姥即贾母，来到芦雪庵看望惜春时，她是十七岁将近十八岁，所以刘姥姥说，抽柴禾的小姑娘大约十七八岁，十七八岁的茗玉指的就是在外流落了一年多的黛玉。惜春为画园子图向诗社告假一年所隐蔽叙述的也是她出逃一年多时李氏来看望她的时间，李氏看望黛玉的第二年，即刘姥姥向曹颙宝玉讲这个故事的当下也就是康熙五十三年春，曹颙在李氏的提醒下来到破庙与黛玉重逢，黛玉才结束了独自在外长达两年的流亡生活，对应了黛玉所说的：“论理一年也不多。这园子盖才盖了一年，如今要画自然得二年工夫呢。”

第三回，“只见一个穿红绫袄青缎掐牙背心的丫鬟走来【甲戌侧批：金乎？玉乎？】”暗示，这种装束的女孩，不是金就是玉。这个丫鬟是出现在王夫人的房中的，我们很容易就会想到金钏和玉钏。而书中的金玉如果不是指宝钗和宝玉，或者宝钗和黛玉，难道还能指旁人？因此这个“金乎？玉乎？”虽然指的的确是金钏和玉钏，但也就是指宝钗和黛玉，因为金钏和玉钏就是宝钗和黛玉（另章有专文论证）。

第二十六回：“穿着银红袄儿，青缎背心，白绫细折裙。——不是别个，却是袭人。”袭人的装束又更完整体现了茗玉的装束，而袭人又有钗副之说，因此袭人就是金，也就是宝钗。那么穿着大红袄儿、白绫裙子这同样装束的茗玉，当然也是批书人所提示的“金乎？玉乎？”其中一个了，而茗玉的名字清楚地告诉我们，她是其中之玉，所以，茗玉就是林黛玉。

可刘姥姥又说，茗玉既不是我们村庄上的人，也不是客人，那么，茗玉在这里究竟是何身份呢？第三十九回，刘姥姥说：

“那原是我们庄北沿地埂子上有一个小祠堂里供的，不是神佛，当先有个什么老爷。”说着又想名姓。宝玉道：“不拘什么名姓，你不必想了，只说原故就是了。”刘姥姥道：“这老爷没有儿子，只有一位小姐，名叫茗玉。小姐知书识字，老爷太太爱如珍宝。可惜这茗玉小姐生到十七岁，一病死了。”宝玉听了，跌足叹惜，又问后来怎么样。刘姥姥道：“因为老爷太太思念不尽，便盖了这祠堂，塑了这茗玉小姐的像，派了人烧香拨火。如今日久年深的，人也没了，庙也烂了，那个像就成了精。”宝玉忙道：“不是成精，规矩这样人是虽死不死的。”

刘姥姥所讲述的故事，实际就是秦可卿、惜春诈死出逃后的故事。茗玉当然没有死，她是躲藏在这里。在曹寅的安排下，曹家开始将她照顾得妥帖周到，她当然就如祠堂里的一尊塑像深居不出。曹寅死后，曹颙大不幸中得大幸，风光上位，少年得志，百废待兴，哪里还记得黛玉独自躲藏在外的艰难呢？

稻香村的女当家人李纨，即曹颙之妻马氏，为人小气吝啬。就如去年冬天下大雪，要去芦雪庵作诗，湘云急于知道是谁的东家，召集人李纨却破例要实行 AA 制，李纨号称她包总，结果总共六两银子，李纨才出了二两。这次诗会所隐蔽叙述的其实就是，贾母即刘姥姥对躲藏在芦雪庵的惜春即茗玉的探望。李纨说：“咱们大家拥炉作诗，老太太想来未必高兴，况且咱们小顽意儿，单给凤丫头个信儿就是了。”说明李纨是故意不告诉贾母，暗示李纨即马氏并不支持李氏去探望逃亡中的黛玉。湘云追问谁的东家，就是要求曹家出资，李纨却说出一个 AA 制，也就是不肯出资让贾母去芦雪庵看望惜春，所以这也是诗社唯一的一次 AA 制诗会。

在这样的情况下可想而知，躲藏在外不敢声张的茗玉所面临的又是怎样的经济危机。她当然已不能再端坐神龛，而不得不亲自出来觅食，抽柴烧火，自食其力，就是人们常看见她“时常变了人出来各村庄店道上闲逛”，即刘姥姥说的成了精。宝玉说：“不是成精，规矩这样人是虽死不死的。”就是明确揭示，茗玉不是成精，而是根本没死。在寒冷的早晨，茗玉自己出来抽柴烧火，就是黛玉在逃期间艰苦生活的写照。而刘姥姥说茗玉既不是庄上的人，也不是客人暗示，她现在的身份根本不是活在世上的人，而是一个诈死躲在这里的“鬼”。但这个“鬼”不是等到晚上才悄悄出来，而是白天就变成人出来闲逛讨生活了。

刚说到抽柴禾的茗玉，为什么失火事件便应声而起呢？不由人联想到葫芦庙所起的那场大火。贾母并不是烧香拜佛之人，为什么此刻却“唬的口内念佛，忙命人去火神跟前烧香”呢？因为，茗玉就是曹家的火神黛玉，绛珠草林黛玉不但属于易燃的草木人，而且她还双木成林，是能燃起熊熊大火的森林。此时她栖身佛门，受困于破庙，正按捺不住躁动，怒火即将升腾而起。贾母吓得口内念佛是要以佛门之语来约束已经遁入空门的火神黛玉，命人前去火神跟前烧香，暗示贾母认为应该派人前去安抚火神黛玉，请她少安毋躁。

这个追着刘姥姥寻根究底的情哥哥是谁呢？他就是曹寅死后上位的曹颙，比黛玉大一岁的情哥哥曹颙宝玉。刘姥姥见曹颙宝玉的兄妹情总算还在，便松了一口气念道："阿弥陀佛！原来如此。"于是她故意对曹颙宝玉说："我们村庄上的人还商议着要打了这塑像平了庙呢。"这个村庄上的人指的就是吝啬的只肯拿二两银子出来照顾林黛玉的稻香村女主人李纨。宝玉道："我明儿做一个疏头，替你化些布施，你就做香头，攒了钱把这庙修盖，再装潢了泥像，每月给你香火钱烧香岂不好？"宝玉的话是同意了由曹家出钱，李氏出面照顾茗玉，其实就是修正了李纨 AA 制的搞法。

照顾茗玉的任务既然已经交给刘姥姥了，为什么又派茗烟去踏看呢？这就是曹颙宝玉回至房中，又盘算了一夜后所做的改变。刘姥姥的提醒，勾起了曹颙宝玉对林黛玉的怀念，于是他决定亲自去看望她。次日一早，按着刘姥姥说的方向地名，着茗烟先去踏看明白，回来再做主意。那么，茗烟去的结果如何呢？请看第三十九回：

茗烟去后，宝玉左等也不来，右等也不来，急的热锅上的蚂蚁一般。好容易等到日落，方见茗烟兴兴头头的回来。

茗烟这是找到了还是没找到呢？当然是找到了，"兴兴头头的回来"就肯定是找到了，如果没找到，却如何还能兴头起来？茗烟道：

“那庙门却倒是朝南开，也是稀破的。我找的正没好气，一见这个，我说‘可好了’，连忙进去。一看泥胎，唬的我跑出来了，活似真的一般。”宝玉喜的笑道：“他能变化人了，自然有些生气。”茗烟拍手道：“那里有什么女孩儿，竟是一位青脸红发的瘟神爷。”

庙门朝南就是第五十回惜春住所的朝向，芦雪庵“茅檐土壁，槿篱竹牖”正是“稀破的小庙”的写照。刘姥姥、茗烟所说的是同一所建筑，就是黛玉存身的破庙芦雪庵。让茗烟吓一跳的不是泥胎，而是茗玉本人，因为庙中根本没有刘姥姥所说的塑像，只有活生生的引起葫芦庙大火给曹家带来灾难的火神加瘟神的黛玉，黛玉的头发原本就与众不同，不是黑色。

去找茗玉的茗烟，名字为什么跟茗玉的仅一字之差，难道是巧合？答案当然是否定的，因为该书根本没有巧合，只有巧妙。茗烟与茗玉的名字仅一字之别所暗示的就是他们之间的兄妹关系，茗烟就是亲自去看望黛玉的曹颙宝玉。

表面上看这个故事到此就结束了，书中也再不见关于茗玉的文字，茗玉真的就如刘姥姥所言像鬼魂一样？答案当然是否定的，第三十九回的标题就泄露了天机，刘姥姥虽是信口开河，但情哥哥还偏要寻根究底，比黛玉大一岁的情哥哥曹颙宝玉就是寻根究底找到了茗玉妹妹。曹颙宝玉本来是瞻前顾后，盘算着去。兄妹相见后，却兴兴头头而回，也不再让刘姥姥出面当香头了，自己亲自接管了黛玉的生活事宜。这就是曹颙、黛玉别后重逢的爱情故事的开端。请看：还魂的秦可卿。

还魂的秦可卿

曹颙宝玉与茗玉在破庙重逢后，发生了什么故事，命运又将如何呢？第七回“送宫花周瑞叹英莲”所讲述的就是第三十九回“情哥哥偏寻根究底”的后续。

送宫花的人是周瑞家的，貌似叹英莲的也是周瑞家的，可标题为什么不是周瑞家的叹英莲，而是“周瑞叹英莲”呢？这个区别看似微小，却如天壤。周瑞家的指周瑞的妻子，而周瑞指的是周瑞本人，一字之差，指的却是完全不同的两个人。“周瑞叹英莲”揭示，此回所隐蔽讲述的是周瑞本人对英莲的叹惜。不然，周瑞家的何许人，她与英莲之间又有什么情感交集，能够构成这个叹息呢？

作者堪称姓名学大师，对于一个从未正面出场，只有一个名称的周瑞，却如何还要让他与书中的另一个人物贾瑞重名呢？因为该书实际上只讲了一家人的故事，无论宁国府和荣国府有多少姓氏出现，不过是“分身法”的表象而已，所影射的原型只有一个，就是曹，贾是曹，周也是曹，因此周瑞与贾瑞也是同一个人。

因为贾瑞所影射的是原型人物曹颙，所以周瑞所影射的也是曹颙。不然，书中为什么有那么多的重名现象呢，重名当然不是因为作者文思乏力，想不出更多的新名称，而是作者的一种表现手法，是同一原型“分身”人物之间的关系对接。“周瑞叹英莲”就是曹颙叹黛玉。

第七回，当香菱的名字首次出现时，批书人在此有一段夹批：

【甲戌双行夹批：二字仍从“莲”上起来。盖“英莲”者，“应怜”也，“香菱”者亦“相怜”之意。此是改名之“英莲”也。】

此批文明确提示，香菱与英莲是同一个人，香菱就是改换了名称的英莲。从“香菱”者亦“相怜”之意便可知，为英莲改名字的不是剧中人，而是作者。“香菱”与“英莲”一样，其意在外，寓意“相怜”，当然就属于作者对这个人物的情感表达。由“英莲”改“香菱”所表达的正是作者对这个人物，从“应怜”转入“相怜”人生阶段的总结和感叹。显然，薛蟠、薛姨妈、宝钗等都不可能与香菱形成相互怜惜的关系，那么此阶段的英莲与谁形成了相互怜惜的情感关系，又是谁将她应怜的处境改成了相怜呢？当然是周瑞，“周瑞叹英莲”就很说明了问题。周瑞，即曹颙宝玉在破庙与茗玉即英莲重逢，为她坎坷的人生遭遇而叹惜，他们之间便开始了一段相互怜惜的爱情故事。请看第七回题诗：

【蒙：苦尽甘来递转，正强忽弱谁明？惺惺自古惜惺惺，时运

文章摇动。无缝机关难见，多少笔墨偏精。有情情处特无情，何是人人不醒?】

“苦尽甘来递转，正强忽弱谁明?”是居破庙的茗玉被曹颙宝玉接出破庙，并得到曹颙宝玉照管后的生活写照，所叙述的是黛玉诈死逃禅，在外流落两年后，又重新得到曹家男主人曹颙庇护而苦尽甘来的命运递转。可谁能料到，少年得志的曹颙，正是强盛不可敌，却突然病逝，而黛玉的命运又随之急转而下呢?

“惺惺自古惜惺惺，时运文章摇动”直接诠释了“周瑞叹英莲”的主题，他们属于惺惺相惜相怜的爱情性质。那么，周瑞即曹颙与香菱即黛玉有何相似之处，让他们有惺惺相惜之感呢？因为他们都不是曹寅亲生，都是为了传承曹寅的事业、家业，为曹家谋求富贵才成为曹寅名义上的儿女。当他们兄妹在破庙重逢时，他们相同的出身使得他们顿时产生了惺惺相惜的爱情共鸣。

黛玉以太子女人的身份与曹寅红杏出墙生下雪芹的行为，始终都不为雪芹所认同。但对于黛玉与曹颙惺惺相惜的爱情，他又深以为然，周瑞名字所表达的祥瑞之意也暗示了这一点。雪芹认为，曹颙的突然病逝使黛玉失去了能跳出火坑的唯一机会，并为此深感惋惜。对于这份同样属于出轨性质的爱情，却博得了作者的深切同情。为此，雪芹内心复杂的思想感情难以表达，所以，他的文章像他们所遭遇的时运一样不好把握，摇摆不定。

因为第七回“送宫花周瑞叹英莲，谈肄业秦钟结宝玉”有两个主题，讲述的是不同时期，完全不同的两件事，而回题诗所诠释的也是完全不同的两个主题，但本章只涉及第一个主题，“周瑞叹英莲”，所以本章的解读也只涉及全诗的前四句，诗的下段另有章节解读。

下面我们来看正文的完整讲述，请看第七回：

话说周瑞家的送了刘姥姥去后，便上来回王夫人话。谁知王夫人不在上房，问丫鬟们时，方知往薛姨妈那边闲话去了。周瑞家的听说，便转出东角门至东院，往梨香院来。刚至院门前，只见王夫人的丫鬟名金钏儿者，和一个才留了头的小女孩儿【甲戌侧批：莲卿别来无恙否?】站在台阶坡上顽。

周瑞家的送走刘姥姥后，便去向王夫人汇报工作，结果给自己绕上一送宫花的差事。这个故事情节的叙述看似如一本流水账，都是无足轻重的家务琐事，没有任何曲隐可言，但其实不然，简单直白不是作者的风格。一个八竿子打不着的穷亲戚来打秋风，去了就去了，有什么值得一个有头有脸的管家娘子，在主人串门之时，巴巴地追到别人家里去汇报工作的道理呀？因为，刘姥姥并不是一般人，她就是曹寅之遗孀李氏，也是茗玉的引荐人。“周瑞家的送了刘姥姥去后”并非流水账，所暗示的正是刘姥姥与周瑞家的对茗玉事宜所进行的交接。刘姥姥与周瑞家的交接了茗玉后，下面的事宜就要由周瑞家的，即曹頫之妻马氏来接管了。

第三回，作者以林黛玉一双妙目对宁国府和荣国府的建筑格局进行了一番描述，都是三间大门不开，只从东西两角门出入。而周瑞家的“转出东角门至东院，往梨香院来”说明，周瑞家的此时已经出了荣国府的东角门，来到了东院，也就是宁国府。那么，梨香院到底是荣国府内的房屋还是宁国府的房屋呢？因为，宁荣二府其实是同一座建筑群体的前后两个不同时期，它所象征的是时间而不是空间。而梨香院是当日荣公即曹寅暮年养静之所，所以，梨香院象征的是已故曹寅的领地。

“转出东角门至东院，往梨香院来。”短短一句话却有大文章，所隐蔽的是时空转换，周瑞家的是从曹頫所领导的荣国府时代转出，进入了曹颙所领导的宁国府时期，随后她来到了已故曹寅的领地，在曹寅的一亩三分地上，她看见了一个才留了头的小女孩儿，就是英莲即被曹颙宝玉从破庙接出来的茗玉。

已经为人妻妾的英莲，却为何又是才留头的女童呢？因为这个留头与代表年龄的加冠、加笄有所不同，它不是说，香菱是刚至留长发的年龄，而是暗示英莲本是剃发的尼姑，刚刚才开始蓄发还俗。那么，批书人为什么要如此关切英莲的健康状态，而发出“莲卿别来无恙否？”的问候呢？请往下读：

只见香菱笑嘻嘻的走来。周瑞家的便拉了他的手，细细的看了一会，因向金钏儿笑道：“倒好个模样儿，竟有些象咱们东府里蓉大奶奶的品格儿。”【甲戌双行夹批：再忽然想到秦可卿，何玄幻之极。假使说像荣府中所有之人，则死板之至，故远远以可卿之貌为譬，似极扯淡，然却是天下必有之情事。】

“何玄幻之极”提示，香菱有蓉大奶奶的品格儿其实是玄幻之极的事。如果香菱与可卿属于普通长得相像，便无玄幻可言，比如龄官、晴雯、尤三姐都与林黛玉相像，但并无玄幻之说，为什么香菱与秦可卿相像就是极玄幻之事呢？因为，第七回所接续的是第三十九回的故事，此时的秦可卿是早已去世的人，她们相像的玄幻之处在于，已经去世了一年多的人，却忽然又活生生地回来了，这才是让人感到玄幻之极的实质。

宁荣二府紧密相连，时常往来如一家人，为什么“假使说像荣府中所有之人，则死板”，而以宁府中人为譬却称之为“远远”，并“似极扯淡”呢？因为宁荣二府的差别并不是空间而是时间，这个“远远”指的也不是空间距离，而是时间的久远。以可卿之貌为譬就是拿一个已经去世久远的人相比，因此似极扯淡，然而，却是必须有的合乎情理的事。那么，香菱的品格为什么必须以可卿为譬，而不能相比他人呢？因为香菱不是与可卿长得相像，而根本就是诈死逃亡后又归来的秦可卿。她俩之间的相像不比书中其他相像的人物，不过是“分身法”的一种表现形式，并无故事本身的玄幻。香菱与可卿的相像却与“分身法”不同，并不属于表现手法的范畴，而是叙述了曹家所发生的一件真实的死后还魂的故事。所以，当批书人再次见到诈死还魂、劫后余生的英莲时，不由发出“莲卿别来无恙否？”的深情问候。

第十八回，接驾活动期间，点了四出戏，其中有：

第四出《离魂》。【庚辰双行夹批：《牡丹亭》中伏黛玉死。所点之戏剧伏四事，乃通部书之大过节、大关键。】

《牡丹亭》全名即《牡丹亭还魂记》，读名称便可知主题是还魂，因此，《离魂》伏黛玉死所暗示的是黛玉死后还要还魂，所隐蔽的就是林黛玉在“红楼梦”事件中并未真正死去，而是为太子所逼诈死逃亡了。因为秦可卿这个人物主要演绎的就是这个死亡事件，即林黛玉的离魂经历。第十回后批：“虽贫女得居富室，诸凡遂心，终有不能不夭亡之道。”明确交代，夭亡是秦可卿不能不走的道路，也就是为情势所逼，不得不死。所以，离魂之后必然还有还魂。请看第七回的回题诗：

周瑞家的又问香菱：“你几岁投身到这里？”又问：“你父母今在何处？今年十几岁了？本处是那里人？”香菱听问，都摇头说：“不记得了。”

“这里”指的当然是贾家，“你几岁投身到这里？”说明，香菱不是刚来贾家的人，“不记得了”又说明，她很小就投身在这里，小到她还不能记事时。那么，香菱究竟是什么时候投身到贾家，本处又是哪里人？香菱自己都不记得了，无法回答这些问题，但作者却替她做了回答。请看第七回题诗：

【题曰：十二花容色最新，不知谁是惜花人？相逢若问名何氏？家住江南本姓秦。】

这个“十二花容色最新”指的不是周瑞家所送的“堆纱新巧的假花儿”，而是以花喻人，指的是十二个如花朵般的女人中那个最漂亮最年轻的女子，但不知谁才是珍惜她的人。而这个最年轻最漂亮的女子当然就是香菱，因为，“相逢若问名何氏？”对应了周瑞家的与香菱的相逢相问。

香菱虽然都不记得了，但作者代她做了回答，就是家住江南，诈死逃亡，如今又还魂的秦可卿。往下请看：水月智能。

水月智能

我们已经知道，香菱是还魂的秦可卿，也就是曹颙宝玉从破庙接出来的茗玉，因而周瑞家的即曹颙之妻马氏，才与她有相逢相问之叹。可为什么就在这送宫花的路上，周瑞家的不仅与香菱相逢相问了，与智能儿也相逢相问了呢？因为智能儿也是归来的茗玉，她与香菱所影射的是同一个人林黛玉。但香菱和智能儿这两个“分身”对这段爱情故事的演绎各有不同。智能儿的尼姑身份表现了被接出破庙后的茗玉，仍然保留了尼姑身份来掩人耳目，而香菱的小妾身份所体现的是黛玉与曹颙实质上的情侣关系。在林黛玉的“分身”系列上，英莲所跨的故事时间最长，她是全书从第一回至第八十回唯一贯穿始终的人物。因此，关于这段相互怜惜的爱情故事，香菱所做的也跟林黛玉一样，是提纲挈领的表述，理论上点到为止，而智能儿才是这段爱情故事的实践者，专题演绎人。从爱情的萌发至终结，全程是由智能儿亲力亲为倾情上演。请看：

原来近日贾母说孙女儿们太多了，一处挤着倒不方便，只留宝玉、黛玉二人这边解闷。(见《红楼梦》第七回)

因说："四姑娘不在房里？只怕在老太太那边呢。"丫鬟们道："在这屋里不是？"周瑞家的听了，便往这边屋里来。只见惜春正同水月庵【即馒头庵。】的小姑子智能儿一处顽笑。【甲戌眉批：闲闲一笔，却将后半部线索提动。】(见《红楼梦》第七回)

既然贾母已经嫌人多，惜春为什么不在自己屋里躲清静，偏要到老太太那边去凑热闹？水月庵的小姑子智能儿又凭什么身份能与惜春一样，也有资格在老太太屋里嬉戏闹腾，反而是宝玉、黛玉不见踪影呢？因为智能儿与惜春一样，也是林黛玉的"分身"，就是被老太太留在身边的黛玉，她所演绎的正是曹颙宝玉将她从破庙接出，另行安排后的生活状态。智能儿的首度登场有惜春相陪，所暗示的正是她们之间的故事对接，智能儿所接力演绎的是惜春出逃后所发生的新恋情。

曹寅去世不久，太子胤礽再度被废，但废太子的虎威犹在，黛玉的生存危机虽然有缓，却未完全解除，她诈死躲避在空门的尼姑身份还不能改变，也不能长住织造府公然还魂，而是躲藏在城外，偶尔悄悄回来看望幼子雪芹。第一回，一僧一道将通灵宝玉交给警幻，所表述的就是曹寅临终前将幼子雪芹托付给了自己的妻子李氏，也就是贾母。曹寅去世，黛玉诈死逃亡后，雪芹是由贾母悄悄带在身边抚养，跟随贾母一起生活。所以，智能儿悄悄回织造府看望雪芹，自然是随雪芹宝玉一起住在贾母的房中，这就是贾母只留宝玉、黛玉二人在身边解闷的实质。元春在家时，不跟王夫人住一起，却带着宝玉一起由老太太照看，所隐蔽讲述的同样也是这个时期的生活状态。

“闲闲一笔，却将后半部线索提动”，更提示智能儿出现在老太太屋里的情节并非偶然，而具有引出全书后半部故事的重要意义。这说明智能儿非同泛泛，就是后半部故事的主角，她当然就是该书的主角黛玉。第七回，周瑞家的问智能儿：“你是什么时候来的？你师父那秃歪剌往那里去了？”智能儿道：

“我们一早就来了，我师父见了太太，就往于老爷府内去了，叫我在这里等他呢。”【甲戌双行夹批：又虚贴一个于老爷，可知和尚僧尼者，悉愚人也。】

“悉”即全部。“可知和尚僧尼者，悉愚人也”明确提示，愚弄人的不仅是智能儿的师傅，也包括智能儿。同时“和尚僧尼”又暗示，智能儿的师傅并不是尼姑，而是属于和尚范畴的男人。“又虚贴一个于老爷”再次说明，智能儿和她师傅的和尚僧尼身份本就都是愚弄人的谎言。而智能儿随口又虚贴出一个于老爷，是智能儿的又一个谎言。又不是小门小户，可以东家进西家出，短时间内，智能儿的师傅如何能在两个府邸之间随便窜来窜去呢？因为智能儿随口捏造的于老爷并不是别人，就是曹家当下的老爷曹頫，也就是智能儿的和尚师傅自己。曹頫将智能儿从水月庵带回来，送到贾母的房中，自己就回家里去了。

周瑞家的又道：“十五的月例香供银子可曾得了没有？”智能儿摇头儿说“我不知道。”之旁有夹批：

【甲戌双行夹批：妙！年轻未任事也。一应骗布施、哄斋供诸恶，皆是老秃贼设局。】

“一应骗布施、哄斋供诸恶，皆是老秃贼设局”与第三十九回曹颙宝玉对刘姥姥说“我明儿做一个疏头，替你化些布施，你就做香头，攒了钱把这庙修盖，再装潢了泥像，每月给你香火钱烧香岂不好?”的对应之笔，暗示智能儿的师傅就是设局，做疏头骗布施的曹颙宝玉，当然这不过是作者对长兄曹颙的戏谑，所表现的是黛玉被曹颙宝玉从破庙中接出后，重又得到曹家庇护的自己不愁衣食的轻松快乐时光。

惜春听了，便问周瑞家的：“如今各庙月例银子是谁管着?”周瑞家的道：“是余信【甲戌侧批：明点“愚信”二字。】管着。”惜春听了笑道：“这就是了。他师父一来，余信家的就赶上来，和他师父咕唧了半日，想是就为这事了。”【甲戌双行夹批：一人不落，一事不忽，伏下多少后文，岂真为送花哉!】

为什么智能儿的师傅不赶着管理各庙月例银子的管家余信要月钱，反而是余信家的赶上来，和他师父咕唧呢?因为，智能儿的师傅曹颙宝玉就是余信，而余信家的是马氏。曹颙与黛玉重逢后，便热烈地爱上了黛玉，为此，他常常夜不归宿，时常住在智能儿的水月庵，当他带智能儿回织造府时，便把她留在贾母这边，让她陪伴她的儿子雪芹，自己却回家料理事务去了。这就是所谓师傅将智能儿留在贾母房中，自己却往于老爷府内去了的原因。

这个情节所隐蔽叙述的是，曹颙与黛玉，就是如此以和尚僧尼的师徒关系，在曹家出双入对，以掩盖他们实质的情侣关系。“愚信”是马氏对丈夫曹颙愚信为人的写照，余信家的即曹颙之妻马氏，好不容易见到自己的丈夫回家，忙赶上来与他咕唧。

批书人在此及时写出批文：“一人不落，一事不忽，伏下多少后文，岂真为送花哉！”这说明“送宫花”不过是作者构置故事情节的桥段，所隐蔽讲述的就是智能儿与她师傅之间所发生的爱情故事。而余信家的，即周瑞家的，即曹颙之妻马氏是作者没有落下的此故事中的配角。“闲闲一笔，却将后半部线索提动”和“伏下多少后文”是反复提示，智能儿这个人物出场就是全书后半部故事的开始。后半部指的是曹寅去世以后所发生的故事。

第七回，“送宫花周瑞叹英莲”所接续的是第三十九回“村姥姥是信口开河，情哥哥偏寻根究底”。那么，第七回“送宫花周瑞叹英莲”的后文又在哪里呢？请看第十五回：

宝玉笑道：“你别弄鬼，那一日在老太太屋里，一个人没有，你搂着他作什么呢？这会子还哄我。”【甲戌侧批：补出前文未到处，细思秦钟近日在荣府所为可知矣。】

“补出前文未到处”所对应的就是“却将后半部线索提动”，这是再次提示，智能儿与秦钟的爱情就是后半部的主题故事。同时明确指出，第七回“送宫花周瑞叹英莲”的后续故事就在这第十五回。那么，智能儿与秦钟的爱情为什么能成为该书后半部的主题故事呢？因为智能儿是被曹颙宝玉从破庙中接出来，重新安置在这水月庵的茗玉，即黛玉，而与智能儿发生恋情的秦钟就是在曹寅去世以后，承袭了曹寅织造之职，成为曹家当家男主人的曹頫，也就是智能儿的师傅。

正如批书人所提出的问题，智能儿为什么不爱宝玉却爱秦钟？而宝玉为什么插在他二人之间，似相争吃醋又似撒娇，又有推波助澜相撮合之意？更有不可思议的荒唐之举，既不为捉奸，却在二人做爱之时，将他们按住呢？只要我们知道，插在智能儿与秦钟之间的宝玉不是别个，就是能与黛玉男女不分，一起合住在贾母房中的幼童雪芹宝玉，智能儿、秦钟、雪芹宝玉三人之间的情态便可迎刃而解。只有黛玉的这个幼子才可能总是有机会看见秦钟与智能儿亲热，并在二人做爱时将他们按住。所以，这个雪芹宝玉虽然与智能儿没有爱情关系，却有资格撒娇吃醋，与秦钟抢夺母亲智能儿的感情。雪芹宝玉的行为，既暗示他是一个不懂事的幼童，同时，又表达了作者对母亲黛玉与兄长曹頫所发生的相怜、相爱的恋情的支持和同情。请看第十五回：

原来这馒头庵就是水月庵，因他庙里做的馒头好，就起了这个浑号，离铁槛寺不远。【甲戌双行夹批：前人诗云："纵有千年铁门限，终须一个土馒头。"是此意。故"不远"二字有文章。】

第七回，智能儿出场时，已经交代了水月庵即馒头庵，这里再次交代，"原来这馒头庵就是水月庵"。作者为什么要反复交代，水月庵即馒头庵，馒头庵就是水月庵呢？作者并不是担心读者会误以为有两所尼庵，而是以这种语气隐蔽叙述了两个概念：其一，秦可卿，即茗玉诈死进了坟墓，而智能儿所住的水月庵就是这座坟；其二，秦钟跑到坟墓里与智能儿偷情丧命，最终被埋葬在这坟墓里，而埋葬秦钟的坟墓就是水月庵。

“纵有千年铁门限，终须一个土馒头”就是对这个坟墓概念的诠释，“馒头”指的是土馒头，即坟茔，水月庵做的馒头好，即水月庵这个坟墓做得好。铁门槛指人的阳寿，馒头庵离铁槛寺不远，寓意从生至死的人生之路并不长。虽然林黛玉的生命短暂，但水月庵并非林黛玉的真坟墓，在作者的心目中，林黛玉犹如天仙、花朵，所以她的坟墓也是比较文艺的月窟、花冢，而绝不会是这么粗俗的土馒头，但这个住着水月智能儿的活死人墓水月庵，却真成了埋葬秦钟的土馒头。

第十五回的标题“秦鲸卿得趣馒头庵”也很说明问题，不说水月庵，而题馒头庵，就是将土馒头与秦钟直接挂钩，说明，秦钟在此墓中得趣，吃的却是自己的土馒头。请看第十五回：

秦钟求道：“好人，我已急死了。你今儿再不依，我就死在这里。”智能道：“你想怎样？除非我出了这牢坑，离了这些人，才依你。”

“我就死在这里”是秦钟的谶语，暗示秦钟死于此，所以，水月庵只是智能儿的牢坑，却是秦钟的土馒头。

作者没有交代水月庵附近有任何水域，说明水月庵之名并非得于景物，书中有无数关于月的诗篇，但毫无例外，“月”在书中始终都象征林黛玉，“一个是水中月，一个是镜中花”更点明，林黛玉不仅是月，而且是水中月，即水月，因此，“水月庵”的得名是缘于里面住着水月黛玉。

水月并非月在水中的倒影，而是指陨落的月亮，又称月窟，传说中的月的归宿。“芦雪庵争联即景诗”中有“月窟翻银浪”，所描绘的是这一场大雪使得芦雪庵翻起了银浪，其中就是将芦雪庵比为月窟。因为曹家人希冀林黛玉成为太子妃，成为万众瞩目的明月，结果却为太子所逼诈死逃亡，寄身于破庙芦雪庵，成为陨落的水月，芦雪庵就成了林黛玉的月窟。曹颙宝玉将水月茗玉从破庙芦雪庵中接出，安排进新居，新居就变成了水月黛玉的尼庵，即水月庵。而水月庵中所住的是智能儿，所以，智能儿就是水月庵中的水月黛玉。往下请看：外书房之谜。

外书房之谜

无论宁国府，还是荣国府，甄家还是贾家，书房从来都不是用来读书，而是发生风流韵事的地方。第一回，甄士隐手倦抛书，便梦至太虚幻境，所发生的就是第一桩严重的红楼梦遇的偷情故事。之后，贾雨村在甄士隐的书房也发生了艳遇娇杏的故事，并最终导致了嫁娶结果。第八回，老嬷嬷为宝玉打听贾政的行踪，清客相公们告知："老爷在梦坡斋小书房里歇中觉呢。"这个看似信手拈来的回答意味深长，"梦坡斋"和贾政的睡眠状态相映成趣，道出了书房不是读书，而是睡觉之地的玄机，同时批书人也不失时机地递进睡觉的性质："妙！梦遇坡仙之处也。"批书人的讥讽更露骨，暗示在书房睡觉的目的并不单纯，是为制造"梦遇"，梦在书中自然与"红楼梦"脱不了干系，可想而知，书房就是红楼梦遇之地，即太虚幻境。一个"坡"字又道出了小书房与山坡的方位真机。

大观园中有一个小山坡，作者在第二十六回和第四十九回，通过宝玉的目力，分别两次对这个山坡的地形环境进行了无比详尽的表述。第四十九回所描述的是妙玉与这个山坡的关系，宝玉走至山坡下，顺着山脚刚转过去，恰是妙玉的栊翠庵门前。第二十六回，宝玉同样是来到了这个山坡之下，走同样的路线，他来到的却是潇湘馆门前。两次同样地形、线路的描述说明，宝玉分别两次所到达的栊翠庵和潇湘馆其实是同一所在，暗示，栊翠庵就是潇湘馆。庙庵中的修行人本就有神仙之称，栊翠庵坐落在山坡上，妙玉自然可以有山坡仙子之绰号，简称“坡仙”。妙玉又是林黛玉的“分身”，与林黛玉属于同一个人的性质，所以“坡仙”指的就是住在山坡上的妙人林黛玉。因此，梦遇坡仙之处的梦坡斋小书房其实就是坐落在山坡上的潇湘馆。

第四十回，贾母向刘姥姥介绍林黛玉的房屋时，刘姥姥留神打量了黛玉一番后方笑道：“这哪像个小姐的绣房，竟比那上等的书房还好。”刘姥姥打量的为什么不是林黛玉的屋子，而是林黛玉的人后，方得出这个堪比上等书房好的结论？绣房与书房的根本区别，并不在于里面是否有针线或笔墨藏书，而是说，绣房属于闺中女人的居住地，而书房却是男人活动的场所。刘姥姥的话暗示，林黛玉的潇湘馆不单是女人的闺中绣房，还是有男人在此活动的书房。因为林黛玉既不是宝玉的夫人，也没有姬妾名分，她只能算是住在宝玉书房里的人，刘姥姥品评的也非房屋陈设，而是林黛玉这个人。所以，刘姥姥打量林黛玉本人一番后方得出结论，这个比那上等书房还好的弦外之音，就是因为有林黛玉这样品貌的红袖在此添香，这个书房才堪比那上等书房。这也是第十七回，当贾政第一次看到潇湘馆时，为什么会联想到读书，会垂涎欲滴地说“若能月夜坐此窗下读书，不枉虚生一世”的玄机，在这个令人神往的书房前，贾政也希望与前任男主人曹颙一样，在此享受读夜书的浪漫。

刘姥姥的话隐含了潇湘馆此间书房与那上等书房的比较关系，“梦坡斋小书房”也同样道出了小书房与大书房的比较关系。这个能与坡仙林黛玉媲美的上等大书房，指的是哪间书房，又有何浪漫故事能与其形成比较关系呢？上等的大书房指的当然就是曹家原有的，甄士隐即曹寅的书房，甄士隐在此手倦抛书后的梦遇所隐蔽讲述的就是甄士隐与甄英莲，即林黛玉生下“通灵宝玉”雪芹的父女之恋，就是曹家所发生的第一桩红楼艳遇。

书房本不存在上下、大小以及内外之分，这个与原有书房构成比较关系的小书房又是在什么时候形成的呢？第十四回凤姐问：“你们这夜书多早晚才念呢？”宝玉道：“巴不得这如今就念才好，他们只是不快给收拾出书房来，这也无法。”还有第十六回，“话说宝玉见收拾了外书房，约定与秦钟读夜书”。由此可知，有别于贾家原有书房，所形成了上下、大小以及内外比较关系的就是为宝玉与秦钟读夜书所新收拾出来的另一间小书房。他二人为什么不能在宝玉原有的书房读书，却要特意另外新收拾出一间书房来呢？又为什么这间新收拾出来的为方便晚上读夜书的小书房，不是在原有的书房之内，反而是比原来的书房更外面的“外书房”呢？书房属于男主人读书会客的场所，通常本就在二门以外，那么，这个新收拾的“外书房”还能更外到哪里去呢？请看第十六回：

话说宝玉见收拾了外书房，约定与秦钟读夜书。偏那秦钟的秉赋最弱，因在郊外受了些风霜，又与智能儿偷期绻缱，未免失于调养，回来时便咳嗽伤风，懒进饮食，大有不胜之态，遂不敢出门，只在家中养息。宝玉便扫了兴，只得付于无可奈何，且自静候大愈时再约。

第十五回，那秦钟与智能百般不忍分离，背地里多少幽期密约，同时他又与宝玉约定读夜书。那么，秦钟的情感究竟是在智能儿身上，还是在宝玉身上？假如他没有生病，他究竟是要去与智能儿幽会，还是与宝玉人约黄昏后呢？宝玉当然不会是一厢情愿的自言自语，如果没有秦钟的情感回应，哪来宝玉的兴致勃勃？秦钟因病不能赴约，宝玉又为什么只能无可奈何地静候，而不能前往探望？因为，这个与秦钟约定读夜书的宝玉不是别个，而是水月庵的智能儿，即黛玉宝玉，读夜书之约就是他们的幽期密约，是同一个约会。不然，白天都恨不得逃学的宝玉，却如何又热衷于晚上开夜车读书了？秦钟即曹颙在织造府的家里病得出不了门，不能前往水月庵“外书房”赴约，藏匿在水月庵的智能儿即黛玉宝玉自己单独出不了门，当然只能无可奈何静候，而别无他法。

此时的曹颙已经接任了织造之职，是曹家的当家男主人。白天他要上班主持织造工作，即便是热恋智能儿，也不能日夜待在城外的水月庵，只能利用晚上时间来这里陪她一起读《会真记》，这就是秦宝二人美其名曰的读夜书。所以，新收拾出来的“外书房”并不在织造府内的某处，而是在比二门以外的原书房更外面的，即北城门以外的水月庵。坐落在山坡旁的“梦坡斋”小书房，即堪比上等书房的潇湘馆书房，就是曹颙为黛玉所购置的藏匿之所水月庵内的“外书房”。

在“外书房”读夜书期间，曹颙给黛玉带来许多文学书籍，并教授了大量文化知识，黛玉的文化水平由此得到大幅提升，也就是第一回提及的，“通灵宝玉”所得到的三次锻炼之第三次锻炼。黛玉从五岁被买入曹家学戏至十一岁，是黛玉所得到的第一次锻炼。十六岁诈死逃禅，修行学佛是她人生的第二次锻炼。与曹颙重逢，跟随曹颙读夜书，研习文学就是她的第三次锻炼。所以说，智能儿，即黛玉的师傅是曹颙，曹颙就是黛玉水月庵“外书房”的夜校老师。请看：合身人宝玉之黛玉。

合身人宝玉之黛玉

我们已经知道宝玉是一个“合身人”，是曹寅和曹寅四位儿女的集合体。关于宝玉集合了曹寅、曹颙、曹頫以及曹雪芹四位原型人物也许比较容易接受，毕竟他们四个人的性别与宝玉的男性形象可以吻合，但要从宝玉身上读出林黛玉的身影，却是最玄妙而不可思议的事。请看第二十三回：

【庚辰眉批：大观园原系十二钗栖止之所，然工程浩大，故借元春之名而起，再用元春之命以安诸艳，不见一丝扭捻。】

“栖止”：寄居、停留。

“大观园原系十二钗栖止之所”揭示，大观园原本就是黛玉宝钗姊妹的寄居之地，借元春之名以安诸艳又暗示，大观园并非为皇妃省亲所专门建造的园林，锦上添花造园林不过是为大观园的存在所找的一个借口。可作者为什么要找理由虚拟一个大观园呢？玄机就在园名上。“观”就是观看故事的地方，当然是观看元春即黛玉的故事。所以，“大观园”是为集中演绎元春即黛玉的故事，而虚构的一个故事环境，是黛玉一生所经历的居住地的集合。而“省亲别墅”名又指出，这个园子所演绎的主题故事是元春离开曹家又重返曹家时，供元春居住的另外一所别院，它当然就是黛玉诈死逃亡离开曹家后，又重新得到曹家照管，为藏匿黛玉，由曹頫新购置的房屋，就是书中的水月庵。

一方面，“大观园”之名包含了黛玉历次的居住之地，而另一方面，“省亲别墅”之名又强调了“大观园”的重点，在黛玉离家后重归曹家时的寄居之所。因此，不仅园中的栊翠庵所对应的是水月庵，更重要的是，其中居住了女主角林黛玉的潇湘馆所对应的也是水月庵。所以，在第十七回为大观园题对额时，大家一方面说要颂圣，而另一方面却总是绕不过尴尬的避难之说。“省亲别墅”的实质就是黛玉躲避废太子追杀的避难之所。尤其是这第二十三回出现了这段关于“大观园”实质来历的解说批文，就更指明了该回所讲述的就是林黛玉躲进避难之所水月庵的故事。二月二十二曰大家一齐搬进大观园的时间，所对应的也是刘姥姥在正月里告诉曹頫宝玉，去年冬天看见茗玉雪下抽柴后，曹頫宝玉便开始着手将破庙中的茗玉即黛玉接出来，重新安置在大观园的时间。请看第二十三回：

闲言少叙。且说宝玉自进花园以来，心满意足，再无别项可生贪求之心。每日只和姊妹丫头们一处，或读书，【庚辰侧批：未必。】或写字，或弹琴下棋，作画吟诗，以至描鸾刺凤，【庚辰侧批：有之。】斗草簪花，低吟悄唱，拆字猜枚，无所不至，倒也十分快乐。

我们已经知道大观园是林黛玉的避难所，即曹颙安置黛玉的水月庵，那么，搬进大观园的故事主角当然就应该是林黛玉，可为什么这里重点讲述的却是宝玉住进大观园后的生活状态呢？因为此宝玉就是黛玉宝玉。刚刚从破庙的苦难生活中挣扎出来，住进了曹颙专为她所购置的新院落，从此有曹颙照看而衣食无忧的黛玉宝玉，当然心满意足。诈死后已没有活人的身份，仅仅作为一个苟且偷生的活死人，此时的黛玉宝玉当然也不会再有“别项可生贪求之心”。

宝玉并非一字不识，看看课外闲书又有何不可，批书人为什么要在“读书”之侧插评“未必”？宝玉性情虽然怪诞，而且有同性恋倾向，但又不至于描鸾刺凤，为什么批书人偏要在此批注“有之”而加以肯定？因为此宝玉并不是有同性恋倾向的男性，而根本就是具有描鸾刺凤高超技艺的女人黛玉宝玉。“未必”并非说宝玉不会自觉读书，而是暗示，黛玉宝玉所憧憬的与曹颙秦钟在这世外乐园的外书房，一起读夜书的幸福生活未必能长久。“未必”“有之”加强暗示了此宝玉就是能描鸾刺凤，但读不成夜书的黛玉宝玉。请继续往下看第二十三回：

谁想静中生烦恼，忽一日不自在起来，这也不好，那也不好，出来进去只是闷闷的。园中那些人多半是女孩儿，正在混沌世界，天真烂漫之时，坐卧不避，嬉笑无心，那里知宝玉此时的心事。那宝玉心内不自在，便懒在园内，只在外头鬼混，却又痴痴的。

【庚辰双行夹批：不进园去，真不知何心事。】

宝玉的表现，显然不属于男性的春心躁动，因为园中那些人多半是女孩儿，宝玉如果是一位男性，岂不是如鱼得水，何必还要跑到外头去鬼混？“却又痴痴的”也说明，宝玉在外头也不过是痴痴发呆，而并非去了风流场中鬼混。那么，这个住进新园子后，遂心如意的宝玉究竟有何心事呢？

“谁想静中生烦恼”暗示，黛玉宝玉从破庙搬进大观园，虽然过上了衣食无忧的平静生活，但躲藏日子久了，不免难耐单调烦闷，变得躁动不安起来。“鬼混”即对外只有鬼身份的黛玉想偷偷地混进织造府见儿子雪芹的不安。如果无所不知的批书人也不知黛玉宝玉的心事，那么还能有谁来解开这个谜呢？批书人此时接茬说“真不知何心事”就是此地无银三百两，暗示此心事与批书人雪芹自己有莫大的关联，所表述的正是，黛玉宝玉脱离流亡的苦难生活，住进大观园后心满意足，再无别项可生贪求之心，唯一的烦恼就是想儿子。因为黛玉宝玉对外宣称是已死去的人，她不能公开住在曹家织造府，只能藏匿在织造府外。而曹寅和黛玉的私生子小雪芹，至此也没有对外的公开身份，是一个不能让外人看见，必须藏匿在织造府内的小孩。一个躲在府外，一个藏在府内，母子二人苦苦思念却不能生活在一起，所以黛玉宝玉可以再无别项可生贪求之心，却不堪忍受母子分离的痛苦，变得躁动不安起来。

因为“省亲别墅”是藏匿林黛玉的水月庵，水月庵里的智能儿就是藏匿在大观园中的林黛玉，所以智能儿说：“你想怎样？除非我出了这牢坑，离了这些人，才依你。”其所表达的就是智能儿即黛玉宝玉，已经厌倦了单调的躲藏生活，腻烦了园中这些坐卧不避，嬉笑无心的女孩儿，即她的姊妹丫头薛宝钗。第三十六回，当贾蔷买了个会演戏的雀儿逗龄官开心，以免她“天天闷闷的无个开心”，同样道出了龄官即黛玉宝玉所存在的烦闷问题。为什么别人不烦闷，唯有龄官需要解闷呢？因为别人都是自由人，唯有龄官即黛玉宝玉是躲藏于此就像被关起来的人，所以她怪贾蔷用被关起来的唱戏的雀儿打趣她，这个情节所对应的同样是龄官即智能儿即黛玉宝玉躲藏于园中，不得自由出入的烦闷处境。

对于黛玉宝玉的躁动不安，负责照管黛玉的曹颙又将如何呢？请往下读第二十三回：

茗烟见他这样，因想与他开心，左思右想，皆是宝玉顽烦了的，不能开心，惟有这件，宝玉不曾看见过。【庚辰侧批：书房伴读累累如是，余至今痛恨。】想毕，便走去到书坊内，把那古今小说并那飞燕、合德、武则天、杨贵妃的外传与那传奇角本买了许多来，引宝玉看。宝玉何曾见过这些书，一看见了便如得了珍宝。茗烟嘱咐他不可拿进园去，“若叫人知道了，我就吃不了兜着走呢。”宝玉那里舍的不拿进园去，踟蹰再三，单把那文理细密的拣了几套进去，放在床顶上，无人时自己密看。那粗俗过露的，都藏在外面书房里。

如果说茗烟只是宝玉的一个普通伴读，那么，这个伴读的阅读范围，文化视野要比宝玉广阔多少，方能开出如此书单，导引出宝玉新的学习方向？茗烟的文化水平、鉴赏水平又要比宝玉高出多少倍，方能选出让宝玉如获至宝的古今小说？可以说，关于宝玉的文学见识、文化程度，茗烟完全了然于心，知道宝玉读过什么，没读过什么。由此可见，茗烟的水平不仅不是与宝玉不分上下的伴读，而根本就是宝玉的文学导师。

智能尼姑和妙玉尼姑的和尚师傅是曹颙，茗烟与宝玉的读书关系所隐蔽的也是曹颙与黛玉宝玉的这种师徒关系，而茗烟、茗玉的名字又说明了他们之间的兄妹关系，茗玉是黛玉，去破庙寻找茗玉的小厮茗烟当然就是她的哥哥曹颙。所以说，引导宝玉读书的茗烟是曹颙，被茗烟引导，如饥似渴读小说的宝玉就是黛玉宝玉。

面对黛玉宝玉不安心在“省亲别墅”过躲藏生活的烦恼，茗烟即曹颙想到了以小说来为黛玉宝玉解闷，就是曹颙秦钟与黛玉宝玉，收拾外书房读夜书的故事，所表现的是黛玉宝玉在康熙五十三年春，与曹颙重逢后，至当年十二月曹颙去世前，与曹颙在“省亲别墅”所度过的衣食无忧的短暂的快乐时光。时间虽不到一年整，但经历了春夏秋冬四季，因此，黛玉宝玉以春夏秋冬四季即事为诗题，记志了此段爱情生活。

第十八回元春曾两度非常肯定地表示：“异日少暇，必补撰《大观园记》并《省亲颂》等文，以记今日之事。”可为什么没有下文呢？因为作者运用了“分身”表述法，这个序言所注释的就是黛玉宝玉和元春必补撰《大观园记》并《省亲颂》等文的对接。“省亲别墅”的主人是元春，记录下居住别墅感受的人当然也只能是元春本人，所以，这个诗作者宝玉是元春，就是黛玉宝玉。这四首关于大观园，即省亲别墅的春夏秋冬夜即事诗，就是元春所补撰的《大观园记》并《省亲颂》等文。请看第二十三回：

他曾有几首即事诗，虽不算好，却倒是真情真景，略记几首云：

春夜即事

霞绡云幄任铺陈，隔巷蟆更听未真。
枕上轻寒窗外雨，眼前春色梦中人。
盈盈烛泪因谁泣，点点花愁为我嗔。
自是小鬟娇懒惯，拥衾不耐笑言频。

这首《春夜即事》叙述了诗作者对新居满意的生活情态，原本应该在意的被帐之类的生活内容都非常放心地任由他人即曹颙安排。“隔巷蟆更听未真”说明，此园是处在有街巷的蟆更相闻的民居之中，而非坐落在独立的织造府内。刚刚脱离漂泊的生活，不时还在为与曹寅的这一段感情落泪，但现在已经有新人在意自己，为自己生气。“自是小鬟娇懒惯”更是明确交代，诗作者自己就是一个小丫鬟，一个小女孩，就是黛玉宝玉“拥衾不耐笑言频”，生动地刻画了曹颙与黛玉年龄相若，相互嬉戏的恋爱情态。

夏夜即事

倦绣佳人幽梦长，金笼鹦鹉唤茶汤。
窗明麝月开宫镜，室霭檀云品御香。
琥珀杯倾荷露滑，玻璃槛纳柳风凉。
水亭处处齐纨动，帘卷朱楼罢晚妆。

大观园里只有林黛玉养着一只会念诗的鹦鹉，再次说明，此诗作者就是林黛玉，宫镜、御香都是宫廷之物，暗示的都是林黛玉太子女人的身份。

秋夜即事

绛芸轩里绝喧哗，桂魄流光浸茜纱。
苔锁石纹容睡鹤，井飘桐露湿栖鸦。
抱衾婢至舒金凤，倚槛人归落翠花。
静夜不眠因酒渴，沉烟重拨索烹茶。

“茜纱”影射茜纱公子，“睡鹤”寓意贾母即李氏，“金凤”指王熙凤，即宝钗。此诗描述的是此段大家都相安无事的和谐生活。

冬夜即事

梅魂竹梦已三更，锦罽鹴衾睡未成。
松影一庭惟见鹤，梨花满地不闻莺。
女儿翠袖诗怀冷，公子金貂酒力轻。
却喜侍儿知试茗，扫将新雪及时烹。

曹颙在腊月突然病逝，“冬夜即事”所描述的情景就不如前三首那么美满了，“睡未成”“诗怀冷”“酒力轻”都暗透着消极因素和隐隐的担忧。“松影一庭惟见鹤，梨花满地不闻莺”揭示，出事以后，只看见鹤即李氏还在关照自己，却闻不到莺即宝钗的声音。“侍儿”指林黛玉的丫鬟姐姐宝钗。“却喜侍儿知试茗，扫将新雪及时烹”是说曹颙死后，林黛玉再次失去依靠，而幸亏宝钗及时勾引住了新过继来的曹頫，林黛玉将依附宝钗生活。

《春夜即事》《夏夜即事》《秋夜即事》《冬夜即事》四首诗，为什么都强调了一个“夜”字呢?“夜”字所体现的就是黛玉宝玉与曹颙秦钟在大观园，即外书房读夜书的生活特色，曹颙总是要忙完织造工作等到晚上才能来到别墅陪伴黛玉，黛玉每天所期待的也就是夜晚来临后与曹颙的相聚。因此，黛玉宝玉所记志的《省亲颂》中的主要故事、情感都发生在一天的夜晚时段。

宝玉初进大观园时的生活状态，所表现的是黛玉宝玉的生活状态，是“合身人”宝玉身上的黛玉部分的突出表现，其中四首春夏秋冬夜即事诗尤为如此，更从理论上完整地表现了“合身人”黛玉宝玉的重要内容。

往下请看：黛玉改变曹颙性倾向。

黛玉改变曹颙性倾向

关于男人和女人的性质，宝玉有一个非常著名的见解，他说："女儿是水作的骨肉，男人是泥作的骨肉。我见了女儿，我便清爽；见了男子，便觉浊臭逼人。"乍听，似乎说他喜欢女人，不喜欢男人，细谙，却发现这就是一个男同性恋者的告白。谁见过因为不能忍受男人的雄性气息，而愿意混在女人堆里的男人呢？只有那些把自己当作女人的男同性恋者，才会从女人的角度说男人臭而不愿与之为伍，但事实上，这种逼人的男人臭气从来也没有妨碍她们与自己喜欢的臭男人亲密接触，所以，宝玉的这个男人女人之论所披露的正是宝玉当自己为女人而爱男人的同性恋倾向。第七十八回，贾母说：

"我深知宝玉将来也是个不听妻妾劝的。我也解不过来，也从未见过这样的孩子。别的淘气都是应该的，只他这种和丫头们好却是难懂。我为此也耽心，每每的冷眼查看他。只和丫头们闹，必是人大心大，知道男女的事了，所以爱亲近他们。既细细查试，究竟不是为此。岂不奇怪。想必原是个丫头错投了胎不成。”

宝玉不听妻妾劝，却和丫头们好的性格为什么让贾母担心不解？因为贾母并非说宝玉有主见，不听枕边风，而是婉转表述了宝玉不爱搭理妻妾，却喜欢与丫头们混在一起的怪异性情，并进而阐明，宝玉亲近丫头们也不是因为异性相吸的男女情愫，而属于“原是个丫头错投了胎”的同性结伴性质，说明宝玉并不是因为爱女人而跟丫头们亲近，而是把自己当女人与女人合群，贾母一席话同样揭示了宝玉与众不同的同性恋倾向。

我们已经知道宝玉是曹寅和曹寅四位儿女的“合身人”，那么，这个有同性恋倾向的宝玉是这其中的谁呢？他是曹寅长子曹颙。请看第四回：

这个被打之死鬼，乃是本地一个小乡绅之子，名唤冯渊，【甲侧：真真是冤孽相逢。】自幼父母早亡，又无兄弟，只他一个人守着些薄产过日。【蒙侧：我为幼而失父母者一哭。】长到十八九岁上，酷爱男风，最厌女子。这也是前生冤孽，可巧遇见这拐子卖丫头，他便一眼看上了这丫头，立意买来作妾，立誓再不交结男子，也不再娶第二个了，所以三日后方过门。

冯渊就是书中一位旗帜鲜明的同性恋者，而这位“酷爱男风，最厌女子”的同性恋者所影射的是哪位原型人物呢？关于冯渊，书中给出的第一个信息就是一死鬼，死鬼之称首先对应了十九岁便夭折的曹颙。

甄士隐被本地推为望族，说明他是本地乡绅，而冯渊乃是本地一个小乡绅之子的身份，暗示冯渊是本地乡绅甄士隐之子，也就是曹寅之子。“我为幼而失父母者一哭”属于批书人雪芹对冯渊幼失父母的同病相怜之叹，冯渊在书中是除雪芹以外的曹寅的另一位幼而失父母的儿子，就是贾敬，即曹寅早年留下的非亲生的儿子贾珍即曹頫。雪芹幼时失去的父母是曹寅和黛玉，冯渊幼时所失去的是冯渊的亲生父母。“守着些薄产过日”对应继承曹寅织造之职的履历。幼时失去亲生父母，又继承了家产，十九岁便夭折的乡绅之子冯渊所对应的都是曹寅的养子曹頫的履历。所以，“酷爱男风，最厌女子”的同性恋者冯渊是曹寅长子曹頫。

又有甲戌眉批：

又一首《薄命叹》。英、冯二人一段小悲欢幻境从葫芦僧口中补出，省却闲文之法也。所谓“美中不足，好事多魔”，先用冯渊作一开路之人。

“幻境”当然就是宝玉所到达的太虚幻境，而“美中不足，好事多魔”正是第一回一僧一道对通灵宝玉下凡后的命运预言，这里却作为冯渊与英莲爱情命运的点题，可见，《薄命叹》是冯渊与通灵宝玉的对接，冯渊既是曹頫，又是通灵宝玉，所以，冯渊这个人物所诠释的就是有同性恋倾向的曹頫宝玉。

书中的“通灵宝玉”所象征的是曹寅名义上的非亲生的儿女，曹頫、曹頫、黛玉和没有名义的亲儿子雪芹，都非正情正出善类，所以都属于曹寅的冤孽。“真真是冤孽相逢”暗示，冯渊与英莲的相逢就是曹寅一双冤孽儿女的相逢，雨村叹道“这正是梦幻情缘，恰遇一对薄命儿女”，更直接道出了他们兄妹间的爱情关系，所以，冯渊就是林妹妹的宝哥哥，即曹寅名义上的长子曹颙。

甲批“真真是冤孽相逢”又强调，冯渊与英莲的爱情故事具有相逢的特点，同样对应了曹颙宝玉与茗玉在破庙重逢后所产生的爱恋，而冯渊是与英莲相逢后，方“立誓再不交结男子，也不再娶第二个了”，所以，是英莲即黛玉改变了冯渊即曹颙的同性恋倾向。

既然冯渊如此热爱英莲，又不打算再娶第二个了，却为什么不娶英莲为妻以表达这份热烈的爱，而仅仅立意买来作妾呢？请看第四回：

这冯公子必待好日期来接，可知必不以丫鬟相看。况他是个绝风流人品，家里颇过得，素习又最厌恶堂客，今竟破价买你，后事不言可知。

“堂客”：方言，指妻子，也泛指已婚妇女，但泛指已婚妇女时，通常会加上“们”，即堂客们。“素习又最厌恶堂客”其中没有用“们”说明，冯渊素习厌恶的是自己的堂客，即妻子，而非泛指所有的已婚妇女。由此可见，冯渊是有妇之夫，所以他只能立意收英莲为妾，因为冯渊素习厌恶妻子，所以，名分上英莲虽然只能做妾，但冯渊不会以妾的地位相待英莲，而是欲以妻子的地位相待英莲。

由于冯渊这个人物没有正面出场，他所有的经历、情感不过都是他人转述，仅仅是理论上的概述，而宝玉却亲力亲为，将曹颙宝玉厌恶堂客的情感演绎得生动激烈。请看第七十七回：

宝玉又恐他们去告舌，恨的只瞪着他们，看已去远，方指着恨道："奇怪，奇怪，怎么这些人只一嫁了汉子，染了男人的气味，就这样混帐起来，比男人更可杀了！"【庚辰眉批："染了男人的气味"实有此情理，非躬亲阅历者亦不知此语之妙。】守园门的婆子听了，也不禁好笑起来，因问道："这样说，凡女儿个个是好的了，女人个个是坏的了？"宝玉点头道："不错，不错！"

已经恨得只瞪眼，却不敢当面斥责，非要看着她们去远，方敢开骂。宝玉并不是那不如奴才的不得势的主子，可为什么他作为贾家的当红主子，却对周瑞家的不仅厌恶透顶，同时却又惧怕她呢？因为，周瑞即贾瑞，就是曹颙，周瑞家的当然就是曹颙之妻马氏，而这个亲自发表痛恨已婚妇女言论的宝玉就是厌恶自己堂客的冯渊，即曹颙宝玉。不然，一个自始至终都与英莲没有任何交集，甚至都没有正面出场的周瑞，却为什么能以"周瑞叹英莲"的标题荣登第七回版首呢？因为周瑞不是别个，就是热恋英莲的冯渊，所以作者才要将这份同情叹息彰显于回目标题之上，以表达周瑞即冯渊对英莲的这份热烈的情感。而表述英、冯恋的《薄命叹》，同样以一个叹字照应了"周瑞叹英莲"隐蔽的人物关系。这个痛恨已婚妇女的曹颙宝玉当然就是周瑞家的丈夫周瑞。

"非躬亲阅历者亦不知此语之妙"再度揭示，此宝玉本人就是关于男人气味的躬亲阅历者，即当事人，他与周瑞家的关系当然就是释放男人气味与被染男人气味的两个当事人，所暗示的正是曹颙宝玉与周瑞家的之间的夫妻关系。

守园门的婆子，当然也可称作门子，与第四回对冯渊、英莲故事门儿清的门子属于相互对应的人物关系，所影射的是黛玉的亲姐姐宝钗。女人通常指已婚妇女，但女儿并非仅指未婚少女，“凡女儿个个是好的，女人个个是坏的了”暗示，此曹颙宝玉并非泛指已婚妇女不好，而是说自己的妻子，已婚妇女周瑞家的不好，只有曹寅的女儿黛玉才是好的。

冯渊并非天生不喜欢女人而喜欢男人，他是“长到十八九岁上”才开始改变性倾向。曹颙比黛玉大一岁，属猪，十八九岁时，指的是康熙五十二年至五十三年，就是曹寅去世、黛玉诈死潜逃、曹颙接任织造的第二年至第三年。“这也是前生冤孽”同样说明，冯渊与英莲并非初见，早在黛玉出家为僧之前世就已结下了情缘，这说明冯渊在英莲出家之前世并非同性恋者。

康熙四十八年，曹颙和黛玉一路同行来到北京，并一同客居京城一年，可猜想，那时曹颙便已暗恋黛玉，但一个十四五岁、不能自立、依附曹寅生活的半大小子，哪里敢觊觎太子的女人，坏曹家的大事，之后却眼睁睁看着养父曹寅染指黛玉而无可奈何，因而他总觉得，自己所娶的马氏不及心中的黛玉，便产生了厌恶妻子，厌恶染指黛玉的太子和养父的情绪，继而开始厌恶作为男人却无能为力的自己，恨不得自己不是男人，也是女人，是一个像黛玉那样的女人，便开始以女人的心态结交男人，将自己变成了一个同性恋以逃避对爱情的不满。宝玉不敢称之为臭男人的只有“君父”二人暗示，曹颙宝玉虽然是同性恋者，但他决不会爱恋已经染指黛玉的太子和曹寅这两个男人，所以他决不会闻到“君父”这两个男人的臭。

直到曹颙在破庙与黛玉重逢的那一天，他才感觉重新夺回了黛玉，夺回了自己的爱情，因而“立誓再不交结男子”，义无反顾地改变了他的同性恋倾向，热烈地爱上了黛玉。请看：夜宴上的异兆悲音。

夜宴上的异兆悲音

冯渊概述性地演绎了曹颙从同性恋到爱上英莲，是书中“有隐有见”中的可见部分。贾珍也同样演绎了曹颙从开始同性恋至结束的过程，但作者对贾珍同性恋倾向的叙述比较隐蔽，属于“有隐有见”中的隐蔽部分。请看第二回：

这珍爷那里肯读书，只一味高乐不已，把宁国府竟翻了过来，也没有敢来管他的。【甲侧：伏后文。】

什么叫把宁国府翻过来，究竟如何翻呢？“翻了过来”就是暗指贾珍在这里倒转乾坤，大搞同性恋。“伏后文”提示，翻过来并非说说而已，之后还有贾珍如何将宁国府翻过来的实质故事。请看第七十五回：

此间伏侍的小厮都是十五岁以下的孩子，若成丁的男子到不了这里，故尤氏方潜至窗外偷看。其中有两个十六七岁娈童以备

奉酒的，都打扮的粉妆玉琢。

因为第二回中的“后文”指的就是第七十五回，所以，第二回要与第七十五回对照看。

“此间”指哪里？如果成丁的男子到不了这里，又如何开赌局，难道贾珍是带着一群小孩玩赌博？因此，“此间”的性质其实是成年男人到不了的，唯有贾珍进行同性恋的淫荡之所。尤氏所偷看的正是自己的丈夫大搞同性恋的西洋景。“也没有敢来管他的”揭示，贾珍大搞同性恋时，是曹寅去世，曹颙接任织造之后，曹寅遗孀李氏和曹颙之妻马氏都管不了曹颙，只能任他胡作非为，无人约束的时期。

宁国府为什么有老爷贾敬，却没有贾敬之妻老太太？因为曹寅死后，曹颙接替织造之职，同时也就接替了曹家的掌门之位，曹寅遗孀李氏又非曹颙生母，家政大权旁落，地位一落千丈，对新上任的曹颙，无法施加任何影响力。所以，作者将贾敬遗孀、曹家的老太太，也就是荣国府贾母这个人物干脆隐去，所隐蔽表达的就是李氏在此阶段可有可无的地位，即不写之写。

贾珍之妻尤氏，即曹颙之妻马氏，也就是被冯渊厌恶的堂客，被曹颙宝玉深恶痛绝的周瑞家的。贾珍，即接任织造之后的曹颙与尤氏已不是早期曹颙宝玉对周瑞家的敢怒不敢言的夫妻关系了，尤氏再不敢来招惹贾珍，贾珍也根本不理睬她，完全靠边站了。她的偷窥不过出于好奇看热闹的心理，完全没有妻子对丈夫所应有的约束力。这就是贾珍即曹颙在黛玉离开曹家后至破庙重逢前，大搞同性恋的生活状态。

那么，贾珍又是如何从同性恋的状态中，转变出来的呢？第七十五回，从贾珍、尤氏夫妻日常生活的场景可以看出，贾珍不是单纯与妻子分房的问题，而是根本不愿与她见面，宁可让别人反复来回传话，也不愿当面沟通，可见贾珍厌恶妻子至何地步。但就在这中秋节前一天的早上，贾珍对尤氏的态度却在不断发生变化，直至一百八十度大转弯。

第七十五回，贾珍吩咐佩凤道："你请你奶奶看着送罢，我还有别的事呢。"首先表现了贾珍对尤氏一贯不耐烦的态度，根本不想与她商量家务。一时佩凤又来说："爷问奶奶，今儿出门不出？说咱们是孝家，明儿十五过不得节，今儿晚上倒好，可以大家应个景儿，吃些瓜饼酒。"贾珍对尤氏的态度突然有所改变，忽然想起要与她一起吃瓜饼酒了。佩凤道："爷说了，今儿已辞了众人，直等十六才来呢，好歹定要请奶奶吃酒的。"对于贾珍的意外邀请，尤氏的回答更妙："请我，我没的还席。"尤氏的答话足见以往他们夫妻还没有一起吃过瓜饼酒。佩凤笑着去了，一时又来笑道："爷说，连晚饭也请奶奶吃，好歹早些回来，叫我跟了奶奶去呢。"优待政策再度升级，连晚饭也请一起吃，其中更有玩味的是连佩凤也一起打发出了门。既然如此，尤氏便以为贾珍要彻底改善与自己的夫妻关系了，便欣欣然以为还可共进早餐。尤氏道："这样，早饭吃什么？快些吃了，我好走。"佩凤道："爷说早饭在外头吃，请奶奶自己吃罢。"原来贾珍早已有约在先，仍然无暇应酬她。尤氏问道："今日外头有谁？"佩凤道："听见说外头有两个南京新来的，倒不知是谁。"

在这个短短的早晨时间，有什么与往常不同的情况，使得贾珍对尤氏的态度不断发生变化，直至形成一百八十度大转弯呢？玄机就在这“两个南京新来的”。这两个新来的就是贾珍即曹颙久别重逢的黛玉，以及跟黛玉一起流亡的姐姐宝钗。

书中有一个姨娘二人组合，常常若隐若现地出现在某些场合，例如：赵姨娘和周姨娘；邢夫人身边的两位贾赦的姬妾；李纨说：“珠大爷在世时，何曾没两个人？”曹颙宝玉《访妙玉乞红梅》诗中的“入世冷挑红雪去”，“挑”字所隐蔽的两人组合等等，“两个南京新来的”当然也属于这个二人组合，所影射的都是黛玉、宝钗姊妹俩同侍一夫，同为曹颙姬妾的关系。曹颙宝玉在破庙与黛玉重逢后，将她姐妹二人重新安置在城外的水月庵，曹颙偶尔又将黛玉悄悄带回织造府小住，并一肩挑二人，都秘密收了房，成了曹家大爷瞒外不瞒内的两位姬妾。来回传话的佩凤，是两人中抛头露面的凤姐，即为黛玉的隐藏生活打掩护的宝钗，而两人中的另一个，就是贾珍身边，对贾珍具有强大影响力，使得他不断改变对尤氏态度的红楼掩面人黛玉。贾珍对黛玉的爱能够改变他的性倾向，对黛玉的善意自然也是言听计从。

“今儿已辞了众人，直等十六才来呢”，暗示此间并不牵涉贾珍那一干不相干的狐朋狗友，而织造府本就在南京，“南京新来的”又说明，是此前没来过织造府的贾珍非常尊重的要陪吃早餐的人。如果是普通客人，当然不会清早赶到别人家去做客吃早饭，这是暗示，头天晚上新来的人已与贾珍一同就寝，今天一同起床，因此还要一起吃早饭的亲密爱人，谁呢？她当然就是从城外水月庵第一次来宁国府的黛玉。“今儿已辞了众人”就是贾珍为接黛玉回家所采取的防止走漏风声的安全措施。

早上贾珍故意将佩凤也打发给尤氏一起出门，自己陪南京新来的，可为什么晚上“贾珍往佩凤房里去了”呢？虽然曹颙将姐妹二人一同收了房，但贾珍并不爱宝钗，而独爱黛玉，可黛玉已没有活人身份，只能以佩凤的名义隐蔽在佩凤房中也就是风月宝镜中，王熙凤背后的那个骷髅，即红楼掩面人。所以，早上贾珍要将佩凤打发出去，以免她妨碍自己与黛玉的二人世界，而晚上黛玉依然还是只能躲在佩凤的房中，以佩凤的名义遮人耳目。

晚上，贾珍果然煮了一口猪，烧了一腔羊，就在会芳园丛绿堂中摆开宴席，带领妻子姬妾，先饭后酒，开怀赏月作乐。贾珍因要行令，尤氏便叫佩凤等四人也都入席，下面一溜坐下，猜枚划拳，饮了一回。贾珍有了几分酒，益发高兴，便命取了一竿紫竹箫来，命佩凤吹箫，文花唱曲，喉清嗓嫩，真令人魄醉魂飞。

贾珍原本都没打算让尤氏参加夜宴，是后来改变主意，尤氏才得以参加，可见尤氏不是夜宴主宾。那么贾珍是为谁煮了一口猪，烧了一腔羊呢？当然就是他一心要陪吃早饭，肯定也陪吃了午饭的南京新来的人，毫无疑问，这天的夜宴就是专门为她而设。而参加夜宴的正式成员也只有贾珍以及他所带领的妻子姬妾，并无外客，可见神秘嘉宾就在贾珍所带领的姬妾当中无疑。那么这南京新来的，贾珍的姬妾，夜宴的神秘嘉宾究竟是这席上的谁呢？虽然寻常看不见，但偶尔也露峥嵘，她就是与佩凤形成二人格局的喉清嗓嫩令人魄醉魂飞的文化。

佩凤、文化就是贾珍身边，南京新来的姐妹姨娘二人组。可为什么同样作为姬妾的佩凤却不能正式入席，要等尤氏开口，才能破格列席呢？因为黛玉是被太子宠幸过的女人，就是逃亡也只能以僧尼身份，哪里还敢公开嫁人？因此，贾珍即冯渊也仅仅是“立意买来作妾”“也不再娶第二个了”以表达对黛玉的这份炽烈的情爱，黛玉仍然只能算曹颙的秘密情人，并没有姬妾名分，曹颙不能给黛玉名分，他当然也决不会在黛玉之上给宝钗名分，虽然宝钗并无嫁人障碍，这就是冯渊“也不再娶第二个”的有针对性的誓言。所以席散后，虽然有“贾珍往佩凤房里去了”之说，但佩凤与袭人一样不过是通房大丫头身份，算不得正式姬妾。

那么，佩凤的搭档，二人组合中的文化又如何能成为夜宴的主角席上宾呢？因为文化即黛玉，她虽然没有贾珍姬妾的名分，但她仍然是贾珍正经的亲妹子，曹家正牌的主子小姐。所以，第七十五回，佩凤只说“听见说外头有两个南京新来的，倒不知是谁”，道出了这个二人组合，却没有讲出二人之间的关系。实际上，她们不仅仅是两姐妹关系，还是正经的主仆关系。所以，佩凤与文化虽然是台上台下的搭档，但只有文化才是这夜宴上的主角、上宾。

既然有喉清嗓嫩，令人魄醉魂飞的文化在贾珍身边，难道贾珍还有心思去搞同性恋？正因为文化之前还没有出现在贾珍身边，所以，贾珍才有这个新的性倾向的转变。

文化唱罢，那天将有三更时分，怪异的事情就在此时发生了，忽听那边墙下有人长叹之声。大家明明听见，都悚然疑畏起来。贾珍忙厉声叱咤，问：“谁在那里？”连问几声，没有人答应。尤氏道：“必是墙外边家里人也未可知。”贾珍道：“胡说。这墙四面皆无下人的房子，况且那边又紧靠着祠堂，焉得有人。”一语未了，只听得一阵风声，竟过墙去了。恍惚闻得祠堂内槅扇开阖之声。

显然，这是说贾珍的夜宴惊动了祠堂里的先祖，发出悲声后，英灵又越过墙壁和祠堂的内槅扇归位了。那么这被惊动的是哪位先祖呢？白天贾珍还提到自己是孝家，过不得节，次日，贾母又说“我倒也忘了孝未满。可怜你公公已是二年多了”，同样也提到了贾敬的去世。正值中秋佳节之时，为什么反复提及一个过世的人呢？因为贾敬即曹寅死于秋天，他的忌日就在中秋节附近。第一回有甲戌眉批：“所叹者三春也，却用三秋作关键。”关键性三秋之一就是曹寅的忌日。所以，在贾敬忌日附近的日子，发出悲叹的英灵当然就是贾敬即曹寅无疑。

当贾珍不肯读书，只一味高乐，聚众赌博，问柳寻花，大搞同性恋，把宁国府竟翻了过来，也没有敢来管他的人，也就是说都没惊动祠堂里的先祖，为什么就在贾珍改邪归正，辞退众人，回归家庭，不搞同性恋，也没有招惹任何外客，仅设一区区家宴，带领妻妾赏月团圆时，却反而惊动了祠堂里的先祖，使得他伤感而发出悲声做警示呢？重要事件发生时总有一个爆发点，而此事件正是发生在文化唱罢之后，所以，喉清嗓嫩，令人魄醉魂飞的文化的唱曲就是这个爆发点，就是文化的唱曲惊动了先祖。聚众赌博，搞同性恋先祖都可容忍，但先祖难以忍受的是贾珍竟敢动先祖的女人文化，是可忍孰不可忍？所以先祖在灵位上坐不住了，飘出祠堂，发悲声以做警告。

这当然是贾珍做贼心虚的心理作怪，可贾珍的心理为什么选在这个当口作祟呢？贾珍知道，聚众赌博，问柳寻花都伤不了先祖，唯有动文化才真正心中有愧，才忌惮这阴司报应，因为文化不是别个，就是先祖曹寅放心不下的黛玉。这就是《好了歌》中，“君死又随人去了”的写照。

往下请看：家运拐点曹颙死曹頫来。

家运拐点曹颙死曹頫来

第七十五回，有一个宿命论色彩的“开夜宴异兆发悲音”，那么这个异兆究竟所兆何事呢？异兆所渲染的就是贾珍即曹颙突然病逝的噩运。他的死去，使得曹家再度面临无人接班补天，家口离散的悲凉。请看第六十九回：

那日已是腊月十二日，贾珍起身，先拜了宗祠，然后过来辞拜贾母等人。合族中人直送到洒泪亭方回，独贾琏贾蓉二人送出三日三夜方回。一路上贾珍命他好生收心治家等语，二人口内答应，也说些大礼套话，不必烦叙。

“合族”即全族。贾珍究竟要去干什么，为什么全族的人都要来为他送行？贾琏、贾蓉还直送出三日三夜，到底要将他送到哪里去？这段文字横空飞来，与前后文没有任何关联，也没有前因后果，所讲述的究竟是什么事件呢？令人匪夷所思的飞来之笔所隐蔽叙述的就是贾珍的突然辞世。

这里虽然没有直接用去世，但辞、送所烘托出来的就是一个去字，不说干什么去，也不说送往何地，所隐蔽的就是什么也不干，谁也不知到底会去往哪里的大去。不然，为什么不说贾琏贾蓉送出多远，却仅仅强调三日三夜的送别时间，难道他们不睡觉一直连夜赶路相送？“送出三日三夜”所隐蔽叙述的，就是他们为贾珍的离世而日夜守灵的丧仪。

此文是贾珍在书中的谢幕，虽然此后至第七十五回还有贾珍“开夜宴异兆发悲音”的重头戏，但“异兆”回之后，再无笔墨提到贾珍。通常有兆出现，那必然还要有事件来应兆，就如书中出现的谶语很多，应验的却没有一个，这也是大家都认为该书还没有写完的根本原因。读者总觉得那些谶语还没兑现，书怎么就完了呢？而实际上这就是该书打破时空界限的回环叙述手法，不是不应兆，而是应在你不容易看出的地方。第六十九回，贾珍的离世就是第七十五回“异兆”的兑现，从第六十九回至第七十五回，再至第八十回，除了“异兆”与远行事件的因果关系，便再无贾珍其他故事可叙。我们只须将“异兆”与这一小段飞来之文掉过头，故事脉络便清晰可见，短文所隐蔽叙述的就是贾珍即曹颙的突然夭逝，就是对第七十五回“开夜宴异兆发悲音”的应兆，并记载了曹颙离世的日期是“腊月十二日”。那么曹颙死在哪一年的腊月十二呢？

“开夜宴异兆发悲音”后的第七十六回，贾母的夜宴上，“大老爷出去，被石头绊了一下，崴了腿”。贾母命邢夫人快去，又说“珍哥媳妇也趁着便就家去罢”，尤氏不肯回去，说：

“况且孝服未满，陪着老太太顽一夜还罢了，岂有自去团圆的理。”贾母听说，笑道：“这话很是，我倒也忘了孝未满。可怜你公公已是二年多了。【庚辰双行夹批：不是算贾敬，却是算赦死期也。】”

大老爷不过是崴了腿，却如何就算到他的死期？尤氏公公贾敬的死与贾赦的死期又有什么关系，为什么要以尤氏公公的死期来推算贾赦的死期？因为上回“开夜宴异兆发悲音”所预兆的是贾珍的死，大老爷在此回崴腿，并由此算到他的死期，同样是应兆，因为大老爷贾赦、大爷贾珍所影射的都是曹家老大曹颙。贾敬与贾赦当然就是父子关系，是因为贾敬的死，才有贾珍即贾赦的袭官，然而三年之内父子却相继而亡，不由得让人对他二人的死期产生联想和推算。

贾母当然不能卜算出贾赦的死，计算贾赦死期的人是作者。作者在此点出此时是尤氏的公公贾敬即曹寅去世不到三年孝满之时，孝子贾珍即贾赦却一命呜呼。曹寅死在康熙五十一年七月，曹寅死后不到三年孝满的这个中秋，指的当然是康熙五十三年的中秋。“不是算贾敬，却是算赦死期也”更是明确表述，这里说的不是贾敬即曹寅去世的时间，而是以贾敬去世的时间为坐标来推算贾赦即曹颙去世的年份，由此便可得出结论，曹颙去世的精确时间是康熙五十三年腊月十二日。

书中用贾珍、贾赦这两个“分身”接力演绎了曹颙去世的精确年份和日期，那么，作者又将采用什么独特的表现手法来表现曹家家史上，这个曹颙死曹頫来的家运拐点呢？请看第十六回，宝玉是如何来到秦钟家：

来至秦钟门首，悄无一人，【甲戌侧批：目睹萧条景况。】遂蜂拥至内室，唬的秦钟的两个远房婶母并几个弟兄都藏之不迭。【甲戌侧批：妙！这婶母兄弟是特来等分绝户家私的，不表可知。】

这是宝玉听到“秦相公不中用了！”的消息后，来到秦家的情形，所交代的就是曹颙死曹頫来的事件精要。我们已经知道，秦业即曹寅，秦家就是曹家。这里不用秦府门首，而用“秦钟门首”说明，此时曹家还没有新的男主人，曹家还是秦钟即曹颙的家。

“悄无一人”暗示，这是秦钟死后，曹家还无男主人顶门立户之时，于是，便有人将宝玉蜂拥而来。来干什么呢？“不表可知”，就是来分绝户家私。之前“悄无一人”，之后“蜂拥至”的比对关系暗示，蜂拥而至的宝玉，就是特来等分绝户家私的，秦钟的婶母兄弟，即从北京过继而来，为曹家顶门立户的新的男主人曹頫宝玉。

此时秦钟已发过两三次昏了，移床易箦多时矣。宝玉一见，便不禁失声。（见《红楼梦》第十六回）

“移床易箦”是民间习俗，人咽气后把人从床上移到草席上。“移床易箦多时矣”说明，当曹頫宝玉来到秦钟家时，秦钟已经死去多时。有庚辰眉批申明：

【庚辰眉批：《石头记》一部中皆是近情近理必有之事，必有之言。又如此等荒唐不经之谈，间亦有之，是作者故意游戏之笔，聊以破色取笑，非如别书认真说鬼话也。】

批文说明，这段描述秦钟死后，听到宝玉来看他又活过来的情节，纯属作者的游戏之笔，并非真讲鬼故事。那么这篇不经之谈的意义又在哪里呢？就是从死人心中补出活人缘由的表述手法而已，所以，虽然是鬼话，但却是真事。请往下看：

那秦钟魂魄那里肯就去，又记念着家中无人掌管家务，【甲戌侧批：扯淡之极，令人发一大笑。余请诸公莫笑，且请再思。】又记挂着父亲还有留积下的三四千两银子，【甲戌双行夹批：更属可笑，更可痛哭。】又记挂着智能尚无下落，【甲戌双行夹批：忽从死人心中补出活人原由，更奇更奇。】因此百般求告鬼判。（见《红楼梦》第十六回）

“余请诸公莫笑，且请再思”提示，秦钟即曹颙死后，曹家所面临的最大困难就是无男人顶门立户掌管家务，是曹家所面临人亡家破的大事，而非游戏。“更可痛哭”同样也提示，三四千两银子之数并非玩笑，而是后来从曹家所抄出来的令雍正皇帝也想不到曹家已穷到如此地步的银两数目。书中多次出现的三四千两银子之数，所影射的都是曹家破家时，所剩的银两数额，所以是令批书人“更可痛哭”的史实。秦钟将智能儿从破庙中接出，安置在城外的水月庵躲藏，让她过上了一段衣食无忧的平安日子，曹颙突然去世，黛玉这见不得人的躲藏生活又将靠谁来维持呢？“又记挂着智能尚无下落”指智能儿被赶出秦家后，再度陷入了无人依靠的漂泊境地。“忽从死人心中补出活人原由”揭示，这里讲的并不是荒诞不经的鬼话，而是借鬼补叙智能儿将再度陷入飘零境遇的真人真事。请继续往下：

秦钟道：“不瞒列位，就是荣国公的孙子，小名宝玉。”都判官听了，先就唬慌起来，忙喝骂鬼使道：“我说你们放了他回去走走罢，你们断不依我的话，如今只等他请出个运旺时盛的人来才罢。”【甲戌双行夹批：如闻其声，试问谁曾见都判来，观此则又见一都判跳出来。调侃世情固深，然游戏笔墨一至于此，真可压倒古今小说。这才算是小说。】

当然没有都判官，这是人们杜撰出来的阴司官职，所以批书人说“这才算是小说”，指明此话为虚构之语。可是，在这个杜撰的神鬼小说里，隆重登场的为什么不是死鬼秦钟，却是宝玉呢？作者的游戏笔墨所隐蔽讲述的还是曹家的家史家运。虽然宝玉上场已久，但此处描述的是曹頫宝玉在金陵的登场亮相。

“不瞒列位”提示，这里没有隐瞒，此刚进来的人“就是荣国公的孙子，小名宝玉”。这就是曹頫宝玉的正式登场。可曹頫宝玉的这个上场交代，为什么违背常规，越过其父母而直奔其祖父呢？因为这个刚登场的宝玉不是别人，就是刚从曹寅弟弟家过继而来的曹頫。作为儿子，他应归属在哪位父亲的名下，正是曹頫难以述说的尴尬。虽然曹颙、曹頫都非曹寅亲生，但曹頫与曹颙的儿子身份存在着根本区别，曹颙从小养在曹寅家，是曹寅亲自认领的养子，他与曹寅的父子关系名正言顺。作者曹雪芹在书中常常提到的父兄指的就是曹颙。而曹頫过继到曹寅遗孀李氏名下后，他当然不能再算曹寅弟弟曹宣的儿子，但这个过继关系发生在曹寅去世以后，也并没有得到曹寅的亲自认可，更重要的是，当曹頫将曹寅家产谋夺到手之后，他自己也不再承认这个过继关系，不承认自己是曹寅之子，不对曹寅家人尽抚养义务，而强调自己从北京来到金陵接任织造所承袭的是自己祖父曹玺的官位，所继承的是祖父曹玺的家产。因此，作者既不能说他是曹寅弟弟曹宣之子，也不能说他是曹寅的儿子，但无论如何，他铁定是曹玺的孙子。所以，这里交代曹頫宝玉来历时，就莫名其妙地将其父省去，直奔祖父了，即仅仅交代他是荣国公之孙，而闭口不提他为谁子。

秦钟去世笼罩的是绝户家的萧条阴霾，而来到秦家的宝玉却运旺时盛，为什么宝玉的气运与秦钟家的气运不是一荣俱荣，一损俱损，而是如此相背呢？因为只有曹寅家倒霉，失去顶门立户的儿子曹颙，才需要曹頫宝玉过继而来继承家业，成为曹寅家新的接班人。曹頫宝玉的运旺时盛正是建立在秦钟家的运败时衰之上。秦钟这里是含悲而去，曹頫宝玉却是乘兴而来。所以，曹颙死曹頫来就是曹家从此走上衰败的家运拐点。

往下请看：樯木的玄机。

檣木的玄机

曹颙的人生就像一条摆渡的船，在曹寅的血脉、家业传承上起传递和过渡作用。作者在书中为曹颙盖棺定论时，将他的人生比喻为舟具，又说是超度曹寅的棺材板。此前已有专门章节充分论证了秦可卿是诈死潜逃。第十四回标题“林如海捐馆扬州城”也说明，此中真正死去的人不是秦可卿，而是林如海即曹寅。因此，第十三回、十四回、十五回所写的不是秦可卿的丧事，而是林如海的丧事。所以，这里不是为可卿，而是为林如海寻棺材板。请看第十三回：

薛蟠说道：“我们木店里有一副板，叫做什么檣木，【甲戌眉批：檣者，舟具也。所谓“人生若泛舟”而已，宁不可叹！】出在潢海铁网山上，【甲戌侧批：所谓迷津易堕，尘网难逃也。】作了棺材，万年不坏。这还是当年先父带来，原系义忠亲王老千岁要的，因他坏了事，【蒙侧批：“坏了事”等字毒极，写尽势利场中故套。】就不曾拿去。现今还封在店里，也没人出价敢买。”

我们知道现实中并没有潢海铁网山之地名，也没有“樯木”这个木种名。批书人在此侧批注“所谓迷津易堕，尘网难逃也”，就是注明“潢海铁网山”所寓意的是精神领域的迷津和尘网。由此可知，出在迷津、尘网之上的“樯木”当然也不可能是现实中的木头。

第五回有明确交代，堕入迷津的是宝玉，因为神瑛侍者即曹寅宝玉监守自盗，妄动赤瑕宫神瑛美玉，他的命数就在劫难逃了，这就是对神瑛侍者轻举妄动行为给出“迷津易堕，尘网难逃”的评定。因此，迷津是曹寅宝玉的迷津，尘网也是曹寅宝玉难以逃脱的尘网。长在曹寅宝玉的迷津和尘网之上的樯木，当然就是曹寅宝玉轻举妄动事件所衍生出来的事物。

哪有万年不坏的木头，只有作为精神领域的超度，方可称万年不坏，所以，“樯木”寓意的不是木而是人，是超度曹寅的人。那么这个超度曹寅的“樯木”所寓意的是谁呢？如果“樯木”不是指植物木头，而是指人，线索便立刻明晰起来，“木”在书中的象征意义，当然毋庸置疑是指绛珠草林黛玉。

可一副棺材板，为何又要扯出义忠亲王老千岁？既然无人出价敢买，薛蟠为何又敢擅自拿出来送人？因为义忠亲王老千岁所影射的就是“坏了事”，即被废除了太子之位的胤礽，而提及黛玉就不能不提及她太子女人的身份。“这还是当年先父带来”所交代的是“樯木”的来历，即已故曹寅所收养的儿女，“原系义忠亲王老千岁要的，因他坏了事，就不曾拿去”所交代的是“木”的身份，即太子胤礽所宠幸又没有娶进门的女人。太子所宠幸过的女人，谁敢再娶？所以“现今还封在店里，也没人出价敢买”。

“樯者，舟具也”又说明，“樯”不是用来修饰“木”的形容词，而是一个独立的名词，其意指舟具。所以“木”寓意林黛玉，而与木并列的“樯”另有所指。“所谓‘人生若泛舟’而已，宁不可叹！”更说明，“樯者”指的也不是物，而是人生，“樯者”是如舟具般可叹息的人生。那么这是谁的人生呢？

一个“蔷”字将贾蔷与“樯木”关联起来，虽然一个是草头蔷，一个是木旁樯，但草和木在书中都寓意林黛玉，所以，无论贾蔷，还是樯木，都与林黛玉脱不了干系，暗示的都是林黛玉身旁的人。那么贾蔷所影射的又是哪位呢？请看第二回，冷子兴道：

宁公居长，生了四个儿子。【甲戌侧批：贾蔷、贾菌之祖，不言可知矣。】

冷子兴本来说得很清楚，贾代化袭了官，【甲戌侧批：第二代。】贾敬袭了官，【甲戌侧批：第三代。】幸而早年留下一子，名唤贾珍，【甲戌侧批：第四代。】因他父亲一心想作神仙，把官倒让他袭了。这位珍爷倒生了一个儿子，今年才十六岁，名叫贾蓉。【甲戌侧批：至蓉五代。】纵向脉络一目了然，除贾蓉外，都是以袭了官的人为家谱纵向的基准，批文也标注的很清楚，一二三四五代人，一脉相承。可批书人为什么又要打破原有的格式，横插出贾蔷、贾菌二人呢？难道是批书人一时心血来潮，顺便带出了宁国府的亲戚？可他也没交代清楚这二人的祖父究竟是这四个儿子中的谁，更没有交代血脉传承中最重要的信息，父亲为谁呀？因此，这顺便带出来的亲戚，其实等于没说，我们仍然不了解贾蔷、贾菌与宁国府究竟有何亲戚关系，我们只能知道，贾蔷、贾菌二人属于平行的兄弟关系，同时还可以由此辈分推算出，他们与贾珍一样都是贾家的第四代人。当然，作者其实就是想隐蔽告诉我们这两点，贾蔷、贾菌二人是贾家第四代的兄弟。

可作者为什么不直接说，非要这般拐弯抹角呢？这里是在正式交代宁国府的家谱，当然不会无端扯到亲戚家去，因为贾蔷、贾菌并不是宁国府的亲戚，而根本就是宁国府贾敬这一脉上的自家人。贾敬是宁国府的第三代，贾蔷、贾菌是宁国府的第四代，不言而喻，他们二人当然就是贾敬之子。可书中明确交代，贾敬幸而早年留下一子，名唤贾珍，却如何又跑出兄弟俩，那另一位又在哪里呢？当然还在宁国府，就是贾蓉，即曹雪芹。

曹雪芹是曹寅见不得天日的私生子，曹家只能将其假托为曹颙遗腹子公开面世。所以，书中的贾珍与贾蓉是名为父子，实为兄弟，都是贾敬之子。而作者在书中使用了四个人物来表现曹颙与雪芹的这种名为父子实为兄弟的双层关系。冷子兴在正文交代的家谱，是曹家被迫谎报给康熙皇帝的正式文本，贾蓉即曹雪芹当然就是公开的贾珍即曹颙之子，即曹寅之孙。但事实并非如此，作者又如何能够真的以此谎言蒙蔽读者呢？所以，批书人就要在批文中做出注解，说出贾蔷、贾菌就是贾珍、贾蓉，他们都是贾敬之子，是宁国府第四代的兄弟关系之真相。再请看第九回：

原来这一个名唤贾蔷，【蒙双行夹批：新而艳，得空便入。】亦系宁府中之正派玄孙，父母早亡，从小儿跟贾珍过活，如今长了十六岁，比贾蓉生的还风流俊俏。他兄弟二人最相亲厚，常相共处。宁府人多口杂，那些不得志的奴仆们，专能造言诽谤主人，因此不知又有了什么小人诟谇谣诼之辞。

冷子兴在第二回明明交代，贾蔷是宁公儿子的孙，即宁国府第二代的孙，他当然就是与贾珍一样的宁国府的第四代，至此第九回，他如何又与宁国府的第五代人贾蓉是兄弟呢？这个所谓的谬误再次佐证了贾蔷即贾珍与贾蓉不是父子，而是兄弟的关系。“亦系宁府中之正派玄孙”同样也说明了贾蔷不是宁府的亲戚旁支，而是宁府的正牌子孙，那他当然不是贾蓉就是贾珍。

“比贾蓉生的还风流俊俏”已经说明，贾蔷是比贾蓉更风流俊俏的另一个人，因此，贾蔷是贾蓉的兄弟。

一个男人的名字，如何用到“艳”？“新而艳”所暗示的正是贾蔷的同性恋倾向，同性恋和父母早亡都对应了冯渊即曹颙的人物特性，所以，贾蔷就是贾珍即曹颙，又有了诟谇谣诼之辞暗示贾蔷即贾珍之前将宁国府翻了过来，已经有过大搞同性恋的绯闻，如今又轰轰烈烈地爱上父亲的情人黛玉，再起绯闻。贾蔷与龄官即林黛玉的爱情关系，也说明了贾蔷即曹颙与林黛玉的爱情关系。

所以，超度曹寅的棺材板“樯木”所寓意的是曹寅的一双儿女曹颙和黛玉，他如同舟具一般成了曹寅人生的摆渡人。请看第五回：

但见荆榛遍地，狼虎同群，迎面一道黑溪阻路，并无桥梁可通。【甲戌侧批：若有桥梁可通，则世路人情犹不算艰难。】正在犹豫之间，忽见警幻后面追来，告道：“快休前进，作速回头要紧！”【甲戌侧批：机锋。点醒世人。】宝玉忙止步问道：“此系何处？”警幻道：“此即迷津也。深有万丈，遥亘千里，中无舟楫可通，只有一个木筏，乃木居士掌舵，灰侍者撑篙，不受金银之谢，但遇有缘者渡之。……只听迷津内水响如雷，竟有许多夜叉海鬼将宝玉拖将下去。”

这里所描述的就是曹寅宝玉与可卿黛玉发生僭越雷池的配偶关系后的危险处境。“荆榛遍地”寓意宝玉涉入的死亡之境，“狼”即迎春命运簿籍中的中山狼，指孙绍祖和贾迎春，影射的是现实中将黛玉迫害致死的曹頫宝钗夫妻；“虎”在书中毫无例外，都是影射属虎的太子胤礽。“夜叉”对应母夜叉王熙凤，“海鬼”就是林如海的女儿，诈死的鬼魂黛玉。是海鬼黛玉将曹寅宝玉拖入了深有万丈，遥亘千里的爱情迷津，既无桥梁可通，也无舟楫可通，暗示了堕入迷津的曹寅宝玉已无生还的可能，就是“所谓迷津易堕，尘网难逃也”的命运结局。

然而，迷津中却有一个木筏可渡。曹寅宝玉堕入迷津，已经无舟楫可通，却为什么又有木筏可渡呢？“渡”所寓意的是超度，无桥梁可通，无舟楫可通，说明曹寅宝玉已走投无路，但死后却有木筏为其超度。“樯者，舟具也”是超度曹寅的棺材板，就是为曹寅宝玉摆渡的木筏。“居士”即居家修行的僧人，木居士就是樯木中的“木”，指居家修行的绛珠草黛玉。“侍者”指曾为皇室侍应的曹颙的侍者身份。人死如泥，如灰尘，“灰”即死灰。

木居士、灰侍者之称说明，以自己的身体为棺材板、为木筏的樯木在超度曹寅时，木居士黛玉还是在家居士，活着，而灰侍者曹颙已去世，已经成为死灰。

木居士掌舵、灰侍者撑篙的木筏所为曹寅超度的又是什么呢？就是曹寅的血脉传承和家业的传承。所以说，樯者，即贾蔷，即曹颙的人生不过如同舟具，在曹家的家史上起过渡作用，宁不可叹！

那么曹颙、黛玉又是怎样帮助了堕入迷津的曹寅，为他传承血脉香火的呢？请看：曹家的人口隐秘。

曹家的人口隐秘

在香山曹雪芹纪念馆，陈列了一份曹頫在康熙五十四年三月初七写给康熙皇帝的奏折，奏折中怪异的语气，让我隐约感到，神秘的不仅是《红楼梦》小说，曹家本身也存在着鲜为人知的秘密。本章解读的就是从这个奏折所流露出的曹家的人口隐秘。请看曹頫的奏折：

江宁织造主事奴才曹頫谨奏为皇仁浩荡代母陈情恭谢天恩事切奴才母在江宁伏蒙万岁天高地厚洪恩将奴才承嗣袭职保全家口挈母李氏闻命之下感激痛哭率领阖家老幼望阙叩头随于二月十六日赴京恭谢天恩行至滁州地方伏闻万岁谕旨不必来京奴才母谨遵旨仍回江宁奴才之嫂马氏因现怀妊孕已及七月恐长途劳顿未得北上奔丧将来上倘幸而生男则奴才之兄嗣有在矣

曹颙突然病逝后，曹家已无男丁承继家业，康熙皇帝为保曹寅家口不散，做主将曹寅弟弟曹宣的第四子曹頫过继给曹寅遗孀李氏，并袭织造之职，为此李氏率领全家上京感谢皇恩。康熙皇帝体恤长途跋涉将会造成经济损失，特谕旨不必来京谢恩，所以李氏所率领曹家人众走到滁州又折返回去了。而这份奏折的内容，就是曹頫代母陈情，向康熙皇帝报告赴京谢恩，半路返回的情况，并向皇帝表达感激之情。但同时，他似乎又顺便报告了曹颙之妻马氏没有参加北上奔丧活动是因为怀孕了，更奇怪的是，他不仅向皇上絮叨了马氏怀孕的家务琐事，竟然还胆敢向皇帝絮叨他瞎猜马氏将生男孩的无稽之谈。

曹頫过继来曹寅家时是十五岁，一个初来乍到的十五岁少年上位后，第一次代母陈情，给皇帝写奏折，他敢自作主张与皇帝聊这“将来上倘幸而生男则奴才之兄嗣有在矣”这样不确定之闲篇吗？因此，这绝对不是曹頫个人的轻率之笔，而属于曹家的处心积虑之作。可想而知，拿主意的肯定就是李煦、李氏兄妹二人。

那么，曹家为什么要冒险跟皇帝谈这个不能确定的事呢？难道等马氏生产以后，届时曹家再写一份奏折报告皇帝陛下，确实生了男孩，曹颙有后了，或者说，很遗憾生的是女孩吗？即使康熙皇帝关心曹家子嗣问题，料想曹家人也绝不敢与皇帝聊这瞎猜的闲篇，况且康熙皇帝所在意的人是曹寅，而非曹颙。对于这个十九岁便夭折的曹寅的养子，恐怕皇帝是不会在意他是否有后的吧。因此，关于马氏怀孕的内容曹家所准备的就是一次性的报告，就此问题曹家绝不会跟皇帝写第二份奏折。所以，曹頫向康熙皇帝报告生男有后之事，并不是“倘幸”，而是完成式，因为这个孩子早已经出生了，就是一个男孩，曹頫只是用“倘幸”对先产后报的自圆其说。

我们当然知道，奏折中提到马氏所怀曹颙的这个遗腹子就是曹雪芹，可曹雪芹为什么会有一个先产后报的身世呢？因为曹雪芹的父母并不是曹颙、马氏，而是曹寅、黛玉。当曹頫在康熙五十四年来到金陵曹寅家，写出这份奏折时，曹雪芹出生已有四年，他是曹寅与太子的女人黛玉的私生子，就是曹寅与黛玉私通的奸证。曹雪芹的存在本就是曹家最大的机密，他是一个没有户口，出不得门，贾母口中见不得天日的秘密出生的人。书中称之为异物的通灵宝玉，口中衔来的神奇来历，所隐蔽的正是通灵宝玉瞒天过海的出生。

曹寅去世不到三年，曹颙又死，康熙皇帝将曹頫过继给曹寅遗孀，使其接任织造之职，足见康熙皇帝对曹寅感情深厚。曹家当然要抓住皇帝垂怜曹寅这最后的机会，为曹雪芹申报一个公开身份，奏折中"倘幸而生男则奴才之兄嗣有在矣"就是曹家向皇帝陛下转递的一个信息，曹家想为曹雪芹讨一个曹颙遗腹子的公开身份。康熙皇帝当然心中有数，此子就是曹寅与黛玉的私生子。"嗣有在矣"是曹家提醒康熙皇帝，此子是曹寅唯一的血脉子嗣，以此博得皇帝陛下的同情，再次恩赦于曹寅。不然，曹颙是否有嗣与皇帝何干，曹家以此家务琐事聒噪皇帝意图何在？康熙皇帝怜悯曹寅，可以不追究其死后之罪，但皇帝也不能不顾及废太子的颜面，让曹寅的私生子招摇于世。所以，曹家只为曹雪芹求一个曹颙遗腹子的身份，算是给双方找一个台阶，于是康熙皇帝不置可否，算是默认，就让曹家人去自圆其说。

《红楼梦》虽然是小说，但是一部以讲真事为要旨的小说，作者的小说，当然同样会反映曹家制造这个谎言的史实，讲出谎言的制造过程，或者说，《红楼梦》的主题根本就是这个谎言事件的前因后果。从曹頫的奏折可知，曹颙之妻马氏有一个因怀孕而请假，没有参加奔丧活动的史实。那么她究竟是真怀孕了，还是如我所判断的那样，马氏怀孕就是曹家所制造的一个谎言呢？我们需要到讲真事的小说《红楼梦》中寻找答案。请看第五十八回：

贾母、邢、王、尤、许婆媳祖孙等皆每日入朝随祭，至未正以后方回。在大内偏宫二十一日后，方请灵入先陵，地名曰孝慈县。【庚辰双行夹批：随事命名。】这陵离都来往得十来日之功，如今请灵至此，还要停放数日，方入地宫，故得一月光景。宁府贾珍夫妻二人，也少不得是要去的。两府无人，因此大家计议，家中无主，便报了尤氏产育，将他腾挪出来，协理荣宁两处事体。

因为书中的贾珍所影射的是原型人物曹颙，贾珍之妻尤氏所影射的是曹颙之妻马氏，这个入朝随祭，尤氏谎报产育请假，所影射的应该就是曹頫奏折中所提到的“奴才之嫂马氏因现怀妊孕已及七月恐长途劳顿未得北上奔丧”之事件。不然，原本就是管家奶奶的王熙凤就不在入朝命妇之列，而且还有已经管事的探春和大少奶奶李纨，再怎么着也轮不上一个公务在身的命妇请假为两府看家，更何况所捏造的请假理由不是容易对付过去的生病，而是将带来后果的怀孕。这个请假理由显然并不易蒙混过关，之后贾家还必须再扯一个谎，说尤氏小产或者孩子死了方可圆谎。不然，这个户口报上去，后果是这个男孩必须要去当差，女孩也要参加选秀。而这个带有后患的尤氏产育的谎言，并不是出自哪位脑袋进水的人，而是经过两府人的慎重公议作定的主意。所以，尤氏产育的谎言绝不是为了区区无人看家的小问题，而另有大隐情。

“两府无人”暗示，谎言的背景不单单是宁国府，或者荣国府，而是事关宁、荣二府。我们知道，书中的宁荣二府所寓意的是曹颙、曹頫分别为曹家顶门立户的前后两个不同时期，那么此谎报产育的事件究竟是发生在宁国府时期，还是荣国府时期呢？

答案是，此事发生在曹颙、曹頫交替的中间地带，就是曹頫刚到金陵，代母陈情，向皇帝陛下奏报马氏有孕，倘幸生男，兄嗣有在矣之时。谎报尤氏怀孕事关贾珍尤氏夫妇，因此是宁国府的事，谎报怀孕的奏折出自曹頫之手，自然与荣国府也脱不了干系，所以书中说是宁荣二府。

但“大家计议”又暗示，此举并非宁国府当家人贾珍的主意，更不是荣国府当家人贾政的主意，那么此中的“大家”所隐蔽的都是谁呢？曹家兄弟相从的继承方略虽然是由康熙皇帝一手制定，但具体操作此事的执行人是李氏和她的堂兄李煦，是李煦亲自将曹頫从北京带到金陵曹家。李煦不仅是曹寅同朝为官的内兄，而原本就是曹寅挚友，他们之间是在挚友基础上发展出来的亲戚关系。书中所谓的“一荣俱荣，一损俱损”并非指曹颙曹頫宁荣二府的关系，而是指曹寅与李煦唇齿相依的关系。所以，“大家”所包含的不仅有李氏，还有李煦，自然也少不了马氏，以及雪芹之生母黛玉。曹家人和李煦共同计议出谎报尤氏产育的实质，并非为请假不参加奔丧，而是为这个早已出世的孩子寻找一个申报户口的理由，而这个早已出生的，没有户口的男孩当然就是曹寅亲生的儿子曹雪芹。此举的目的就是曹家为曹雪芹向康熙皇帝讨要一个曹家子孙的公开身份。

曹寅和黛玉的儿子曹雪芹出生在康熙五十年四月二十六日，因畏于太子虎威，一直隐藏于织造府中，没有公开身份，见不得天日。曹颙去世，外界认为曹家已经绝后，如果此时还不向皇帝申报这个户口，那么，曹雪芹也将再无公开作为曹家子孙的机会。在这紧要当口，曹家必须冒险以探圣意。这就是曹頫语气怪异地向康熙皇帝报告马氏怀孕，倘幸而生男的原因，这就是奏折中流露出的曹家的人口隐秘，也就是曹雪芹的身世之隐秘。

往下请看：贾蓉的伪父母。

贾蓉的伪父母

从曹頫奏折和书中“两府无人，因此大家计议，家中无主，便报了尤氏产育”的对应关系猜测，曹家确实曾有一个谎报马氏怀孕的事件。奏折中又有“将来上倘幸而生男则奴才之兄嗣有在矣”说明，曹颙之前并无子嗣，此马氏所怀的遗腹子就是曹颙唯一的儿子曹雪芹。而书中也没有尤氏小产，或死孩子的故事发生。那么这个谎报的尤氏所产育的孩子将着落在书中的哪个人物身上呢？虽然贾蓉与胎儿形象相去甚远，读者不容易将二者联系起来，但是，贾家所谎报尤氏产育的这个胎儿实际上指的只能是贾蓉。书中的贾珍尤氏夫妻所影射的是原型人物曹颙马氏夫妻，贾珍尤氏唯一的儿子贾蓉所影射的当然就是此谎报的曹颙的遗腹子曹雪芹。只不过贾蓉十六岁的年龄，所标记的不是谎报产育时的康熙五十四年，而是曹家被抄家的前一年，即雍正五年。贾蓉是书中年龄最大的曹雪芹。

请看第十一回：

话说是日贾敬的寿辰，贾珍先将上等可吃的东西，稀奇些的果品，装了十六大捧盒，着贾蓉带领家下人等与贾敬送去，向贾蓉说道："你留神看太爷喜欢不喜欢，你就行了礼来。你说：'我父亲遵太爷的话未敢来，在家里率领合家都朝上行了礼了。'"贾蓉听罢，即率领家人去了。

由此情节可以看出，贾珍对贾敬恭敬有加，然而他在贾敬跟前的地位却远不及贾蓉。贾珍遵太爷的话未敢前来，贾蓉却可以往来自由。袭了官的贾珍在贾敬这里的地位，为什么反不如处处不受待见的贾蓉呢？因为贾敬所演绎的是已经去世的曹寅，贾珍即曹頫只是贾敬早年收留的养子，而贾蓉所影射的却是这个谎报的遗腹子曹雪芹，他名义上虽然是贾珍的儿子、贾敬的孙，但实际上，贾蓉才是贾敬真正亲生的儿子，是贾敬离世时最惦念的唯一的继承人曹雪芹。这也是为什么在日常生活中，贾蓉从不得宠，总遭人嫌弃，但无论大小祭祀活动，却总是被突出的内在玄机。

第五十三回"宁国府除夕祭宗祠，荣国府元宵开夜宴"有一段回前总批写道：

"文字最高妙是神主看不真切，一句最苦心是用贾蓉为槛边传蔬人，用贾芷等为仪门传蔬人，体贴入微。噫！文心至此，脉绝血枯矣。是知音者。"

此回祭宗祠，开夜宴自然是文采华章，可为什么其中文字最高妙句是"神主看不真切"，而最苦心一句是用贾蓉为槛边传蔬人呢？“噫！文心至此，脉绝血枯矣。是知音者”已不是暗示，而是强力提示读者必须读出其中之玄妙方没有辜负作者之用心。那么，此中究竟暗藏了什么奥妙？

我认为“神主看不真切”的高妙，在于这原本应是可以看清楚的被祭祀对象的名称，然而在薛宝琴看来，这个牌位上的名字远不及活人来得真切。因此，薛宝琴所看不真切的神主，并非泛指她从未见过的列祖列宗，而是她曾熟悉的爱恋过的人，这个人当然就是新近去世的刚加入列祖列宗行列的贾敬，即曹寅。作者以“看不真切”的朦胧手法将他的姓名隐去，避免了作者所绝不会采纳的明言直述，同时却又无形地突显了其人在故事中的显耀地位。

“用贾蓉为槛边传蔬人”的良苦，所隐蔽叙述的当然就是贾蓉在这个隆重祭祀活动中作为槛边传蔬人的重要身份。为什么独贾蓉随女眷在槛内？是因为他年纪小，还不需要讲究男女授受不亲吗？当然不是，“贾蓉便传于他妻子”说明，贾蓉是已经娶妻的成年男子。“每一道菜至，传至仪门，贾荇贾芷等便接了，按次传至阶上贾敬手中”说明，贾珍、贾琏、宝玉等人都被省略在这“按次”的行列中了，可为什么按次传至男人中最高辈分的贾敬手中后，又不按次地传给了贾蓉呢？并不是因为贾蓉年纪小，可以随女眷在槛内，而是因为他就是名义上贾敬的长子长孙，而实际上为贾敬即曹寅唯一的亲生儿子曹雪芹。当曹雪芹长到娶妻时，贾敬、贾珍，即曹寅、曹颙早已过世多年，贾琏即曹頫也早已不认曹寅这门亲了，曹寅家唯一的男人只有曹雪芹，他不随李氏、妻子在槛内，难道还独自一人站在门外？“每贾敬捧菜至，传于贾蓉”所寓意的就是贾蓉与神主的传承关系。按次传到贾敬手中时就是传到了神主手中，而神主又将香火传给了贾蓉，这就是“用贾蓉为槛边传蔬人”的良苦用心。

第五十三回的批文总是反复提示，该回在隐隐为下回做铺垫，那么，第五十四回“史太君破陈腐旧套，王熙凤效戏彩斑衣”究竟又讲述了什么内容呢？请看第五十四回：

【蒙回前总批：积德于今到子孙，都中旺族首吾门。可怜立业英雄辈，遗脉谁知祖父恩。】

回前总批已经道破天机，该回的隐蔽主题是“遗脉谁知祖父恩”。这就是需要第五十三回以“神主看不真切，一句最苦心是用贾蓉为槛边传蔬人”做铺垫所表达的主题，暗示了神主与贾蓉对应的祖父与遗脉关系。

“积德于今到子孙”所交代的是时间和人物。“于今”指的是什么时间呢？如果作者不特别交代这个时间为某事件时间，“于今”指的当然就是作者写书的正在进行时，是当下，而“子孙”也当然不是泛指儿子和孙子，而是特指具有曹寅儿子和孙子双层身份的曹雪芹。

“都”当然也不指首都北京，而是指古都南京。“都中旺族首吾门”所呼应的是第一回，居住姑苏城的甄士隐家被本地推为望族之说，暗示了于今的子孙，即作者曹雪芹的家就是甄士隐即曹寅的家，曹寅当年在金陵是首出的旺族。而“立业英雄辈”指的当然就是将曹家的富贵基业推向旺盛顶峰的甄士隐即曹寅。于此说来，人物关系很明晰了，这里祖父与子孙的关系就是甄士隐与作者的关系，即曹寅与自己名义上的孙子、实际上的儿子曹雪芹的关系。

“遗脉”自然指遗腹子，也就是曹颙的遗腹子曹雪芹。

“遗脉谁知祖父恩”是此回前诗的精要，这里的祖孙说的是甄士隐与作者的关系，可谁又知道，这个曹颙的遗腹子，实际并非曹颙的血脉，而是曹颙父亲曹寅的骨肉。这就是作者曹雪芹“子孙”双层身份的玄机。

第五十三回的回前总批以“文字最高妙是神主看不真切，一句最苦心是用贾蓉为槛边传蔬人”，将神主先祖和贾蓉联系起来。批文“靖：‘祭宗祠’‘开夜宴’一番铺叙，隐后回无限文字”又将已经联系起来的先祖跟贾蓉的关系暗暗带入后回。回末总批“于香茗古玩上渲染，儿榻座次上铺陈，隐隐为下回张本”又提示，下回的高妙就在这儿榻座次上。那么我们就来看第五十四回正文中的儿榻座次：

贾珍忙答应了，又笑说：“留下蓉儿斟酒才是。”贾母笑道：“正是忘了他。”贾珍答应了一个“是”，便转身带领贾琏等出来。二人自是欢喜，便命人将贾琮贾璜各自送回家去，便邀了贾琏去追欢买笑，不在话下。

这里贾母笑道：“我正想着虽然这些人取乐，竟没一对双全的，就忘了蓉儿。这可全了，蓉儿就合你媳妇坐在一处，倒也团圆了。”

贾家是一个特别讲究尊卑、上下的诗礼之家，传菜敬酒的秩序半分也错不得，既然贾母需要斟酒的人，这个尽孝的荣誉首先应该归于贾珍呀，为什么却让贾蓉越级代劳呢？在这元宵佳节，一家团圆的重要时刻，为什么贾珍和贾琏竟公然弃长辈和妻子不顾，自己追欢买笑去了？因为“积德于今到子孙”说明，此元宵佳节指的是书中故事已经结束，作者书成之后的元宵佳节，这时贾珍即曹颙早已去世，而贾琏即曹頫也已脱离了与曹寅家的过继关系，离开了曹寅之家，即作者曹雪芹的家，所以，此时贾家即曹家活着的主要成员就是贾母即曹寅遗孀李氏和贾蓉即曹雪芹，以及李纨即曹颙遗孀马氏和贾蓉之妻即曹雪芹之妻。

由贾珍开口留下贾蓉体现了贾珍与贾蓉名义上的父子传承关系，“贾母笑道：‘正是忘了他。’”暗示，在此团圆之际贾蓉属于不能被忽视的重要家庭成员。用贾母的话说，留下贾蓉，一家子团圆这可就全了，不然，贾珍、贾琏仅仅是出去玩，贾珍与尤氏、贾琏与王熙凤，难道就不能算夫妻双全了？因此，儿榻座次上的玄妙在于“蓉儿就合你媳妇坐在一处，倒也团圆了”。此情节说明，此时的团圆已经不包括去世的曹颙和与曹寅家脱离过继关系的曹頫。

我们已经知道，贾蓉就是贾家谎报尤氏产育所生的这个男孩，他与贾珍只是名义上的父子，他真正的父亲是他名义上的祖父贾敬，那么，贾蓉的生身母亲是不是尤氏呢？请看第六十八回：

凤姐儿一面又骂贾蓉：“天雷劈脑子五鬼分尸的没良心的种子！不知天有多高，地有多厚，成日家调三窝四，干出这些没脸面没王法败家破业的营生。你死了的娘阴灵也不容你，祖宗也不容，还敢来劝我！”

“天雷劈脑子五鬼分尸的没良心的种子！”再次揭示了贾蓉的来历，他是天雷劈脑子五鬼分尸的种。谁是五鬼呢？“魇魔法姊弟逢五鬼，红楼梦通灵遇双真”就是回答。癞头和尚和跛足道人是黛玉、曹寅的化身，“魇魔法姊弟逢五鬼，红楼梦通灵遇双真”又将五鬼与双真，即癞头和尚和跛足道人联系起来，所以，贾蓉就是五鬼和双真，即黛玉和曹寅的种。“你死了的娘阴灵也不容你”说明，此时贾蓉的亲娘已死，而尤氏活着，所以，尤氏与贾珍一样都不是贾蓉的亲生父母。既然亲娘已死，只是一个阴灵，还有什么认不认的问题呢？这就是“你死了的娘阴灵也不容你”的玄机，因为贾蓉的亲娘就是诈死逃禅的秦可卿，她并没有真死，还活着，就躲藏在贾家，所以，她是一个活着的阴灵。贾蓉的祖宗当然是贾敬，可是，亲爹贾敬和亲娘秦可卿都不敢认他为子，他不能公开自己的真实身份，只能假冒贾珍、尤氏之子苟活。“你死了的娘阴灵也不容你，祖宗也不容，还敢来劝我！”就是王熙凤抓住贾蓉的致命伤对他所进行的恶毒攻击。

在王熙凤大闹宁国府的矛盾冲突中，尤氏并无别语，只骂贾蓉“孽障种子！和你老子作的好事！”，说明此事与尤氏无关系。被抓住把柄的人是贾蓉，不然，为什么贾珍可以开溜，而贾蓉却必须留下来面对王熙凤来解决问题？当然不是说贾蓉真的参与了尤二尤三的风月情事，而是暗示，事关贾蓉而非贾珍，把柄就是贾蓉孽障种子的身份问题。尤氏和王熙凤其实是同一立场，她二人所骂的都是贾蓉和贾蓉的亲娘。

第六十八回有回前总评："今读《石头记》，又见凤姐，作威作福，用柔用刚，站步高，留步宽，杀得死，救得活。"那么，王熙凤大闹宁国府，究竟在闹谁，又在杀谁？请继续往下看第六十八回：

贾蓉只跪着磕头，说："这事原不与父母相干，都是儿子一时吃了屎，调唆叔叔作的。我父亲也并不知道。如今我父亲正要商量接太爷出殡，婶子若闹起来，儿子也是个死。只求婶子责罚儿子，儿子谨领。

王熙凤大闹宁国府，闹的就是贾蓉和贾蓉的亲娘，要杀的也是贾蓉和贾蓉的亲娘。尤氏骂贾蓉为"孽障种子"足以说明，尤氏不是贾蓉的亲娘。即便贾蓉是妾室所生的孩子，他们通常也只会称正房为太太，而不是母亲，可为什么，贾蓉却一口一声称贾珍尤氏为父母呢？因为贾蓉与尤氏并不是庶出与正房太太的关系，而是叔嫂假冒的母子关系。如果这个伪母子关系暴露，首当其冲的就是贾蓉和他的亲娘秦可卿，母子二人都将有杀身之祸。贾蓉话里的潜台词是：婶子若闹起来，暴露了我的真实身份，我这个假冒的儿子也是个死，"也"字暗示，他的亲娘是个死，贾蓉也要死。不然，贾蓉为什么要主动扯出太爷出殡的事，王熙凤又凭什么敢闹太爷出殡？王熙凤胆敢大闹宁国府，依仗的就是贾家谎报尤氏产育的这个把柄，而这个把柄的当事人是太爷贾敬。此时王熙凤大闹宁国府仅仅是一个威胁，真正的杀手锏还没使出来，如果王熙凤告发贾家谎报尤氏产育，揭露贾蓉的父母不是贾珍尤氏，而是贾敬和秦可卿，且秦可卿还没有死，还躲藏在贾家的真相，贾蓉和他的亲娘只有死路一条。但如果贾蓉母子妥协，听命于她，她便也可以不闹，生杀大权就在王熙凤告与不告之间。这就是第六十八回回前批所说的，王熙凤为什么能作威作福，用柔用刚，站步高，留步宽，杀得死，救得活的真相。贾蓉当然别无选择，只有一个劲向王熙凤求饶，以免亲娘再遭苦难。

那么，贾蓉的亲娘究竟是谁呢？就是与贾蓉同居一屋的秦可卿即林黛玉。众所周知，该书所有涉及的名称，无论地名、房屋名等都是作者所讲述的故事，尤其人名非等闲。贾蓉这个人物还有一个重要信息就是他的名字。我们知道，芙蓉在书中所象征的是林黛玉，众人也说："除了他，别人不配做芙蓉。"那么，贾蓉为什么也配做芙蓉了？就是因为贾蓉是林黛玉的儿子，林黛玉是一朵芙蓉，贾蓉就是出自林黛玉的小芙蓉。所以，贾珍尤氏仅仅是贾蓉的伪父母，贾蓉即曹雪芹真正的父母是贾敬和秦可卿，即曹寅和黛玉。

往下请看：到头谁似一盆兰。

到头谁似一盆兰

“到头谁似一盆兰”是第五回李纨判词中的一句，这个问句与“遗脉谁知祖父恩”暗暗相接，问答之间所隐蔽的是作者曹雪芹扑朔迷离的身世。请看全诗：

后面又画着一盆茂兰，旁有一位凤冠霞帔的美人。也有判云：

桃李春风结子完，到头谁似一盆兰？如冰水好空相妒，枉与他人作笑谈。【甲戌双行夹批：真心实语。】

从描述画图的主语可知，此画的主题是一盆茂兰，而凤冠霞帔的美人李纨只是这盆茂兰的背景人物。“到头谁似一盆兰”同样暗示了贾兰的身世就是这个故事的精要。

因为李纨的丈夫姓贾不姓桃，“桃李”就不是指代李纨和她的丈夫，“桃李春风”也就不能简单地理解为贾珠、李纨夫妻的好日子。又因为李纨还活着，人生并没有完结，所以，“桃李春风结子完”指的不是李纨的命运，而是李纨丈夫贾珠的命运。

“桃李春风”典出杨万里《送刘童子》诗中最后一句“桃李春风冠集英”，全诗对刘童子的才华给予高度赞美，最后以“冠集英”把这种赞美推向高潮并作为总结。而曹雪芹借用了这句诗中的前四字“桃李春风”，又以“结子完”改变原诗赞美的笔调，透出一声叹息。那么，作者为什么要借用“桃李春风”之典，却又反其义而用呢？因为贾珠所影射的曹颙就是一个与才华横溢的刘童子有相似之处的人，曹颙也同样会读书，有才华，是康熙皇帝眼中的青年才俊，但他的命运却与刘童子的“冠集英”大相径庭，他完成结子的使命后，他的生命也就此完结。但是，“到头谁似一盆兰？”却又对这盆茂兰的属性提出了强烈质疑，而这个质疑不仅否定了贾珠结子的人生价值，更是否定了贾兰作为贾珠李纨之子的身份。

“冰水”寓意冰山上的雌凤王熙凤，即冷美人宝钗。“如冰水好空相妒，枉与他人作笑谈。”即李纨如同王熙凤般好嫉妒，结果也不过是白白给人做了笑谈。

在这个册页里，画图体现的是贾兰与李纨的关系，而诗的前两句“桃李春风结子完，到头谁似一盆兰？”述说的是贾珠和贾兰的关系，后两句“如冰水好空相妒，枉与他人作笑谈”才单独总结了李纨。此册页看似一家三口的标配，隐蔽表述的却是非同一般的家庭结构。

画图为什么不直接描绘李纨与贾兰的母子关系，而仅仅用一盆茂兰来象征贾兰呢？因为贾兰不是李纨真正的儿子，作者借一盆茂兰来象征贾兰，就是隐蔽表述，贾兰作为李纨的儿子身份就好比李纨房中的一个摆件是给人看的。那么，贾兰是谁的儿子，到底谁似一盆兰呢？

有一个人的名字直接回答了这个问题，这个人就是卫若兰。“若”即似，若兰就是似兰。卫若兰又是何样人物，在书中有什么故事，与贾兰又有什么关系呢？请看关于卫若兰的文字：

余者锦乡侯公子韩奇，神威将军公子冯紫英，卫若兰等诸王孙公子，不可枚数。（见《红楼梦》第十四回）

【甲戌：前回倪二、紫英、湘莲、玉菡四样侠文皆得传真写照之笔，惜“卫若兰射圃”文字迷失无稿，叹叹！】（见《红楼梦》第二十六回）

【庚辰：后数十回若兰在射圃所佩之麒麟正此麒麟也。提纲伏于此回中，所谓“草蛇灰线，在千里之外”。】（见《红楼梦》第三十一回）

以上三段节选就是关于卫若兰的全部文字，可以说，卫若兰这个人物在书中根本没有正面出场，出场的只有他的这个名称，可想而知，这个人物的玄机就在名字中。若兰，似兰就是他与贾兰的对接。卫若兰的名字第一次出现，也是正文中唯一的出场，是在第十四回秦可卿的丧仪上，而第十四回的标题是“林如海捐馆扬州城”，因此，卫若兰在正文中唯一的正式出场就是出席林如海的丧仪。公布治丧人员名单的要点当然是治丧者的身份，尽管韩奇和冯紫英都无职务在身，但还是要交代他们作为锦乡侯和神威将军之子的公子身份，可为什么单单不交代卫若兰是谁家公子呢？因为卫若兰就是贾兰，即曹雪芹，他不是贾珠李纨亲生的儿子，他是林如海和秦可卿的私生子，在林如海和秦可卿的丧仪上，卫若兰才是此治丧名单中最重要的嫡亲孝子，作为孝子他必须出席治丧，但却又不能公开他私生子的身份，所以他是此治丧人员中唯一只有名字而隐蔽了身份的人。

贾兰当然也在治丧名单中，但贾兰是作为伪装的第五代，也就是伪装的曹寅之孙，曹颙马氏之子的身份。所以，作者必须为贾兰另起一个名称来表述他真实的曹寅之子的孝子身份以寄托哀思，也就是“遗脉谁知祖父恩”的内涵。

虽然卫若兰这个名称在正文中仅仅出现了一次，但事后批书人却两次提及此人，使得这个人物在书中变得突出而神秘起来，读者的好奇心也欲罢不能。那么，卫若兰名称背后究竟发生了什么故事？从仅有的两段批文可以得知，其实卫若兰背后的故事只有两个要素：其一，故事发生地是射圃；其二，当时他所佩戴的金麒麟就是宝玉手中的这个金麒麟。只要我们摸清金麒麟的来龙去脉，卫若兰背后的故事便可浮出水面。

“后数十回若兰在射圃所佩之麒麟正此麒麟也。提纲伏于此回中，所谓‘草蛇灰线，在千里之外’”的批文是出现在第三十一回，而“提纲伏于此回中”暗示，此回才是麒麟故事的提纲和开端，有关麒麟的其他事件时间都发生在此麒麟故事之后。第三十一回标题“因麒麟伏白首双星”同样说明，该回所出现的雄雌麒麟所埋伏的是双星白首以后的故事。金麒麟是祥瑞之物，“白首双星”亦属褒扬赞美之词，宝玉是雄麒麟的持有者，湘云是雌麒麟的持有者，这对分别持有吉祥之物雄雌麒麟的人，毫无疑问当然就是此爱情故事的白首双星了。

宝玉说："倒是丢了印平常，若丢了这个，我就该死了。"暗示，此宝玉既丢了印也丢了麒麟，当他丢下麒麟时就是他的死期。也就是说，他先是丢了印，临终前才丢下麒麟，这是作者一语成谶的惯用手法。我们已经知道宝玉是"合身人"，而曹寅就是在风流事上丢了官印，这个丢了印的宝玉当然就是丢了官印的曹寅宝玉。我们又知道，湘云所影射的是曹寅之妻李氏，曹寅李氏夫妻当然堪称白首双星，因此，"白首双星"指的就是此中分持雄雌麒麟的曹寅宝玉和史湘云。不过此正当青春年华的曹寅宝玉和湘云还远未到白首之时，所以，此曹寅宝玉和湘云的麒麟配只是麒麟故事的开始，那么此中所埋伏的白首后的故事在哪里呢？我们又知道，湘云和贾母所影射的是同一个人李氏，湘云是贾母的逝水流云，贾母当然就是湘云的白首暮年。那么与贾母构成白首双星格局的是谁呢？是第二十九回所出现的张道士。

书中交代，曾经先皇御口亲呼张道士为"大幻仙人"，如今现掌"道录司"印，又被封为"终了真人"，现今王公藩镇都称他为"神仙"，所以不敢轻慢。二则他又常往两个府里去，凡夫人小姐都是见的。

"大幻"对应"太虚幻境"，"大幻仙人"称号暗示张道士是"太虚幻境"中人。"终了真人"又与《好了歌》作者跛足道人和解注《好了歌》的甄士隐遥遥相对，道士、神仙更是曹寅在书中的专有身份，因此，张道士即《好了歌》作者跛足道人，所影射的就是曹寅，这也是张道士为什么可以走进壁垒森严的贾府后堂，随意见到两府里夫人小姐的身份背景。

书中是这样描述宝玉与张道士相见时的情景的："谁知宝玉解

手去了才来，忙上前问：‘张爷爷好？’张道士忙抱住问了好。”正是场面上主宾相见的时刻，为什么要特别交代宝玉解手才来这样有失风雅仪态的琐事呢？毫不婉转，直接用解手来描述宝玉的现场状态暗示，此宝玉还是一个没有避讳随时要撒尿的小孩，“张道士忙抱住问了好”的问候方式同样呼应了此宝玉可以让人抱着的幼童特性，说明，此宝玉是五个宝玉中年幼的雪芹宝玉。

当张道士感叹雪芹宝玉的这个形容身段、言谈举动同当日国公爷一个稿子时，竟两眼流下泪来，贾母也由不得满脸泪痕，说道：“正是呢，我养这些儿子孙子，也没一个像他爷爷的，就只这玉儿像他爷爷。”满脸泪痕，可不是因娇宠溺爱孙儿所表现出来的矫情，这是极度悲伤不能自制的表现，一个久经风雨的贵妇，对着一个老道士为什么会如此情不自禁宣泄内心的悲伤呢？因为张道士就是贾母白首双星的丈夫，雪芹宝玉名义上的爷爷，实质性的父亲曹寅。

平白无故贾母怎能随意说自家的儿孙不像自家的先祖？贾母的话暗示，只有这个雪芹宝玉是曹寅亲子，曹颙、曹頫都不是曹寅亲生，他们所生的孩子长得自然也不会像曹寅，既然儿孙都不像，为什么独宝玉又能跨过父亲像爷爷呢？因为曹雪芹不是爷爷的孙，而是爷爷的子，所以，这个宝玉不是别个，而是曹寅之子曹雪芹。知道了此宝玉与张道士的父子关系，我们便不难读懂宝玉与张道士之间所发生的事件性质。请看第二十九回：

只见张道士捧了盘子，走到跟前笑道：“众人托小道的福，见了哥儿的玉，实在可罕。都没什么敬贺之物，这是他们各人传道的法器，都愿意为敬贺之礼。哥儿便不希罕，只留着在房里顽耍赏人罢。”贾母听说，向盘内看时，只见也有金璜，也有玉玦，或有事事如意，或有岁岁平安，皆是珠穿宝贯，玉琢金镂，共有三五十件。

无论对贾家还是曹家而言，三五十件珠穿宝贯、玉琢金镂的金器、玉器都是一笔不可小觑的财产，第二十二回就有故事情节暗示，王熙凤对这笔财产耿耿于怀的觊觎之心。那么张道士为什么无端要将这笔财物赠送给宝玉呢？因为，此宝玉是雪芹宝玉，而张道士就是雪芹宝玉的生父曹寅，三五十件金器、玉器就是曹寅临终前留给雪芹宝玉，由贾母所保管的遗产，而其中就包括了这只金麒麟。请继续往下读：

贾母因看见有个赤金点翠的麒麟，便伸手拿了起来，笑道：“这件东西好像我看见谁家的孩子也带着这么一个的。”宝钗笑道：“史大妹妹有一个，比这个小些。”（见《红楼梦》第二十九回）

宝玉听见史湘云有这件东西，自己便将那麒麟忙拿起来揣在怀里。一面心里又想到怕人看见他听见史湘云有了，他就留这件，因此手里揣着，却拿眼睛瞟人。只见众人都倒不大理论，惟有林黛玉瞅着他点头儿，似有赞叹之意。宝玉不觉心里没好意思起来，又掏了出来，向黛玉笑道：“这个东西倒好顽，我替你留着，到了家穿上你带。”林黛玉将头一扭，说道：“我不希罕。”宝玉笑道：“你果然不希罕，我少不得就拿着。”说着又揣了起来。（见《红楼梦》第二十九回）

“史大妹妹有一个，比这个小些”明确指出，此金麒麟就是与湘云手中的雌麒麟相匹配的雄麒麟。当林黛玉看到宝玉把这只雄麒麟当作宝贝揣在怀里时，她非但不生气，反而点头儿表示肯定并发出赞叹。用“赞叹”二字显然就排除了讽刺性质，所表现的是林黛玉对此事的肯定和由衷的感叹情绪。此幼童宝玉并不是林黛玉的恋爱对象，而是林黛玉的孩子雪芹宝玉。当雪芹宝玉得知，父亲遗产中的这只金麒麟与湘云，即贾母手中的是相匹配的一对时，便格外珍爱，将其揣在怀里，但又怕母亲黛玉不高兴他保存父亲与正房太太的爱情信物，因此，又对黛玉说是留着给她戴，此时林黛玉将头一扭，说道：“我不希罕。”当然就是吃醋了。林黛玉并不像大家所误解的那般小气爱争风吃醋，在自己与曹寅、李氏夫妻的三角关系上，她从来都能摆正自己小妾的位置，非常尊重贾母正房夫人的身份，并接受她的庇护，而不敢存任何僭越之心。但这不吃醋也是有底线的，她可以不反对，并由衷地赞叹、鼓励自己的儿子保存和佩戴他父亲与正房太太之间的爱情信物，但绝不可能大度到自己佩戴情人与别人的爱情信物，所以，虽然林黛玉将头一扭，说“我不希罕”，表示她在吃醋，宝玉也并不怕她生气，仍旧又揣了起来。

第三十一回标题“因麒麟伏白首双星”即曹寅宝玉和湘云青春黑发时所拥有的一对雄雌麒麟，所埋伏的是他们成为白首夫妻后所发生的故事，折射了他们的人生结局。张道士即曹寅宝玉临终前，将他们夫妻的爱情信物雄麒麟传给了他的亲生儿子雪芹宝玉，而白首之后的湘云，即贾母始终保存着雌麒麟，守着雄麒麟的传人雪芹宝玉，将他抚养成人，就是麒麟所歌颂的白首双星高尚祥瑞的爱情故事。

贾母继续替年幼的雪芹保管着三五十件金器、玉器，雄麒麟却由贾母特意挑出来佩戴在雪芹宝玉身上，可为什么批书人又说“若兰在射圃所佩之麒麟正此麒麟也”呢？因为若兰即贾兰就是曹寅与黛玉的儿子雪芹宝玉。让我们来重温关于卫若兰的这两段批文：

【甲戌：前回倪二、紫英、湘莲、玉菡四样侠文皆得传真写照之笔，惜“卫若兰射圃”文字迷失无稿，叹叹！】（见《红楼梦》第二十六回）

【庚辰：后数十回若兰在射圃所佩之麒麟正此麒麟也。提纲伏于此回中，所谓“草蛇灰线，在千里之外”。】（见《红楼梦》第三十一回）

两段批文的问题是“前回”和“后数十回”的谬误。如果说“前回”指的是第二十五回，或者是第二十六回之前的任何一回，那么，湘莲、玉菡这两个人物都是在第二十六回之后才第一次出现，之前并无此二人的任何文字，可见，“前回”并不以当回，即第二十六回为坐标，由此推论“后数十回”同样也不是以第三十一回为坐标，同样也只是一个谬误，事实上，第三十一回后，便再无关于麒麟、若兰的任何文字。

细谙发现，玄机在“迷”字上，因为“迷失无稿”并非遗失，也就是说，“卫若兰射圃”的文字还存在并没有被丢失，只不过读者在此迷失了方向找不到而已。那么“卫若兰射圃”的文字究竟迷失在哪里呢？所谓远在天边，近在眼前，毒蛇出没处，七步之内必有解药，当然就是迷失在此第二十六回。请看：

只见那边山坡上两只小鹿箭也似的跑来，宝玉不解其意，【甲戌侧批：余亦不解。】正自纳闷，只见贾兰在后面拿着一张小弓追了下来。【甲戌侧批：前文。】【庚辰侧批：此等文可是人能意料的？】一见宝玉在前面，便站住了，笑道："二叔叔在家里呢，我只当出门去了。"宝玉道："你又淘气了。好好的射他作什么？"贾兰笑道："这会子不念书，闲着作什么？所以演习演习骑射。"【甲戌侧批：奇文奇语，默思之方意会。为玉兄之毫无一正事，只知安富尊荣而写。】

有两只小鹿被一个小孩撵着跑而已，非常直白的生活化的故事情节，有何不解？有何出乎意料之处？批书人为什么要特地注上一笔予以加强？因为此"不解"的深意来自"迷失"，提点的就是二者之间的对应关系。关于贾兰拿弓追鹿的情节通部也仅此一次，哪还有什么"前文"？"前文"也好，出乎意料也罢，都是在提示，贾兰拿弓追鹿的情节就是"卫若兰射圃"的故事。

"射圃"即习射之场地。贾兰说得很明白，他在演习骑射，贾兰演习骑射的地方当然就是射圃。贾兰称宝玉为二叔说明，此宝玉是曹颙死后过继到曹寅家，作为曹颙弟弟的老二曹頫，曹頫来到曹家后，不思进取，只知安富尊荣，拈花惹草，就是书中"纵然生得好皮囊，腹内原来草莽"的曹頫宝玉。那么曹頫宝玉为什么会在此与贾兰相遇呢？请往下看：

说着，顺着山脚一径来至一个院门前，【庚辰侧批：像无意。】只见凤尾森森，龙吟细细。【庚讲批：原无意。】举目望门上一看，只见匾上写着“潇湘馆”三字。【甲戌侧批：无一丝心机，反似初至者，故接有忘形忘情话来。】(见《红楼梦》第二十六回)

从“说着，顺着山脚一径来至一个院门前”可知，宝玉是一边跟贾兰说着话，一边来到了林黛玉的潇湘馆门前，说明，贾兰就是在林黛玉的院门前演习骑射。那么贾兰为什么不在稻香村练习，而舍近求远跑到了潇湘馆呢？因为贾兰根本不是李纨的孩子，而是林黛玉的孩子。试想，一个幼童，在没有任何人的照管下，拿着一张玩具弓，追着小鹿跑，是什么情况，他一个人又能跑多远？这当然就是一个小孩子在家门口玩耍的场景。因为贾兰根本不是生活在李纨身边的孩子，而是生活在林黛玉身边，吵着要与林黛玉同睡一屋，与林黛玉一起玩解九连环儿童游戏的雪芹宝玉。

“卫”：箭羽。“卫若兰”就是为若兰射圃佩戴金麒麟的故事而专有的名字，卫若兰、金麒麟都是贾兰与雪芹宝玉连接的纽带。卫若兰在射圃佩戴了一个麒麟，此贾兰身上自然也佩戴了金麒麟，只是曹頫宝玉眼拙没有看见而已。“到头谁似一盆兰？”暗示了贾兰与李纨的伪母子关系，隐蔽叙述出若兰即贾兰，就是雪芹宝玉，揭示出雪芹是曹寅和黛玉的血亲儿子真相。

往下请看：稻香村的伪装。

稻香村的伪装

《红楼梦》开门的第一句话，“列位看官：你道此书从何而来?”所抛出的就是该书的核心问题。那么书从何来呢？话说女娲氏炼石补天之时，剩下一块未用，此石因见众石俱得补天，独自己无材不堪入选，遂自怨自叹，日夜悲号惭愧，便是此书的根由。也就是说，此书是从石头对自己出生的自怨自叹而来。此书的作者曹雪芹当然就是这自怨自叹，写出《红楼梦》，即发出悲号的石头。该书的核心事件，就是石头下凡所隐蔽的曹雪芹的出生之谜。

石头是如何下凡的呢？石头见一僧一道生得骨格不凡，丰神迥别，又高谈阔论红尘中的荣华富贵，不觉打动凡心，便要求他二人带自己去下凡。试问，除了我们的父母，谁又能将我们带下凡呢？所以，带石头下凡的一僧一道就是石头的父母，也就是作者曹雪芹的父母。

黛玉实有出家为僧的经历，空空道人改《石头记》为《情僧录》，就是为一僧孕育石头的爱情故事点题。曹寅为康熙皇帝的近臣，一生为官当然不是道士，但他喜好观花修竹，酌酒吟诗，修方配药，向往道家神仙般的生活方式，并为自己起有“棉花道人”别号，所以作者将书中影射曹寅的艺术形象或多或少都赋予了道士的特性，出现在第一回楔子中的“那道”当然更是作者为父亲曹寅所塑造道士形象的代表作。作者运用“虚敲实应法”，以一僧实、一道虚的结构，总是让一僧一道以对称平衡之美，如影相随地联袂登场，所隐蔽表达的就是他们神仙眷侣的爱情关系。

批文“这是真像，非幻像也”说明，石头所看见的一僧一道并非玄幻神话，而是两个真实的人。可为什么石头在下凡之前，就已经先见到了父母骨格不凡、丰神迥别的真实形象呢？因为，石头由女娲所造，被弃在青埂峰下时，就是石头即曹雪芹第一次的真实出生。女娲原本就是造人之神，象征人类母亲，说石头来自女娲自然没错，但只是泛泛而论。当石头渐通人性，也就是说，当石头渐渐长大，懂事后，他最初所见到的一僧一道才是他真正的生身父母。石头与一僧一道的相见所隐蔽叙述的，是石头出生后一家三口的生活场景。这个情景暗示，曹雪芹不是遗腹子，他见过父亲，见过相亲相爱的父母坐在他身旁，说说笑笑，高谈阔论的样子。

第一回标题“甄士隐梦幻识通灵”就是甄士隐与通灵宝玉父子相见的点题。孩子自然是由母亲带在身边喂养，一僧将通灵宝玉递到甄士隐手中，是母亲将孩子抱给父亲看，就是曹寅与曹雪芹的父子相见。士隐端详通灵宝玉时的内心独白“原来是块鲜明美玉”，是曹寅见到亲生儿子时，对新生儿雪芹的评语。“士隐正欲细看时，那僧便说已到幻境，便强从手中夺了去”寓意，曹寅还没看够自己的儿子便撒手人寰。

“妙！自谓落堕情根，故无补天之用。”石头的这个自述披露了石头不能做补天之用的原因，是因为降生在父母的爱情中，暗示石头生于没有婚姻只有爱情的父母，也就是没有名正言顺身份的私生子，所以不堪入选参与家族的补天工作。于是石头便自怨自叹，日夜悲号惭愧，其结果就是悲号出了这部《红楼梦》。所以，此书所隐蔽讲述的核心思想，就是作者自己不能入选参与曹家补天工作的身世之谜。

无名无分的私生子身世是曹雪芹一生的痛，母亲一僧为了他能有一个名正言顺的公开身份，于是大展幻术将他变成通灵宝玉，就是将他乔装打扮一番后，准备带他进行第二次投胎。那僧将通灵宝玉托于掌上笑道：“形体倒也是个宝物了！”侧有批书人批评：“自愧之语。”那僧已有神通将石头的形体化变为一个宝物样，却为什么还要自愧呢？因为那僧不是别人，正是石头的母亲，她为自己所生产的儿子不能名正言顺成为曹家的子孙，而需要进行伪装才能面世而自愧，表述的就是一僧将石头乔装打扮成通灵宝玉后，所进行的第二次投胎，来改变他私生子的身份。这第二次投胎当然就是出身的造假，因此批书人说：“世上原宜假，不宜真也。谚云：‘一日卖了三千假，三日卖不出一个真。’信哉！”所以，石头由女娲娘娘所造没有假，当他化变成“通灵宝玉”再次进行投胎就是造假了，所制造的就是作者曹雪芹的出身之假。那么这个造假工程是如何进行的呢？

只听道人问道：“你携了这蠢物，意欲何往？”那僧笑道：“你放心，如今现有一段风流公案正该了结，这一干风流冤家，尚未

投胎入世。趁此机会，就将此蠢物夹带于中，使他去经历经历。”（见《红楼梦》第一回）

“夹带”：中国古代科举考试的一种作弊方式。通灵宝玉从宝玉口中衔来，就是曹雪芹夹带而生的作弊造假性质的第二次投胎。

曹家是在什么时候造了这个假呢？就是在一干风流冤家也要投胎入世的时候。那么，谁的投胎入世也跟石头一样，事先就能让人知晓，并顺便还可以夹带一人一起投胎呢？这个事先能让人知晓的投胎当然也跟通灵宝玉一样，也属于第二次投胎，指的就是曹頫过继给曹寅遗孀李氏为继子的历史事件。“风流冤家”即红楼十二曲中的《喜冤家》，指的是中山狼孙邵祖即曹頫、贾迎春夫妻。“尚未投胎入世”指曹頫将到却还未到金陵，未正式行过继手续之时。

“正该了结”说明处于事件的结束阶段，而“尚未投胎入世”显然指事情还未开始，为什么一边已面临了结，而另一边却还未开始呢？因为制造风流公案的人与风流冤家们并不是同一风流事件中的同一拨人。“风流公案”指曹寅妄动太子女人黛玉，惊动朝廷，并遭到革职、自尽谢罪的处分，属于由官府处理的公案。“正该了结”是说，虽然太子已经彻底被废，朝廷也不再追究曹寅之罪，但曹寅的私生子曹雪芹仍然还没有公开身份，还属于“风流公案”中需要了结的遗留问题。

“这一干风流冤家，尚未投胎入世”指的是，曹颙死，康熙皇帝又发善心，要将曹寅侄儿曹頫过继给曹寅遗孀李氏，以挽救曹寅家口不散，也就是风流冤家曹頫即将投胎入世之时，因此，曹家认为这是解决曹雪芹公开身份的一个机会。于是，“趁此机会，就将此蠢物夹带于中，使他去经历经历”，指曹家趁康熙皇帝再度施恩于曹家，要将曹頫过继到曹寅家的机会，为曹寅的私生子雪芹争取一个曹家子孙的身份，也就是康熙五十四年三月初七，曹頫写给康熙皇帝奏折中所提及的“奴才之嫂马氏因现怀妊孕已及七月”史实，就是通灵宝玉雪芹混迹于曹頫等一干风流冤家中，一起夹带而生的历史事件。

那僧说：

“携你到那诗礼簪缨之族，【甲戌侧批：伏荣国府。】花柳繁华地，【甲戌侧批：伏大观园。】温柔富贵乡【甲戌侧批：伏紫芸轩。】去安身乐业。”

因为荣国府寓意的是曹頫作为男主人时的曹家，所以，“伏荣国府”指的是时间而不是地点。“诗礼簪缨之族【伏荣国府。】”表明，通灵宝玉雪芹，作为曹颙遗腹子的第二次投胎，发生在曹颙死曹頫来之后。“花柳繁华地”直接用了一个“地”字来挑明，大观园才是投胎的地点，说明通灵宝玉是大观园中出生的人。既然已经交代清楚了投胎之地是大观园，却为什么之后仍然说那僧“便袖了这石，同那道人飘然而去，竟不知投奔何方何舍”呢？虽然有“温柔富贵乡【伏紫芸轩。】”，但作者并没有明确交代大观园中哪处叫“紫芸轩”，所以，通灵宝玉投奔在大观园中的何方何舍却是有隐有见中的隐蔽部分。

“紫芸”即紫云英的省略，冯紫英也是紫云英的省略，而冯紫英所影射的是曹頫，因此，“紫芸轩”所寓意的是曹頫的家，就是稻香村。大观园里，除了年龄时大时小的宝玉外，还住着一个男孩是贾兰，他显然是最可能出生在大观园中的人，所以我们要从稻香村着手，看稻香村是否就是通灵宝玉的投身之舍。第十七回，当众人来到稻香村时，贾政笑道：

“倒是此处有些道理。固然系人力穿凿，此时一见，未免勾引起我归农之意。”

这人力穿凿之词分明是贾政自己先提出来的，为什么宝玉说“人力穿凿扭捏而成”，贾政却气得喝命“叉出去！”呢？这个令宝玉反感的人力穿凿扭捏而成的稻香村又是谁设计打造出来的呢？

第十七回“大观园试才题对额”其实就是作者打造大观园的过程，是作者雪芹宝玉为各故事拟的章节标题。批书人对稻香村路旁石碣的设计也表示称赞，“赞得是，这个蔑翁有些意思”，显然是故意凸显大观园设计者的存在感。那么这个设计大观园的“蔑翁”又是谁呢？第十六回有交代：

“全亏一个老明公号山子野【甲戌侧批：妙号，随事生名。】者，一一筹画起造。”

“山子野”这个妙号究竟又随了一件什么事？“山子野”倒过来就是野子山，山即石，即没有身份的野子石头，所随的就是野儿子事件，大观园的设计师，山子野其实就是野石头曹雪芹自己。

既然稻香村的设计也是出于雪芹宝玉之手，为什么对自己的设计又要表现出极端不满的情绪呢？雪芹宝玉的不满所针对的并非是山子野的设计，而是说这个设计所隐蔽讲述的故事。那么，违反自然的稻香村所讲述的到底是个什么故事呢？就是野石头的第二次投胎，即通灵宝玉雪芹，以遗腹子贾兰的面貌投身在此的故事。

对此人力穿凿扭捏而成的出身，雪芹宝玉非常不满，因此对稻香村所伪装出来的生活气象决不妥协苟同，执拗地表现了他强烈的抵触情绪。贾政气得喝命“叉出去!”所包含的隐意是，既然你不情愿在此充当假儿子，就要将你赶出去，不让你在稻香村冒充儿子了，看你又将如何。毕竟贾政即曹頫也参与了这个伪造工作，是由他持笔上奏皇帝，谎报马氏有孕，也承担了欺君的风险。而雪芹宝玉对大家为他冒险所做的伪造工程，却不领情，不满意。贾政虽然也说系人力穿凿，但与雪芹宝玉的不满有所不同，是属于赞赏性质，所以他对宝玉的不满言论要发怒。

可为什么宝玉刚出去，又被贾政喝命“回来!”，命再题一联呢？因为以大观园讲故事的人就是雪芹宝玉，即便要将他赶出稻香村，也还是要听他把话说完，看他究竟要如何表述此故事。于是宝玉只得又念道：

新涨绿添浣葛处，【庚辰双行夹批：采《诗》颂圣最恰当。】

好云香护采芹人。【庚辰双行夹批：采《风》采《雅》都恰当。然冠冕中又不失香奁格调。】

“涨”：浮出。“绿”：绿玉。绛珠寓意红色，林黛玉虽然是玉，但她是一块红色的玉，绿玉所寓意的不是林黛玉而是除林黛玉外，陪衬林黛玉的通灵宝玉诸人，这里指通灵宝玉雪芹。“添”寓意添丁，即生育。“浣葛”典出西施浣纱，指有西施绰号的林黛玉。这一联是雪芹宝玉的自述，因此，他没有自称玉，而仅用一个“绿”字自谦，表陪衬红的一抹绿。

“云”寓意史湘云所影射的曹寅遗孀李氏。“采芹人”即读书人，影射雪芹。

“新涨绿添浣葛处，好云香护采芹人。”

刚刚在稻香村浮出水面的绿玉，即通灵宝玉雪芹，是来自西施林黛玉的人，这是好心人史湘云对读书人曹雪芹所采取的保护措施。

因为太子被废后，康熙皇帝不再追究曹寅偷情的罪责，才有私生子雪芹以曹颙遗腹子的身份浮出水面。但是，曹家的这个假冒举措当然还是寄托在康熙皇帝的仁厚之上，所以，这句还是要理解为“颂圣最恰当”。“然冠冕中又不失香奁格调”暗示，稻香村故事毕竟还是由皇室享乐、狭邪糜烂生活所造成的后果。

元妃见过“杏帘在望”后，却赐名曰“浣葛山庄”，稻香村不过“篱外山坡之下，有一土井”而已，并无任何溪、沟、池、潭等水域，能让人产生浣葛的联想，足见元妃所赐之名是来自宝玉的“新涨绿添浣葛处”，说明元妃不但认可宝玉“新涨绿添浣葛处，好云香护采芹人”的说法，而且就是其中的知情人。然而，当元妃读过林黛玉所写的《杏帘在望》的诗篇后，又将“浣葛山庄”改为“稻香村”，并得到批书人的称赞：“如此服善，妙！”元妃不过改一个名称而已，怎么就是“服善”呢？欲知其中深意，我们必先知道“杏帘在望”的来处。

转过山怀中，隐隐露出一带黄泥筑就墙，墙头上皆稻茎掩护。【庚辰双行夹批：酝的好！】有几百株杏花，如喷火蒸霞一般。（见《红楼梦》第十七回）

“掩护”暗示，稻茎所掩护的是杏花。那么，槁木死灰般的李纨，又如何能喷发出杏花这般灿烂的生命之光呢？稻香村内喷火蒸霞般火辣艳丽的杏花可不是寓意李纨，而另有玄机。探春抽的花签就是一枝杏花，上面写着：“日边红杏倚云栽。”注云：“得此签者，必得贵婿。”因此，杏花所象征的是探春，也就是得贵婿的元春。“倚云栽”所体现的同样是黛玉红杏出墙后，黛玉、雪芹母子所依靠的是史湘云。因此，稻香村的杏花所象征的是红杏出墙的黛玉，所以，雪芹宝玉等不得了，也不等贾政的命，便说道：“旧诗云：‘红杏梢头挂酒旗。’如今莫若‘杏帘在望’。”李纨之父曾为国子监祭酒，“红杏梢头挂酒旗”又暗合稻茎掩护杏花，以李纨之名掩盖林黛玉之意。

“杏帘在望”标题所表达的是杏花黛玉对贾兰，即雪芹的期望。儿子当然是母亲的寄托，母亲的希望，“杏帘在望”自然说到了元妃即黛玉的心坎上，但红杏出墙毕竟有揭短之嫌不雅观，于是元妃将其改为“浣葛山庄”，即西施林黛玉的浣纱之处，之后又觉得对李纨有喧宾夺主之嫌，于是又改“浣葛山庄”为“稻香村”。因为稻香村的女主人是李纨，李纨也有稻香老农之别号，贾兰即通灵宝玉雪芹，如今也是以李纨儿子的身份面世，将此地命名为“稻香村”就是对通灵宝玉名义上的母亲李纨的尊重，尊重她女主人的地位，所以，批书人对元妃此举称赞有加，视为元妃的善言善行。

关于“杏帘在望”，我们来看看林黛玉都写了啥，究竟替雪芹宝玉做了怎样的诠释，并使得元妃将“浣葛山庄”改为“稻香村”。第十八回，林黛玉见宝玉独作四律，大费神思，于是就代他写了《杏帘在望》，所以，这首诗的叙述视角与前面三首不同，属于林黛玉的见解，表达的是林黛玉对假冒遗腹子事件的看法和态度。

杏帘在望

杏帘招客饮，

在望有山庄。【庚辰双行夹批：分题作一气呵成，格调熟练，自是阿颦口气。】

菱荇鹅儿水，

桑榆燕子梁。【庚辰双行夹批：阿颦之心臆才情原与人别，亦不是从读书中得来。】

一畦春韭熟，

十里稻花香。

盛世无饥馁，

何须耕织忙。【庚辰双行夹批：以幻入幻，顺水推舟，且不失应制，所以称阿颦。】

“帘”在书中绝非等闲，总是指林黛玉的门帘，林黛玉的海棠诗“半卷湘帘半掩门”、《葬花吟》中的“游丝软系飘春榭，落絮轻沾扑绣帘”以及《桃花行》中以“帘”开头，以“帘”结尾，其中反复十次提及的“帘”都是指林黛玉的门帘，所对应的就是曹寅与黛玉第一次偷情时，林黛玉那没关好的门和没完全放下的半卷起的湘帘。“杏帘”更是双关暗合了林黛玉红杏出墙时的门帘，因此，“杏帘”在此不仅指物，还双关暗合林黛玉。“客”即善饮的诗客史湘云。

“杏帘招客饮，在望有山庄。”

林黛玉起笔便将史湘云拉进来，再次暗示了李氏在稻香村移花接木事件中的重要地位，阐明贾兰，即雪芹是林黛玉自己和李氏两人共同的希望。

“菱荇”：菱、草都是象征林黛玉的植物，在此寓意林黛玉。

“菱荇鹅儿水，桑榆燕子梁。”

石头雪芹移花接木到稻香村，成为贾珠的遗腹子贾兰后，便缓解了他的性命之忧，实际生活在林黛玉身边的他，如鹅儿得水快乐滋润。

“一畦春韭熟，十里稻花香。”

春上过继到曹寅家的曹頫，就像春天的韭菜一样在此得到迅猛发展，稻香村的日子看起来也富裕不错。

“盛世无饥馁，何须耕织忙。”

是林黛玉对全诗，也就是对稻香村移花接木事件所做的总结，表现了她在人情世故方面的天真单纯。

全诗反映了林黛玉在稻香村事件中，与雪芹宝玉的不满完全不同的态度，雪芹宝玉不能认同这个人力穿凿扭捏而成的身份，林黛玉却天真地认为，移花接木后能换来母子平安、平稳的生活。林黛玉对稻香村称赞有加的《杏帘在望》与一僧对通灵宝玉大施幻术的行为遥相呼应，揭示了林黛玉对移花接木事件的积极态度，与“木居士掌舵，灰侍者撑篙”步调一致地说明了，曹家将曹寅和林黛玉的私生子雪芹，冒称为曹顒、马氏儿子的事件，不仅得到了林黛玉的同意和支持，而且林黛玉根本就是策划人之一。林黛玉的积极态度也彰显了林黛玉以儿子的幸福为先，不计个人得失的伟大母爱。

往下请看：揭开曹雪芹年龄之谜。

揭开曹雪芹年龄之谜

曹雪芹的年龄是曹家始终保守的一直未被人们揭开的秘密，也是作者隐写在《石头记》里最隐秘的核心内容。稻香村所隐蔽的是曹雪芹在康熙五十四年，即公元1715年，作为曹颙遗腹子的第二次投胎。那么，书中又是如何隐蔽记述曹雪芹的真实出生究竟是何年何月何日的呢？请看第二十七回：

那林黛玉倚着床栏杆，两手抱着膝，眼睛含着泪，好似木雕泥塑的一般，直坐到二更多天方才睡了，一宿无话。

至次日乃是四月二十六日。满园里绣带飘飖，花枝招展。【甲戌侧批：数句大观园景倍胜省亲一回，在一园人俱得闲闲寻乐上看，彼时只有元春一人闲耳。】

也许林黛玉经常失眠睡不着，但这次却特别交代了林黛玉不睡觉的日期："至次日乃是四月二十六日。"而这个让林黛玉睡不着觉的日子却是大观园比省亲日还更重要的日子，这究竟是个什么日子，为什么既让林黛玉睡不着，又还胜过了省亲日的景观呢？是遮天大王的圣诞日。那么遮天大王是谁，他的生日在大观园为什么比省亲日还更重要？

第三回王夫人向林黛玉介绍宝玉时说：

“我有一个孽根祸胎，【甲戌侧批：四字是血泪盈面，不得已无奈何而下。四字是作者痛哭。】是家里的‘混世魔王’。”【甲戌侧批：与“绛洞花王”为对看。】

孽根祸胎所针对的，显然是宝玉的出生来历。“四字是血泪盈面”说明王夫人的话一针见血直戳要害，而非空穴来风。“四字是作者痛哭”更明确指出，这个被击中痛处，痛哭的人就是作者本人。所以，孽根祸胎指的是作者雪芹宝玉无疑。孽根祸胎自然指非正情正出的人，所含沙射影的就是雪芹宝玉的私生子出身。没有曹家子孙的名分当然不能参与曹家的补天工作，而只能混日子，所以孽根祸胎的后果就是“混世魔王”。

批文“混世魔王要与绛洞花王为对看”又说明，王夫人口中的混世魔王，是可以与之后所出现的绛洞花王相对照的雪芹宝玉的同一类型绰号。而到第三十七回，“绛洞花王”绰号正式出场时，又有批注做进一步提示：

李纨道：“你还是你的旧号‘绛洞花王’就好。”【庚辰双行夹批：妙极！又点前文。通部中从头至末，前文已过者恐去之冷落，使人忘怀，得便一点。未来者恐来之突然，或先伏一线。皆

行文之妙诀也。】

一个绰号而已，有多少可埋伏的玄机恐来之突然呢？此中的关键就在“通部中从头至末”上，它暗示，雪芹宝玉在通部书中的绰号不止“混世魔王”和“绛洞花王”，更有“遮天大王”之称号。大幅批文反复提示宝玉绰号之间的关系，就是强力暗示，“遮天大王”与“混世魔王”“绛洞花王”一样，所影射的都是瞒天过海、混日子的，绛珠草的私生子雪芹宝玉。请看第二十九回：

张道士笑道：“托老太太万福万寿，小道也还康健。别的倒罢，只记挂着哥儿，一向身上好？前日四月二十六日，我这里做遮天大王的圣诞，人也来的少，东西也很干净，我说请哥儿来逛逛，怎么说不在家？”贾母说道：“果真不在家。”

遮天大王的圣诞为什么要单请宝玉来呢？因为遮天大王就是雪芹宝玉，张道士说的就是本来打算请雪芹宝玉来过生日的事。既然这天是遮天大王雪芹宝玉的生日，不说宝玉本不应该出门，应该留在家中宴请家人和宾客，张道士却如何能喧宾夺主，在自己的道观里自行其事为宝玉做生日，并有资格向贾母抱怨，责怪宝玉不来呢？因为张道士不是别人，而是雪芹宝玉的生父，已故的曹寅。曹寅死后，灵柩返回北京之前，是停放在金陵城外的道观。雪芹宝玉在自己生日的这天为什么没去道观拜祭父亲？而贾母竟然还为宝玉作证：“果真不在家。”难道不在家是不拜祭父亲的好理由？因为雪芹宝玉在自己生日的这天不在家，并不是出门玩去了，而是出城，拜见躲藏在城外的母亲林黛玉去了，这当然是雪芹宝玉没来道观祭拜父亲的最好理由。这个情节再次暗示四月二十六日遮天大王的圣诞就是雪芹宝玉的生日。

四月二十六日的头天晚上，林黛玉没睡觉是因为临产前的阵痛已经开始，而四月二十六日这天，“彼时只有元春一人闲耳”正是表述独元春在家休息坐月子的状态。四月二十六日就是元春瞒天过海生产遮天大王雪芹宝玉的日子，这当然是大观园中比省亲更光荣、更重要、更需要记载的日子。那么遮天大王究竟生于哪一年的四月二十六日呢?

由于该书所跨度的故事时间是三劫九十年，在九十年的故事时间中，人物的年龄当然不能一成不变地孤立存在，而作者是通过人物之间相互对应的年龄关系，来揭示事件的时间。第二回：

“今只有嫡妻贾氏，生得一女，乳名黛玉，【蒙侧：绛珠初见。】年方五岁。”

如果不知道“今”指哪一年，又怎么知道林黛玉是在哪一年“年方五岁”呢？既然是“今”生得一女，为何此女一出生直接就“年方五岁”呢？“绛珠初见”就是此中注解，批文说明黛玉年方五岁指的是“绛珠初见”的这一年，即林黛玉被卖到曹家，出现在曹家的时间。因为林黛玉五岁被买进曹家之前的身世已经无考，所以说，曹家“今”生得此女时，她直接就是五岁，就是林黛玉需要灌溉抚养的绛珠草身世的开始，也就是她传记的起始点。

第四十五回：

细细算来，我母亲去世的早，又无姊妹兄弟，我长了今年十五岁，【庚辰双行夹批：黛玉才十五岁，记清。】竟没一个人象你前日的话教导我。

十五岁是继“年方五岁”之后，第二次所出现的林黛玉的年龄。林黛玉对于自己的年龄为什么还需要细细地算才能得知今年是十五岁，又为什么要在十五岁时才想起要细细地算自己的年龄？批书人为什么又提示非要记清黛玉这个十五岁的年龄？“记清”就是玄机所在。如果没有事件做背景，孤立地记住林黛玉十五岁并没有任何标记年龄的意义，“记清”并不是提示读者要记住林黛玉十五岁的年龄，而是提醒林黛玉自己和作者要记清楚，不要弄错。因为这是林黛玉生育曹雪芹的年龄，必须要记录入册的大事。封建社会，女人传记里最重要的事就是女人的生育大事，也是作者曹雪芹引以为荣，为母亲林黛玉感到无比骄傲的事迹，所以，作为孤儿的林黛玉，虽然已记不清自己的生日，但也要细细地算清楚自己从五岁被买入曹家，至今究竟过了多少年，已是多少岁，经过林黛玉的细细推算后得出了结论，她今年是十五岁，所以，“黛玉才十五岁”指的就是林黛玉十五岁生育曹雪芹的时间。

我们已经知道林黛玉是康熙三十五年，即公元1696年的鼠年生人，林黛玉十五岁时就是康熙五十年，即公元1711年，因此，曹雪芹就是康熙五十年，即公元1711年生人，生肖属兔。再请看第七十八回：

窃思女儿自临浊世，迄今凡十有六载。其先之乡籍姓氏，湮沦而莫能考者久矣。而玉得于衾枕栉沐之间，栖息宴游之夕，亲昵狎亵，相与共处者，仅五年八月有畸。【庚辰双行夹批：相共不足六载，一旦夭别，岂不可伤！】

《芙蓉诔》是作者雪芹宝玉为母亲晴雯即林黛玉所写的祭文，祭文中所提供的时间和年龄数据当然都是最严谨可靠的。“窃思女儿自临浊世，迄今凡十有六载”指的是林黛玉十五岁生下雪芹一年后，即康熙五十一年，曹寅去世时，林黛玉便脱离尘世进入空门，成为一名修行僧人的时间。

“衾枕栉沐”“亲昵狎亵”表现了雪芹宝玉与母亲晴雯母子关系中的生活场景，揭示母子“相与共处者，仅五年八月有畸”。林黛玉死于康熙五十五年，即公元1716年的春末夏初，雪芹的生日与林黛玉的忌日相距很近，都在四月，这也是为什么书中将雪芹的出生与林黛玉的死同写于第二十七回的原因。

既然生死都在同一个月，他们的“相与共处”就应该刚刚是五年，却为什么又五年八月有畸呢？“八月有畸”的精确算法，所体现的是雪芹无比珍惜和母亲“相与共处”的短暂时间，而这个“相与共处”的时间不是从雪芹出生时起算，而是从林黛玉怀孕时起算。却为什么又不是五年十月，而是八月有畸呢？因为，正常的怀胎并没有足足十个月，只有九个月零二十天，而第四十回，“金鸳鸯三宣牙牌令”中的“凑成‘樱桃九熟’”又揭示，雪芹是一个仅怀胎九月的没有足月的早产儿。由此反推，同样印证了雪芹是生于林黛玉去世前五年，即1711年，生肖属兔。

第五回，预言元春命运的歌词中的第四句，“虎兔相逢大梦归”同样提点了雪芹属兔的年龄。我们已经知道太子胤礽属虎，此中的“兔”指的就是属兔的雪芹，当太子胤礽得知林黛玉红杏出墙的“奸证”兔子雪芹的存在时，就是“红楼梦”偷情事件的败露之时，于是太子发虎威逼死曹寅，直接导致了甄士隐即曹寅的大梦归去，这就是“虎兔相逢大梦归”的内涵。所以，“虎兔相逢大梦归”同样佐证了雪芹生于公元1711年兔年的史实。再请看第二十六回：

这个脸上，是前日打围，在铁网山教兔虎捎一翅膀。【庚辰侧批：如何着想？新奇字样。】

“新奇字样”暗示，“兔虎”并不是现实中大家所共识的某种动物，而是作者自己创造出来的新奇字样。那么，作者为何样事物创作了这个新奇名词呢？他是为属虎的“忘八”太子胤礽和属兔的“奸证”雪芹这一组矛盾关系创作了“兔虎”一词。“兔虎”尖锐的矛盾冲突波及了冯紫英，顺便也将他捎了一翅膀，所以，曹寅为此送命，曹頫却只受轻伤，之后，却因祸得福，即“大不幸中有大幸”。“兔虎”一词不但对映了“虎兔相逢大梦归”，也佐证了雪芹属兔的年龄。

由上述推论，我得出伟大的文学家曹雪芹先生不是生于1715年，而是生于公元1711年四月二十六日，生肖属兔的结论。

本书至此，已将《红楼梦》隐写的秘密逐步揭开，论证了林黛玉如何被买入曹家学戏，如何在康熙第六次南巡曹家接驾时被太子胤礽看中，曹家把她当作礼物献给太子，而成了太子宠幸过的女人。后又因为曹寅凡心偶炽，与林黛玉发生了爱情关系，生下曹雪芹。事情败露之后，曹寅被逼自杀，林黛玉诈死逃禅出家为尼。太子被废后，曹颙继任织造，之后重新安置了林黛玉，但不久曹颙又去世，曹家由过继子曹頫接任织造。这一时期的林黛玉生活跌宕起伏，爱情悲喜交错。虽然磨难重重，但仍顽强地活了下来。

在曹頫接管曹家后，林黛玉的命运又有什么遭遇？她与姐姐宝钗又产生了怎样的爱恨情仇等隐蔽故事，将在下编《指上读红楼之钗黛姐妹》中继续解读。